KB163111

환라

은하담 장편소설

◆ ◆ ◆

②

동아

환라 2권

초판 1쇄 인쇄일 | 2021년 1월 7일
초판 1쇄 발행일 | 2021년 1월 14일

지은이 | 은하담
펴낸이 | 박성면
펴낸곳 | (주)동아

출판등록 | 제406 - 3960100251002007000071호
주소 | 경기도 파주시 문발로 115, 세종대학교출판부 206호
전화 | (031)8071 - 5201
팩스 | (031)8071 - 5204
E - mail | bear6370@hanmail.net

정가 | 11,800원

ISBN 979-11-6302-442-2 (04810)
ISBN 979-11-6302-440-8 (set)

ⓒ 은하담, 2021

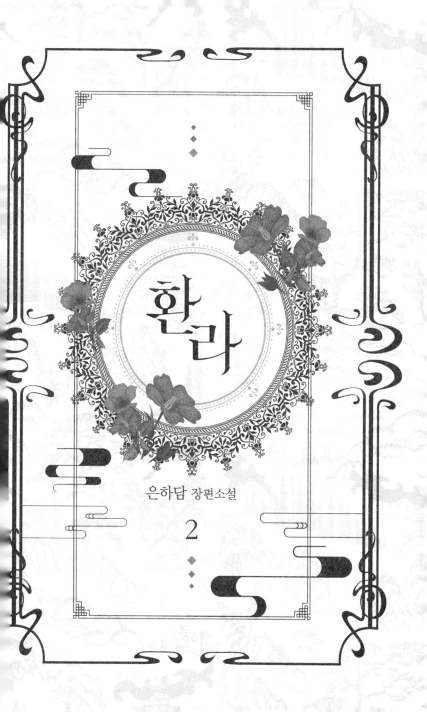

환라

은하담 장편소설

2

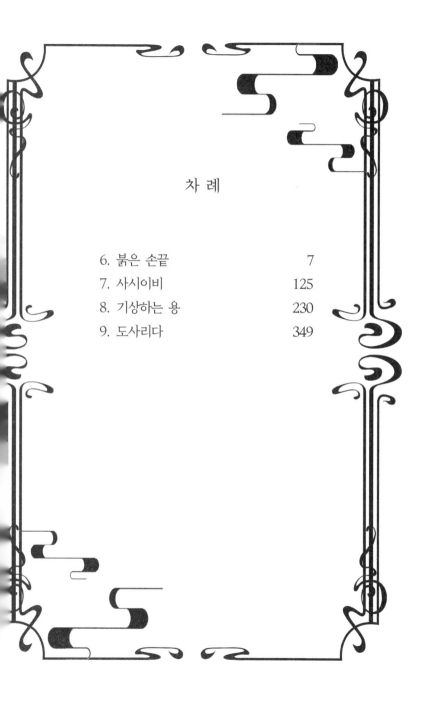

차 례

6. 붉은 손끝

양야는 환라를 제 품에 안으며 그녀의 얼굴을 가렸다. 백호선의 몸이 천천히 아래로 내려왔다. 그녀는 새하얀 손을 뻗어 뱀의 목을 우악스럽게 움켜쥐었다. 뱀이 숨 막히는 소리를 내며 몸을 비틀었다.

「컥!」

"뇌동산에 자주 드나든다 했더니 나를 여기로 안내하려 한 모양이구나?"

「백호선 님……. 사, 살려, 컥!」

"네가 낙양산의 산신을 모시는 놈이 아니었다면 오늘 내 손에 죽었을 게다."

백호선이 손을 펴자 뱀이 아래로 뚝 떨어졌다. 양야가 무궁화 나무 사이로 빠르게 몸을 감추는 뱀에게 반사적으로 시선을 준 사이, 백호선의 몸이 날아들었다. 양야는 몸을 숙여 환라를 보호했다. 백호선이 허공으로 손을 뻗어 하늘을 배회하고 있던 매를 낚아채 양야의 등 뒤로 내려왔다. 매는 비명을 지를 틈도 없이 숨이 끊어졌다.

　백호선은 늘어진 매를 뒤로 던지며 양야에게 다가왔다. 그녀의 날카로운 손이 양야의 등줄기를 훑었다.

　"꼴을 보아하니 인간이 다 되었구나."

　양야가 일어나 몸을 돌리며 백호선의 손을 쳐 냈다. 백호선은 양야가 물러서기 전에 반대쪽 손을 뻗었다. 호랑이의 발톱처럼 날카롭고 단단한 손이 환라의 머리를 쥐려 했으나 양야는 몸을 뒤로 날려 피했다.

　백호선이 이를 드러내며 사납게 웃었다. 노란 안광이 희번덕였다. 그녀는 배고픈 호랑이처럼 어슬렁거리는 걸음으로 양야의 주변을 배회했다.

　"양아. 품에 안은 것을 내려놓으렴."

　달콤한 목소리와 달리 공기는 더 날카로워졌다. 바람이 살을 엘 듯이 휘몰아쳤다. 양야는 환라가 해를 입지 않도록 온몸으로 그녀를 감쌌다. 강한 바람과 정기에 휘청이던 몸이 아래로 툭 떨어지듯 주저앉았다.

　훌쩍 다가온 백호선이 양야의 머리를 잡아 뒤로 꺾었다. 그녀의 시선이 양야의 목젖과 턱선을 핥듯이 훑으며 올라오다가 무궁화에 닿았다. 환라의 귓가에도 똑같은 자리에 무궁화가 꽂혀 있었다.

백호선의 한쪽 눈썹과 볼이 불쾌하게 들썩였다.

"귀엽군. 아주 귀여워."

백호선은 양야의 귓가에서 무궁화를 뽑아냈다. 이내 고운 꽃잎이 백호선의 손아귀에서 짓이겨졌다. 양야는 새파란 불길에 휩싸이는 하얀 꽃을 보고도 아무 말 하지 않았다. 그저 증오스러운 눈으로 백호선을 응시할 뿐이었다.

"양야."

그녀의 손이 양야의 볼을 타고 흘러 그의 턱을 쓸어내렸다.

"내 여우."

"전 상선(上仙)의 것이 아닙니다."

"300년 가까이 내 곁에 있던 네가, 내 것이 아니면 누구의 것이냐? 네 품에 잠들어 있는 인간의 것이더냐?"

사람의 모습을 한 호랑이가 허리를 젖히고 웃음을 터트렸다. 양야는 새하얗고 긴 머리카락이 흔들리는 것을 보며 인상을 찌푸렸다.

"맞습니다. 전 이 사람의 것입니다."

"하하하! 재밌구나. 재밌어. 그럼 언제 너를 다시 취하러 오면 될까? 인간은 천수를 누린다 해도 100세를 넘기기 힘드니 80년 뒤에 오면 되겠느냐?"

"그 뒤에도 상선의 여우가 되진 않을 겁니다."

"양아. 아가. 멍청하게 굴지 말려무나. 지금 네 몰골을 보렴."

백호선은 양야의 주변을 돌며 그의 머리카락을 들어 손가락 사이로 흘려보내고, 어깨와 팔뚝을 바람처럼 어루만졌다.

　"인계에 내려온 지 100년도 되지 않았는데 넝마가 다 되었구나. 하찮은 인간에게 붙어 기생충처럼 정기를 뽑아 먹는 꼴이라니."

　제 몸을 만질 때는 가만히 있던 양야가 백호선이 환라를 만지려 하자 매섭게 그녀의 손을 쳐 냈다. 백호선은 가소롭다는 듯 웃으며 양야의 앞에 섰다. 그녀의 손에서 희미하게 검은 연기가 피어올랐다. 사특한 기운이 양야의 얼굴에 훅 끼쳤다.

　양야가 인상을 찌푸리며 고개를 돌렸다. 하지만 백호선이 흘린 사기가 얼굴에 닿자 양야의 동공이 세로로 찢어지며 주황색으로 빛났다. 환라의 정기로 인해 금세 검은색으로 돌아왔으나 백호선은 그 눈을 보고 난 뒤였다. 그녀는 깔깔 웃고는 상냥한 낯빛을 하고 손끝으로 양야의 목덜미를 가볍게 쓰다듬었다.

　"조그만 사기에도 여우의 눈으로 변하는 것을 보렴. 양아. 네가 얼마나 버틸 수 있을 것 같니? 아마 이 인간이 죽기도 전에 너는 요괴로 변해 버릴 테지. 짐승의 모습도, 인간의 모습도 아닌 채로 욕망에 휘둘리며 살고 싶은 게냐?"

　"상관없습니다."

　"그러지 말고 내게 오렴. 귀하게 여겨 주마."

　"설령 요괴가 된다 해도 뇌동산으로 돌아가진 않을 겁니다."

"그럼 어찌해야 돌아오겠느냐?"

백호선의 손끝이 환라의 팔뚝에 닿았다. 양야가 놀라며 그녀의 손을 뿌리쳤다.

"내가 이것을 죽이면 돌아오겠느냐?"

양야는 조소했다.

"상선께서는 못 하십니다."

그의 말이 옳았다. 신선은 하늘의 명령 없이 인계의 일에 개입할 수 없다. 만약 이를 어기면 신선의 지위를 박탈당하고 천벌을 받은 뒤 힘과 산을 잃게 된다.

양야는 알고 있었다. 백호선은 양야를 가지기 위해 아무것도 포기하지 않을 것이다. 백호선의 얼굴에서 미소가 달아났다. 그녀는 싸늘하게 굳은 얼굴로 양야를 보았다.

"내 모든 것을 잃는다 해도 너를 가져야겠다면?"

"못 하십니다."

양야는 환라를 안아 들고 몸을 일으켰다.

"환이 죽으면 저도 따라 죽을 테니, 상선께서는 무슨 짓을 하셔도, 아무것도 가지지 못하실 겁니다."

백호선은 천천히 물러나 양야를 지그시 응시했다. 바람이 서서히 잦아들고 구름이 걷혔다. 눈처럼 흩날리던 무궁화 꽃도 서서히 내려앉았다.

백호선의 눈빛 또한 돌연 부드러워졌다.

"진심이구나."

양야는 대답하지 않고 백호선을 경계했다. 백호선은 허공에 앉아 다리를 꼬고 양야를 내려다봤다. 그녀는 허파에 봄바람이 깃든 것처럼 따사롭게 웃으며 입을 열었다.

"그렇다면 내가 도와줘야겠구나."

"무슨 생각입니까?"

"그전까지는 네가 마음에 품은 이도 없으면서 나를 밀어 내지 않았더냐? 하지만 은애하는 자가 있다면 말이 다르지. 저 아이와 백년해로할 수 있도록 내가 너를 인간으로 만들어 주마."

"필요 없습니다."

"왜, 네 연인이 그러더냐? 인간이 아니어도 상관없다고?"

양야의 얼굴에 금이 갔다. 그 모습을 보며 백호선은 고개를 젖혀 웃었다. 그녀의 웃음소리에 무궁화 나무가 두려움에 떨 듯이 흔들렸다.

"그래. 내가 한 짓이 있으니 믿는 걸 바라진 않는단다. 하지만 잘 생각해 보렴. 저 아이가 정말 인간이 아닌 자를 반려로 원할지 말이다. 그래. 백번 양보해서 저 인간은 네가 인간이 아니어도 상관없다 해 보자. 하지만 주변 이들의 시선은 어떨 것 같으냐?"

마냥 무시할 수는 없는 말이었다. 연인이 여우라는 게 밝혀지면 환라는 곤란해질 것이다. 양야가 흔들리자 백호선이 웃음기 어린 얼굴로 손을 뻗었다. 놀란 양야가 뒤로 물러서려고 했으나 백호선의 정기는 눈 깜짝할 새에 환라를 옭아맸다.

양야가 분노한 얼굴로 제 생명이 깃든 진기(眞氣)를 써서 백호선을 막으려 했다. 그것을 느낀 백호선이 경악한 얼굴로 양야를 밀어 내며 물러났다.

"네가 정녕 미쳤구나!"

"진심이라고 말씀드렸습니다."

"나는 묘은이가 저 아이의 입에 넣어 놓은 내 산의 정기를 가져가려 했을 뿐이다."

"제가 그 말을 어찌 믿습니까?"

"하!"

백호선이 기가 찬다는 듯 숨을 터트리고는 이를 드러내며 웃었다. 흉포한 기세에 양야가 다시 진기를 쓰려 하자 백호선이 한숨을 내쉬며 물러섰다.

"그만하렴. 내가 원하는 것은 네 시체가 아니란다. 구슬은 선물한 셈 치마. 그래 봤자 인간은 150년도 살지 못할 테니 내게 손해일 것은 없지."

백호선의 몸이 서서히 허공으로 떠올랐다. 양야가 자리를 피하려는 순간, 백호선이 빠르게 날아들었다. 다급한 마음에 양야가 환라를 꽉 끌어안았다. 하지만 백호선의 목적은 환라가 아니었다. 그녀는 양야의 턱을 들어 짧게 입을 맞추고 떨어져 나갔다.

"이것도 선물이라 생각하려무나."

양야가 뭐라 말하기도 전에 백호선의 형상이 사라졌다. 양야는 인상을 찌푸리며 입술을 닦아 냈다.

불쾌했지만 백호선은 이미 사라지고 난 뒤였다. 그는 한숨을 내쉬며 제 포를 벗어 바닥에 깔고 그 위에 앉았다. 그리고 도술로 환라를 똑바로 눕힌 뒤, 그녀의 머리를 제 허벅지 위에 올려놓았다. 곱게 잠든 얼굴을 보고 있어도 마음은 평온해지지 않았다. 백호선은 원하는 것을 쉽게 포기하는 신선이 아니었다. 분명 무슨 짓을 할 것이다.

'내가 환을 지킬 수 있을까?'

부드러운 손끝이 환라의 머리카락을 쓸어 넘겼다. 바람에 헝클어진 머리를 다 정리할 즈음에야 환라가 눈을 떴다. 그녀는 천천히 몸을 일으켰다. 양야가 그녀의 어깨를 잡아 일어나 앉는 것을 도왔다.

"내가 왜……."

환라가 말끝을 흐리며 몽롱한 눈을 깜빡였다. 양야의 얼굴에 그제야 미소가 피었다. 양야는 환라의 볼과 이마에 입을 맞추고 그녀의 몸을 지탱해 주며 자리에서 일어났다.

"뱀을 보고 기절하셨습니다."

"벼락이 친 것 같았는데, 꿈인가 보다."

"예, 그런가 봅니다."

양야는 제 품에 기대는 환라를 팔로 감싸 안았다. 그리고 그녀 몰래 손을 휘둘렀다. 봉숭아 꽃잎과 이파리가 흔들리더니 줄지어 날아와 양야의 발 부근에 쌓였다. 흐릿한 정신이 돌아올 때까지 양야의 가슴에 머리를 기대고 있던 환라가 고개를 들었다.

"봉숭아 꽃을 따기로 했는데 벌써 정오가 지난 듯하구나."

"제가 따 두었습니다."

양야가 품에서 손수건을 꺼내 그 위에 꽃잎과 이파리를 올려 곱게 쌓았다. 환라가 두툼한 손수건을 보며 미소 지었다.

"잘하였다."

"칭찬해 주시니 기쁩니다."

환라가 봉숭아가 든 손수건을 품에 넣고 양야에게 손을 뻗었다. 양야가 미소 지으며 환라의 손을 잡았다.

두 사람은 왔던 길을 돌아갔다. 타고 왔던 마차는 그 자리에 그대로 있었다. 그러나 마부는 백호선의 기백에 눌려 기절한 상태였다.

양야는 그의 어깨를 가볍게 흔들었다. 그러자 불편하게 누워 있던 마부가 소스라치게 놀라며 고개를 들었다.

"돌아갈 준비를 하게."

"예, 객주님."

마부가 찌뿌둥한 몸을 늘이고 비틀어 풀고는 고삐를 잡았다. 양야는 환라에게 돌아와 그녀를 마차로 안내했다. 양야는 환라의 곁에 바짝 붙어 어깨를 감싸 안았다. 환라가 웃는 얼굴로 고개를 들었다. 빤히 바라보자 양야의 입술에 미소가 피었다. 그는 웃음기 어린 목소리로 환라에게 물었다.

"왜 그러십니까?"

"내가 공주인 것을 알면서도 거리낌이 없구나."

"싫으십니까?"

환라는 말없이 웃으며 양야의 어깨에 머리를 기댔다. 양야도 환라의 머리에 볼을 기댔다.

주위는 고요하고 창밖의 풍경은 시간처럼 흘렀다. 그들이 서로에게 몸을 기댄 채 눈을 감고 평화를 만끽하는 사이 마차는 한월각 앞에 멈춰 섰다. 양야는 환라의 손을 잡은 채 한월각 안으로 들어섰다.

"시장하시겠습니다."

"괜찮다."

"조금 일찍 저녁상을 내오라 하겠습니다."

"아니다. 여란이 돌아오면 함께 먹겠다."

"그럼 다과만 내오라 하겠습니다."

환라가 고개를 끄덕이자 양야가 하인에게 봉숭아에 쓸 소금과 다과를 부탁했다. 하인이 대답하는 것을 듣고 두 사람은 양야의 방으로 올라왔다.

환라는 탁상 앞에 앉았고 양야는 방을 돌아다니며 명주실과 돌로 만든 손절구를 꺼내 왔다. 그가 옆에 앉자 환라도 품에서 손수건을 꺼내 펼쳤다. 처음 땄을 때 보다는 숨이 죽었으나 봉숭아 꽃잎과 이파리는 여전히 풍성했다. 환라가 그중에서 커다란 이파리 몇 장을 골라내는 동안 하인이 들어와 차와 다식을 두고 나갔다.

양야가 차를 따르는 사이 환라는 손절구에 봉숭아꽃과 이파리 몇 장, 그리고 소금을 넣었다. 절굿공이로 꽃을 짓이기는 것에 집중하는 환라를 보며 양야가 미소를 지었다. 그는 다식을 은침으로 다식을 검사하고 환라의 입가에 가져다 댔다.

"드시면서 하십시오."

환라가 놀란 얼굴로 양야를 보았다가 입을 벌려 다식을 받아먹었다. 양야가 흐뭇한 얼굴로 차를 불어 식힌 뒤 자신이 한 모금 마시고 환라의 입에 가져다 댔다. 환라가 작게 웃으며 차를 받아 마셨다.

그렇게 양야가 주는 차와 다식을 먹으며 환라는 봉숭아 꽃잎을 더 넣고 빻았다. 차 한 잔을 다 비울 즈음에야 따 온 꽃잎이 동났다.

"손 이리 주거라."

양야가 커다란 손을 환라의 손바닥 위에 올렸다. 큼지막한 손톱은 단정하게 다듬어져 있었다. 환라는 예쁘게 생긴 양야의 손톱을 엄지로 몇 번 쓰다듬고 그 위에 빻은 봉숭아를 올렸다. 그런 뒤에 빼 두었던 이파리로 손가락을 꼼꼼하게 감싸고 명주실로 동여매었다.

양야는 환라가 하는 것을 유심히 바라봤다. 이내 꽃물이 올라와 명주실을 붉게 물들였다. 양야는 붉어진 실을 빤히 보다가 왼쪽 소지도 내밀었다.

"여기도 물들여 주십시오."

양야의 반대쪽 손 약지를 이파리로 감싸던 환라가 고개를 들었다. 그리고 그가 내민 손가락을 발견하고는 이내 은방울이 흔들리는 것처럼 웃으며 양야의 손을 받쳤다. 얼마 되지 않아 새끼손가락에 감긴 하얀 명주실에 붉은색이 올라왔다. 양야는 그 색을 만족스럽게 바라보다가 환라의 손을 들었다.

"저도 해 드리겠습니다."

"그리 하거라."

양야는 본 것대로 환라의 손톱 위에 봉숭아꽃을 올렸다. 신중하게 모양을 잡고 이파리로 감싸는 모습이 퍽 귀여웠다. 환라는 그의 얼굴을 빤히 바라보다 어깨 앞으로 흘러내린 양야의 머리카락을 손에 감으며 장난을 쳤다. 그사이 양야가 환라의 손가락에 명주실을 묶었다. 그리고 바로 환라의 새끼손가락을 들었다. 환라는 양야가 하는 것을 지켜보았다. 환라의 오른쪽 소지에 명주실을 감는 양야의 새끼손가락에도 붉은 실이 묶여 있었다.

환라는 그제야 양야의 의도를 알아차리고 웃음을 터트렸다. 맑은 소리에 양야가 고개를 들었다. 그는 야살스럽게 눈을 접으며 환라의 손마디에 입을 맞추고 깍지를 꼈다.

마주 잡은 두 사람의 새끼손가락에는 월하노인에게 인연을 점지받은 것처럼 붉은 실이 묶여 있었다.

* * *

"이 장식 빗이 공주의 품위에 어울린다고 생각하는가?"

소해가 우아한 손짓으로 금동 장식 빗을 빼냈다. 그러자 그 빗을 꽂은 궁인이 황급히 무릎을 꿇고 절을 올렸다.

"황송하옵니다, 공주님."

소해가 던진 빗이 포물선을 그리며 궁인의 앞에 떨어졌다. 그러자 궁인이 장식 빗을 들고 무릎을 꿇은 채로 뒷걸음질 쳐 물러났다.

그 모습을 보며 뒤에 서 있던 칠각이 한숨을 내쉬었다.

환라가 궁 밖으로 나간 지 벌써 보름이 지났다. 처음에는 소해도 행동을 조심했다. 칠각이나 향옥이 타이르면 듣는 척이라도 하였다. 하지만 며칠이 지나자 본성을 드러냈다. 그녀는 오만해졌고 점점 더 화려한 옷과 장신구를 찾았다. 궁인들이 없을 때 향옥과 칠각이 잔소리를 하자 소해는 방 안에 궁인을 배치하고 항상 중문을 열어 두었다.

얼굴을 보이지 않기 위해 면포를 쓴 채 잠을 자고, 몇 배는 더 노력해야 했으나 이 또한 공주의 삶이라고 생각하자 소해는 오히려 달가웠다. 항상 보는 눈이 많으니 향옥과 칠각도 소해를 혼내지 못했다. 영로에게 이 사실을 말해도 내버려 두라고 할 뿐이었다.

그 말을 들은 소해는 더욱 기고만장해졌다.

"공주님. 국무 회의에 참석하실 시간입니다."

"아직 치장이 끝나지 않았다. 태감은 더 기다리라."

칠각이나 향옥의 말을 무시하는 것은 이제 예삿일도 아니었다. 칠각은 한숨을 내쉬며 물러났다. 얼마 지나지 않아 궁인이 황금으로 된 장식 빗을 가져왔다. 소해는 그제야 고개를 끄덕였다. 소해가 머리 장식을 마치고 옷을 갈아입고 있을 때였다. 바깥문 앞에 있던 궁인이 안으로 들어와 양손을 이마에 대고 허리를 깊이 숙였다.

"아뢰옵기 황공하오나, 공주님. 좌사정 이궐겸이 찾아왔사옵니다."

면포에 가려진 소해의 얼굴이 활짝 피었다. 단 두 번의 만남이었지만 궐겸의 마음을 눈치채는 것은 어렵지 않았다. 궐겸은 공주를 연모하고 있다. 하지만 소해는 그의 마음이 환라를 향한 것이라고는 생각지 못했다.

당연히 제 것이라 여겼고 단정한 미남이 저에게 다정히 대해 주자 금세 마음을 주고 말았다.

"서둘러라."

"황송하옵나이다, 공주님."

소해의 말에 궁인들의 손놀림이 빨라졌다. 소해는 옷맵시를 만지던 궁인이 손을 떼자마자 입을 열었다.

"들라 이르라."

궁인이 고개를 숙이고 뒷걸음질로 물러났다. 곧 문이 열리며 궐겸이 안으로 들어왔다. 그가 양손을 이마에 대고 허리를 숙이려 하자 소해가 다가와 궐겸의 팔을 받쳐 인사를 막았다. 그리고 친히 궐겸의 손을 내려 주었다. 소해의 손이 궐겸의 팔을 쓸며 떨어져 나갔다. 은근한 손길에 궐겸의 귓가가 순식간에 달아올랐다. 소해 또한 심장이 간질거리는 것을 느끼며 웃음기 어린 목소리로 말했다.

"인사는 되었다 하지 않았는가."

"송구합니다."

"괜찮다."

궐겸이 저도 모르게 고개를 들어 소해를 보았다. 그는 다른 사람이 공주 행세를 하고 있으리라고는 생각지도 못했다.

하지만 어찌 된 영문인지 공주의 손끝이 스친 팔뚝에 소름이 돋았다. 묘한 위화감을 느끼며 궐겸은 소해를 빤히 보았다.

"왜 그러는가?"

목소리도, 말투도, 주변을 감도는 쌉쌀한 장미 향기도 모두 공주님의 것이었다. 그런데도 궐겸은 팔뚝에 달라붙은 위화감을 떨쳐 내지 못했다. 마치 처음 만난 사람의 목소리를 듣는 것처럼 귓가가 생경하였다.

"아니옵니다. 조정으로 드시지요."

"그리 하겠다."

소해는 궐겸과 나란히 서서 걷다가 조정 앞에서 거리를 벌렸다. 소해는 궐겸에게 고갯짓을 해 보이고 황제의 옆으로 올라갔다. 궐겸은 그녀를 응시하다가 고개를 돌렸다.

하지만 귀는 여전히 소해를 향해 열려 있었다. 회의가 진행되는 내내 공주는 별다른 말을 하지 않았다. 평소에는 옳고 그름에 관한 생각을 분명히 내비쳤으나 오늘은 그런 것도 없었다. 사실 보름 내내 그런 상태였으나 궐겸이 뒤늦게 알아차린 것뿐이었다.

하지만 새삼 깨닫고 나자 다 꺼진 향로의 연기처럼 희미하게 의심이 피어올랐다. 그가 고개를 돌려 소해의 모습을 자세히 살피던 때였다. 회의가 막바지에 이르자 이백이 영로를 한 번 보더니 입을 열었다.

"나는 공주를 태자에 책봉할까 한다. 그대들의 생각은 어떠한가?"

조정은 순간 정적에 휩싸였다. 하지만 그것도 잠시, 반발의 목소리가 메뚜기떼처럼 일어났다.

"아니 되옵니다, 폐하!"

"통촉하여 주시옵소서, 폐하."

"이미 몇 해 전에 기각된 사안이옵니다, 폐하."

너무 많은 말이 한꺼번에 쏟아져 알아듣기도 힘들 정도였다. 이백은 기가 질린 얼굴로 눈을 감았다. 그러자 오른편에 앉은 영로가 팔걸이를 세게 내리쳤다. 쾅! 하는 소리에 조정은 순식간에 고요를 되찾았다.

"폐하 앞에서 이게 무슨 소란이오? 의견이 있는 자는 앞으로 나오시오."

그러자 대신 한 명이 앞으로 나와 절을 올렸다.

"우사정 최우헌, 감히 한 말씀 올리겠나이다, 폐하. 이제껏 여인이 태자가 되었던 적은 단 한 번도 없었사옵니다."

"맞사옵니다, 폐하. 전례의 없었던 일이옵니다."

"그러하옵니다, 폐하."

우사정의 말 뒤로 여러 대신들의 말이 따라붙었다. 하지만 이백은 드물게 굳건했다. 그는 환라의 아래에 서 있는 좌상에게 말했다.

"좌상의 생각은 어떠한가?"

"공주님은 이미 국정을 돌보고 계시니 태자의 위를 받아 마땅하다 사료 되옵나이다, 폐하."

"그렇다면 좌사정의 생각은 어떠한가?"

"좌상과 같사옵니다, 폐하."

"황후는?"

"공주는 별궁 밖으로 나온 지 2년밖에 되지 않았사옵니다. 아직은 때가 아닌 듯하옵니다."

영로가 황제의 앞에서 대놓고 제 욕심을 드러냈으나 조정은 술렁이지 않았다. 이미 그들은 대부분 영로의 사람이었으며 환라가 태자가 되어 봤자 자신들의 위세에 방해만 될 뿐이었다. 그렇다 보니 영로를 따르는 우사정에 제 의견을 굽히지 않는 것은 당연했다.

"태자란 본디 위를 이을 사내를 뜻하는 것이옵니다. 여인이 태자가 되는 것은 본질을 흔드는 일이옵니다. 그리하여 여태 여인의 몸으로 황제가 된 전례는 있어도 태자가 된 전례는 없었사옵니다, 폐하."

그 말에 소해가 제 옷자락을 움켜쥐었다. 면포에 가려진 눈이 우사정을 꿰뚫을 듯 쳐다보았다.

'감히 내가 황태자가 되려는 것을 막아?'

소해는 자신이 환라와 본인을 동일시하고 있다는 것조차 깨닫지 못했다. 그녀는 마치 자신의 자리를 빼앗긴 것처럼 분노하며 황제를 향해 말을 올렸다.

"아뢰옵기 황공하오나, 폐하. 처음 여인이 황제가 되었을 때도 분명 반대가 심하였을 것이옵니다. 하지만 대대손손 좋은 선례가 되지 않았사옵니까? 이번에도 분명 그리될 것이옵니다."

조정은 기이하리만치 조용해졌다. 뭔가 이상함을 느낀 소해가 힐끔 영로를 보았다. 하지만 그녀는 온화한 듯 냉정한 듯 알 수 없는 표정으로 시선을 내리깔고 있었다. 저에게 고개를 숙여 인사하던 대신들의 눈도 칼날처럼 첨예했다. 등골이 서늘해졌다. 소해는 황제에게 자신이 실언하였다고 말하려다 입술을 악물었다.

'나는 공주잖아. 공주면 이 정도 말은 할 수 있는 거 아냐?'

그녀의 생각이 끝나기도 전에 이백이 웃음을 터트렸다. 깜짝 놀란 소해가 이백을 보았다. 그는 마치 진짜 딸을 보는 것처럼 인자한 얼굴을 하고 있었다.

"네 말이 옳다."

소해의 입술이 거만하게 휘어졌다. 그녀는 고개를 치켜들고 대신들은 내려다보았다. 뒤에서 이백의 목소리가 들렸다.

"공주를 태자로 책봉할 것이니 대신들은 모두 그렇게 알고 있으라."

반대하는 소리는 듣지 않겠다는 듯, 이백이 곧장 자리에서 일어났다. 그리고 소해를 향해 손을 뻗었다.

"이리 와 부축 좀 해 다오."

소해는 얼른 일어나려다가 사람들의 시선을 깨닫고 우아하게 움직였다. 그리고 이백의 팔을 잡아 부축했다. 생전 얼굴 한 번 보기 힘든 황제 폐하를 부축할 수 있다니. 면포에 가려 티가 나지 않았으나 소해는 심장이 터질 것 같았다.

두 사람은 대신들 사이를 천천히 걸어 지나갔다. 그들의 등 뒤로 음험한 눈빛이 오갔다. 궐겸이 걱정스럽게 바라보는 줄도 모른 채, 소해는 이백을 부축해 항룡궁으로 들어왔다.

황제가 기거하는 곳은 처음이라 소해는 어디에 눈을 둬야 할지 몰랐다. 황제의 방은 민가 세 채를 합쳐 둔 것만큼 거대했다. 가구는 두말할 것도 없고, 벽과 기둥, 심지어 천장까지 복잡한 문양과 황금으로 장식되어 있었다.

'황제가 되면 이런 곳에 사는구나.'

소해가 저도 모르게 감탄을 내뱉으며 홀린 듯 황금을 바라보았다. 그러다 이백의 기침 소리를 듣고 나서야 황급히 그를 의자에 앉혔다. 이백이 힘겹게 숨을 내쉬며 소해에게 물었다.

"이름이 무엇이냐?"

넋을 놓고 있던 소해가 소스라치게 놀라며 뒤로 물러섰다. 제아무리 황후의 명령을 받았다고는 하나 존귀한 황제 폐하를 속일 담력은 없었다. 소해가 입을 열어 본명을 말하려는 순간 그녀의 머릿속에 염라처럼 앉아 있던 영로가 떠올랐다.

그녀는 생각을 고쳐먹었다. 황제가 아무리 대단하다 한들 미령한 옥체로 실권을 쥐고 있는 황후를 이길 수 있을 것 같진 않았다. 소해는 머리를 깊게 조아리고 환라의 목소리를 내었다.

"무슨 말씀이신지 모르겠사옵니다."

"이미 황후에게 다 들었으니 숨기지 않아도 괜찮다."

정신이 번쩍 든 소해가 황급히 무릎을 꿇고 땅에 이마를 찧었다.

"황송하옵니다, 폐하. 이 미천한 것이 감히 폐하를 속이려 하였사옵니다."

"네 탓이 아니다. 오히려 나에게 하는 것을 보니 마음이 놓인다. 다른 이에게는 말하지 않을 것이니."

"예. 제가 어찌 감히 명을 어기겠사옵니까."

"하하하. 좋다. 믿음직하다. 일어나 이리 오거라."

소해가 고개를 빼꼼 들고 자리에서 일어나 황제 앞에 섰다. 그가 다시 묻지 않고 빤히 바라보자 소해가 뒤늦게 이백이 하문했던 것을 깨닫고 공손히 대답했다.

"정소해라 하옵니다."

"중대한 일을 맡아 마음이 무겁겠구나. 필요한 자들은 모두 알고 있으니 마음 편히 지내도록 하여라."

"황공하옵나이다, 폐하."

소해는 절을 올리고 일어나 가벼운 발걸음으로 항룡궁을 벗어났다. 그녀의 뒤로 스무 명의 궁인들이 뒤따랐다. 소해는 가슴을 펴고 턱을 치켜들었다. 그녀는 이제 두려울 것이 없었다. 황후도, 황제도 모두 제 편이었다. 심지어 황제는 대신들 앞에서 공공연히 소해의 편을 들어 주기도 했다. 면포를 쓰고 있는 것이 공주가 아니라 소해임을 알면서도 말이다.

'어쩌면 공주님보다 나를 더 마음에 들어 하시는 거 아닐까?'

소해는 환라처럼 작게 웃으며 비원궁으로 돌아왔다. 궁인들이 문을 열어 주자마자 칠각이 다가와 고개를 숙였다.

"공주님."

소해가 턱을 치켜들며 오만한 목소리로 답했다.

"말하라."

"……천영 부인과 좌사정이 와 있습니다."

"이궐겸 말인가?"

"예, 공주님."

소해가 빠르게 걸어 접객실로 들어갔다. 그러자 천영 부인 주채령과 궐겸이 자리에서 일어났다. 인사를 올리는 두 사람을 보며 소해가 향옥에게 말했다.

"시장하구나. 아침을 준비해라."

"예, 공주님."

"좌사정과 천영 부인도 들고 가거라."

채령과 궐겸이 동시에 황공하다 말하고 허리를 숙였다. 소해는 고개를 끄덕이며 상석에 앉았다. 그녀는 궐겸에게서 시선을 떼지 못했다. 연모하는 공주님이 빤히 바라보시면 가슴이 뛰고 볼이 달아올라야 정상이거늘, 궐겸의 표정은 차갑기만 했다. 그는 소해의 시선이 부담스럽고 불편했다. 그리고 그런 감정을 느끼는 자신이 낯설었다.

불편한 침묵이 흐르는 사이 궁인들이 음식을 들고 들어왔다. 가장 주가 된 음식은 인삼을 넣고 푹 고아 만든 오리 백숙이었다. 궁인이었을 땐 쳐다보기도 힘든 음식이었으나 소해의 성에는 차지 않았다.

"이게 무엇인가?"

소해의 질문에 오리 백숙을 내려놓던 궁인의 손이 떨렸다.

"최상급의 약재와 인삼을 넣어 만든 오리 백숙이옵니다."

"태자가 될 나에게 오리가 어울린다고 생각하는가?"

"예?"

궁인이 고개를 번쩍 들고 물었다가 황급히 무릎을 꿇었다. 그 행동은 물 흐르듯 자연스러워 보였다. 별것 아닌 일로 아랫사람을 함부로 대하는 모습에 채령이 눈살을 찌푸렸다. 하지만 소해는 공주 역할에 심취해 채령의 반응을 눈치채지 못했다. 그녀는 차가운 눈으로 궁인을 내려다봤고 겁을 먹은 궁인은 땅에 머리를 찧으며 사죄했다.

"황송하옵니다, 공주님."

"손님이 있으니 말대답한 죄는 묻지 않겠다. 치우고 장어와 기러기를 가져와라. 반찬에 더덕과 전복이 없으니 그것도 가져와라."

"예, 공주님."

궁인이 음식을 도로 가져갔다. 침묵은 한층 더 무겁고 불편해졌다. 하지만 소해는 신경 쓰지 않았다. 그녀는 인자한 목소리를 흉내 내며 말했다.

"조금만 기다려라. 내가 그대들에게 대접하고 싶어 그런 것이니."

소해의 말에 궐겸과 채령은 오히려 마음이 불편해졌다. 자신들이 아침 식사를 거절하지 않아 애꿎은 궁인이 고생한 것처럼 느껴진 탓이었다. 뒤에 서 있던 향옥은 소해가 환라의 평판을 더 깎아 먹기 전에 앞으로 나섰다.

"공주님. 현재 장어와 기러기는 황제 폐하께 진상된 것이 다이옵니다."

"그럼 산에 가서 잡아 오면 될 것 아닌가?"

향옥은 뒷골이 당기는 느낌에 잠시 눈을 감았다. 그녀가 안 되겠다 싶어 뭐라고 한마디 하려던 찰나, 궁인이 요리를 가지고 들어왔다.

"공주님. 황제 폐하께서 기러기와 장어 요리를 보내셨사옵니다."

소해는 깔깔거리고 싶은 것을 참으며 손짓으로 음식을 내려 놓으라 말했다. 그리고 마치 향옥에게 들으라는 듯이 그녀를 똑바로 쳐다보며 궁인에게 물었다.

"기러기와 장어는 황제 폐하께 진상된 것밖에 없다고 들었는데 어찌 가져왔는가?"

"공주님께서 드시고 싶다는 말을 올렸더니 황제 폐하께서 하사하셨사옵니다."

소해가 그것 보라는 듯 향옥을 쳐다봤다. 면포에 가려져 있었으나 향옥은 소해의 으스대는 눈빛을 여실히 느낄 수 있었다. 하지만 지금 소해는 공주였다. 향옥이 할 수 있는 것은 아무것도 없었다.

"들라."

짧게 말한 소해가 황제에게 감사의 인사를 전해 달라는 말도 없이 음식을 먹기 시작했다. 궐겸이 당혹스러운 눈으로 채령을 보았다. 평소 대장군 소능현과 채령에게 공주님의 성품에 대해 칭찬하던 그였기에 얼굴이 홧홧할 정도로 이 상황이 부끄러웠다. 그는 공주님이 갑자기 왜 저러는지 이해할 수 없었다. 숨겨진 의도가 있는 걸까? 일부러 안 좋은 모습을 보여서 충성하지 않는 자를 색출하려는 것인가? 하지만 그게 무슨 의미가 있을까? 허물이 있으면 아뢰고 잘못된 판단에 반대하는 것이 신하의 일이거늘.

'아니야. 다른 이유가 있을 것이다. 분명 그럴 거야. 조정에서 그리 말씀하신 것도 이유가 있겠지.'

그것을 알아내야 한다. 그렇지 않으면 요 며칠 간의 행실이 고스란히 대장군의 귀에 들어갈 것이다. 게다가 오늘 조정에서 있었던 일도 대장군의 귀에 들어갈 터인데, 행실마저 바르지 못하다는 소문이 돌면 대장군의 마음이 완전히 돌아설지도 모르는 일이었다. 그것만은 막아야 한다. 궐겸은 마음을 굳게 먹고 입을 열었다.

"오늘 국무 회의에서 선례에 관한 말씀을 하셨지요."

"그렇다."

"아뢰옵기 황공하오나, 특별한 연유가 있사옵니까?"

"내가 여인이라 태자가 못 된다니. 황제도 되는 마당에 태자가 못 된다는 것이 웃기지 않은가? 반대하는 자들이 정신을 차리길 바라서 그리 말하였다."

궐겸은 할 말을 잃고 말았다. 대신들의 반대는 정말 황제의 뜻에 반하기 위해서가 아니었다. 차기 황제가 될 공주의 성향을 보기 위해서였다. 그런데 이번 국정 회의에서 소해가 경솔한 발언을 한 덕에 대신들 대다수는 공주가 야욕을 드러냈다고 생각했다. 그녀가 신하들의 말에 강하게 반대하며 동시에 영로와도 척을 지고 있다고 여기게 된 것이다. 대신 중에 영로와 척을 지길 바라는 사람은 없었다.

바른말을 하는 대내상조차 영로에게 직접적으로 반기를 들진 않았다. 그러니 오늘 내뱉은 한마디로 공주의 입지는 더욱 좁아질 것이다. 어쩌면 방계 혈족이 태자로 즉위하고 공주는 궁에서 쫓겨나게 될 수도 있었다.

'도대체 무슨 생각이신지······. 혹시 궁에서 나가고 싶으신 걸까?'

그렇지 않고서야 갑자기 이렇게 변할 리가 없었다. 궐겸이 혼란스러움에 말을 잇지 못하자 소해가 귀찮다는 듯이 고개를 돌렸다.

"식사 중에 머리 아픈 이야기를 하고 싶지 않다."

더는 그 일에 대해 언급하지 말라는 뜻이었다. 궐겸은 고개를 조아릴 수밖에 없었다.

"송구하옵니다."

"되었다."

싸늘한 소해의 대답에 분위기가 가라앉았다. 채령이 소소한 이야기를 꺼내 분위기를 전환했다. 소해는 그녀의 행동이 달가웠기에 성심성의껏 대화에 응했다.

식사가 끝나자마자 채령은 인사를 올리고 자리를 떠났다.

궐겸은 자리에 남았다. 공주님의 본심을 듣기 위해서였다. 그는 소해를 따라 방으로 들어가다가 그녀의 뒷모습을 보며 고개를 기울였다.

'원래 저렇게 화려한 장신구를 쓰셨나?'

그의 시선이 밑으로 흘러 소해의 소매에 닿았다.

'저렇게 긴 소매도 잘 입지 않으셨던 것 같은데.'

궐겸이 의문을 갖는 사이 소해가 자리에 앉았다. 얼마 지나지 않아 궁인들이 차를 가져왔다. 소해가 찻잔을 들어 올리자 소매 밑으로 깨끗한 손톱이 드러났다. 궐겸은 소해의 손을 빤히 보다가 물었다.

"이번 여름에는 봉숭아 물을 들이지 않으십니까?"

소해는 궐겸의 말을 이해하지 못했다. 그녀가 면포를 쓰고 있지 않았다면 얼빠진 얼굴이 고스란히 드러났을 것이다. 그러나 면포는 소해의 얼굴을 잘 가리고 있었기에 궐겸은 그녀의 동요를 눈치채지 못했다.

잠시 침묵이 흘렀다. 궐겸이 의아한 표정을 짓자 소해는 그제야 깨달았다.

'공주님은 여름마다 봉숭아 물을 들이셨나 보네.'

올해 처음 공주를 가까이에서 모시게 된 소해가 그 사실을 알 리 없었다. 소해는 힐끔 궐겸의 눈치를 살폈다. 궐겸은 무슨 생각을 하는지 모를 얼굴로 소해의 손끝을 바라보고 있었다. 소해는 찻잔을 내려놓으며 무의식중에 소매를 끌어 손끝을 감췄다.

"곧 물들이려 했다."

궐겸은 대답하지 않았다. 그는 조용히 앉아 있다가 차가

식었을 즈음에야 입을 열었다.

"할 일이 생각나 가 보아야 할 것 같사옵니다."

"그리 하라."

궐겸은 공손히 허리를 숙이고 자리에서 일어났다. 돌아 나가는 모습이 묘하게 매몰차 보였다.

소해는 저도 모르게 무릎을 덜덜 떨며 손톱을 물어뜯었다. 한참이나 그렇게 있던 소해가 몸을 벌떡 일으켰다. 갑작스러운 움직임에 방 안에 있던 궁인 한 명이 소해를 쳐다보았다. 눈이 마주치자 소해의 눈썹이 치켜 올라갔다. 그녀는 저를 쳐다본 궁인의 앞에 섰다. 발걸음에 진노한 기색이 역력했다. 궁인이 고개를 숙이고 어깨를 떨었다.

"지금 감히 나와 눈을 마주친 것인가?"

면포로 얼굴을 가리고 있었기에 눈이 마주쳤는지 아닌지 궁인으로서는 알 길이 없었다. 누가 봐도 명백한 화풀이였다. 그러나 방 안에 소해의 심기를 거스를 자는 없었다. 화풀이의 대상이 된 궁인도 마찬가지였다.

"아, 아니옵니다, 공주님."

"공주에게 거짓을 고하다니, 무엄하다."

"황송하옵니다, 공주님!"

궁인이 재빨리 무릎을 꿇었다. 하지만 소해의 분노는 가라앉지 않았다. 소해는 씩씩거리며 궁인의 뺨을 내리쳤다. 궁인의 몸이 휘청였으나 소해는 신경도 쓰지 않고 차가운 목소리로 말했다.

"내가 되었다 할 때까지 무릎을 꿇고 있어라."

"예, 공주님."

울먹이는 대답을 뒤로하고 소해는 침상으로 올라갔다. 그러자 옆에 있던 궁인이 휘장을 내려 주었다. 얇고 새하얀 천이 시선을 가려 주었으나 소해의 불안감은 가라앉지 않았다. 그녀는 손톱을 물어뜯었다.

'아냐. 괜찮아. 좌사정이 알면 뭘 어쩔 건데? 황후 폐하도, 황제 폐하도 모두 내 편인걸. 나는 시켜서 하는 일이잖아. 나는 아무 잘못 없어.'

그렇게 생각하자 마음이 한결 편해졌다. 소해는 깊게 심호흡을 하고 고개를 치켜들었다.

'그리고 좌사정은 나를 좋아하니까 내가 공주인 척하는 걸 안다고 해도 아무한테도 말하지 않을 거야.'

소해는 완전히 홀가분해진 마음으로 몸을 일으켰다. 그러자 침상 근처에 있던 궁인이 다가와 휘장을 대신 걷어 주었다. 소해는 궁인에게 잠깐 시선을 두었다가 제 손톱을 바라보았다.

차라리 잘 되었다. 궐겸이 말해 주지 않았다면 아무것도 모른 채 지냈을 것이다. 그렇게 국무 회의를 나갔다가는 대신들의 의심을 받았을 것이다. 차라리 내 사람이 먼저 알아서 다행이라는 생각마저 들었다.

'그런데 왜 여사랑 태감은 안 알려 준 거람? 하마터면 큰일 날 뻔했잖아.'

소해는 속으로 투덜거리며 중문 앞에 서 있는 향옥을 불렀다.

향옥이 다가와 공손하게 허리를 숙였다.

"여사는 나가서 봉숭아를 따 오도록 하라."

"예, 공주님."

소해는 밖으로 나가는 향옥을 보며 면포 너머에서 미소 지었다. 그리고 자리에서 일어나 책상에 앉았다. 습관적으로 상소문을 펼쳤지만 너무 어려운 말들뿐이었다. 금세 싫증이 난 소해는 상소문을 던지듯 내려놓고 몸을 일으켰다.

공주가 된 뒤로 그녀는 무료함에 시달리고 있었다. 처음 일주일간은 갈파왕이 꾸준히 찾아와 이간질하는 말을 해서 심심하지는 않았는데 요즘에는 그조차 오지 않았다. 소해는 탁자에 앉아 책을 읽는 척하다가 한 시진(2시간)이 지난 뒤에야 무릎을 꿇고 있는 궁인에게 손짓했다. 궁인이 비틀거리며 소해에게 다가왔다.

"가서 약과를 가져오라."

"예, 공주님."

궁인이 절뚝거리며 방을 나갔다. 중문에 선 칠각이 한숨을 삼킬 즈음, 향옥이 봉숭아를 따서 가져왔다. 소해가 손을 내밀자 향옥이 소해의 약지에 봉숭아 물을 들여 주었다. 손가락이 열 개인데 두 개만 물들여 주는 것이 소해는 마음에 들지 않았다.

'일부로 손가락 두 개만 물들여 준 거 아니야? 내가 호의호식하는 것에 시샘이 난 게지.'

소해는 일어나려는 향옥을 말로 붙잡았다.

"나머지 손가락에도 봉숭아 물을 들이겠다."

"하오나……."

공주님은 원래 약지에만 봉숭아 물을 들이셨다고 말하려던 향옥은 입을 다물었다. 방 안에는 듣는 귀가 너무 많은 탓이었다. 향옥이 말을 잇지 못하자 소해가 어서 나머지 손가락도 물들이라는 듯 향옥에게 손을 뻗었다.

향옥은 답답함에 가슴을 내리치고 싶은 것을 꾹 참으며 다른 표현 방법을 떠올렸다.

"항상 약지에만 하시지 않으셨사옵니까?"

"열 손가락에 다 물들이고 싶어졌다."

소해가 우기자 향옥은 할 말이 없어졌다. 그녀는 이를 악물고 다시 무릎을 꿇어앉았다.

향옥이 봉숭아를 올리는 일에 열중일 때, 궁인이 방 안으로 들어와 약과를 내려놓았다. 그러자 칠각이 다가와 은침을 꺼냈다. 소해는 입 안에 군침이 돌아 참을 수가 없었다. 그녀는 칠각이 은침을 꽂았던 약과 하나를 집어 입에 쏙 넣었다. 약과가 입 안에서 으깨지자 달콤함이 혀를 감쌌다. 하나를 더 먹고 싶었으나 칠각은 여전히 약과를 검사하고 있었다.

"되었다."

"아니 되옵니다."

"내가 되었다고 했다. 감히 공주의 판단을 무시하는 것인가?"

소해가 자리에서 벌떡 일어서며 엄한 목소리를 내었다. 그러나 칠각은 물러설 수 없었다.

"독이 들어 있을 수도 있사옵니다."

소해의 얼굴이 불퉁하게 변했다.

'어차피 나오지도 않을 독을 왜 저렇게 열심히 검사하는 거야?'

그녀가 속으로 투덜거리던 때였다. 칠각이 약과에서 은침을 빼 냈다. 소해의 예상과 달리 은침의 끝은 시꺼멓게 변색 되어 있었 다. 소해는 비명조차 지르지 못하고 자리에 주저앉았다.

칠각과 향옥은 재빨리 눈빛을 주고받았다. 한동안 잠잠하 긴 했으나 공주를 암살하려는 시도는 처음이 아니었다. 향옥 이 침착한 어조로 칠각에게 말했다.

"내가 중정대에 갈 터이니 태감은 궁인들을 조사해 주시 오."

"알겠소."

향옥이 방을 나서자마자 칠각은 궁인들을 불러 모았다. 소 해에게 약과를 가져다준 궁인이 유독 몸을 덜덜 떨고 있었다. 소해의 눈이 범인을 발견한 사람처럼 증오로 희번덕였다.

그러나 칠각의 생각은 달랐다. 몸을 떠는 것만으로는 범인 이라 단정할 수 없었다. 요즘 들어 소해가 궁인들을 가혹하게 대한 데다가 제가 가져온 약과에 독이 들어 있었으니 범행 여부와 상관없이 오금이 저릴 것이다. 칠각이 궁인을 진정시 키고 아는 것이 있는지 물으려던 찰나였다. 자리에서 벌떡 일 어난 소해가 궁인의 뺨을 내리치고 머리채를 휘어잡았다.

"네가 감히 공주를 시해하려 해?!"

"아니옵니다, 공주님! 저는 아무것도 모릅니다. 정말이옵니다! 제가 그런 것이 아니옵니다!"

"닥쳐라!"

소해가 사시나무처럼 떨며 손을 치켜들었다. 그러자 칠각이 그녀의 앞을 가로막았다.

"공주님. 진정하시옵소서. 조사하면 나올 일이옵니다."

칠각이 차가운 눈으로 소해를 응시했다. 그 냉기가 소해의 분노를 억눌렀다. 하지만 두려움은 더 심해졌다. 그녀는 얼음물을 뒤집어쓴 사람처럼 몸을 떨며 뒷걸음질 치다가 그대로 의자에 앉았다. 칠각이 바로 옆에서 궁인을 심문하고 있었으나 마치 물속에 잠긴 것처럼 소해의 귀에는 그의 목소리가 먹먹하게 들렸다. 숨이 버겁고 한기가 돌았다.

'누구지? 누가 날 죽이려고 한 거야? 내가 뭘 잘못했다고?'

소해는 제 몸을 끌어안았다. 하지만 떨림은 멈추지 않았다. 그때였다. 누군가 소매로 가려진 소해의 손 위에 손을 겹쳤다. 놀란 소해가 고개를 번쩍 들었다. 향옥의 말을 듣고 달려온 궐겸이 소해의 손을 잡아 준 것이었다.

"공주님. 괜찮으시옵니까?"

소해는 눈물을 뚝뚝 흘리며 궐겸의 품에 안겨 들었다. 짙게 풍기는 장미 향에 궐겸이 볼을 붉혔다. 그는 저도 모르게 소해의 등을 감쌌다. 심장이 뛰기 시작하자 궐겸의 의심은 옅어졌다.

그는 곧 제 품에 있는 사람이 공주라고 믿었다.

아니 공주이길 바랐다.

궐겸은 소해의 등을 토닥이며 무릎을 꿇고 앉았다.

"많이 놀라셨사옵니까?"

소해는 환라의 목소리를 모사할 수 없을 만큼 지친 상태였다. 때문에 목소리를 내지 않고 고개만 끄덕였다.

궐겸은 위에서 아래로 끄덕이는 소해를 보며 자신이 착각한 것이라 믿기로 했다.

* * *

환라는 양야를 유심히 보았다. 잠이 들 때까지 곁에 있어 주다가 동침하게 된 지 여러 날이 지났다. 보통은 비슷한 시간에 잠이 들고 깨어났으나 사흘에 한 번만은 달랐다.

환라는 양야를 재워 두고 한월각을 빠져나갔다. 여우를 만나기 위해서였다. 그리고 오늘도 여우를 만나기 위해 거처로 돌아가야 했다. 밤이 깊어질 때까지 환라는 눈을 깜빡이며 졸음을 몰아냈다. 시간이 지나자 양야의 숨이 고르게 변하고, 환라의 배 위에 올려놓은 팔이 무거워졌다.

자시(오후 11시)가 넘었을 무렵, 양야는 완전히 잠이 든 것처럼 보였다. 환라는 그제야 슬그머니 이불을 거둬 내고 자리에서 일어났다. 그녀는 양야를 잠시 바라보다가 침대 밑으로 내려가려 했다.

순간,

"어디 가십니까?"

양야가 환라의 손을 덥석 잡으며 잠긴 목소리로 물었다. 나쁜 짓을 한 것도 아닌데 심장이 덜컥 주저앉았다. 환라의 심장박동이 빨라지자 양야가 장난스럽게 웃었다. 환라가 따라 웃으며 양야의 손등을 토닥였다.

"여우를 보러 가려 했다. 그런데 양야 네가 깼으니 다시 재우고 가야겠구나."

양야가 웃음을 흘리며 환라의 손을 끌어당겼다. 환라는 어쩔 수 없이 다시 양야의 옆에 누웠다. 양야가 그녀를 품에 가두며 웃음기 섞인 목소리로 물었다.

"여우가 그리 좋으십니까?"

"내 여우이니 좋을 수밖에."

양야의 입꼬리가 요염하게 휘었다. 내 여우. 그 단어에 가슴이 간질거렸다. 양야는 제 마음을 숨기지 못하고 눈을 감은 채 환라에게로 고개를 숙여 닿는 곳마다 입을 맞췄다.

"재워 주지 않으셔도 됩니다. 여우를 만나러 가세요."

"내가 곁에 있어야 잠이 드는 그대를 두고 여우에게 갈 순 없다."

"어찌 그리 달콤한 말만 하십니까?"

양야가 슬그머니 눈을 뜨며 환라를 꼭 끌어안았다. 환라가 양야의 가슴에 이마를 대고 작게 웃었다. 작은 종이 흔들리는 것 같은 진동이 양야의 가슴에 퍼졌다. 그는 온몸으로 퍼지는 애정을 느끼며 환라의 얼굴을 들어 입술에 짧게 입을 맞췄다.

"저는 이걸로 됐습니다. 여우에게 가 보십시오."

"조금 늦어도 괜찮다."

"제 마음이 변하기 전에 가십시오. 어서요."

환라가 그를 마주 보다가 입맞춤을 돌려주었다.

"다녀오겠다."

그리고 짧게 인사한 뒤 웃옷을 걸쳐 입고 방 밖으로 나갔다. 양야는 옆으로 누운 채 그녀의 뒷모습을 바라보았다. 사람인 모습으로도 동침하게 되었으니 이제 여우로 변할 필요는 없었다.

게다가 계속 여우로 만나는 것도 정체를 들킬 것 같아 두려웠다. 여우의 모습으로 처음 마주했을 때 환라가 저를 보던 눈빛이 아직 생생했다. 짐승으로 변하는 제 모습을 보면 환라가 겁을 먹고 도망쳐 다시는 돌아오지 않을 수도 있다는 생각마저 들었다.

그는 작게 한숨을 내쉬고 여우의 모습으로 변해 창문에서 훌쩍 뛰어내렸다. 문 앞에 몸을 웅크리고 있자 환라가 나오는 게 보였다. 양야는 멀찍이 떨어져 환라를 쫓아갔다. 종종 그녀를 노리고 오는 요괴들이 있으면 이를 드러내 내쫓았다. 아직 양야가 감당 못 할 정도로 위험한 요괴가 온 적은 없었다.

'하지만 이대로 밤에 돌아다니게 하는 건 위험해.'

그는 고개를 들어 하늘을 보았다. 달은 고운 눈썹을 대고 그려 놓은 것처럼 얇아져 있었다. 이제 월식이 얼마 남지 않았다. 달이 사라진 밤에는 부정한 것들이 더욱 활개를 친다.

'월식 전에는 정체를 밝혀야겠어.'

그렇게 마음을 먹었으나 환라를 뒤따라가는 걸음은 무겁기만 했다.

양야가 제 뒤를 따라오는 것도 모른 채, 환라는 등불을 들고 숲으로 들어섰다. 그녀의 품에는 한월각에서 챙겨 온 사과가 들려 있었다. 여우는 특이하게도 생고기보다는 익힌 고기를 좋아했다. 그리고 고기보다 과일을 더 잘 받아먹었다. 그것을 안 뒤로 환라는 여우를 만날 때마다 항상 과일을 조금씩 챙겨 갔다.

"여우야."

거처에 도착한 환라가 여우를 부르자 풀이 흔들리는 소리가 들렸다. 고개를 돌리자 풀숲에서 검은 여우가 튀어나왔다. 양야는 한월각에서부터 환라의 뒤를 밟은 주제에 뻔뻔하게 꼬리를 흔들며 그녀의 발치에 머리를 비볐다.

환라는 여우의 부드러운 털을 쓰다듬다가 방문을 열었다. 여우가 폴짝 뛰어 문지방 안으로 들어갔다. 환라가 웃음을 터트리고는 등불의 불씨를 촛대에 옮겨붙였다.

"초여름인데 벌써 조금 덥구나."

환라가 포를 벗으며 여우에게 사과를 내밀었다. 양야는 배고프진 않았으나 환라의 성의를 생각해 앞발로 사과를 잡고 베어먹었다. 아삭아삭하는 소리가 방 안에 퍼지자 환라가 여우 앞에 자리를 잡고 앉았다.

"맛있는가?"

여우가 고개를 끄덕였다. 환라는 여우가 먹는 것을 흐뭇하게 바라보다가 눈을 느리게 깜빡였다. 사과 씹는 소리가 자장가처럼 들렸다. 양야가 사과의 심지까지 다 먹어 치우고 고개를 들었을 때, 환라는 반쯤 잠든 상태였다. 양야는 환라를 깨울까 하다가 그냥 환라가 잠들 때까지 기다렸다. 환라의 몸이 서서히 기울었다. 환라의 몸이 막 옆으로 쓰러지려 할 때, 양야가 사람으로 변해 그녀를 받쳤다. 그녀를 내려다보는 눈은 촛불의 색감만큼이나 따사로웠다.

양야는 도술로 이불을 펴고 그 위에 환라를 눕혔다. 베개의 자리를 잡아 주고 얇은 이불을 덮어 주려 하자 환라가 인상을 찌푸리며 몸을 뒤척였다.

"으음……."

환라의 속눈썹이 잘게 진동했다. 환라가 잠에서 깬 것이다. 당황한 양야가 도술을 쓸 생각도 못 한 채 손으로 환라의 눈을 가렸다. 피부 위에서 느껴지는 사람의 온기에 환라가 찬물을 뒤집어쓴 것처럼 놀라며 눈을 떴다.

"누구냐."

환라의 목소리에 미약하게나마 두려움이 섞였다. 양야는 대답을 해야 할지 말아야 할지 몰라 망설였다. 밝힐 생각이긴 했으나 이렇게는 아니었다.

'이대로 도망갈까?'

그랬다간 환라가 여우를 걱정할지도 모른다. 마치 그 생각을 읽기라도 한 듯 환라가 양야의 손을 치우며 주변을 둘러보려 했다.

"내 여우는 어찌하였는가?"

양야는 당혹스러움에 몸이 굳었다. 환라는 몸을 뒤척이려고 해 보았으나 무엇에 붙잡힌 듯 허리가 움직이지 않았다. 환라가 손을 뻗어 제 허리 양옆을 더듬었다. 새하얗고 고운 손이 별안간 허벅지를 더듬자 양야가 몸을 움찔거렸다. 그는 도술을 이용해 환라가 목소리를 제대로 알아듣지 못하게 만든 뒤 입을 열었다.

"제 허벅지입니다."

그의 목소리에 웃음기가 섞여 나왔다.

"계속 더듬으시면 조금 곤란합니다."

환라의 손이 우뚝 멈췄다. 환라의 얼굴에 당혹스러움이 떠오른 것을 보며 양야가 웃음을 삼켰다.

잠시 어색한 침묵이 이어졌다. 환라는 손을 떼어 내며 남자의 목소리를 떠올렸다. 장난스럽긴 하지만 정중한 어투였다. 그러나 남자는 새벽에 남의 집을 침입한 무뢰배였다. 지금은 얌전하지만 언제 돌변해 환라를 해치려 할지도 모르는 일이었다.

본성이 침착한 편인 데다가 자객의 습격도 몇 번 겪었기에 환라는 빠르게 평정심을 되찾을 수 있었다. 그녀는 말을 걸어 남자의 주의를 분산시킨 뒤 등불로 그의 뒤통수를 내리칠 계획을 세웠다.

"다시 묻겠다. 여기 있던 여우는 어찌하였는가?"

양야는 다시 말문이 막혔다. 자신이 여우라고 말하고 싶었다.

그러나 쉽사리 입을 열 수 없었다. 환라의 눈은 물론이거니와 눈썹과 콧등까지도 양야의 손에 가려져서 표정을 제대로 알 수 없게 된 탓이었다.

"저는……."

양야가 운을 떼다 말고 다시 입을 다물었다. 환라의 심장이 요동치는 게 느껴졌다. 그녀가 불안해하거나 두려워하기 전에 알려야 한다. 양야는 잠시 입술을 깨물었다가 조심스러운 목소리로 말했다.

"여우입니다."

방 안이 정적에 휩싸였다. 환라의 입매는 일자로 다물려 있었다. 양야는 그녀가 무슨 생각을 하는지 알 수 없어 두려웠다.

'지금이라도 도망칠까?'

양야가 문 쪽을 보고 있을 때, 환라의 심장박동이 서서히 원래의 속도를 되찾았다. 양야는 고개를 기울이며 환라를 보았다. 손바닥 밑으로 속눈썹이 스쳤다. 환라가 눈을 깜빡이고 있는 것이었다. 간지럽고 야릇한 촉감이 곤혹스러웠다. 그래도 덕분에 환라의 생각을 어렵지 않게 파악할 수 있었다.

'어이없어하고 계시는군. 아니면 미친 자라고 생각하시거나.'

그의 예상은 정확했다. 환라는 어이가 없었고, 제 위에 있는 사람의 정신이 온전치 못하다고 생각했다. 그래도 곱게 미친 것 같으니 말로 잘 타이르면 위험한 일은 없을 것이라고 여겼다. 환라는 제 위에 있는 사내를 어떻게 구슬려야 할지 고민했다. 그녀의 고민이 훤히 보여 양야는 저도 모르게 웃었다. 환라는 그 웃음소리를 어디서 들어 본 것만 같았다. 혹시 어디서 만난 적이 있는가 싶어 물어보려 할 때였다. 양야가 시무룩한 목소리로 말했다.

"저를 못 믿으시는 겁니까?"

당연한 말이었다. 물론 환라는 사람이 삵으로 변하는 것을 본 적 있으나 그런 일이 흔할 리 없었다. 게다가 여우가 정말 사람이었다면 제 옆에서 잠들기 전에 언질이라도 주었을 것이다.

"내 여우는 그리 음흉하지 않다."

음흉이라는 단어에 양야는 당황하고 말았다. 하지만 생각해 보면 틀린 말도 아니었다. 환라의 환심을 사고 정기를 취하기 위해 여우로 변해 아양을 떠는 것은 확실히 음흉한 짓이었다.

"저도 환을 만나기 전까지는 제가 음흉한 놈인 줄 몰랐습니다."

저를 부르는 호칭에 환라가 눈을 동그랗게 떴다. 점잖은 미치광이가 제 이름을 알고 있을 줄은 꿈에도 상상하지 못했던 탓이었다. 환라는 다시 긴장했다. 사라졌던 경계심도 덩달아 슬그머니 고개를 쳐들었다. 환라는 애써 침착을 유치하며 말했다.

"덥구나. 내려와서 이야기하라."

환라의 말과 달리 그녀의 몸은 오한으로 서늘했다. 양야는 그 기색을 눈치챘다. 그는 습관처럼 환라를 안심시켜 줄 요량으로 그녀의 손을 잡았다. 하지만 제 위에 있는 것이 양야인 것을 모르는 환라는 그의 손을 뿌리쳤다.

양야가 뒤늦게 그 사실을 알아차리고 손을 떼어 냈다. 사실을 알면서도 뿌리쳐진 손에 마음이 아팠다. 그는 시무룩한 기색을 감추며 몸을 숙였다. 길고 부드러운 머리카락이 환라의 볼 위로 떨어져 귓가로 흘러내렸다. 환라는 몸을 굳히며 고개를 돌렸다. 그리고 제 주변을 더듬었다. 저를 욕보이려 하면 이번에야말로 점잖은 미치광이의 뒤통수를 내리칠 생각이었다.

제 머리가 깨지는 것을 원하지 않았기에, 양야는 환라의 손이 등불에 닿기 전에 등불을 도술로 멀리 치웠다. 그리고 그녀의 손을 제 머리 위에 얹어 놓았다.

"만져 보십시오. 당신의 여우가 맞습니다."

환라의 손끝이 양야의 머리카락 사이로 스며들 듯 파고들었다. 확실히 부드러운 것이 여우를 연상케 하기는 했다. 그녀는 의심스러워하면서도 양야의 머리카락을 매만졌다. 머리카락은 값비싼 비단처럼 엉키지 않고 부드럽게 환라의 손가락 사이로 흘렀다.

'여우보다는 양야와 비슷하다.'

하지만 목소리는 양야와 달랐다. 정확히 말하자면 기억나지 않았다. 분명 방금 들은 목소리인데 어땠는지 떠오르지 않는 것이다. 귀신이 곡할 노릇이었다. 환라는 고개를 바로 했다. 그녀는 양야의 머리를 쓰다듬던 손을 천천히 얼굴 쪽으로 내렸다. 손끝이 눈꼬리에 닿자 양야가 손목을 잡아 그 손길을 멈춰 세웠다.

"안 됩니다."

"얼굴이 궁금하다."

"아직은 보여 드릴 수 없습니다."

양야는 환라의 얼굴을 덮고 있는 제 손등에 이마를 기댔다. 코끝과 코끝이 맞닿았다. 달큼한 사과 향이 양야의 숨결에 섞여 나왔다. 마치 방금 사과를 먹은 사람 같았다. 환라는 그 향기에 혼란스러워졌다. 그녀는 무의식중에 양야의 머리를 계속 쓰다듬다가 여전히 의심하는 듯한 어조로 물었다.

"정말 여우인가?"

"맞습니다."

"왜 그동안 말하지 않았는가?"

"당신께서 저를 두려워하실까 봐 말하지 못했습니다."

"두렵지 않다. 단지……. 조금 당혹스러울 뿐이다."

양야는 그 말에 안도했다. 그의 마음은 편안해졌으나 반면에 환라의 마음은 무거워졌다.

'이제껏 여우가 사람인 줄도 모르고 동침을 하였으니 이 일을 양야에게 어찌 설명한단 말인가?'

환라는 참담한 마음으로 있다가 제 머리카락을 매만지는 손길에 번뜩 정신이 들었다.

"너무 가깝다."

"싫으십니까?"

"나에겐 정인이 있다."

꽃봉오리가 터지는 듯한 웃음소리가 들렸다. 환라는 양야의 손을 붙잡았다. 치우려 했으나 양야는 손을 치워 주지 않았다. 대신 환라의 눈을 가린 채로 여우의 몸으로 돌아왔다. 허리 옆을 지탱하고 있던 허벅지는 털이 올라오며 짐승의 것으로 변했다. 양야는 제 팔목까지 여우로 변했을 때 환라의 눈을 가리던 손을 떼어 냈다.

환라의 눈앞에 붉게 물든 손끝 두 개가 나타났다가 환라가 인지하기도 전에 짐승의 발로 변했다.

환라는 제 배 위에 앉아 있는 작은 여우를 보며 혼란스러운 한숨을 내쉬었다. 그녀는 습관적으로 여우를 만지려다가 손을 멈췄다. 자리에서 일어나려는 기색을 비치자 여우가 환라의 배에서 내려와 앉았다.

"네가······."

환라가 비현실적인 상환에 말을 잇지 못하고 입을 다물었다. 눈앞에서 손이 여우의 앞발로 변하는 것을 본 마당이니 남자가 여우라는 것을 마냥 부정할 수도 없었다. 환라는 제 무릎에 얼굴을 비비는 여우를 쓰다듬으려다가 참았다. 이런 상황에서 여우를 쓰다듬으면 건장한 사내를 쓰다듬는 느낌이 들 것 같았다.

환라는 차마 부드러운 털을 쓰다듬지 못하고 안타까운 눈으로 바라보기만 하였다. 그녀가 망설이는 기색을 보이자 여우가 그녀의 허벅지 위에 턱을 올리며 물었다.

"왜 쓰다듬지 않으십니까?"

환라는 숨을 들이마셨다. 놀란 눈이 양야에게로 향했다.

양야는 아랑곳하지 않고 샐쭉이 웃으며 교태롭게 얼굴을 비볐다.

"내 여우라 하지 않으셨습니까?"

나긋한 말투에 환라의 볼이 달아올랐다.

"네가 사람인 줄 알았다면 말을 조심했을 것이다."

"조심하지 않으셔도 됩니다."

요망스러운 말대꾸에 환라는 할 말을 잃고 말았다. 환라는 멍하니 여우를 바라보았다. 그러다 여우의 머리를 살며시 들어 제 허벅지에서 치웠다. 양야는 가만히 있는가 싶더니 환라의 무릎 위로 올라갔다. 그러자 환라가 다시 조심스럽게 여우를 들어 바닥에 내려놓았다. 양야는 포기하지 않고 환라의 옆에 바짝 붙어 앉았다. 환라는 작고 검은 여우를 내려다보며 고민하다가 이 정도는 괜찮겠다 싶어 내버려 두었다.

여우를 보는 환라의 눈빛은 처음 만났는데 익숙한 사람을 보는 것 같기도, 생전 처음 보는 동물을 보는 것 같기도 했다. 양야는 순진무구한 눈을 바라보다가 쓴웃음을 지었다.

"제가 당신을 해하기라도 하면 어쩌려고 도망가지도 않으십니까?"

"해할 사람은 그런 말을 하지 않는다."

"저는 사람이 아닙니다."

"그럼 요괴인가?"

"그렇다면 도망치실 겁니까?"

환라가 습관적으로 양야의 귀 사이를 부드럽게 쓸어 주었다. 고운 얼굴에 미소가 아롱졌다.

"모르겠구나."

그 눈빛이 너무나도 기꺼워 양야는 차라리 눈을 감았다. 밝히고 싶은 마음이 턱 끝까지 차올랐다. 하지만 용기가 나지 않았다.

환라가 두려워하지만 않으면 쉽게 밝힐 수 있다고 생각했는데, 이상한 일이었다.

양야는 마음이 울렁거려 환라를 마주 볼 수 없었다. 그는 고개를 돌린 채 아무 말도 하지 않고 있다가 먼저 몸을 일으켰다.

"앞으로는 찾아오지 마십시오. 음식도 가져오지 않으셔도 됩니다."

환라가 고개를 기울여 여우와 눈을 맞췄다.

"네가 짐승이든 사람이든 내 목숨을 구해 준 것에는 변함이 없다. 개의치 말라."

"제가 구해 드렸기 때문입니까? 아니면 다른 사람이라도, 환 님의 정인이 짐승으로 변한다 하더라도 이리 대하셨을 겁니까?"

"그렇다."

환라의 눈은 확신에 가득 차 있었다. 양야는 그 눈을 빤히 바라보다가 깨달았다.

문제는 환라한테 있는 것이 아니다. 자신에게 있었다. 두려워하는 것도, 망설이는 것도 양야 자신이었다. 눈을 감자 귓가에 백호선의 목소리가 울리는 듯했다.

'잘 생각해 보렴. 저 아이가 정말 인간이 아닌 자를 반려로 원할지 말이다. 그래. 백번 양보해서 저 인간은 네가 인간이 아니어도 상관없다 해 보자. 하지만 주변 이들의 시선은 어떨 것 같으냐?'

양야는 그렇다고 답할 수 없었다. 그는 알고 있었다. 정괴와 인간의 사랑은 아름답게 끝날 수 없다는 것을. 태어난 곳을 떠난 지 오래된 정괴는 언젠가 요괴가 되고, 사랑은 욕망이 된다. 그 욕망이 식욕으로 변하면 제 연인을 잡아먹고 마는 것이다.

지금은 구슬의 정기가 양야를 보호해 주고 있지만, 그 기운도 어떻게 변할지 모르는 일이었다. 짐승으로 변하는 모습에는 도망치지 않을 수 있다. 하지만 이 이야기를 듣고도 양야를 멀리하지 않을 수 있을까?

'조금만 더 생각을 정리하고, 그때 밝히자.'

양야는 말없이 문을 열었다. 손댄 사람이 없는데 저절로 문이 열리자 환라가 놀라며 뒤를 바라보았다. 양야는 그녀의 시선이 분산된 틈을 타 빠르게 달려 문 너머로 사라졌다. 환라는 저절로 닫히는 문을 멍하니 바라보다가 몸을 일으켰다.

다가가 문을 열었으나 너머에는 아무것도 없었다. 여우가 도망치기 위해 문을 연 것이었다.

환라가 안타까운 얼굴로 풀숲을 바라봤다. 그렇게 잠시 그 자리에 서 있다가 등불을 들고 한월각으로 돌아갔다.

환라의 뒤를 따라오다가 창문으로 먼저 들어온 양야는 누워서 눈을 감고 있었다. 얼마 지나지 않아 얼굴 위로 환라의 시선이 쏟아지는 게 느껴졌으나 그는 눈을 뜨지 않았다. 환라는 옷을 갈아입고 양야의 옆에 누웠다.

동이 트고 나서야 양야는 눈을 떴다. 그는 잠든 환라의 이마에 입을 맞추고 아래층으로 내려왔다. 여란이 혼자 내려오는 양야를 보며 고개를 기울였다.

"형님은 어쩌고 혼자 내려오시오?"

"아직 주무신다."

여란이 고개를 끄덕이고는 늘어지게 하품을 하며 기지개를 켰다. 양야는 그녀를 힐끔 보고 곰방대에 약초를 채워 넣었다.

"오늘은 어디 안 나가느냐?"

"별일 없소."

"별일이구나."

양야의 말장난에 여란이 키득거리는 사이 환라가 밑으로 내려왔다. 양야가 손을 뻗어 그녀의 허리를 끌어안았다. 환라는 고개를 숙여 양야의 볼에 입을 맞춰 주고 자리에 앉았다.

여란은 웃는 듯 찡그린 듯 묘한 얼굴로 두 사람을 바라보다가 말했다.

"형님은 오늘 할 일 있소?"

환라가 고민하는 듯하다가 입을 열었다.

"서당과 태학을 둘러보고 싶다."

"재미도 없는 곳을 왜 가려 하시오?"

"서당이 있는데 글을 모르는 백성이 많은 것이 의아해서 그렇다."

여란이 할 말이 많은 얼굴로 환라를 보았다가 입을 다물었다. 자고로 백문이 불여일견이라 하였다. 설명하는 것보다 직접 가서 보는 것이 나을 듯했다.

여란이 알겠다는 듯이 고개를 끄덕이자 환라가 양야를 돌아보았다. 함께 가겠느냐는 뜻이었다.

"저는 일이 있습니다. 란이와 함께 다녀오십시오."

"그리 하겠다."

환라와 여란은 아침을 먹고 바로 출발했다. 여란은 명문가의 집들이 모인 곳으로 향했다. 그 끝자락으로 가자 넓은 건물이 한 채 나왔다. 대문의 명패에는 어도(語道) 서당이라고 적혀 있었다. 본래 서당이란 배움을 중시하는 곳으로 누구나 출입할 수 있기 마련이었다. 그렇기에 환라는 거리낌 없이 안으로 들어가려고 했다.

옆에 서 있던 여란이 그녀를 말리지만 않았다면 말이다.

"아니 되오. 들어갈 순 없소."

환라가 고개를 기울이며 여란을 보았다. 그녀는 목소리를 내려다가 입을 다물었다. 명문가가 모여 있는 곳이기에 공주의 목소리를 아는 사람이 지나다닐 수도 있었다. 그렇기에 환라는 말 대신 손을 꺼냈다.

보름 동안 같이 지내며 환라가 밖에서는 거의 말을 하지 않는 다는 것을 알았기 때문에 여란은 자연스럽게 손을 내어 주었다.

[서당에 왜 출입하지 못하는가?]

"여기는 콧대 높은 분들의 자제만 들어갈 수 있소."

여란이 아니꼽다는 듯 말했다. 환라로서는 이해할 수 없는 일이었다.

환라가 안을 들여다보며 가만히 서 있을 때였다. 10세에서 13세쯤 되어 보이는 아이들이 뭉쳐서 서당으로 오다가 여란을 보며 비아냥거렸다.

"이 거렁뱅이 같은 게. 야! 기웃거리지 말고 꺼져."

그러고는 여란이 뭐라 말하기도 전에 침을 퉤 뱉고 안으로 들어가 버렸다. 같이 있던 애들도 저마다 낄낄거리며 서당 안으로 들어갔다. 여란은 끓는 속을 다스리는 사람처럼 입을 꾹 다물고 코로 크게 숨을 쉬었다.

"내 이래서 오기 싫어한 것이오. 여기 다니는 놈들은 대체로 재수가 없소. 가십시다."

[다른 서당도 보겠다.]

"어디 보자……."

여란이 하늘을 보며 길을 고민하다가 환라를 끌고 다른 서당으로 갔다. 번화가 근처에 있는 커다란 서당이었다. 못해도 100명 정도의 아이들을 수용할 수 있을 정도로 넓었다.

이렇게 커다란 서당이 있는데 왜 그렇게 글을 못 읽는 사람이 많은지 모를 일이었다. 하지만 생각이 끝나기도 전에 곧 그녀의 눈에 그 이유가 보였다. 훈장으로 보이는 사람이 사내아이 머리채를 붙잡고 밖으로 나오고 있었던 것이다.

깜짝 놀란 환라와 여란이 훈장에게 뛰어갔다.

"이보시오! 아이에게 무슨 짓이오!"

버럭 소리를 지르려던 훈장이 여란의 행색을 보고 입을 다물었다. 그도 남장한 홍 씨의 악명을 익히 들어 알고 있었다. 괜한 소란이 생기는 것을 원하지 않았기에 훈장은 언제 아이의 머리채를 잡았냐는 듯 점잖을 떨며 목을 가다듬었다.

"흠, 흠. 이 아이가 돈도 없이 몰래 수업을 들어 어쩔 수 없었네."

환라는 인상을 찌푸렸다. 그녀는 목소리를 최대한 두껍게 내려고 노력하며 나직하게 물었다.

"서당에서 돈을 받는 것은 나라에서 금한 일이거늘, 어찌 돈을 내지 않는다고 배우고자 하는 이를 내쫓는가?"

위엄 있는 목소리에 고개를 돌린 훈장이 환라의 행색을 훑어보았다. 그러고는 지체 높은 분이라는 판단을 내렸는지 고개를 조아렸다.

"도련님이 잘 모르시나 봅니다. 이곳은 돈을 받을 수 있도록 황후 폐하께서 특별히 허락하신 곳이옵니다. 대신 거둔 돈의 3할을 황후 폐하께 세금으로 드리고 있습니다."

황후가 돈을 받는 대가로 불법을 허가해 주었다는 뜻이었다.

환라의 표정이 싸늘하게 굳었다. 또다시 맞닥트린 현실에 가슴이 식고 어안이 벙벙했다. 옆에서 이야기를 듣던 여란이 아이의 무릎을 털어 주다 말고 버럭 소리를 질렀다.

"아니 허가를 받았으면 말로 하면 될 것을 왜 애를 잡고 그러시오?"

"이보게 홍 씨. 나도 처음에는 말로 했다네. 그런데 이놈이 도둑고양이처럼 숨어 들어와 매일 도강하는데 내가 어찌 가만히 있겠나? 돈을 내라 그래도 말도 안 듣고 말이야."

훈장이 혀를 차며 아이를 벌레 보듯 흘겨봤다. 환라가 훈장의 눈빛을 가려 주며 앞에 서자 훈장을 쏘아보던 여란이 아이의 손을 잡았다.

"글공부가 하고 싶으냐?"

아이가 고개를 끄덕이자 여란이 아이의 손을 잡아끌었다.

"내가 수학한 서당으로 가자. 거기 가면 돈이 없어도 배울 수 있다."

"정말이옵니까?"

"정말이고말고!"

"감사합니다!"

아이가 밝게 웃으며 여란의 손을 잡았다. 그 모습을 보며 훈장이 콧방귀를 끼고는 서당 안으로 들어가 버렸다. 환라는 훈장의 뒷모습을 빤히 보다가 여란의 뒤를 따랐다.

"도성에 서당이 모두 몇 개인가?"

"모르긴 몰라도 열 개는 넘을 것이오."

"모두 저렇게 돈을 받는가?"

"돈만 받으면 말이나 안 하오. 처음 간 곳은 출신도 본다오. 저렇게 자라서 태학에 들어간 뒤 관직에 오르면 파 황후 곁에 붙어서 아첨이나 하겠지."

여란이 학을 떼며 경멸이 담긴 목소리로 투덜거렸다. 제 어머니를 황후 폐하가 아니라 파 황후라고 부르는 것은 기분이 썩 좋지 않았으나 환라는 본 것이 있기에 할 말이 없었다. 그녀는 잠시 뒤를 돌아보았다가 여란을 따라 걸었다.

그렇게 반 시진(1시간)이 넘게 걷고 난 뒤에야 여란은 커다란 서당에 도착했다. 그녀가 안으로 들어가자 학도 한 명이 아는 척을 했다.

"여란 누나!"

여란이 어린 학도의 머리를 헤집어 주고 물었다.

"훈장님은 어디 계시느냐?"

"안에서 수업 준비하고 계세요."

여란과 환라는 학도의 뒤를 따라 안으로 들어갔다. 책을 읽고 있던 훈장이 자리에서 일어나 세 사람을 맞이했다.

"란이 왔느냐?"

"예, 스승님. 여기 좀 보십시오. 제가 사제를 데려왔습니다."

"어째 너는 올 때마다 일거리만 가져오는구나."

그 말에 아이가 어깨를 움츠리며 쭈뼛거렸다.

훈장이 민망함을 감추려는 듯 허허 웃으며 아이에게 다정하게 말을 건넸다.

"저 놈이 하도 찾아오지 않아 면박 주고 싶어 한 말이니 게의치 말거라."

아이가 머뭇거리다가 여란과 환라의 눈치를 보고 물었다.

"여기는 정말 돈을 받지 않으십니까?"

"그럼. 걱정하지 말아라. 나도 몸만 의탁하는 중이란다."

훈장이 허허 웃으며 아이의 머리를 다독여 주고 문가에 서서 안을 기웃거리고 있는 학도에게 손짓했다. 여란을 안내해 주었던 학도가 안으로 들어와 또랑또랑한 목소리로 물었다.

"부르셨습니까, 스승님?"

"그래. 이 아이에게 서당을 소개해 주려무나."

"예, 스승님."

학도가 공손하게 대답하고 아이를 이끌고 밖으로 나갔다. 그제야 훈장이 여란의 옆에 있는 환라에게 눈길을 주었다. 여란은 훈장이 묻기도 전에 먼저 환라를 소개했다.

"요즘 친하게 지내고 있는 형님이오."

환라가 고개를 가볍게 숙여 인사했다. 훈장은 환라의 눈과 자세를 유심히 보다가 허허허 웃으며 자리를 권했다.

"내가 손님을 너무 오래 세워 두었군. 여기 앉으시게."

훈장이 자리를 권하자 여란이 목소리를 낮춰 환라에게 물었다.

"형님 잠깐 앉았다 가시겠소?"

"그리 하겠다."

환라가 대답하자마자 여란이 차를 내오려는 훈장을 붙잡았다.

"스승님은 여기 앉아 계세요. 차는 제가 끓이겠습니다."

"허허허."

여란이 훈장을 환라 앞에 앉히고 후다닥 달려 방 밖으로 나갔다. 환라는 서당 안을 둘러보다가 앞에서 들리는 목소리에 고개를 돌렸다.

"이름이 어떻게 되시는가?"

"나환이라 하옵니다."

"말투가 예사롭지 않구먼."

훈장이 날카로운 말을 내뱉고는 언제 그랬냐는 듯 허허허 웃었다. 내색하지는 않았으나 환라는 내심 등골이 오싹하였다. 그렇다고 딱히 변명하거나 덧붙일 말도 없었기에 가볍게 고개를 숙이는 것으로 대답을 대신했다.

잠시 침묵이 흘렀다. 멀리서는 아이들이 뛰어노는 소리가 들렸다. 환라는 가만히 서당 밖을 바라보다가 물었다.

"다른 서당에서는 언제부터 학비를 받기 시작했사옵니까?"

"어디 보자……. 2년 정도 되었구먼."

"황후 폐하께 세금을 낸다는 게 사실이옵니까?"

"세금은 무슨. 뇌물을 주는 게지."

"황후 폐하께서는 직접 세금을 거두는 것이 허가된 분이시옵니다."

"그렇다면 산적에게 약탈을 허용하고 약탈한 것을 나눠 가지거나, 관리의 부정을 눈감아 주는 대가로 돈을 받거나, 사람을 관직에 앉혀 주는 대가로 돈을 받는 것도 황후 폐하께서 받으면 세금이라는 겐가?"

"……황후 폐하께서 그러실 리가 없사옵니다."

"그래. 그러실 리가 없는 분이 그러고 계시니 문제인 게지. 악랄한 놈들 중에 황후 폐하와 관련되지 않은 놈을 찾는 게 더 어려울 지경이라네."

"황후 폐하께서는 부족함이 없으신 분이시옵니다."

그러니 그런 부적절한 방법으로 돈을 모을 리가 없다는 뜻이었다. 훈장의 눈이 환라에게로 향했다. 그녀의 고운 아미는 미세하게 찌푸려져 있었다. 흐릿한 불쾌를 유심히 바라보던 훈장이 제 수염을 손으로 쓸며 허허허 웃었다. 그리고 바람이 들어오는 쪽으로 고개를 돌렸다.

활짝 열린 문밖으로 아이들이 여란을 둘러싸고 놀아 달라고 조르는 게 보였다. 훈장은 평화로운 풍경을 바라보다가 침음했다.

"흠……. 이걸 자네에게 이야기해도 될지 모르겠구먼."

"이야기해 주시옵소서."

"듣기로는 황후 폐하께서 사병을 모으고 있다던데."

사병이라니.

환라는 숨을 깊게 내쉬며 눈을 감았다. 황족은 사병을 가질 수 없다. 그것은 황족의 배우자도 마찬가지이다. 황제의 사람이 황제의 군대가 아닌 다른 군대를 기른다면 이유는 하나뿐이었다.

"황후 폐하께서 반란이라도 도모하신다는 뜻입니까?"

"그렇지 않고서는 사병을 모을 이유가 없지 않겠는가?"

"그럴 리 없사옵니다. 황후 폐하께서는 이미 존엄하신 분이시고 제국의 유일한 적통마저 그분의 핏줄입니다. 헌데 그런 분이 무슨 연유로 사병을 모아 역적이 되려 한단 말씀이시옵니까?"

"여인도 황제가 될 수 있는 나라네. 야망이 있는 자라면 황제의 아내, 황제의 어머니보다 더 큰 꿈을 꿀 수도 있지 않겠나?"

환라는 입을 다물고 주먹을 말아 쥐었다. 공기가 무겁게 내려앉았다.

* * *

자정이 넘은 시각이었으나 밖은 불을 켜 놓은 듯 환했다. 평소라면 두꺼운 휘장으로 창문을 가려 어둠에 잠겼어야 할 공주의 방도 오늘만큼은 낮과 다를 바 없었다.

온 방 안이 환했으나 소해는 안심할 수 없었다. 그녀는 침상에 드리워진 얇고 하얀 비단 휘장을 바라보며 손톱을 깨물었다. 며칠 사이에 독살 시도만 다섯 번이 있었다. 누군가 공주의 목숨을 노리고 있는 것이다. 잠이 들면 악몽에 시달리고, 잠에서 깨어나면 악몽 같은 두려움이 소해를 괴롭혔다. 그녀는 면포에 가려진 눈을 치켜뜨고 방 구석구석에 서 있는 궁인들을 쳐다보았다.

'저것들도 내 목숨을 노리고 있을지 몰라. 내가 공주가 된 것을 시샘하는 게 분명해.'

그녀는 침상에서 벌떡 일어났다. 그러자 향옥과 칠각이 다가와 허리를 숙였다.

"공주님. 잠이 드셔야 내일 국무 회의에 참석하실 수 있사옵니다."

"저것들을 다 내보내라. 당장!"

소해가 궁인들을 가리키며 신경질적으로 소리쳤다. 칠각이 눈짓하자 궁인들이 소해에게 인사를 올리고 방을 빠져나갔다. 소해는 손톱을 물어뜯으며 방 안을 뱅글뱅글 돌다가 창문을 가린 휘장을 들춰 보거나 병풍 뒤를 돌아보았다. 그리고 아무도 없음을 확인한 뒤에야 면포를 벗고 향옥에게 다가와 무릎을 꿇었다.

"마마님! 더는 못 하겠사옵니다."

소해가 흐느끼며 향옥의 옷을 붙잡았다. 향옥이 한숨을 내쉬고 소해의 손을 부드럽게 뿌리쳤다. 그러니 조정에서 입을 조심하지 그랬니, 라는 말이 턱 끝까지 차올랐다. 하지만 두려움에 떨고 있는 소해를 비난하는 것은 상황을 호전시키는 데에 아무런 효과가 없었다. 그것을 잘 알기에 향옥은 애써 울컥 치미는 감정을 다스리고 다정하게 말했다.

"앞으로 조심하면 될 게다. 다치지 않도록 나도 최선을 다하마."

원하는 대답이 나오지 않자 소해가 무릎을 꿇은 채 눈을 홱 부릅뜨며 향옥을 노려보았다. 눈의 반 이상을 차지한 흰자 위에 핏발이 가득 서 있었다. 곧 피눈물이라도 흘릴 듯이 형형한 눈빛이었다. 놀란 마음을 숨기며 향옥이 고개를 돌리자 소해는 칠각에게 매달렸다.

"공공! 저 좀 살려 주시어요."

"목숨은 지켜 주마."

칠각이 할 수 있는 대답은 그것이 다였다. 이백과 영로가 지시한 일을 칠각이 그만두라고 할 수는 노릇이었다. 하지만 그 역시 소해가 원하는 대답이 아니었다. 그녀는 시뻘건 증오를 불태우며 칠각과 향옥을 번갈아 쏘아보다가 몸을 벌떡 일으켰다.

"당장 말할 것이옵니다! 나는 공주가 아니라고, 날 죽여 봤자 소용없다고!"

향옥이 한숨을 삼키며 소해의 손을 붙잡았다. 소해가 온몸으로 그 손을 뿌리치고 문을 향해 달렸다. 이번엔 칠각이 그 앞을 막아섰다. 그러자 향옥이 소해의 뒤로 다가가 그녀의 어깨에 손을 얹었다.

"소해야 진정하려무나. 그 말을 하면 두 분 폐하께서 너를 살려 두실 것 같으냐?"

소해가 눈물이 그렁그렁한 눈으로 향옥을 돌아봤다.

"암살 기도야 우리가 막아 줄 수 있으나 황후 폐하는 우리가 막아 줄 수 없다는 것을 잘 알지 않니."

그제야 소해는 누구의 명으로 공주 노릇을 하는 것인지 새삼 깨닫고 휘청거렸다. 향옥이 쓰러질 듯 사색이 된 소해를 침상으로 데려가며 부드럽게 타일렀다.

"공주님이 처음 밖으로 나왔을 때도 그분을 시해하려는 놈들이 많았단다. 하지만 멀쩡히 살아 계시지 않니? 너도 안전할 게다. 그러니 걱정하지 말고 자려무나."

소해는 눈물을 흘리며 침대에 올랐다. 향옥이 면포를 씌워 준 뒤, 잠자리를 봐 주고 이불까지 덮어 주었다. 하지만 소해는 잠들 수 없었다. 그녀는 문 쪽으로 돌아누워 벽에 등을 딱 붙였다.

'거짓말이야. 누가 죽이려 했는데 공주님이 멀쩡하셨을 리가 없어. 공주님은 나처럼 두려워하신 적도 없잖아! 나를 여기 앉히고 공주님 대신 죽게 만들려는 속셈이겠지.'

조용한 방 안에 딱, 딱, 손톱 깨무는 소리가 퍼졌다. 문 안을 지키고 있는 칠각도, 문밖을 지키고 있는 향옥도 그 소리에 머리를 부여잡았다. 딱, 딱, 딱, 딱, 손톱을 물어뜯는 소리는 시간이 지날수록 더 빠르고 거칠어졌다. 소해의 손은 어느새 엄지에서 흘러나온 피로 흥건했다.

'안 한다고 하면 황후가 나를 죽일 테고, 한다고 하면 암살당하겠지. 이렇게 있을 순 없어. 이럴 순 없다고! 방법을 찾아야 해. 방법을······.'

소해의 생각은 점점 둔해졌다. 인시(오전 3시)가 지나자 눈꺼풀이 점점 무거워졌다. 잠들지 않기 위해 허벅지를 꼬집

고 따끔거리는 엄지 끄트머리를 꾹꾹 눌렀으나 허사였다. 그
녀의 정신은 점점 몽롱해졌다. 그러다 결국 수마에 항복하고
서서히 눈을 감으려 할 때였다.

창문이 쾅! 하고 요란하게 열리며 두꺼운 휘장이 펄럭였다.

"으아아악!"

잠에서 깬 소해가 비명을 지르며 벌떡 일어났다. 칠각이
검을 뽑으며 달려와 침상 앞을 막아섰다. 창틀 위에 올라선
자객이 휘장을 베며 안으로 들어왔다.

환한 빛이 방 안으로 쏟아지자 소해는 몸을 웅크리고 덜덜
떨었다. 그녀는 벽에 바짝 붙어 앉아 무릎 사이에 고개를 묻
고 양팔로 머리를 끌어안았다. 쇠붙이끼리 부딪치고 긁히는
소리가 마치 천둥처럼 들렸다. 듣는 사람은 아무도 없었으나
소해는 주문을 외듯이 애원했다.

"살려 주세요. 살려 주세요. 잘못했어요. 살려 주세요."

얼마 지나지 않아 소리가 우뚝 멈췄다. 한참이 지나도 아
무런 소리가 들리지 않자 소해가 슬그머니 고개를 들었다. 검
을 뽑아 든 향옥과 칠각이 자객 두 명을 제압해 포박하고 있
는 것이 보였다.

그 모습을 마지막으로, 소해는 그만 정신을 놓아 버리고 말
았다.

칠각이 자객을 묶고 입 안으로 손가락을 쑤셔 넣어 숨겨
놓은 독약이 없는지 확인했다. 그런 뒤에 자객을 발로 밀어
쓰러트려 놓고 소해에게 다가갔다. 마찬가지로 자객을 묶고

입 안을 확인한 향옥이 칠각에게 물었다.

"괜찮으시오?"

"괜찮소. 기절한 모양이오."

칠각이 무덤덤하게 대답하며 소해를 바로 눕혔다. 향옥은 검을 찬 환관과 궁인들이 들어오는 것을 보며 칠각에게 다가 갔다.

"공주님 말고 태감 말이오."

칠각이 무슨 소리인지 모르겠다는 표정을 짓자 향옥이 칠 각의 등을 꾹 눌렀다. 향옥이 누른 곳에서는 피가 흘러나오고 있었다. 화끈거리고 쑤시는 듯한 통증이 느껴지자 칠각이 인 상을 찌푸리며 향옥의 손을 피했다. 향옥은 그를 쫓아가 다시 상처를 꾹 눌렀다.

"태감도 많이 늙으셨소. 고작 자객의 검에 베이고 말이오."

"크흠!"

칠각이 민망한 듯 불편한 듯 목을 풀며 몸을 돌렸다.

"베인 것이 아니라 긁힌 것이오."

향옥의 입에서 웃음이 튀어나왔다. 칠각은 그 소리를 못 들은 척하며 고개를 돌리려다 향옥의 팔뚝에 난 자상을 발견 하였다. 그는 품에서 손수건을 꺼내 향옥의 팔뚝에 감아 지혈 해 주며 들어온 환관과 궁인들에게 말했다.

"이 자들은 옥에 가둬 두어라."

"예, 공공."

환관들이 자객들을 끌고 방을 나갔다. 칠각은 향옥을 탁자에 앉혀 두고 문을 닫았다. 향옥은 손수건으로 팔을 꾹 누르며 소해를 보았다. 칠각이 앞에 앉으며 무거운 목소리로 말했다.

"차라리 밖으로 나가서 공주님을 모셔 오는 게 낫겠소."

"황후 폐하께서 저리 강경하신데. 괜히 일 만들지 마시오."

일을 만든다는 향옥의 말이 날카롭게 들려서, 칠각은 인상을 찌푸렸다.

"여사는 황후 폐하를 믿으시오? 아니면 소해에게 억하심정이라도 있는 것이오?"

"갑자기 무슨 소리요?"

향옥이 웃음기 섞인 목소리로 되물었다. 하지만 칠각의 얼굴은 언제나처럼 진중했다.

"그날, 보았소. 공주님이 외출하시는 것이 들통난 날, 여사가 황후 폐하를 막아서려다 말고 비켜서는 것을 말이오."

두 사람은 말없이 서로를 바라보았다. 먼저 시선을 피한 것은 칠각이었다. 그는 자리에서 일어나 새하얀 천을 가져오더니 향옥의 피를 닦아 주었다. 그리고 주먹을 말아 쥐고 있는 향옥에게 한숨 쉬듯 말했다.

"동고동락한 세월만 20년이오."

"그래서 결혼이라도 하자는 말이오? 애까지 다 키워 놓은 마당에?"

향옥의 농담에도 칠각의 굳은 얼굴은 풀리지 않았다. 그는 향옥과 눈을 마주치지 않은 채 그녀의 팔을 살피고, 약을 바르고, 붕대를 감았다. 그리고 한참 뒤에야 다시 입을 열었다.

"내 그동안 여사에 대해 모르는 것이 없다고 생각했건만 아무리 생각해도 왜 비켜 준 것인지 이유를 모르겠소."

향옥은 칠각이 손을 떼고 나서야 꾹 다물었던 입을 열었다.

"그 여자를 어찌 믿겠소."

"언행을 삼가시오. 황후 폐하께 그 여자라니."

"태감은 억울하지도 않소? 황후 폐하 때문에 좌천되었다가 죽을 고비를 넘기고 돌아왔더니 18년 동안이나 별궁에 갇혀 있었잖소."

"신하이니 명을 따르는 것은 당연하오."

"참으로 대단한 충신이오."

향옥이 아니꼽다는 듯 그를 보다가 이내 허탈하게 웃었다.

"지난 18년 동안 별궁에서 공주님을 모셨으나 도무지 억울함을 지울 수가 없더이다. 공주님이 황후 폐하를 어머니라고 부르면 속이 그렇게 쓰리오. 그때 깨달았소."

칠각이 향옥을 바라봤다. 무엇이냐고 묻는 눈빛이었다. 향옥은 쓰게 웃으며 고개를 돌렸다. 떠오르는 태양이 하늘을 붉게 물들이고 있었다.

"나는 절대 공주님의 사람이 될 수 없소. 나는 죽을 때까지, 아니. 죽어서도 연련황후 폐하의 사람이오."

칠각이 심각한 표정으로 향옥에게 말을 걸려 할 때였다.

멀리서 묘시 반 각(오전 6시)를 알리는 종소리가 들렸다. 동시에 소해가 신음하며 뒤척였다. 그러더니,

"으…… 으아악!"

비명을 지르며 깨어났다.

그녀는 미친 사람처럼 두리번거렸다. 그러다 자리에서 벌떡 일어나 쫓기는 사람처럼 문을 향해 뛰었다. 향옥과 칠각이 그녀를 잡으려 손을 뻗자마자 벌컥 문이 열렸다.

벌어진 문 안으로 황제와 영로가 들어왔다. 그들의 뒤에는 대신 몇 명과 궁인들이 서 있었다. 황제에게 국사를 논하기 위해 아침 일찍부터 찾아갔다가 소식을 전해 들은 황제가 급히 자리를 옮기자 뒤따라온 것이었다. 소해는 갑자기 몰려든 인파에 놀라 숨을 헉 들이마시며 뒷걸음질 쳤다.

"공주!"

이백이 창백한 낯으로 다가와 소해를 끌어안았다. 보는 눈이 많기에 한 행동이었으나 소해는 이백의 체온에 깊은 위안을 얻었다. 그녀는 어렸을 적 돌아가신 아버지의 품에 안긴 것만 같았다.

"아버지!"

소해가 울먹이는 목소리로 말했다. 환라가 아니라 소해의 목소리였다. 다행히 대신들은 이상함을 느끼지 못했으나 이백의 몸은 멈칫거렸다. 소해는 눈치채지 못하고 이백의 품을 파고들며 흐느꼈다. 이백은 소해가 환라를 흉내 내지 못할 정도로 놀라고 두려워한다는 것을 깨달았다.

"아무 말 말라. 자객들을 잡았으니 이제 이런 일은 없을 것이다."

소해는 이백의 품에서 고개를 끄덕였다. 영로는 이백의 뒤에 서서 그 모습을 차가운 눈으로 바라보고 있었다. 얼마 안 가 급하게 오느라 체력을 소진한 이백이 휘청거렸다. 영로는 그를 부축하며 소해를 밀어 냈다.

"공주. 그만 우시오."

얼음장 같은 목소리에 소해는 정신이 번쩍 들었다. 그녀는 목을 가다듬고 고개를 숙였다. 곧 소해의 입에서 환라의 목소리가 흘러나왔다.

"황송하옵니다, 폐하."

"괜찮다. 놀랐을 터인데 이러지 말고 앉으라."

소해가 고개를 끄덕이고 자리에 앉았다. 이백도 그 앞에 앉으려 했다. 하지만 영로는 부축한 손을 풀어 주지 않았다. 이백이 당황한 눈으로 그녀를 보았다. 영로는 의례적인 미소를 지으며 그를 문 쪽으로 이끌었다.

"폐하. 공주가 무사한 것을 확인하였으니 돌아가 쉬시지요. 그대들도 이만 물러가시오. 공주가 두려워하지 않소."

대신들의 눈이 소해에게로 향했다. 그들은 상품을 품평하는 사람들처럼 소해의 표정과 행동을 낱낱이 살펴보다가 고개를 숙이고 물러났다.

그중에는 대장군의 사람도 있었다. 곧 공주가 암살 기도를 당했으며 심적으로 매우 불안정해졌다는 소문이 널리 퍼질 것이었다. 영로는 만족스럽게 웃으며 황제를 슬쩍 밀었다. 그러자 옆에 있던 환관이 황제를 대신 부축했다. 황제는 영로의 말에 반대하지 못하고 다시 항룡궁으로 돌아갔다. 사람들이다 빠져나가자마자 영로가 향옥에게 눈짓했다. 그녀는 고개를 숙이고 궁인들을 전부 내보낸 뒤 중문을 닫았다.

방 안에 둘만 남자 영로는 소해에게 다가갔다.

"어디를 가려 했느냐?"

소해는 몸을 웅크리고 아무 말도 하지 않았다. 그러자 영로가 탁자를 쾅 내리쳤다. 동시에 소해의 몸이 움찔거리며 튀어 올랐다. 영로는 소해의 뒤로 돌아가 그녀의 어깨에 손을 올렸다. 그리고 손수 그녀의 어깨와 허리를 펴 주고, 뒤에서 끌어안듯이 팔을 감아 턱을 들어 올려 주었다.

"나는 순종적인 아이에게는 관대한 편이다."

다정한 손길이었지만 소해의 몸은 겨울비를 맞은 사람처럼 바르르 떨렸다. 영로는 소해가 꼿꼿한 자세를 유지하자 미소 지으며 소해를 놓아주었다.

"공주가 돌아올 때까지는 네가 공주다. 내 말 알아듣겠느냐?"

"예, 황후 폐하."

소해가 작게 떨리는 목소리로 공손히 대답하였다. 영로는 소해의 어깨를 상냥하게 다독이고 다시 그녀의 앞에 섰다. 그리고 허리를 숙여 소해에게 눈을 맞췄다. 면포가 가늘게 떨리고 있었다. 영로는 다정한 낯빛으로 소해의 면포를 뒤로 넘겼다. 겁에 질린 얼굴을 본 영로가 고아한 미소를 머금고 소해의 볼을 쓰다듬었다.

"가엽게도, 떨고 있구나."

소해는 너무 두려운 나머지 실금을 할 것 같았다. 숨이 턱 막히고, 심장이 아플 정도로 뛰었다. 몸이 떨리는 것인지 심장박동 때문에 흔들리는지 모를 정도였다. 그녀는 자객보다도, 독살보다도 영로가 더 무서웠다. 차마 영로의 눈을 마주 볼 자신이 없어 눈을 질끈 감았다. 그러자 영로가 소해의 턱을 움켜쥐고 제 쪽으로 당겼다.

"황제 폐하는 오래 버티지 못하실 것이다. 그럼 네가 목숨을 의탁할 사람이 나밖에 더 있겠느냐?"

눈물이 그렁그렁한 눈으로 소해가 영로를 올려다보았다. 영로는 짐짓 따사롭게 미소 지으며 소해의 머리를 쓰다듬었다.

"지금까지 잘 하였다. 지금처럼만 하면 내가 널 지켜 주마. 알겠느냐? 진짜 공주인 듯 행동해야 한다."

소해는 이상한 감정에 휩싸였다. 영로가 두려운 만큼 그녀가 믿음직스럽게 느껴진 것이다. 이토록 두려운 분이 자신을 지켜 준다면 이 세상에 그 어떤 사람도 저를 해하진 못할 것만 같았다. 두려움과 신뢰가 실타래처럼 엉켰다. 소해는 눈물을 뚝뚝 흘리면서도 입꼬리를 끌어당겨 웃었다.

'그래. 나는 공주다. 내가 공주야. 그리고 어머니는 나를 지켜 주실 거야.'

영로는 소해의 볼을 몇 번 더 쓰다듬어 주고 찝찝한 표정을 한 향옥과 칠각에게 말했다.

"두 사람은 공주에게 이 일을 절대 함구하시오. 아시겠소?"

"예, 황후 폐하."

두 사람이 공손히 대답하는 것을 들으며 영로는 방을 빠져나왔다.

소해는 그 자리에 앉아 자신이 공주라고 중얼거렸다. 향옥과 칠각이 서로를 마주 보며 한숨을 내쉬었다. 그리고 소해에게 다가와 그녀의 얼굴을 면포로 가려 주었다.

곧 궁인들이 들어와 난장판이 된 방을 정돈하였다. 소해는 여전히 넋이 나간 표정으로 자신이 공주라고 중얼거리며 의자에 앉아 있었다.

비원궁의 분위기는 마치 살얼음판 위에 지어 놓은 모래성처럼 변했다. 궁인들은 너나 할 것 없이 소해의 눈치를 보며 숨을 죽였다. 그러던 중 소해가 별안간 자리에서 벌떡 일어났다. 벌벌 떨던 아까의 모습과는 확연히 달랐다.

그녀는 평소처럼 우아하게 걸어 화장대 앞에 앉았다.

"치장하지 않고 무엇 하는가?"

"황송하옵니다, 공주님."

궁인들이 재빠르게 움직여 소해의 머리를 매만졌다. 소해는 고개를 빳빳이 들고 거울을 보았다. 거울에 비친 면포를 쓴 여인은 평소 소해가 보던 공주와 다를 바 없었다.

'당연하지. 내가 공주인데.'

소해는 미소를 머금고 손을 뻗었다. 그녀의 손이 화장대 위에 놓인 상자에 닿았다. 상자를 열자 곱게 놓인 보요가 보였다. 환라가 영로에게 선물하기 위해 둔 것이었다. 그 사실을 알 리 없는 소해는 보요를 빼내어 이리저리 둘러보았다.

그녀가 보요를 제 머리에 가져다 대 보는 사이 밖에서 손님의 방문을 알리는 소리가 들렸다.

"공주님, 천영 부인 들었사옵니다."

"들라 하라."

채령이 들어와 고개를 숙였다.

"아직 치장 중이니 앉아서 기다리시게."

"예, 공주님."

소해는 채령에게 잠깐 눈길을 주고 보요를 내려놓았다. 보요를 만지작거리는 소해를 조마조마한 심정으로 보던 향옥이 안도의 한숨을 내쉬었다. 동시에 소해가 손가락으로 보요를 가리켰다.

"오늘은 이것을 하겠다."

궁인이 알겠다고 대답하기 전에 향옥이 다급하게 입을 열었다.

"공주님. 그것은 황후 폐하께 선물하시기로 하셨던 물건이옵니다."

"마음이 바뀌었다."

"하오나……."

"여사 따위가 공주에게 말대답을 하는 것인가?"

소해가 향옥을 무시하는 말을 내뱉자 주변 사람들이 헛숨을 들이켰다.

향옥은 선대 황후가 태자비일 때부터 곁을 지킨 신하였다. 황후인 영로조차 함부로 대하지 않았으며, 충심이 지대해 덕망이 높았다. 게다가 공주를 갓난아기일 때부터 돌봤기에 공주에게는 어머니와 다를 바 없는 사람이었다.

찾아올 때마다 공주의 실망스러운 모습을 보게 된 채령은 마음이 좋지 못했다.

'그런 분께 따위라고 하다니. 더는 볼 것도 없지. 공주님은 황제가 되실 그릇이 아니다.'

채령이 그렇게 마음을 먹은 순간 보윤이 들고 있던 빗에 소해의 머리카락이 엉켰다. 두피가 당겨지자 소해가 벌떡 일어나 보윤의 뺨을 내리쳤다. 살과 살이 맞닿는 소리가 날카롭게 울려 퍼졌다. 보윤은 재빨리 무릎을 꿇었다. 그리고 사죄하려 할 때였다. 그녀의 볼 위로 다시 소해의 손이 날아들었다. 그 힘을 이기지 못한 보윤이 옆으로 쓰러졌다. 보윤이 작게 흐느꼈으나 소해는 신경조차 쓰지 않았다.

"감히 공주를 해하려 해?"

"아니옵니다, 공주님! 아니옵니다!"

보윤이 몸을 일으켜 꿇어앉아 빌었다. 하지만 소해의 눈빛은 영로의 눈을 빼다 박은 듯이 차가웠다. 그녀는 손가락을 들어 보윤을 가리켰다.

"저것을 옥에 가둬라."

궁인들이 망설이자 소해가 신경질적으로 소리쳤다.

"어서!"

몇 명이 보윤의 팔을 움켜잡았다. 보윤은 끌려가며 소해에게 애원했다.

"공주님! 제발 자비를 베풀어 주시옵소서, 공주님!"

그러나 소해는 눈길조차 주지 않았다. 채령은 안타까운 눈으로 보윤을 바라보다가 자리에서 일어났다. 언제 소리를 질렀냐는 듯 차분해진 소해가 거울로 채령을 보며 물었다.

"왜 벌써 가시는가?"

"궁에 온 김에 공주님 얼굴을 뵙고 싶어서 잠시 들른 것이옵니다."

"그 마음이 어여쁘다."

소해가 자리에서 일어나자 궁인들이 손을 떼고 뒤로 물러나 허리를 숙였다. 그들의 얼굴에는 두렵고 어려워하는 기색이 역력했다. 채령은 고개를 가볍게 숙여 칭찬에 감사를 표했다. 그녀의 공손한 태도가 소해는 퍽 마음에 들었다.

"앞으로 자주 오거라."

"황공하옵니다, 공주님."

"물러가도 좋다."

채령이 읍을 하고 몸을 돌렸다. 방문이 열리자 궐겸이 복도를 걸어오는 게 보였다.

눈이 마주치자 채령이 작게 고개를 저어 보이고 궐겸을 스쳐 지나갔다. 궐겸은 그 고갯짓의 의미를 알고 있었다. 공주는 황제의 자리에 어울리지 않는다는 뜻이었다. 서서히 닫히는 문 너머로 면포를 쓴 채 서 있는 공주의 모습이 보였다. 궐겸은 가슴이 뜯겨 나가는 듯했다.

'대장군께서 반란을 도모하시는 것도 아니니 괜찮다. 황제가

되지 못하시면 공주님은 궁 밖에서 자유롭게 살아가실 수 있으니 이것도 걱정할 일이 아니다.'

궐겸이 걸음을 멈추자 궁인이 좌사정이 찾아왔음을 알렸다. 안에서 들어오라는 목소리가 들리자 다시 문이 열렸다. 서서히 드러나는 공주의 모습을 보자 궐겸의 마음에 작은 욕심이 피어올랐다.

'궁 밖으로 나오시면, 내 마음을 숨기지 않아도 된다. 신하로 있지 않아도 돼.'

그는 천천히 걸어 소해에게로 다가갔다. 한 걸음, 한 걸음 다가갈수록 그의 머릿속에는 번민이 들어찼다.

'하지만 그것이 진정 공주님이 원하는 일일까? 이제껏 다른 자가 황제가 된다는 생각은 해 본 적이 없다. 그래서 힘이 되어 달라는 대장군의 부탁도 거절한 것이었는데…….'

방 안으로 들어왔으나 궐겸의 고민은 끝나지 않았다. 그는 제 욕망과 신하의 도리 사이에서 갈팡질팡하고 있었다. 궐겸이 복잡한 심경으로 인사를 올리려는 순간, 소해가 그의 품으로 뛰어들었다. 훅 끼치는 쌉싸름한 장미 향에 궐겸은 저도 모르게 소해의 등을 끌어안았다. 소해는 그의 품에 얼굴을 묻으며 환라의 목소리로 말했다.

"오늘 새벽에 자객이 들었다."

그 이야기로 중정대가 떠들썩했으나 궐겸은 입궁하자마자 비원궁으로 왔기에 모르고 있었다. 놀란 궐겸이 걱정스러운 얼굴로 소해의 어깨를 잡고 그녀의 몸을 살폈다.

"다치시진 않으셨사옵니까?"

소해가 가만히 고개를 끄덕였다. 궐겸의 표정이 심각해졌다. 소해는 다시 그에게 안겨 들었다.

"두렵다. 궐겸아. 너무나 두렵다."

제 이름을 애틋하게 부르는 목소리에 소해를 안은 궐겸의 팔에 힘이 들어갔다.

"제가 지켜 드리겠습니다, 공주님."

그렇게 다짐하면서도 궐겸은 품 안에 있는 공주님이 어쩐지 낯설게 느껴졌다. 그러나 언제나 그랬듯, 그는 마음속에 피어오르는 의심을 억지로 내리눌렀다.

* * *

여란은 환라를 힐끔거렸다. 한월각으로 돌아오는 내내 환라의 표정이 심상치 않았던 탓이었다.

심각한 얼굴로 입을 꾹 다물고 생각에 잠겨 있으니 말을 걸 수도 없었다.

'도대체 스승님은 형님에게 무슨 말씀을 하신 거야.'

여란은 속으로 투덜거리면서 뒤를 힐끔 돌아보았다. 저번에 찻집에서 혼쭐을 낸 놈들의 우두머리가 두 눈을 시퍼렇게 뜨고 환라와 여란의 뒤를 미행하고 있었다.

평소라면 제일 먼저 알아차렸을 환라는 누가 좇아오는지도 모른 채 계속해서 걸었다. 그러다 잘못된 길로 들어서려는 것을 여란이 잡아 준 적도 있었다. 영 정신을 못 차리는 제 형님을 보며 여란이 한숨을 내쉬었다. 하필이면 집에 돌아가려던 차에 나타나 사람의 마음을 찜찜하게 만드는 저 태식인가 대식인가 하는 놈도 마음에 들지 않았다.

'그냥 가서 확 패 버려?'

여란이 눈을 가늘게 뜨고 뒤돌았다. 그러나 태식은 어디로 숨었는지 보이지 않았다. 그녀는 멈춰 서서 뒤를 빤히 보다가 콧김을 흥 내뿜고 다시 몸을 돌렸다. 환라는 이미 저만치 걸어가고 있었다.

여란은 재빨리 걸음을 옮겨 환라를 쫓아갔다. 그러다 답답함을 이기지 못하고 결국 분통을 터트리듯 물었다.

"형님 말 좀 해 보시오. 도대체 스승님한테 무슨 말을 들었기에 그러오?"

환라가 걸음을 멈추고 여란을 보았다. 여란이 이가 드러날 정도로 환하게 웃었다. 억지로 지은 듯이 부자연스럽고 억지스러운 표정이었다. 제 얼굴이 어떤지도 모른 채 여란은 어서 말해 보라는 듯 고개를 끄덕였다. 환라는 입을 열려다가 사람이 너무 많다는 것을 깨달았다.

"여기서 할 말이 아니다."

"그럼 어서 가십시다!"

여란이 환라의 팔에 팔짱을 끼고 성큼성큼 걸음을 옮겼다. 환라는 거의 끌려가다시피 걸어 한월각에 도착했다. 여란이 환라를 이끈 채 문을 벌컥 열고 들어오자 정위가 반가운 표정으로 다가왔다.

"여란 님, 환 님, 돌아오셨습니까?"

"정위!"

"네!"

"비키시오!"

"예?"

여란은 손을 휘저었다. 정위가 얼빠진 얼굴로 비켜서자마자 여란은 다리를 넓게 찢어 계단을 두 개씩 올라갔다. 방에서 나오던 양야가 환라의 팔에 붙어 있는 여란의 손을 떼어내며 잘 다녀왔는지 물어보려던 차였다. 여란이 환라의 손을 붙잡아 제 쪽으로 돌아서게 하며 물었다.

"자, 이제 말해 보시오. 도대체 스승님이 뭐라고 하셨기에 그러오?"

"서서 이러지 말고 방에 가서 말하십시오."

뒤따라 올라온 정위가 가쁜 숨을 몰아쉬며 제안했다. 그러자 환라가 여란에게 고개를 끄덕였다.

"앉아서 이야기하는 게 낫겠다."

양야는 곰방대를 빨아들이며 제 방문을 열었다. 하얀 천을 준비해 오려던 정위가 걸음을 멈추고 작게 감탄했다. 양야의 방에서 연기가 새어 나오지 않은 까닭이었다. 정위가 웬일이냐는 눈으로 양야를 보았다. 혹시나 환라가 연기를 많이 마시고 어지러워할까 봐 환기해 둔 덕이었지만 양야는 아무 말도 하지 않았다.

정위가 양야를 빤히 보다가 갑자기 생각났다는 듯 손뼉을 부딪쳤다.

"가서 다과 좀 가져오겠습니다."

"괜찮다."

환라가 정위를 말리며 제일 먼저 안으로 들어갔다. 그녀가 자리를 잡자마자 여란이 달려와 환라의 옆에 바짝 붙어 앉았다.

"그래서 스승님이 뭐라고 하였소?"

"황후 폐하에 관한 이야기를 하셨다."

여란은 고개를 기울였다. 정위는 환라가 길게 이야기하는 것을 신기하다는 듯 바라볼 뿐이었다. 하지만 양야는 환라가 공주인 것을 알고 있었기에 그녀가 왜 동요하는지 어렵지 않게 추측해 냈다. 그는 환라의 옆에 앉아 그녀의 어깨를 감싸고 위로하듯 부드럽게 쓰다듬었다. 환라가 그를 보며 힘없이 웃을 때였다. 여란이 고개를 기울인 채 물었다.

"황후의 악행이 너무 지나쳐서 놀란 것이오?"

"란아."

"뭐, 내가 틀린 말 했소?"

양야가 질책하듯 여란의 이름을 부르자 여란이 불퉁하게 대답했다. 환라는 애매한 얼굴로 웃었다. 여란의 말이 틀린 것은 아니었다. 그녀는 잠시 침묵하다가 세 사람에게 물었다.

"그대들도 황후 폐하께서 약탈한 물건을 받는 대가로 산적들의 죄를 눈감아 주시고, 부정한 것들의 뒤를 봐주시는 대가로 돈을 받는다는 것을 알고 있었나?"

양야는 말없이 고개를 돌려 긴 연기를 내뱉었다. 정위는 고개를 끄덕였고 여란은 대수롭지 않다는 듯 대답했다.

"뭐, 하루 이틀 일이오?"

"그렇죠. 이미 도성에는 모르는 자가 없습니다."

"어찌 아무도 황제 폐하께 아뢰지 않는단 말인가?"

정위가 여란을 바라봤다. 대장군 밑에서 일하는 여란이 이 일에 대해 제일 잘 아는 사람일 것이라고 여겼기 때문이었다. 이목이 자신에게 쏠리자 여란이 뒷덜미를 긁듯이 매만지다가 한숨을 내쉬었다.

"이미 파 황후의 사람들이 요직을 꿰차고 있소. 첨언을 하는 자들은 대부분 2년 전에 유배를 갔거나 파직당했다오."

2년 전이면 환라가 별궁 밖으로 나오기 얼마 전의 일이었다. 환라는 눈을 감고 숨을 내쉬었다. 양야가 그녀의 머리를 제 어깨에 기대게 해 주었다. 그 모습을 바라보던 여란이 다시 입을 열었다.

"그러니 다들 상소도 올리지 못하고 몸을 사리고 있는 것이오."

환라는 말이 없었다. 그녀는 이마를 짚고 고민에 빠졌다. 여란은 도대체 그녀가 왜 고민하는 것인지 몰라 정위에게 눈빛을 보냈다. 하지만 정위도 아는 것이 없기는 마찬가지였다. 양야는 뭔가 알고 있는 듯했으나 말해 줄 생각이 없어 보였다. 여란은 스스로 알아내기 위해 환라의 얼굴을 유심히 관찰했다.

'나씨 가문은 황후를 견제하려다가 멸문당했다고 했지. 어쩌면 황후의 세력이 너무 커져 감당하지 못할까 두려워하고 있는 건 아닐까?'

그럴듯했다. 여란은 혼자 납득했다는 듯 고개를 끄덕이고 환라의 손등을 토닥였다.

"너무 걱정하지 마시오. 얼마 가지 않을 테니 말이오."

"그게 무슨 뜻인가?"

"곧 대장군이 천거(3품 이상의 관리가 등용할 사람을 추천하는 것)할 수 있는 달이 된다오. 대장군이 그때 조정으로 괜찮은 사람을 올려 보낼 것이오. 그리고 이건 내 생각인데……."

여란이 환라의 손을 잡으며 눈을 맞췄다.

"나는 형님이 조정으로 갔으면 하오."

환라가 눈을 둥글게 뜨며 자신이 공주라는 것을 알고 있는 유일한 사람에게로 고개를 돌렸다. 양야는 반대쪽으로 고개를 틀며 곰방대를 입에 물었다. 하지만 위로 솟아오른 입꼬리를 감추기에는 역부족이었다.

이미 조정에 있는 사람에게 조정으로 가 달라는 부탁을 하다니, 이상한 일이었다.

'게다가 여란은 내가 공주인 것을 알고 있지 않은가? 혹시 잠행을 마치고 조정으로 돌아가라는 뜻인가? 그것이 아니면 나환이라는 신분으로 천거를 받아 대신들의 실체를 두 눈으로 보라는 뜻인가?'

환라가 고개를 기울이자 여란이 환라의 손을 양손으로 쥐었다.

"혼자가 아니니 두려워하거나 걱정하지 말라는 뜻도 있고, 형님이 백성을 위해 주실 것을 아니 하는 부탁이오."

"고마운 말이나 나는 대장군을 알지 못한다."

"그건 걱정하지 마시오. 내가 말씀드려서 형님만 허락한다면 만날 수 있도록 해 놓았소."

환라는 여란의 손을 내려다보며 고민에 빠졌다.

대장군 소능현. 그는 황후의 측근인 소능윤의 사촌 형님이자 승하하신 연려황후의 오라버니 되는 사람이다. 소문에 연려황후는 지금의 황후와 친자매 같은 사이였다고 한다. 대장군의 사촌 동생인 능윤도 황후의 측근이자 정인이다. 그런데 어째서 능현은 황후를 등지게 된 것일까?

환라는 그 이유가 내심 궁금했다. 그에게 힘을 실어 줄지 말지는 아직 정하지 않았으나 만나 보고 싶긴 했다. 하지만 그 전에 해야 할 일이 있었다.

"황후 폐하의 실체를 내 눈으로 보아야겠다."

"그때 노예 사건도 형님이 해결하지 않았소? 무슨 증거가 더 필요하오?"

"그것은 황후 폐하께서 엄중히 처리하셨다 들었다."

"제 측근을 우상으로 올리려는 계략이었을 것이오."

어머니를 험담하는 말이었으나 분노가 치솟진 않았다. 여란이 그만큼 올곧고 거침없는 성정이라 여긴 까닭이었다. 하지만 그와 상관없이 마음이 아팠다. 여란처럼 의협심이 강한 백성이 악감정을 품은 것에는 다 이유가 있을 것이다.

환라는 그것을 직접 확인하고 싶었다. 그래야 어머니를 설득하든, 여란이 가진 오해를 풀든 할 수 있을 것 같았다. 그녀는 여란의 손을 한번 꼭 마주 잡아 주고 고개를 돌렸다. 연기를 구름처럼 두른 채, 양야가 미소 지었다. 환라는 그에게 기대고 있던 몸을 바로 했다.

"정위."

"예?"

멍하니 있던 정위가 고개를 돌렸다.

"상단에서 취급하는 물건을 도성 안으로 들여올 때 산적의 습격을 자주 받는가?"

"저희 쪽 무사가 워낙 출중해서 어지간한 산적들은 다 피해 갑니다. 뒤를 봐주는 누군가가 있는 놈들이 아니라면 말이죠."

"지방으로 보내는 물건도 도적의 습격을 받는가?"

"올라오는 물건보다 더 심합니다."

"나도 함께 가겠다."

환라의 말이 끝나기가 무섭게 양야가 약초를 털어 내고 고개를 돌렸다.

"안 됩니다."

양야가 곰방대를 내려놓고 몸을 틀어 환라와 마주 봤다. 환라의 눈빛은 언제나 그렇듯 올곧았다. 맑은 눈에는 총기가 샘물처럼 흐르고 있었다.

그러나 양야는 고개를 저었다. 환라의 의도를 짐작한 탓이었다. 그녀는 산적이 습격하면 그들을 따라가 황후와의 관계를 직접 물어볼 것이다. 하지만 도적의 소굴로 직접 들어가는 것은 호랑이 굴로, 아니, 배고픈 호랑이 입 속에 팔을 집어넣는 것이나 마찬가지였다.

"너무 위험합니다."

"확인해야만 한다. 확신을 얻기 위해서라면 더한 일도 할 것이다."

양야는 한숨을 가리기 위해 습관처럼 곰방대를 물었다. 하지만 방금 약초를 털어 낸 곰방대에서는 아무런 연기도 피어오르지 않았다. 그는 여란이라면 환라를 말릴 수 있지 않을까 싶어 그녀를 보았다. 하지만 여란은 환라가 뭐를 확인하겠다는 것인지 몰라 눈만 깜빡였다. 양야가 한숨을 내쉬자 여란이 입을 삐죽이며 환라에게 물었다.

"무슨 소린지 나도 좀 알려 주시오."

"물자를 옮기는 것에 합류해 산적의 뒤를 봐주고 있는 것이 누구인지 알아볼 것이다."

"뭐요? 지금 산적 소굴을 털겠다는 뜻이오?"

환라가 고개를 끄덕이자 여란이 탁자를 쾅 치며 일어났다. 양야가 내심 안도하며 환라의 손을 잡았다.

"보십시오. 겁이라고는 없는 란이도 저렇게 학을……."

"나도 가겠소!"

골칫거리가 하나 더 늘었다.

정위가 고개를 저으며 안쓰럽다는 눈으로 양야를 쳐다보자 양야는 이마를 짚었다.

두 남자가 그러거나 말거나 여란은 환라의 손을 덥석 잡았다. 용맹하게 눈을 부릅뜬 여란이 고개를 끄덕였다.

"형님은 참 대단하시오. 나는 일에 가담하면서도 이제껏 진위를 확인해야겠다는 생각은 하질 못했소. 게다가 산적 소굴을 털면 산적들도 소탕하고 진위도 확인할 수 있으니 일석이조가 아니오?"

"과찬이다."

"아니오. 과하지 않소. 형님 혼자 가면 위험할 수 있으니 나도 함께하겠소."

"든든하다."

두 사람 사이에는 훈풍이 불었으나 양야는 골치가 아팠다. 말리라고 눈짓했건만 동참해 버리다니. 그는 일단 일어선 여란을 앉히고 환라의 어깨를 끌어 자신을 보게 했다.

"차라리 사람을 보내겠습니다."

환라는 고개를 저었다. 어머니의 일이다. 다른 사람이 보고 온 것을 믿을 거였다면 차라리 여란의 말을 믿었을 것이다. 단호한 거절에 양야가 다른 제안을 했다.

"그럼 사병을 붙여 드리겠습니다."

"조용히 다녀오고 싶다."

"그런데 이건 오라버니 말대로 하는 게 좋겠소. 우리 둘이 도적 소굴로 들어가는 것은 좀 위험하오."

웬일로 도움이 되는 소리를 하는 여란을 양야가 감탄하듯 쳐다보았다.

하지만 이번에는 다른 곳에서 반대의 목소리가 나왔다. 가만히 이야기를 듣고 있던 정위가 옆에서 끼어들었다.

"사병을 움직이시는 건 위험합니다. 안 그래도 여란 님이 대장군과 가깝게 지내서 황후가 한월을 주시하고 있는데 사병까지 움직이면 더 의심을 사지 않겠습니까? 그러다 상단 일에 제재라도 받으면 손해가 막심할 겁니다."

여란이 민망하다는 듯 헛기침을 하며 시선을 피했다. 하지만 정위는 눈을 가늘게 뜨며 농담 반 진담 반으로 말을 이었다.

"저번에 궁에서 사람을 보냈을 때도 얼마나 기겁했는지 아십니까? 황후 폐하가 여란 님을 잡아다가 문초라도 하시려는 줄 알고 기절할 뻔했습니다!"

환라와 여란의 얼굴에 동시에 어색한 미소가 떠올랐다. 그 모습을 본 양야가 웃음을 터뜨렸다. 전염이라도 된 듯 여란이 더 큰 소리로 웃었다. 환라도 작게 웃었으나 정위는 웃지 않고 단호하게 고개를 저었다.

"어쨌든 사병은 안 됩니다! 차라리 자객을 보내십시오."

"오라버니 자객도 있소?"

"……없죠. 아! 여란 님을 자객으로 보내십시오."

"란이는 소란스러워 자객으로 부적합하단다."

양야가 나긋한 말투로 거절했다. 여란이 팔짱을 끼고 앉아 구시렁거렸다.

"맞는 말이라 뭐라 하지도 못하고……."

그러다가 뭔가 생각났다는 듯 무릎을 탁, 쳤다. 세 쌍의 눈이 그녀에게로 향했다.

"좌사정 나리를 데려가면 되지 않소? 좌사정 나리도 무예가 출중하니 우리 셋 정도면 산적 소탕은 일도 아니오."

궐겸과 환라를 같이 묶는 말에 양야가 미소를 지었다. 불쾌함을 감추기 위한 미소였다. 동물적인 감으로 오한을 느낀 여란이 어깨를 떨었으나 환라는 여란의 제안이 퍽 마음에 들었다.

"그리 하겠다."

"차라리 제가 가겠습니다."

환라가 양야를 보았다. 눈에 띄게 드러낸 적은 없으나 노예를 구할 때 실력을 보았으니 양야가 동행해도 될 것 같았다. 그녀가 고개를 끄덕이려 하자 여란은 소스라치게 놀라며 손을 내저었다.

"그 허약한 몸으로 어딜 따라오겠다고 그러시오? 안 되오."

"환 님 곁에 있으면 괜찮다."

"그냥 아프지 않은 것과 싸움을 하는 것은 다르오. 오라버니는 무술도 못 하지 않소."

정위가 고개를 끄덕이며 여란과 똑같은 폼으로 손을 내저었다.

"맞습니다! 우리 같은 약골은 그저 뒤에서 서류만 정리해주면 됩니다. 객주께서는 그냥 한월각에 계십시오."

양야는 말없이 웃었다. 환라는 잠시 고개를 기울였으나 그

뿐이었다. 한월각에서는 딱히 실력을 드러낼 일이 없었을 테니 사람들이 모르는 것도 이상한 일은 아니었다. 그러거나 말거나 양야는 허락을 구하듯 환라를 보았다. 환라가 고개를 끄덕이자 여란이 미간을 찌푸린 채 양야를 보다가 어쩔 수 없다는 듯 고개를 끄덕였다.

"그럼 기왕 이렇게 된 거 오라버니는 나나 형님 곁에 딱 붙어 계시오."

"그러마."

양야가 순순히 대답하자 여란이 환라를 보며 안심하라는 듯 고개를 끄덕였다. 환라는 그제야 자신이 양야에게 사정이 어렵냐고 물어봤을 때 여란이 왜 그렇게 크게 웃었는지 깨달았다. 유쾌한 기분을 감추지 못해 웃음을 터트리자 여란은 아무것도 모른 채 따라 웃었다. 그 모습을 보던 정위가 입을 열었다.

"당정읍으로 가는 짐이 8월 초에 있습니다. 멀지 않은 데다가 규모가 크니 아마 습격당할 위험도 클 것입니다."

환라는 자신이 궁 밖으로 나온 날들을 헤아려 봤다. 아무래도 당정읍으로 내려가기 전에 궁으로 들어가게 될 것 같았다. 그러나 어차피 궁에는 공주 행세를 해 줄 소해가 있기에 환라는 크게 신경 쓰지 않았다. 그녀가 고개를 끄덕이자 양야가 입을 열었다.

"호위도 늘리고 값비싸 보이는 빈 상자도 더 실어라."

양야의 말에 정위가 감탄하며 고개를 끄덕였다. 환라가 고개를 기울였다.

"너무 규모가 크면 소탕을 위한 미끼라고 의심하지 않겠는 가?"

"황후가 뒤를 봐주고 있는 산적이라면 무엇이 두렵겠습니까? 다른 산적들은 도망치더라도 그 산적들은 반드시 습격할 것입니다."

"과연 현명하구나."

"그럼 상을 주십시오."

양야가 환라에게 얼굴을 들이밀며 눈을 감았다. 정위가 옆에서 토하는 시늉을 하자 여란이 몸서리치듯 고개를 저으며 정위의 팔을 끌고 일어났다.

"우리는 내려갈 테니 형님은 오라버니에게 마음껏 포상해 주시구려."

"수고하십시오."

정위가 이상한 인사를 하며 여란과 함께 방을 나갔다. 환라가 맑게 웃음을 터트리자마자 양야가 그녀의 턱을 제 쪽으로 돌려 입을 맞췄다.

환라의 낭랑한 웃음이 입술에 닿았다. 버들가지가 떨리는 것처럼 부드러운 감촉이 입술 위를 돌아다녔다. 양야는 웃으며 환라의 아랫입술을 머금었다. 환라가 그 감촉을 온전히 느끼려는 듯 눈을 감았다.

그러자 양야가 그녀의 몸을 번쩍 들어 올렸다. 깜짝 놀란 환라가 양야의 목에 팔을 감았다. 하지만 두 사람의 입술을 떨어지지 않은 채 한참 동안 맞닿아 있었다.

부드럽게 입을 맞추며, 양야는 침대로 향했다. 환라는 작게 웃으며 양야의 머리카락 밑으로 손가락을 밀어 넣었다. 부드러운 머리카락이 손길을 따라 물살처럼 갈라졌다. 이내 그녀의 등 뒤로 포근한 이불이 닿았다. 그 위로 양야가 올라타려 할 때였다.

1층에서 벌어진 소란이 그의 예민한 청각을 어지럽혔다.

양야는 저를 올려다보는 환라에게 짧게 입을 맞추고 몸을 일으켜 세웠다.

"포상은 다음에 받아야겠습니다."

환라가 고개를 기울이며 일어나자 양야가 곰방대에 약초를 채우고 방문을 열었다. 두 사람은 아래층으로 내려왔다. 어디선가 본 듯한 남자가 여란을 붙들고 있었다.

"아이고, 란아! 큰일 났다! 네 집이! 네 집이 난리도 아니야!"

"우리 집이요?"

"그래! 네 집! 네 집이 홀라당 타게 생겼다고!"

환라는 그제야 여란을 붙잡고 발을 동동 구르는 사내가 누구인지 알아차렸다. 여란에게 반찬을 가져다주었던 남자였다. 이웃이 와서 집이 불타고 있다고 말하는데 가만히 있을 사람은 없었다. 여란은 환라가 다가가기도 전에 이웃 남자를 데리고 밖으로 뛰쳐나가며 소리쳤다.

"말 좀 빌리겠소!"

환라도 여란을 따라 나갔다. 양야도 자연스럽게 환라를 따랐다. 정위는 발을 동동 구르다가 하던 일을 다른 회계에게 맡기고 밖으로 나왔다. 환라는 여란을 따라 빠르게 말을 몰았다. 여란의 승마술이 좋긴 하나 뒤에 남자를 태우고 있었기에 환라만큼 속력이 나진 않았다.

환라는 여란을 지나쳐 마을로 향했다. 곧 육안으로도 새까만 연기가 피어오르는 것이 보일 정도로 가까워졌다. 공기에는 매캐한 냄새가 섞였다. 더 가까이 다가가자 바쁘게 움직이는 사람들 너머로 시뻘건 불길이 치솟는 게 보였다.

"아이고, 이걸 어째! 아이고!"

"거기 양동이, 양동이 좀 가져와!"

"양동이가 어디 있는데?!"

"여란이는 어딜 간 게야!"

환라는 고개를 두리번거렸다. 그러다 수레에 빈 양동이를 가득 담고 바쁘게 끌고 가는 사람을 발견했다. 환라는 그의 앞을 막아섰다.

"수레를 말에 연결하라."

"아, 예!"

남자가 수레를 연결하는 와중에도 환라는 시선은 불을 향해 있었다. 곧 양야와 여란이 도착하는 게 보였다. 여란은 제 뒤에 탄 남자를 내려 주고 환라를 보았다. 말에 연결된 수레를 보고 상황을 파악한 여란은 말에서 내리며 소리쳤다.

"여기 다섯 분은 지금 당장 우물로 가 주시오! 수레에 양동이를 채워서 갈 것이오! 거기서 대기하면서 양동이가 올 때마다 물을 채워 주시오. 그리고 우금이 너는 이 말에 수레를 연결해 줘!"

여란의 말이 끝나기가 무섭게 남자가 환라의 말에 수레를 다 연결하고 몸을 일으켰다.

"다 연결했습니다."

"수고했다."

환라는 말을 몰아 사람들을 지나쳐 먼저 우물에 도착한 뒤 양동이에 물을 채우기 시작했다. 얼마 되지 않아 사람들이 달려들어 함께 양동이에 물을 채웠다. 수레가 가득 차자 환라는 말을 몰아 불이 난 곳으로 갔다. 그녀의 옆으로 말에 탄 정위가 스쳐 지나갔다. 정위의 말 뒤에 연결된 수레에도 역시 양동이가 가득했다. 환라는 물이 부족할 일은 없겠다고 생각하며 불이 난 곳으로 갔다.

환라가 도착하자마자 여란이 양동이를 집어 들었다. 그녀는 불길이 치솟는 자신의 집에 잠깐 시선을 두었다. 그러다 제집은 내버려 둔 채, 망설임 없이 불이 옮겨붙은 옆집을 손으로 가리켰다.

"작은 불부터 끕시다! 이쪽으로 물을 부어 주시오!"

그녀는 솔선수범하며 사람들을 통솔해 불을 끄기 시작했다. 나이가 많든 적든 모두 여란의 말을 따라 일사불란하게 움직였다. 환라도 말에서 내려 다 쓴 양동이를 수레에 정리했다. 곧 정위가 오며 소리쳤다.

"물 가져왔습니다!"

환라가 다시 말에 올라 우물로 향하려던 때였다. 불길이 잠잠해지더니 마지막 양동이를 들이붓자 훅 꺼져 버렸다. 마치 촛불이 꺼지듯 가볍게 사라진 것이다. 어딘지 수상한 모양새였다. 환라는 고개를 기울였으나 다른 이들은 신경 쓰지 않았다.

"큰일 날 뻔했어."

"아니, 며칠째 사람도 없었던 집에 별안간 왜 불이 난 거래?"

"누가 일부러 불 지른 거 아니야?"

"그래도 여란이가 안 다쳐서 천만다행이지."

수군거리는 사람들을 스쳐 지나가자 울타리에 몸을 기대고 있는 양야가 보였다. 환라가 놀라며 그에게 다가갔다. 안색이 창백한 게 꼭 아픈 사람 같았다.

환라가 손을 뻗자 양야가 희미하게 웃으며 그녀를 품에 안았다. 사람들이 물을 붓는 속도에 맞춰 불을 끄느라 정기를 너무 많이 쓴 탓이었다. 그 사실을 알 턱이 없는 환라는 그저 걱정스럽게 양야의 볼을 쓰다듬었다.

"놀라서 몸이 안 좋아진 것인가?"

"아닙니다. 독한 연기를 많이 맡아서 그렇습니다."

환라는 양야를 이끌어 수레 끝에 앉혔다.

"여기 앉아 쉬고 있으라. 나는 란이와 함께 안을 둘러보겠다."

"예."

환라는 정위에게 손짓해 양야를 맡기고 여란에게 갔다. 다친 사람은 없는지, 불이 옮겨 간 집은 괜찮은지 묻던 여란이 환라의 기척을 느끼고 고개를 돌렸다. 불과 가장 가까이에 있었던 탓에 여란의 코끝과 이마는 발갛게 그을려 있었다.

"괜찮은가?"

"괜찮소. 다행히 우리 집이 좀 떨어져 있는 편이라 불이 다른 곳에 심하게 옮겨붙진 않았소. 날이 습한 것도 한몫했고, 다친 사람도 없소."

환라가 한숨을 내쉬며 여란의 어깨를 다독였다. 집을 바라보는 여란의 얼굴이 울듯이 일그러졌다. 그러자 곁에 있던 사람들이 이리저리 목소리를 높였다.

"이거 예부(치안을 담당하는 부서)에 신고해야 하는 거 아니야?"

"그러니까. 겨울도 아니고 날도 습해지는데 불이 웬 말이냐고."

"그나저나 홀라당 타서 어떡해? 이참에 우리 집으로 들어와!"

"아니야. 우리 아들놈 장가가서 방이 하나 비니까 우리 집으로 와."

"밥은 내가 가져다줄 테니까 걱정하지 말고."

여기저기서 위로가 쏟아지자 여란의 입가에도 금세 미소가 피어올랐다.

"되었소! 나는 한월각에 가서 지낼 것이오. 다들 감사하오. 피해 본 분들은 내가 보상할 방법을 찾아보겠소."

그 말에 여란의 옆집에 사는 사람들이 손사래를 쳤다.

"보상은 무슨! 여란이 네가 불을 낸 것도 아닌데."

옆에 있던 사람들도 한마디씩 거들었다.

"고마울 것도 없어. 불이 번질까 봐 끈 거지. 신경 쓰지 마."

"그래. 그리고 평소에 네가 마을 사람들에게 좀 잘했니?"

"우리가 증인을 서 줄 테니까 예부에 고발부터 하자고!"

환라는 여란을 빤히 보다가 사람들 사이를 빠져나와 여란의 집 쪽으로 갔다. 방화라면 범인이 증거나 단서를 흘리고 갔을 수도 있었다. 환라가 여란의 집 마당으로 들어가자 양야도 그녀의 뒤로 다가왔다. 그는 환라의 허리를 끌어안고 허리를 둥글게 말아 그녀의 어깨에 턱을 괴었다.

환라가 힐끗 양야를 보고 주변을 살폈다. 그리고 한쪽 구석에 세워 둔 괭이를 발견했다. 환라가 괭이를 가져오는 동안 양야는 냄새를 맡으며 주변을 돌아다녔다. 잿더미가 된 집 안에서 고래 기름 냄새가 미약하게 흘러나왔다. 사람은 맡지 못할 정도로 아주 희미한 냄새였다. 그는 쟁기를 들고 오는 환라에게 말했다.

"기름 냄새가 납니다."

환라는 고개를 끄덕이며 쟁기를 들었다. 양야가 자신이 하겠다며 쟁기를 받아 들려던 때였다. 등 뒤가 소란스러워졌다.

“저놈 뭐야?”

“잡아!”

마을 남자들이 우르르 달려 나가 나무 뒤에 숨어 있던 놈을 끌어냈다.

환라는 하던 일을 멈추고 끌려 나오는 남자를 유심히 보았다. 그사이 양야가 손을 휘둘러 증거가 될 만한 것들을 잿더미 위쪽으로 끌어 올렸다. 그리고 환라의 손에 있는 쟁기를 가져가 잿더미를 대충 들쑤셨다. 이내 불을 낼 때 쓴 것 같은 등잔과 술병이 시꺼먼 가루 사이에서 모습을 드러냈다. 양야는 그것들을 마당 한쪽에 모아 두었다.

그러는 사이 환라와 여란은 남자의 정체를 알아보았다. 그는 찻집에서 시비가 붙은 번태식이었다.

“너 이 새끼!”

여란이 다짜고짜 태식에게 달려들어 그의 멱살을 움켜쥐었다.

“네놈이 불을 질렀지?”

“뭐? 증거 있어?”

태식이 술 냄새를 풍기며 소리쳤다. 양야의 눈길이 잿더미에서 건져 낸 술병에 닿았다. 그는 술병을 가져다주려다가 시끄러운 소리에 고개를 돌렸다. 정위가 태식에게 주먹을 날리려는 여란을 붙들어 말리고 있었다.

“여란 님, 진정하세요! 귀족을 치면 큰일 납니다!”

“저 새끼가 남의 집에 불을 질렀는데 가만히 있으란 말이오?”

"그러니까 증거 있냐고!"

태식이 소리치자 마을 여자 한 명이 여란에게 말했다.

"내가 저 사람이 등잔을 들고 이 근처를 서성이는 걸 봤어!"

태식이 얼굴을 일그러트리며 위협하듯 마을 여자에게 다가섰다.

"그래서, 네까짓 게 뭘 어쩔 건데?"

여란이 이를 악물고 다시 달려들려 하자 정위가 이번엔 그녀의 허리를 붙들었다. 마을 사람들이 위협적으로 태식을 둘러쌌지만 태식은 눈 하나 깜짝하지 않았다. 환라는 그들을 보다가 증거로 삼을 만한 것을 찾기 위해 몸을 돌렸다. 그리고 그제야 양야가 한쪽에 쌓아 놓은 물건들을 발견했다. 그녀는 눈빛으로 양야를 칭찬했다.

환라는 품에서 손수건을 꺼내 재를 닦아 냈다. 그러자 푸르스름한 빛이 도는 표면이 드러났다. 청자로 만든 등잔이었다. 심지어 손잡이에는 금박을 입힌 연꽃 문양이 양각으로 새겨져 있었다.

환라는 그 물건이 무엇인지 알고 있었다. 황제 폐하께서 번준철 장군의 공을 치하하면서 이 등잔을 하사할 때, 환라도 그 자리에 있었기 때문이었다.

"양야야. 저것을 챙겨라."

양야가 고개를 끄덕이고 양동이에 재가 묻은 물건들을 집어넣었다. 환라는 양동이를 든 양야를 이끌고 태식에게 다가갔다. 대나무처럼 곧은 손가락이 태식을 가리켰다.

"저자를 포박하라."

마을 사람들은 잠시 눈치를 살폈다. 그러나 금세 동아줄을 가져왔다. 행색으로 보나 말투로 보나 환라가 태식보다 높은 귀족으로 보였기 때문이었다. 물론 태식이 가만히 있을 리 없었다. 그는 술 취한 몸을 비틀거리며 발버둥 쳤다.

"너! 너희가 이러고도 무사할 줄 알아? 난 장군의 아들이라고! 이거 놔! 네놈들 다 잡아다가 매질을 할 테다!"

그러거나 말거나 여란은 씩씩거리며 밧줄로 태식의 몸을 수레에 칭칭 감았다. 그리고 속이 다 시원하다는 얼굴로 손을 털며 물러났다. 환라가 말 위로 훌쩍 올라타 태식이 탄 수레를 끌고 앞서 나갔다. 그러자 양야도 정위의 수레에 증거품이 든 양동이를 내려놓은 뒤 말을 타고 환라를 따라갔다. 여란은 증인들을 정위의 수레에 태우고 말에 올랐다.

환라가 제일 먼저 예부 관청에 도착했다. 하지만 간간이 지나다니는 사람만 보일 뿐 예부 낭중(판결을 내리고 형을 집행하는 관리)은 보이지 않았다. 환라가 말에서 내리자 하급 관리가 다가와 물었다.

"무슨 일로 오셨습니까?"

"이자를 고발하려 한다. 방화를 저질렀을 수 있으니 당장 조사하라."

환라의 말에 태식이 버럭 소리쳤다.

"나는 이놈을 고발하겠다! 갑자기 나를 묶어서 끌고 왔으니 당장 곤장을 쳐라!"

하급 관리가 아니꼬운 눈으로 환라를 위아래로 훑어보고 있을 때, 잇따라 양야, 여란, 정위가 도착해 말에서 내렸다. 사람이 많아지자 그제야 하급 관리가 헛기침하며 환라 쪽으로 슬쩍 손을 내밀었다.

"예부 낭중께서는 몹시 바쁘십니다."

빨리 고발하고 싶으면 뇌물을 내라는 뜻이었다. 하지만 환라는 예부 낭중이 바쁜 것과 하급 관리가 손을 내미는 게 어떤 연관이 있는지 몰랐다. 그녀는 잠시 고민하다가 손 내밀기 전문가인 여란을 바라봤다.

환라의 시선을 오해한 여란이 탐욕스러운 관리를 해결해 달라는 뜻인 줄 알고 콧김을 내뿜으며 팔을 걷어붙였다. 그러자 정위가 후다닥 달려와 품에서 은화 하나를 꺼내 관리의 손에 은근히 쥐여 주었다.

환라의 눈살이 찌푸려졌다. 형을 집행하고 백성들의 억울함을 풀어 주라고 있는 예부에서 뇌물을 받다니. 그녀는 당장에라도 나서서 하급 관리에게 죄를 묻고 싶었으나 양야가 손을 잡고 고개를 젓자 한 발 뒤로 물러났다. 그사이 정위는 관리에게 붙어 사근사근 말을 붙이고 있었다.

"낭중께서 바쁘신 건 잘 압니다. 그런데 여기 이 분이 한월각 객주이셔서 일이 너무 많아 빨리 해결하고 가고 싶으시다지 뭡니까?"

"객주요? 그 한월의?"

"예, 그렇다니까요. 여기! 이 사람이 남장한 홍 씨입니다."

정위는 호패를 내밀 듯 여란을 하급 관리 앞에 내밀었다. 여란이 어이가 없다는 듯한 표정으로 정위를 보았다. 정위는 그러거나 말거나 생글거리는 얼굴로 여란의 어깨를 팡팡 두드렸다. 남장한 홍 씨가 한월각의 객주와 연이 깊다는 사실은 길가의 코흘리개도 아는 사실이었기에 관리는 놀란 표정을 지으며 양야에게 와서 굽신거렸다.

　"이거, 제가 중요한 분을 못 알아 뵙고, 흠! 크흠! 당장 낭중을 모셔 오도록 하겠습니다."

　물론 은화는 돌려주지 않았다. 관리가 저에게 눈길도 주지 않고 건물 안으로 들어가려 하자 태식이 소리쳤다.

　"객주? 고작 객주? 나는 번준철 장군의 아들이다! 황후 폐하께서 내 뒤를 봐주신다는 말은 들어 봤겠지? 당장 이걸 풀어!"

　영로가 언급되자 환라의 표정이 미미하게 찌푸려졌다. 양야가 환라를 다독이는 사이 관군들이 와서 태식을 수레에서 내렸다.

　곧 건물 안에서 낭중이 품위 없게 뛰어나왔다. 그리고 양야의 손을 움켜잡으려는 듯이 손을 뻗었다. 하지만 양야는 뒤로 물러나며 낭중을 피했다. 그리고 낭중이 그 낌새를 눈치채기 전에 먼저 인사를 올렸다.

　"한월각의 객주 장양야라 합니다."

　"예. 말씀은 많이 들었습니다. 안 그래도 구할 물건이 있어 연락 드리려고 했는데 이렇게 뵙게 되는군요."

낭중이 허허 웃으며 환라와 정위, 여란, 그리고 증인 두엇을 훑어보고 건물을 향해 손을 뻗었다.

"일단 들어가시죠."

낭중이 먼저 몸을 돌렸다. 여란이 증인들과 함께 뒤를 따르는 사이 정위는 증거품을 챙겼다. 여란은 정위에게 다가가 그의 옆구리를 팔꿈치로 쿡 찔렀다.

"그렇다고 뇌물을 주면 어떡하오? 그것도 은을!"

"누가요? 제가요?"

"웬 시치미요? 아까 주지 않았소."

"그거 가짜입니다. 제가 왜 귀한 돈을 탐관오리에게 줍니까?"

여란이 웃음을 터트리자 환라가 뒤를 돌아보았다. 자세히 듣지 못한 환라가 의아한 표정을 짓자 양야가 여란과 정위가 나눈 대화를 설명해 주었다.

내심 뇌물을 주는 정위의 행동이 마음에 걸렸던 환라는 그제야 마음이 놓였다. 그녀는 능청스럽게 가짜 뇌물을 준 정위의 행동에 웃음을 감추며 건물 안으로 들어갔다. 낭중이 집무실로 들어가 사람들에게 자리를 권한 뒤, 양야에게 물었다.

"그래서 무슨 일 때문에 오셨다고 하셨습니까?"

흥분한 여란이 대신 소리쳤다.

"우리가 잡아 온 놈이 내 집에 불을 질렀소!"

낭중은 심드렁한 표정으로 고개를 끄덕이다가 정위가 끌어안고 있는 양동이를 보았다. 그리고 눈짓으로 양동이를 가리키며 다시 양아에게 물었다.

"저건 뭡니까?"

이번에는 환라가 대답했다.

"증거품이다."

환라의 반말에 낭중의 팔자 주름이 들썩거렸다. 그는 불쾌함을 숨기지 못하는 얼굴로 환라를 쳐다보았다.

"그쪽은 누구신데 말을 툭툭 놓으시오?"

"내가 그대에게 내 위치를 설명해야 하는가?"

환라가 고개를 돌렸다. 눈이 마주치자 낭중은 말문이 턱 막혔다. 호통을 치거나 거들먹거리지는 않았으나 환라에게는 범접할 수 없는 무언가가 있었다. 위엄 있는 눈빛과 곧고 우아한 자세를 보니 필시 예사 인물이 아니라는 생각이 강하게 들었다. 그렇다고 정체를 모르는 사람에게 무조건 굽신거리기엔 체면이 서지 않았기에, 낭중은 은근슬쩍 시선을 회피하며 정위에게 손짓했다.

"그것 이리 내 보거라."

"예."

정위가 대답하자마자 옆에 서 있던 관군이 양동이를 가져가 낭중에게 주었다. 낭중은 손수건으로 손을 감싸 안에 있는 것을 꺼내 탁자 위에 올려놓았다. 환라가 낭중에게 말했다.

"잿더미가 된 집에서 발견된 것이다."

낭중은 괜히 목을 가다듬으며 환라의 눈치를 보다가 은근슬쩍 말을 높였다.

"흠……. 이것이 어찌 증거가 됩니까?"

환라는 그의 말투가 변한 것에는 신경도 쓰지 않은 채 여란을 보았다. 집에 있는 물건에 대해 잘 알고 있는 여란이 대신 설명했다.

"내 집에는 그런 귀한 물건이 없소. 마을 사람 중에도 고가의 등잔을 가진 사람이 없으니 범인의 물건이 아니겠소?"

여란의 말에 낭중이 고개를 저었다.

"이 물건이 범인의 물건인 건 알겠는데, 남자의 물건인 것은 어찌 증명할 것이냐?"

"아니, 딱 보면 알지 않소? 장군의 아들이라 하였으니 집에 이런 물건쯤은 수두룩하게 있지 않겠소? 게다가 저놈은 나와 형님에게 괜히 집적거리다가 두들겨 맞기까지 하였소! 원한도 있고 증거도 있는데 무슨 말이 더 필요하오?"

"그래도 이 물건이 잡혀 온 남자의 물건이라는 것을 증명해야 남자가 범인이라는 것이 증명되고, 그래야 내가 처벌을 해도 할 것 아니냐?"

낭중이 혀를 차며 말하자 옆에 앉아 있던 증인들이 입을 열었다.

"저희가 등잔을 든 남자가 집 근처를 서성이는 걸 보았습니다."

"그 남자가 저 남자가 확실한가? 그 남자가 들고 있었던 게 저 등잔인 것은 확실하고?"

"그건……."

증인들이 말끝을 흘리며 서로의 눈치를 보았다. 워낙 멀리서 본 것이라 등잔의 생김새까지 자세히 보지는 못한 탓이었다. 낭중이 혀를 끌끌 차며 고개를 저었다. 여란은 숨이 막힌다는 듯 가슴을 쾅쾅 두드렸다.

"그럼 가서 조사해 보면 될 것 아니오! 억울하다는 사람이 조사까지 해 와야 하오?"

"어허! 여기가 어디라고 언성을 높이느냐! 네가 정녕 옥에 갇히고 싶은 것이냐?"

낭중이 팔자 주름을 들썩이며 탁자를 쾅쾅 내리쳤다. 그러자 여란이 콧김을 훅 내뿜으며 자리에서 일어났다. 당장에라도 낭중에게 주먹을 날릴 기세였다. 옆에 앉아 있던 정위가 화들짝 놀라며 여란의 팔을 붙잡았다. 그리고 그녀에게만 들릴 정도로 작게 소곤거렸다.

"여란 님. 참으십시오!"

"아, 좀 놔 보시오! 조사해서 다시 오려는 거니까!"

여란이 정위의 팔을 뿌리치고 몸을 돌려 나가려 할 때였다. 환라가 그녀의 손을 붙잡았다. 여란이 씩씩거리며 몸을 돌려 환라를 보았다. 환라가 여란을 앉히며 말했다.

"그럴 필요 없다."

금방 분노를 가라앉힌 여란이 고개를 기울이며 스르르 자리에 앉았다. 환라는 등잔을 가만히 보다가 낭중에게 말했다.

"이 등잔은 번준철 장군이 승전하고 돌아왔을 때 황제 폐하께서 하사하신 물품이다. 황제 폐하께서 명장에게 직접 명령하시어 만든, 단 하나뿐인 물건이니 번준철의 아들인 번태식이 범인이라는 증거가 될 것이다."

낭중의 머리가 빠르게 굴러갔다. 하사품의 생김새를 알 정도면 궁에 드나들 수 있을 정도로 직위가 높은 사람이거나 혹은 그런 사람과 가까운 사이일 것이다.

'하대하지 말라며 호통치지 않길 천만다행이지.'

그는 속으로 현명한 제 선택을 칭찬하며 비굴하게 머리를 조아렸다.

"그럼요. 증거가 되고말고요. 이제 보니 저 번태식이 범인인 게 확실합니다! 그래도 명목상 조사가 필요하니 불이 난 곳으로 일단 관군을 보내겠습니다. 그리고 황궁에 요청해 번준철 장군이 받은 하사품도 확인해 보겠습니다. 사흘 뒤에 곤장 40대를 칠 것이니 오시려거든 그때 집행장으로 오시면 됩니다."

너무나 쉽게 일이 끝나자 여란이 허탈한 얼굴로 낭중을 쳐다보았다. 그들은 덩달아 공손해진 하급 관리의 안내를 받으며 밖으로 나왔다.

여란은 증인들에게 말을 빌려주어 마을로 돌려보낸 뒤 환라에게 다가왔다.

"그런데 그 등잔이 하사품이라는 건 어떻게 아셨소?"

환라는 대답하지 않고 의뭉스러운 미소를 지었다. 여란이 몸서리를 치며 양야를 노려봤다. 양야가 영문을 모르겠다는 표정으로 여란을 보자 그녀는 환라에게 팔짱을 끼며 투덜거렸다.

"오라버니랑 붙어 다니더니 이상한 것이 옮으셨소, 형님."

"이상한 것이라니, 무엇을 말하는 것인가?"

"거 있잖소. 뭐든 다 안다는 듯이 웃는 거!"

환라가 가볍게 웃음을 터트리자 양야가 그녀의 어깨를 끌어당겼다. 환라와 여란의 사이가 멀어지자 양야는 자연스레 환라를 이끌어 함께 말에 올랐다.

여란은 정위와 함께 말을 타고 왔다. 오면서 정위와 무슨 이야기를 나눈 것인지 말에서 내릴 때가 되자 여란의 화는 머리끝까지 차올라 있었다.

"하여간 관리 중에 괜찮은 놈이 하나도 없소! 낭중을 만나려면 뇌물을 줘야 한다니 이게 말이나 되오? 돈 없는 사람은 억울하지도 말라는 건가? 저번 일도 그렇소! 무슨 측량을 한다고 세금을 더 내라더니. 측량은 자기들이 하는데 백성이 왜 세금을 내야 하오?"

환라는 여란이 씩씩거리는 소리를 유심히 들었다.

여란이 분노하는 일은 언제나 부당했고, 그 속에는 백성을 걱정하는 소리가 들어 있었다. 게다가 덕망이 높고 사람을 통솔하는 능력 또한 뛰어나다. 자신의 집이 불타고 있는데도 옆집에 옮겨붙은 불부터 끌 정도로 이타적이었다.

'조정에는 여란 같은 신하가 필요하다.'

그녀는 한월각 안으로 들어서며 여란을 어떻게 조정에 들일지 고민했다. 그녀의 시선이 한참 여란에게 머물자 옆에 있던 양야가 환라의 허리를 감싸 안으며 고개를 숙였다. 부드러운 입술이 환라의 귓가에서 달싹였다.

"계속 란이만 보시면 질투할지도 모릅니다."

환라가 웃음을 터트리며 양야의 어깨에 머리를 기댔다. 양야는 환라의 이마에 입을 맞추며 여란과 정위가 앉아 있는 탁자로 갔다. 양야가 자리에 앉자 여란이 기다렸다는 듯 입을 열었다.

"당분간 신세 좀 더 져야겠소."

"그러렴."

대답은 여란에게 하는 것이지만 그의 눈은 환라를 향해 있었다. 여란이 눈꼴시다는 듯 고개를 저으며 자리에서 일어났다. 세 사람의 시선이 여란에게로 향했다.

"나는 잿더미를 뒤져서 쓸 만한 게 있나 봐야겠소."

"저도 가서 돕겠습니다."

정위가 따라 일어나자 양야가 그를 쳐다봤다. 일은 안 하고 농땡이 피우려는 수작이 눈에 훤한 탓이었다. 그가 빤히 바라보자 제 발 저린 정위가 시선을 회피하며 미끄러지듯 자리에 앉았다. 정위가 구시렁거리자 여란이 화통하게 웃으며 그의 등을 툭 쳤다.

"일이나 하시오."

"안 그래도 그럴 참입니다."

투덜거리는 정위의 어깨를 다독여 준 뒤, 여란은 양야와 환라에게 인사하고 한월각을 떠났다. 정위와 양야도 일을 시작했다. 환라는 양야의 옆에서 그의 일을 도와주거나 책을 읽으며 시간을 보냈다.

그렇게 두 번의 밤이 지나고 세 번째 밤이 찾아왔다. 내일 번태식이 처벌받는 것을 보러 가려면 일찍 잠자리에 들어야 했으나 환라는 침상을 벗어났다. 환라는 양야가 잠든 것을 확인하고 여우에게 줄 음식을 챙기기 위해 부엌으로 들어갔다. 그러자 혼자 술을 마시고 있는 여란이 보였다. 환라의 인기척을 느낀 여란이 고개를 돌렸다.

"형님. 안 주무셨소?"

환라가 고개를 끄덕이며 여란의 맞은편에 앉았다.

"잠이 오지 않는가?"

"싱숭생숭하오."

내색은 하지 않았으나 제법 애지중지하던 집이 홀라당 탔기에 여란의 속은 말이 아니었다. 그녀는 술을 한 잔 들이켜고 늘어지게 하품을 했다.

"그래도 뭐, 옆집에 보상도 해 주었고 내 집도 다시 지을 거니 괜찮소. 그 번태식인가 변태식인가 하는 놈도 내일 곤장을 맞지 않소?"

환라가 고개를 끄덕이고 여란의 손등을 다독여 주었다. 여란이 씩 웃다가 뒤늦게 환라가 외출복 차림이라는 것을 알아채고 고개를 기울였다.

"이 시간에 나가시려 그러오?"

"여우를 보러 간다."

"혼자 말이오?"

"그렇다."

"위험하니까 같이 가는 게 좋겠소. 좀 기다리시오."

안 그래도 사람이 된 여우와 단둘이 만나는 것이 조금 마음에 걸렸기에 환라는 냉큼 고개를 끄덕였다. 여란은 옷을 갈아입고 오겠다며 제 방으로 들어갔다. 환라가 여우에게 줄 음식을 양껏 챙기고 현관으로 나갈 즈음에 여란이 아래로 내려왔다.

두 사람은 등불을 들고 사람이 없는 거리를 걸었다. 여란은 아무런 생각도 없이 환라를 따라가다가 물었다.

"근데 여우는 어디서 만나오?"

"내 거처에서 본다."

거처라니. 집을 참 신기하게 부른다고 생각하며 여란은 발을 움직였다. 한참을 걸어 숲으로 들어서자 시원하고 향긋한 냄새가 코로 흘러 들어왔다. 여란은 숨을 깊게 들이마시다가 그대로 하품을 하며 눈을 비볐다.

"형님 집은 처음 가 보오. 어머니는 잘 계시오?"

여란은 자기가 말을 꺼내고서도 뭔가 이상해 고개를 기울였다.

"그런데 어머니가 걱정하지 않으시오? 형님이 집에 안 들어간 지 벌써 한 달이 다 되어 가지 않소."

"……어머니는 거처가 아니라 다른 곳에 계신다."

"어쩐지 외박이 잦은데 찾는 사람이 없다 하였소. 그럼 그 하인도 어머니와 같이 다른 곳에 간 것이오?"

"내가 나온 것이다."

16세만 되어도 독립을 하는 게 흔한 일이었기에 여란은 환라의 말을 이상하다 여기지 않았다.

밤공기가 좋다는 둥 달빛이 아름답다는 둥 간간이 말을 거는 여란 덕에 환라는 지루하거나 두려울 틈이 없었다. 두 사람은 숲으로 한참 들어오고 난 뒤에야 환라가 사는 거처에 도착했다. 마당을 둘러보던 여란이 집 근처에 심어 놓은 무궁화를 발견했다.

"이런 곳에도 무궁화가 폈네."

그녀는 신기하다는 듯 중얼거리고는 환라를 따라 안으로 들어갔다.

거처 안은 네 사람이 겨우 나란히 누울 수 있을 정도로 좁았다. 여란은 안을 두리번거리다가 환라를 바라봤다.

환라는 장롱에서 이불을 꺼내 바닥에 내려놓고 자리를 옮겨 가며 한 번, 두 번, 공을 들여 펼치고 있었다. 여란은 답답하다는 듯 가슴을 내리치다가 등불을 내려놓고 환라를 어깨를 톡톡 두드렸다.

"비켜 보시오. 내가 펴겠소."

환라가 고개를 끄덕이며 물러났다. 여란이 선 채로 이불을 던지듯 펼치며 바닥에 내려 두었다. 환라는 깔끔하게 펴진 이불을 보며 작게 감탄했다. 여란이 뿌듯하게 웃고는 등잔에 불을 붙여 방 안을 밝혔다. 그리고 환라의 옆에 앉았다.

두 사람은 나란히 앉아 여우가 오기를 기다렸다. 그러나 여우는 한참이 지나도록 모습을 드러내지 않았다.

그렇게 반 시진(1시간)이 지나자 여란이 꾸벅꾸벅 졸기 시작했다.

"나는 못 버티겠소……."

여란의 말꼬리가 늘어지다가 밑으로 뚝 떨어졌다. 여란의 몸도 그녀의 말꼬리처럼 기울더니 옆으로 툭 쓰러졌다. 여란이 주섬주섬 바로 누워 이불을 덮었다. 그러더니 순식간에 잠들어 버렸다.

환라는 머리맡에 내려 둔 과일 바구니를 보며 졸린 눈을 느리게 깜빡였다. 그러다가 쏟아지는 졸음을 이기지 못하고 옆으로 누웠다. 그때였다. 방 안의 촛불이 별안간 일제히 꺼졌다. 갑작스럽게 찾아온 어둠에 환라가 몸을 일으키려 했다. 하지만 그럴 수 없었다.

양야가 환라를 뒤에서 끌어안으며 그녀의 눈을 가려 버린 탓이었다. 그는 움직임을 멈추고 몸에 힘을 푸는 환라를 보며 난감하다는 듯한 목소리로 속삭였다.

"제가 분명 오지 않아도 된다고 하지 않았습니까?"

환라가 양야와 마주 보기 위해 몸을 뒤척였다. 동시에 여란이 잠투정하는 듯한 소리를 냈다. 당황한 양야가 환라의 몸을 더 꼭 끌어안으며 목소리를 낮췄다.

"란이가 깨겠습니다."

환라가 움직임을 멈췄다. 양야는 자신이 여란을 너무 자연스럽게 불렀다는 것을 깨닫지 못했다. 하지만 환라는 그의 호칭에서 익숙한 느낌을 받았다.

그녀는 손을 뒤로 뻗어 제 여우였던 사내의 머리카락을 만졌다.

손가락 사이로 물처럼 흐르는 머리카락은 흔한 것이 아니었다. 기장도 양야와 비슷했다. 그녀가 계속해서 머리카락을 매만지자 정체가 들킬까 두려워진 양야가 그녀의 손을 잡아 세웠다. 붙잡힌 손을 빼낼 거라는 예상과 달리 환라는 양야의 손을 마주 잡았다. 그리고 엄지를 움직여 양야의 손톱을 덧그렸다.

'손톱 모양도 양야와 비슷한 것 같다.'

환라의 마음속에 여우와 양야가 동일 인물일지도 모른다는 의심이 피어날 즈음, 양야가 손을 빼내며 장난기 어린 목소리로 물었다.

"순진한 사내를 이리 희롱하셔도 되십니까?"

"그대 입으로 그대가 내 여우라 하지 않았는가?"

양야는 저도 모르게 웃음을 터트렸다. 그 웃음소리를 듣고 나자 환라의 의심은 짙어졌다. 그녀는 여우의 얼굴을 더 확인하고 싶었다. 환라가 몸을 돌리려 하자 양야가 그녀의 뒤에 바짝 붙으며 기댔다.

"밤이 늦었으니 주무십시오."

"그럼 또 도망갈 것인가?"

양야는 대답하지 않았다. 그의 침묵이 길어질수록 환라의 눈꺼풀은 점점 무거워졌다. 잠들기 직전에서야 대화를 이어 나가야겠다고 생각했으나 정신이 몽롱한 탓인지 말이 나오지 않았다. 하지만 지금 잠들면 여우는 떠날 테고, 오지 말라고 했으니 앞으론 보기 힘들 것이다. 그러면 여우가 양야인지 확인할 수도 없었다.

그녀는 제 눈 위에 올려진 양야의 손등 위로 손을 겹치고 깍지를 꼈다.

"아침까지 있겠다고 약조하면 자겠다."

양야가 손을 휘둘러 여란이 아침까지 깨어나지 않도록 주술을 걸고 대답했다.

"그리 하겠습니다."

양야의 말이 끝나기가 무섭게 환라는 기절하듯 잠들어 버렸다. 양야는 그녀의 머리에 입을 맞추고 눈을 감았다. 이대로 누워 있다가 동이 트는 대로 떠날 생각이었다. 그는 밤을 지새우다가 밖이 어슴푸레해질 즈음 까무룩 잠이 들었다. 그리고 창문과 문지방 사이로 볕이 들고 나서야 눈을 떴다.

그가 정신을 추스를 새도 없이 환라가 뒤척이며 잠에서 깨어났다. 양야는 다급하게 환라의 눈을 가렸다.

"제 얼굴, 보셨습니까?"

"못 보았다."

"……저는 가겠습니다. 이제 찾아오지 마십시오. 진심입니다."

"그대가 원한다면 그리 하겠다."

순순히 허락하는 게 어딘가 석연치 않았다. 양야는 혹시나 환라가 저를 안심시키려는 심산인가 싶어 그녀의 얼굴을 유심히 보았다. 막 일어나 멍한 기색이 남아 있긴 해도 놀라거나 당황스러워하는 느낌은 없었다.

'얼굴을 봤다면 동요하셨겠지.'

양야는 환라의 반응을 대수롭지 않게 여겼다. 그는 환라의 머리끝까지 이불을 덮어 준 뒤, 그 위에 입을 맞추고 사라졌다.

앞에서 느껴지던 인기척이 사라진 뒤에야 환라는 눈을 천천히 깜빡이며 자신에게 다가오던 손가락을 떠올렸다. 그녀는 몸을 일으켜 제 손을 내려다보았다. 손끝은 봉숭아 물이 빠지지 않아 여전히 발그레했다. 여우였던 남자의 약지와 소지의 끝도 환라의 손처럼 물들어 있었다.

정신이 점점 맑아지자 환라는 남자에게서 익숙한 느낌이 났던 이유를 깨달았다.

'그래서 그때 자신이 요괴라면 마음을 접겠느냐고 물어본 것인가?'

환라는 생각보다 동요하지 않았다. 다만 무엇이 그리 두려워 양야가 정체를 밝히지 못하는 것인지 궁금했다.

'정인이 짐승이라 해도 아무렇지 않게 대할 수 있느냐 물었었지. 혹시 관계가 틀어질까 두려워 정체를 밝히지 못하는 것인가?'

이유는 정확히 알 수 없었으나 양야가 비밀 때문에 혼자 고민할 것을 생각하니 마음이 아팠다. 환라는 어떻게 하면 양야의 마음을 편하게 해 줄 수 있을지 고민했다. 만나자마자 여우인 것을 알고 있다고 털어놓을까 하다가 고개를 저었다.

환라가 스스로 비밀을 밝힐 때까지 양야가 기다려 주었으니 환라 역시 그렇게 할 생각이었다. 다만 그가 마음을 다잡을 수 있도록 그가 사람일 때도, 여우일 때도 한결같이 대하기로 하였다.

'그러기 위해선 약속대로 사흘에 한 번씩 찾아와야 한다.'

환라는 양야에게 찾아오지 않겠다고 대답한 것을 까맣게 잊고 무슨 일이 있더라도 여우를 만나러 오겠노라 다짐했다. 그녀의 생각이 어느 정도 정리되었을 때, 여란이 기지개를 켜며 일어났다.

"형님. 벌써 일어나셨소? 참, 여우는 왔다 갔소?"

"다녀갔다."

"먼저 잠들어서 미안하오."

"미안한 것도 많구나."

환라는 웃음기 어린 목소리로 답하고 여란과 함께 한월각으로 돌아왔다. 그녀는 양야의 방으로 올라갔다. 환라의 곁에서 선잠을 잔 탓인지 먼저 돌아온 양야는 깊게 잠들어 있었다. 환라는 양야의 머리카락을 부드럽게 쓸어 주다가 그의 손을 매만졌다. 그의 손끝 역시 봉숭아 물이 빠지지 않아 붉었다.

환라의 입가에 희미한 미소가 떠올랐다. 그녀는 겉옷을 벗어 두고 옆에 누웠다. 온기가 느껴지자 양야가 습관처럼 환라의 몸을 끌어안았다.

"또 여우를 보고 오신 겁니까?"

양야가 졸음이 묻은 목소리로 물었다. 환라는 몸을 돌려 양야의 양 볼을 감쌌다. 반듯한 눈썹 아래로 감은 눈이 보였다. 풍성한 속눈썹과 살짝 위로 올라간 눈꼬리가 여우를 생각나게 했다.

'이토록 닮았는데 왜 눈치채지 못하였는가.'

환라가 엄지로 그의 눈가를 쓸었다. 속눈썹이 손끝에 살짝 스쳤다. 간지러운 느낌에 양야가 웃음을 터트리며 환라를 안은 채로 굴렀다. 환라의 몸이 양야의 몸 위를 넘어가 안쪽으로 들어왔다. 그 위로 양야의 몸이 올라왔다. 그는 팔로 몸을 지탱한 채 환라를 내려다봤다. 환라가 헝클어진 그의 머리카락을 그러모아 한쪽으로 내려 주었다.

"기상이 다른 때보다 늦다."

"이른 아침에 깨었다가 조금 전에 다시 잠들었습니다."

환라의 귀에는 양야의 말이 마치 환라와 거처에 함께 있다가 이른 아침에 깨어나 한월각으로 돌아왔다고 고백하는 것처럼 들렸다.

환라는 그를 빤히 보다가 웃었다. 그리고 머리카락을 살살 쓰다듬어 주고 있는 양야의 손을 끌어 내려 깍지를 꼈다. 환라의 소지와 약지 사이로 붉은 손톱과 손끝이 튀어나와 환라의 손등을 감쌌다. 그녀는 끝이 붉은 손가락을 빤히 보다가 번태식이 처벌받는 것을 보러 가야 한다는 걸 떠올렸다.

"이제 나가야 한다."

양야가 환라의 손가락 마디마디에 입을 맞추며 눈을 접어 웃었다. 그리고 나가기 싫다는 듯 고개를 깊이 숙여 환라의 목덜미에 얼굴을 묻었다.

예민한 살결에 간지러운 숨결과 부드러운 입술이 스쳤다. 기분은 좋지만 이대로 있으면 영영 나가지 않을 것만 같았다. 환라는 옷깃을 파고드는 양야의 손을 붙잡아 세웠다. 그러자 양야가 고개를 들었다. 환라는 그의 얼굴을 끌어당겨 짧게 입을 맞추고 침상에서 일어났다. 흐트러진 옷을 정돈하고 몸을 돌리자 침대 기둥에 머리를 기대고 앉아 있는 양야가 보였다.

"먼저 내려가 있겠다."

"계셔도 됩니다."

"옷을 갈아입어야 하지 않는가?"

"그래서 드린 말씀입니다."

양야가 요망하게 웃으며 환라의 팔을 가볍게 잡아당겼다. 환라의 몸이 쭉 딸려 가 양야의 무릎 위에 내려앉았다. 양야는 단단한 팔로 환라의 허리를 감싸 안고 그녀의 입술을 이슬처럼 머금었다.

차갑고 축축한 느낌에 환라의 입에서 저절로 웃음이 흘렀다. 옥구슬 여러 개가 계단에서 굴러가는 것처럼 고운 소리였다. 양야는 몇 번이고 그 웃음을 제 입에 머금은 뒤에야 환라의 허리를 놓아 주었다.

환라는 그의 볼에 짧게 입을 맞춰 주고 방 밖으로 나왔다. 얼마 지나지 않아 양야가 뒤따라 나왔다. 환라는 빠르게 준비를 마친 양야를 놀란 표정으로 보았다가 이내 납득했다.

'여우로도 변하는데 옷이라고 빨리 못 갈아입을까.'

양야가 환라의 손을 깍지 껴 잡았다. 밖으로 나오자 마차가 보였다. 안에는 이미 정위와 여란이 타고 있었다. 그들은 환라와 양야의 기척을 듣고 창문 밖으로 얼굴을 내밀었다.

"형님! 어서 타시오."

환라는 고개를 끄덕이고 마차에 올랐다. 양야가 문을 닫으며 들어와 환라의 옆에 앉자마자 마차가 움직였다. 예부는 한월각에서 멀지 않은 곳에 있었기에 얼마 가지 않아 마차가 멈춰 섰다.

여란이 제일 먼저 내렸다. 그리고 곧장 예부 안으로 들어서려 했다. 그러나 여란은 대문의 문턱조차 밟아 보지 못했다. 문을 지키고 있던 군관들이 창을 교차시켜 여란의 앞을 가로막은 탓이었다.

"이게 무슨 짓이오?"

"못 들어갑니다."

여란은 콧김을 흥 내뿜고 팔을 걷어붙였다.

콧김은 좋지 않은 신호였다. 정위는 흥분한 여란이 군관을 패려고 하면 말리기 위해 덩달아 팔을 걷어붙였다. 그 모습을 본 여란은 저를 도와주기 위한 것이라 생각하고는 아군을 얻은 듯이 의기양양해졌다.

"예부 낭중께서 오늘 오라 하였소! 그런데 앞을 막는다니 이게 말이 되는 소리요?"

"저희는 막으라는 소리만 들었습니다. 못 들어갑니다."

여란이 가슴을 내리치며 몸을 돌렸다. 포기한 건가 싶어 관군들이 조금 방심한 틈을 타 여란이 교차된 창 밑을 파고들었다. 물론 그마저 금세 막혀 버리고 말았다.

마차에서 내리던 환라가 그 모습을 발견하고 여란에게 다가갔다.

"무슨 일인가?"

"이 사람들이 안 들여보내 주지 않소?"

"비켜라."

환라의 말에 관군들이 움찔거렸다. 그들이 서로의 눈치만 보고 있을 무렵이었다. 안에서 누군가 밖으로 나왔다. 고급스러운 옷을 입은 여자였다. 궐 밖의 사람을 알 리 없음에도 환라는 이상하게 그 얼굴이 익숙했다.

곧 그녀의 뒤를 따라 태식이 나왔다. 그는 여란의 앞에 서서 한쪽 입꼬리를 비틀어 올렸다. 한껏 올라간 광대가 여란의 신경 줄을 건드렸다.

태식이 그녀를 비웃으며 한마디 하려 할 때였다.

"안 따라오고 뭐 하시는가?"

앞서가던 여자가 몸을 돌려 날카로운 목소리로 태식을 재촉했다. 태식은 언제 비열하게 웃었냐는 듯 머리를 조아렸다.

"예, 가겠습니다."

그가 여자를 따라 점점 여란에게서 멀어졌다. 여란은 예부를 노려보다가 태식의 뒤를 쫓아갔다. 환라가 그녀의 옆으로 가며 물었다.

"어딜 가는가?"

"군관은 무슨 영문인지 모르는 것 같으니 저 변태 놈을 조져야 하지 않겠소?"

뒤에서 두 사람을 지켜보던 정위가 고개를 저었다. 동의해 주지 말라는 뜻이었으나 환라는 정위의 신호를 보지 못했다. 물론 봤다 한들 그의 의견에 따라 주지 않았을 것이다.

"그대가 옳다."

정위가 이마를 부여잡았다. 그리고 지친 얼굴로 고개를 저으며 양야를 봤다.

"저는 가서 일이나 하겠습니다. 여란 님 뒤치다꺼리하느니 차라리 일을 두 배로 하는……, 물론 그렇다고 일을 두 배로 하겠다는 뜻은 아닙니다."

"누가 뭐라더냐."

"어쨌든, 수고하십시오, 객주님."

정위는 냉큼 마차에 올라타 도망가 버렸다. 양야는 주술로 두 사람의 기척을 지워 주며 곰방대에 약초를 채웠다. 그는 약초가 새빨갛게 타들어 가는 것을 보며 천천히 걸었다. 제법 거리가 있었지만 여란과 환라가 나누는 대화는 물론 태식과 여인이 나누는 대화 또한 선명하게 들렸다.

양야는 소리에 집중했다. 여인과 태식은 예부의 돌담을 따라 걷다가 모퉁이를 돌자마자 걸음을 멈췄다. 다른 사람이 없는지 주변을 둘러본 여인이 태식과 마주 보고 섰다.

"한심한 놈."

태식은 주먹을 말아 쥐었다. 하지만 고개를 쳐들기는커녕 오히려 공손히 조아렸다.

"송구합니다."

"네놈들이 바치는 옥이 그분의 마음에 들었다고 아주 기고만장해졌구나. 만일 그 불이 크게 번졌으면 어찌할 뻔했느냐?"

태식은 여전히 땅만 바라본 채 고개를 숙이고 있었다. 여인은 태식의 머리를 내려다보며 혀를 찼다.

"이제 그분께서는 네놈을 찾으시지도, 돌봐 주시지도 않을 것이다. 다음번에는 장형이든 참형이든 네가 감당해야 할 것이야. 알겠느냐?"

여인은 대답 없는 태식을 뒤로 한 채 왔던 길로 돌아왔다.

몰래 지켜보던 여란이 환라의 팔을 잡아끌어 돌담에 바짝 붙어 섰다. 그들의 옆으로 여인이 스쳐 지나갔다. 환라의 눈에 여인의 얼굴이 똑똑히 새겨졌다. 환라는 그 자리에 얼어붙고 말았다.

태식에게 호통을 치던 그 여인은 바로 황후를 모시는 여사, 최윤미였다.

7. 사시이비

소해는 끝도 없이 늘어선 길을 내달렸다. 눈앞이 노랗게 번쩍였다. 바늘 같은 빗방울이 몰아치며 떨어졌다. 어찌나 거센지 피부가 따끔거릴 정도였다. 물기를 머금은 진흙은 망자의 손길처럼 소해의 다리에 감겨들었다.

"싫어, 싫어!"

소해는 몸서리치며 진흙을 털어 내다가 고개를 번쩍 들었다. 시꺼먼 것들이 소해의 주변을 휙, 휙 날아다녔다. 소해는 숨을 멈추고 다시 달렸다. 진흙에 미끄러지면서도 소해는 달리고, 또 달렸다. 뛰면 뛸수록 몸에 한기가 돌았다. 누가 목을 조르는 듯이 숨이 막혔다.

순간, 그녀의 몸이 기울며 진흙탕 위로 뒹굴었다. 검은 것 하나가 소해의 머리 위로 휙 지나갔다.

"저리 가! 저리 가라, 이놈들! 나는 공주다! 감히 공주를 해하려 하는가?!"

소해가 손을 휘두르며 소리쳤다. 하지만 검은 옷을 입은 것들은 겨울바람처럼 매서운 소리로 수군거리며 소해를 둘러쌌다. 소해는 고개를 번쩍 들었다. 마른 나뭇가지처럼 앙상한 검지들이 소해를 향해 있었다. 벌벌 떨며 삿대질하는 손가락들을 보던 소해가 고개를 숙였다. 제 발이 보였다. 뛰다가 잃어버린 것인지 신발은 한 짝만 신겨져 있었다.

"신발, 신발이 어디 갔지?"

소해는 무릎으로 걸어 다니며 땅을 더듬었다. 그녀의 손끝에 무언가 툭 걸렸다. 소해는 천천히 고개를 들어 올렸다. 새하얗고 뾰족한 검지 하나가 소해를 찌를 듯이 겨눠져 있었다.

소해는 뒤로 나자빠지며 고개를 더 젖혔다. 검은 옷을 입은 것들의 목 위에는 뱀 머리가 달려 있었다. 소해는 다리로 땅을 밀며 엉덩이로 물러섰다. 하지만 뱀 머리를 한 사람들은 멀어지기는커녕 점점 더 다가오며 입을 쩍 벌렸다. 칼날처럼 날카로운 독니가 소해의 목에 드리워졌을 때였다.

"꺄아아악!"

소해가 비명을 지르며 꿈에서 깨어났다. 그녀는 발버둥 치며 이불을 밀어 내고 제 목을 더듬었다. 머리 옆으로 새하얀 것이 흔들렸다.

악몽 때문에 극도로 예민해진 소해는 품에서 단도를 꺼내 흔들리는 것을 베어 냈다. 잘린 휘장이 바닥으로 툭 떨어졌으나 소해는 안심하지 않았다. 공포가 분노로 변하는 것은 한순간이었다. 그녀는 시퍼런 안광을 희번덕이며 허공에 칼을 휘둘렀다.

"나와라! 나와! 감히 공주를 해하려고 해?"

부랴부랴 안으로 들어온 칠각이 소해를 진정시키기 위해 그녀를 붙잡았다. 몸이 얽매이자 소해의 상태는 오히려 더 나빠졌다. 그녀는 핏줄이 터진 눈을 이리저리 굴리며 팔다리를 휘저었다.

"놔라! 누가 감히 나를 시해하려 한단 말이다! 내가 이런다고 공주의 자리를 내려놓을 것 같으냐? 천만의 소리! 나는 공주다! 공주란 말이다! 내가, 내가!"

보다 못한 칠각이 소해의 목 뒤를 내리쳐 기절시켰다. 그녀가 축 늘어지자 향옥이 다가와 소해의 손에서 단도를 빼앗고 한숨을 내쉬었다. 그녀가 지친 얼굴로 공주님은 언제쯤 돌아오시는 거냐고 한탄하려던 순간이었다.

방 안으로 궐겸이 들어왔다. 궐겸은 칠각의 품에 안긴 소해를 받아 들었다. 그리고 그녀를 조심스럽게 침상에 눕히며 걱정스러운 목소리로 칠각과 향옥에게 물었다.

"또 악몽을 꾸셨습니까?"

향옥이 대답해 주라는 듯 눈짓하고 방을 나갔다. 칠각은 한숨을 삼키며 면포를 쓰고 있는 소해를 내려다보았다.

"그렇네."

궐겸은 가슴이 헤질 듯 아팠다.

악몽은 며칠째 사그라들 줄 몰랐고, 비명을 지르며 깨어날 때마다 소해는 난동을 부리곤 했다. 우연히 일찍 입궁한 궐겸이 소해를 달래 준 적이 있었다. 궁인의 피를 보거나 기절을 해야 멈추었던 난동이 궐겸만 있으면 잠잠해졌다.

그 이야기를 전해 들은 영로가 궐겸에게 비원궁에 머무르라 권했다. 공주의 방과는 다른 건물이었지만 궐겸은 혹여나 공주님의 명예에 해가 될까 거절하였다. 그러자 소해가 궐겸을 불러 그의 품을 파고들었다.

"밤이 찾아오는 게 두렵다. 며칠만이라도 좋다. 그대가 내 곁에 머물러 주면 아니 되겠는가?"

궐겸은 은애하는 여인의 약한 모습을 차마 외면하지 못했다. 그는 결국 소해의 부탁을 허락하고 비원궁에 머물게 되었다. 그러나 간혹 궐겸이 제때 도착하지 못하면 다치는 사람이 생기지 않도록 칠각이 소해를 기절시키곤 했다.

"공주님이 깨어나실 때까지 여기 있겠습니다."

애달픈 눈이 잠든 소해에게로 향했다. 지고지순한 마음을 며칠간 옆에서 지켜본 칠각은 돌덩이를 삼킨 것처럼 마음이 무거웠다. 정작 저 마음의 주인인 환라는 그의 애끓는 연모를 모를 것이니 말이다. 칠각은 한숨 쉬듯 대답했다.

"그렇게 하시게."

소해는 일각도 되지 않아 깨어났다. 그리고 눈을 뜨자마자 보이는 궐겸의 품에 안겼다. 궐겸은 소해의 등을 다정하게 다독였다.

"괜찮사옵니다. 전부 악몽일 뿐입니다."

소해가 고개를 끄덕이고 있을 때, 향옥이 안으로 들어왔다.

"공주님 황제 폐하께서 찾으시옵니다."

옷을 갈아입어야 하기에 궐겸이 자리를 비켜 주려는 듯 일어났다. 그러자 소해가 궐겸의 손목을 붙잡았다. 궐겸이 당혹스러운 눈으로 소해를 봤다.

"가지 말고 그냥 있거라."

궐겸의 얼굴이 순식간에 붉어졌다. 궐겸이 그럴 수 없다고 거절하려고 입을 열자마자 소해가 말을 가로채 갔다.

"뒤돌아 있으면 된다."

"하오나……."

"명이다."

"알겠사옵니다."

공손히 허리를 숙인 궐겸이 소해를 부축해 일어나는 것을 돕고 몸을 돌렸다. 소해는 궐겸의 뒷모습을 빤히 보다가 옷을 갈아입었다.

그러나 이백에게 갈 때는 궐겸을 데려갈 수 없었다. 이백이 공주 혼자 항룡궁으로 오라고 명했기 때문이었다. 불안함을 느꼈지만 황제의 명을 거부할 수는 없는 노릇이었다.

소해는 궐겸을 궁에 두고 항룡궁으로 향했다. 문을 열자 영로와 사혁의 모습이 보였다. 뱀처럼 저를 훑어보는 사혁의 눈빛에 소름 끼쳤으나 소해는 고개를 치켜들고 안으로 들어갔다.

'어머니가 있으니 괜찮다. 나를 지켜 주실 것이다.'

그렇게 중얼거리니 마음이 한결 놓였다. 소해는 이백과 영로에게 인사를 올리고 사혁에게도 고갯짓으로 인사했다.

"황제 폐하, 찾으셨사옵니까?"

"그래. 환이 왔구나. 이리 오거라."

이백은 소해를 제 옆에 앉히고 힐끗 영로를 보았다. 영로가 고개를 미약하게 끄덕였다.

이백이 입을 열려다 기침을 쏟아 냈다. 소해는 반사적으로 헐떡이는 이백을 부축했다. 이백은 소해에게 미소를 지어 준 뒤 숨을 고르고 다시 입을 열었다.

"갈파왕. 그대에게 단도직입적으로 묻겠다."

"하문하시옵소서, 폐하."

"공주에게 암살자를 보낸 것이 그대인가?"

사혁의 입에 미소가 떠올랐다. 순간 소해의 등줄기에 소름이 끼쳤다. 그녀의 어깨가 살짝 움츠러들었다. 아주 미약한 변화였으나 사혁은 그 모습을 놓치지 않았다.

"금시초문이옵니다."

"이미 그대가 궁 밖으로 여러 번 수하를 내보냈었다는 말을 들었다."

사혁이 고개를 들어 이백과 영로를 보았다. 공주를 불러 놓고 이게 뭐 하자는 심산인가 싶었다. 증거가 있으면 이렇게 따로 불러 심문하는 것이 아니라 병사를 보내 포박했을 것이다.

'공주에게 나에 대한 경각심을 심어 주려는 것이군.'

영로가 쓸 법한 수는 아니었다. 그녀는 좀 더 교묘하고 교활한 여자였다. 적어도 사혁이 생각하기엔 그랬다. 그렇다면 이건 황제의 머리에서 나온 생각일 것이다.

사혁은 영로를 쳐다봤다. 표정 변화가 없었으나 사혁은 제 판단을 의심하지 않았다. 영로가 생각을 표정에 드러낼 정도로 어리숙한 사람이 아님을 잘 알기 때문이었다. 그의 입술이 얇게 벌어지며 둥글게 휘었다.

"억울하옵니다, 폐하. 제가 어찌 공주님을 해하겠사옵니까?"

"공주의 신변에 문제가 생기면 그대가 황위를 얻게 되니 그런 것 아닌가!"

"공주님은 이 나라의 적통이시기 이전에 제 사촌 동생이옵니다. 아무리 권력이 탐이 난다 한들 핏줄을 해하겠사옵니까?"

"듣기 싫다!"

이백이 손잡이를 내리치며 호통을 쳤다. 사혁은 미소를 지우고 소해의 손을 보았다. 아무렇지 않은 듯 허리를 세우고 있으나 그녀의 손끝은 파르르 떨리고 있었다. 소해의 분위기가 변한 것이 느껴졌다. 계획대로 소해는 갈파왕을 경계하는 듯 보였다. 하지만 유감스럽게도 사혁은 이 분위기에 발을 맞춰 줄 생각이 없었다.

"폐하. 저는 그리 어리숙한 사람이 아니옵니다. 자객을 보내거나 독살을 시도하면 제가 의심받을 것을 뻔히 아는데 황궁에 머물 때 그런 짓을 하겠사옵니까?"

"오히려 그것을 역으로 이용한 것일 수도 있지 않겠소?"

옆에 있던 영로가 눈조차 마주치지 않은 채로 사혁의 말에 반박했다.

"혹은 그 점을 이용해 누군가 저에게 죄를 뒤집어씌우려는 것이겠지요. 아군인 척 옆에 붙어 살과 뼈를 취하는 그런 자 말입니다, 황후 폐하."

"그런 무서운 자가 갈파왕 말고 또 있다니 놀랍구려."

"제 옆에 계시지 않습니까."

"그 말은 내가 공주를 해하려 했단 말이오?"

"흑수궁(황후의 궁)에서 요즘 죽은 꿩이 많이 나온다는 말을 들었습니다. 그런데 그 꿩을 먹지 않고 불태워 죽였다고 하던데……."

사혁이 의도적으로 말끝을 흘리며 말을 멈췄다. 영로의 입술이 살짝 벌어졌다. 입꼬리가 미미하게 올라갔으나 웃는다고 보긴 힘든 표정이었다. 마치 기어오르는 짐승을 보는 듯한 눈으로, 영로가 사혁을 쳐다보았다.

소해는 혼란스러운 마음을 감추지 못한 채 영로와 갈파왕을 번갈아 바라봤다. 꿩은 독을 실험할 때 많이 쓰이는 동물이었다.

'어머니가 나를 죽이기 위해 닭에게 독을 시험해 보신 것인가? 하지만 왜?'

이백의 팔을 잡고 있던 소해의 손이 밑으로 툭 떨어졌다. 소해의 동요를 눈치챈 사혁이 다시 입을 열었다.

"제가 알기론 공주는 황후 폐……."

"그만!"

이백이 자리에서 벌떡 일어났다. 사혁은 황공하다는 몸짓으로 허리를 깊이 숙였다. 하지만 땅을 향한 그의 눈에는 간악한 빛이 떠올라 있었다.

"진상이 어찌 되었든 뒤숭숭한 궁에 손님을 둘 순 없다. 갈파왕은 내일 중으로 속히 떠나라."

"명 받들겠사옵니다, 황제 폐하."

"모두 물러가라!"

이백은 환관의 부축을 받으며 몸을 일으켰다. 가장 먼저 움직인 것은 영로였다. 그녀는 인사를 올리고 방 밖으로 나갔다. 사혁의 눈치를 보던 소해가 두 번째로 방을 나섰다. 그 뒤를 사혁이 바짝 따라갔다.

이백이 문 근처에 있는 궁인들까지 전부 물린 탓에 복도에는 아무도 없었다. 사혁은 잘 되었다 싶어 걸음을 바삐 움직이는 소해를 불렀다.

"공주님."

소해는 못 들은 척 더 빠르게 걸었다. 멀리서 영로의 등이 보였다. 궐겸도, 칠각도, 향옥도 없는 자리에서 소해를 지켜 줄 이는 영로뿐이었다. 소해는 아직 그렇게 믿고 있었다. 그녀는 거의 뛰다시피 걸어 사혁과 거리를 벌렸다. 사혁은 그녀를 억지로 붙들지 않았다. 대신 뒤에서 소리쳤다.

"누가 진짜 공주님을 보호해 줄지 궁금하지 않으십니까?"

소해에게 한 말이었지만 멈춰 선 것은 영로였다. 소해는 영로가 멈춰 선 것을 보고 놀라 뒤를 돌았다.

사혁이 소해에게 다가왔다. 그는 소해의 등 너머에 서 있는 영로를 봤다. 매섭게 올라간 눈동자가 사혁을 노려보고 있었다. 허튼소리를 하면 당장에라도 목을 베어 낼 것 같은 표정이었다. 위협적인 눈빛에도 사혁은 도리어 미소 지으며 영로와 눈을 맞췄다. 그리고 소해의 어깨에 손을 올렸다.

"생각해 보십시오. 공주님의 건강이 악화되면 황후는 지금처럼 안정적으로 권력을 손에 쥘 수 있습니다."

"어머니가 그러실 리 없다."

사혁이 소해를 보았다. 그는 짐짓 사촌 누이를 걱정하는 오라버니의 가면을 뒤집어쓰고 다정스레 말했다.

"정말 그렇게 생각하십니까? 아무에게도 얼굴을 보이지 말라고 하신 분이 공주님을 온전히 지켜 주실 거라고 여기시냐는 말입니다."

뒤에서 발걸음 소리가 들렸다. 소해는 두려움에 몸을 떨며 사혁의 손을 뿌리치고 몸을 돌렸다. 영로가 다가오는 것이 보이자마자 사혁이 우악스럽게 소해의 어깨를 돌려 다시 저를 보게 만들었다.

"제게 얼굴을 보이시면 제가 지켜 드리겠습니다. 황제 폐하께만 의탁하기엔 공주님의 목숨이 너무 중하다고 생각하지 않으십니까?"

"놔라!"

소해가 그의 손을 뿌리치며 몸을 돌리려 할 때였다. 사혁이 소해의 면포를 움켜잡았다. 우두둑, 실밥이 터지는 소리가 나며 면포가 뜯겨 나갔다. 동시에 소해가 반사적으로 뒤를 돌았다. 사면으로 보이는 흰자위와 확장된 동공이 그녀가 얼마나 놀랐는지를 여실히 보여 주고 있었다.

사혁은 소해의 얼굴을 꼼꼼히 살펴보느라 다른 곳을 볼 틈이 없었다. 그러니 영로의 입가에 떠오른 만족스러운 미소를 보지 못한 것은 당연한 일이었다.

영로는 표정을 지우고 빠르게 다가와 갈파왕의 손에서 면포를 빼앗았다. 그리고 소해의 몸을 뒤로 돌린 뒤 흐트러진 머리 장식을 바로 해 주고 면포를 둘러 머리 뒤에서 묶어 주었다. 소해가 그 손길을 피하려 하자 영로는 그녀의 어깨를 움켜잡았다. 억센 손길에 소해가 몸을 떨었다.

"공주. 비원궁으로 돌아가세요."

"예, 어머니."

소해가 인사를 올리고 바쁜 걸음으로 항룡궁을 빠져나갔다. 그 뒷모습을 바라보던 영로는 소해가 사라지자마자 몸을 돌리며 손을 휘둘렀다. 그녀의 손바닥이 사혁의 뺨으로 날아들었다. 하지만 사혁은 제 볼을 내줄 생각이 없었다. 그는 영로의 손목을 턱 잡아 제 쪽으로 끌어당겼다. 강한 힘에 영로가 휘청거리며 사혁의 앞까지 끌려갔다.

두 사람은 마주 보게 되었다. 서로의 숨결이 닿을 정도로 가까운 거리였다. 지척에서 사특한 기운을 담은 눈동자가 가늘어졌다. 조소인지 친밀감인지 모를 묘한 표정이 사혁의 얼굴에 떠올랐다.

"왜 그리 화가 나셨습니까, 황후 폐하?"

"공주에게 무례를 저질러 놓고 왜 화가 났느냐니, 그 정도도 유추하지 못할 만큼 멍청해진 것이오?"

사혁이 고개를 숙이며 짧게 코웃음 쳤다. 영로가 얼굴을 일그러트리며 사혁의 손을 뿌리쳤다.

잠시 떨어져 나갔던 사혁의 손이 다시 영로의 팔을 붙잡았다. 그녀가 다시 뿌리칠 겨를도 없이 사혁은 영로를 끌고 빈방으로 들어갔다. 등 뒤로 문이 닫히자마자 그는 영로를 끌어 벽에 세우고 몸을 밀어붙였다.

벽과 사혁 사이에 갇힌 영로가 눈을 시퍼렇게 치켜떴다.

"비켜라."

"싫다면?"

영로가 고개를 젖혀 돌연 웃음을 터트렸다. 그리고 손을 들어 사혁의 팔뚝을 잡았다. 사혁은 영로가 제 팔을 치우지 못하도록 힘을 주었다. 그러나 그의 예상과 달리 영로의 손은 사혁의 소매 밑으로 파고들었다. 부드러운 손끝이 사혁의 단단한 팔을 어루만지듯 타고 올랐다.

밀려 올라간 소매 밑으로 적당히 그을린 피부가 드러났다. 사혁의 눈에 흥미가 깃들었다. 영로는 미소 지으며 제 귀 옆에 놓인 사혁의 팔에 머리를 기댔다. 부드러운 머리카락이 맨살에서 느껴지자 사혁의 입매가 뾰족하게 말려 올라갔다. 그리고 입이라도 맞출 것처럼 천천히 고개를 숙였다.

순간, 영로가 고개를 돌려 사혁의 팔을 강하게 물었다. 아드득 소리를 내며 단단한 이가 근육을 파고들었다. 사혁은 황제가 들을까 봐 비명을 지르지도 못한 채 제 팔을 붙잡으며 물러났다. 손바닥 밑으로 미지근한 액체가 느껴졌다. 손을 치우자 바닥으로 붉은 선혈이 후두둑 떨어졌다. 힘으로는 이길 수 없을 것을 알기에 의도적으로 갈파왕이 방심하도록 유도한 것이다. 그 뻔한 수에 당한 게 이상하게도 유쾌했다.

"하하하하!"

그는 어깨가 흔들릴 정도로 웃어 댔다. 피를 뚝뚝 흘리며 웃는 게 제정신으로 보이지 않았으나 영로의 손은 거침없었다. 그녀는 사혁의 멱살을 휘어 감아 허리를 굽히게 했다. 그리고 그의 눈을 직시하며 입술을 비틀어 올렸다.

"다신 내게 기어오르지 마시오. 무례를 봐주는 것에도 한계가 있는 법이니."

영로는 사혁을 밀어 내며 그의 옷깃을 놓았다. 그리고 더는 말을 섞을 필요도 없다는 눈빛으로 사혁을 훑어본 뒤 몸을 돌렸다.

사혁이 옷깃을 정리하며 영로의 등에다 대고 말했다.

"공주를 많이 아끼시나 봅니다."

환라의 이야기가 나오자 영로가 뒤를 돌아봤다. 사혁은 피가 흐르는 팔을 만족스럽게 바라보다가 다시 웃음을 터트렸다. 이런 것쯤이야 고양이에게 물린 셈 치면 된다. 어차피 공주의 얼굴을 봤으니 승기는 제 손에 있는 것이나 마찬가지였다. 그의 입술이 가늘어지며 둥글게 찢어졌다.

"속이 많이 상하셨겠습니다. 그렇게 애지중지하는 공주의 얼굴을 제가 보았으니 말입니다."

"애지중지라……. 하하, 하하하하!"

영로가 광대의 묘기를 본 사람처럼 넓은 소매로 입가를 가리고 고개를 젖혀 웃었다.

"공주를 애지중지하긴 하오. 아직 황제 폐하가 승하하시기 전이니 예뻐할 수밖에 없지 않겠소?"

사혁의 눈빛에 호승심이 어렸다. 마치 전장에서 호적수를 만난 것처럼 가슴이 뛰었다. 검을 맞대기 전, 상대를 탐색할 때처럼 나선을 그리며 서서히 영로에게로 걸어갔다.

"그래도 제가 공주의 얼굴을 공개하면 곤란해지시지 않겠습니까?"

"내가 대비책 하나 마련해 놓지 않았을 줄 아시오?"

두 사람의 시선이 허공에서 마주쳤다. 그 사이로 샛노란 전류가 흐르는 듯했다. 영로는 시종일관 여유로운 표정이었다. 살짝 올라간 왼쪽 입꼬리와 이따금 느리게 감기는 눈이 그러했다. 그녀는 오만하게 턱을 들어 저보다 키가 큰 갈파왕을 내리깔 듯이 쳐다보고 있었다. 몸은 꼿꼿했으며 손과 발을 떨지도 않았다. 그녀를 빤히 바라보던 사혁이 미소 띤 얼굴로 비아냥거렸다.

"그럼 당장 나가서 공주의 얼굴을 공개해도 상관이 없으시다,

이 말입니까?"

영로는 눈 하나 깜짝하지 않았다. 사혁은 그대로 영로를 지나쳤다. 그는 일부러 천천히 걸어 문을 잡았다. 그때, 뒤에서 영로의 목소리가 들렸다.

"원하는 게 무엇이오?"

사혁이 입꼬리를 찢어 웃으며 뒤를 돌아봤다. 영로는 저에게 다가오는 사혁에게 물었다.

"공주의 얼굴을 밝혀도 그대가 얻는 것은 아무것도 없소"

"당신의 계획을 망쳐 버릴 순 있지요."

"고약한 심보로군."

영로의 가슴이 크게 들썩였다. 사혁은 영로가 분을 참고 있다는 것을 쉽게 알아차렸다. 그는 미소를 감추지 않으며 영로에게 얼굴을 들이밀었다.

"저는 천하를 거머쥘 것입니다."

영로가 그의 눈을 쳐다보았다. 볕을 받은 흰자위는 새파랗게 빛났고, 눈에는 섬뜩한 욕망이 일렁이고 있었다.

"그러기 위해서는 잔혹하고, 현명하고, 야망을 가진 동반자가 필요합니다."

"나보고 그대의 아내가 돼라?"

영로가 고개를 돌리며 코웃음을 쳤다. 그녀의 볼을 빤히 보던 사혁이 그녀의 볼을 검지의 손등 면으로 쓸었다. 차갑고 날카로운 손톱이 볼을 스치며 묘한 긴장을 불러일으켰다.

"언제까지 이 가짜 자리에 만족하실 생각입니까?"

"웃기는 소리 마시오. 우리의 관계는 그대가 나에게 활을 쏘았을 때 끝났으니."

"황후 폐하. 아직도 모르시겠사옵니까? 그때 제가 연려황후를 쐈다면 연려황후를 거기까지 유인한 황후 폐하께서 의심을 받으셨겠지요."

"그래서 나를 쐈다?"

"그렇습니다. 연려황후의 성정을 알지 않습니까? 그녀는 황후 폐하께 죄책감을 지니고 있었으니 반드시 앞을 가로막을 것이라 생각하고 쏜 것입니다."

"내가 그 말을 어찌 믿을 수 있겠소?"

"생각해 보십시오. 제가 만일 황후 폐하를 죽일 생각이었다면 화살은 연려황후의 심장이 아니라 어깨를 관통해야 했습니다."

옳은 말이었다.

연려황후 소능화는 만삭인 상태라 몸이 둔해 영로의 앞을 완전히 가로막지 못했다. 화살이 영로의 심장을 노렸다면 능화의 어깨를 스쳤을 것이나 화살은 능화의 오른쪽 가슴을 관통했다. 능화가 영로에게 겨눠진 화살을 보고 몸을 움직일 때 다시 조준한 것이었다.

영로는 주먹을 말아 쥐고 눈을 감았다. 짐짓 평온해 보이는 얼굴이었으나 그녀의 손마디는 하얗게 불거져 있었다. 사혁은 영로가 동요하고 있음을 눈치챘다.

"보아하니 공주는 어리숙하고 겁이 많습니다. 그녀의 정신을 불안정하게 만들어 섭정하시려 한 게 아닙니까?"

영로는 대답 없이 핏기가 가신 얼굴로 사혁을 쳐다보았다. 느리게 영로의 볼을 쓸어내리던 갈파왕의 손이 턱선을 지나 그녀의 목덜미로 내려갔다. 그는 매혹적으로 미소 지으며 목소리를 낮췄다.

"당신은 꿩에 독을 시험하고도 소문이 퍼지도록 내버려 두셨습니다. 가장 믿고 의지하는 어머니에게 의심을 품게 한 뒤, 공주의 애정을 이용해 죄책감을 자극하고 다시 독살 시도를 한다면 공주가 완전히 무너져 버릴 걸 알기 때문입니다. 그 정도의 불안은 어느 황제에게나 있는 법이고 직계 혈족은 공주가 유일하니 공주는 황제가 되겠지요. 그러면 권력은 저절로 황후 폐하의 손에 떨어지는 게 아니겠습니까?"

"영 머저리가 된 것은 아닌가 보오."

"그러나 황제가 없으면 황제의 어머니도 없습니다. 대신들이 반란을 일으키기라도 하면 약한 황제가 그것을 막을 수 있다고 생각하십니까? 혹은 황제가 대신들에게 휘둘린다면? 황후 폐하의 권위마저 흔들리지 않겠습니까?"

"그러니 황제의 아내가 되어라? 그것도 마찬가지 아니오? 황제가 없으면 그 아내도 없는 법이지."

"하지만 제 황권을 다를 겁니다. 저는 아무도 제 권위를 넘보지 못하게 할 것입니다. 그 옆에 당신이 있다고 생각해 보십시오. 황홀하지 않습니까? 제 손을 잡고 힘을 보태 주시기만 하면 됩니다."

달콤한 속삭임에도 영로의 얼굴은 싸늘하기만 했다. 그녀는 제 목덜미를 배회하고 있는 사혁의 손을 치우고 그를 마주 봤다.

"그대의 말은 반은 맞고 반은 틀렸소."

사혁이 말해 보라는 듯 미소 지었다.

"나는 황제의 어머니 따위에 만족할 생각이 없소."

"그럼 어찌하실 생각이십니까?"

"환라가 황제가 되면 그 아이를 죽이고 황제가 될 것이오. 유약하고 정신이 온전치 못한 황제라면…… 반란의 명분으로 충분하지 않겠소?"

생각지도 못한 답변이 사혁을 유쾌하게 했다.

"흐, 흐하하! 흐하하하!"

그는 영로의 어깨를 짚은 채 허리를 숙이고 웃음을 터트렸다. 영로는 그의 볼을 움켜잡고 고개를 들어 올렸다. 사혁의 눈동자는 여전히 광기와 유쾌함으로 번들거리고 있었다.

"손을 잡자는 그대의 말은 사양하지 않겠소. 단, 황후가 되는 조건은 아니오. 나는 이 나라를 가지고, 그대의 나라는 속국에서 벗어나 독립국이 되는 것이오. 그 후에 천하가 누구 손에 들어올지는 겨뤄 보면 알게 되겠지."

사혁이 어깨가 흔들리도록 웃었다. 그는 한참을 낄낄거리다가 웃음기가 가시지 않은 목소리로 물었다.

"제가 황후 폐하를 어찌 믿습니까?"

"그대가 원하는 것은 공주의 죽음이 아니오?"

"맞습니다."

"내가 황위에 오를 때 보탬이 될 군대나 준비해 두시오."

영로는 사혁의 볼을 다독여 주고 입꼬리를 끌어당겼다.

"곧 공주의 시신을 선물로 보낼 터이니."

* * *

산책하려던 채령은 대문으로 향하는 뒷모습을 발견했다. 그는 그녀의 남편이자 제국의 대장군인 소능현이었다. 채령은 가만히 바라보다가 그의 등에 대고 물었다.

"또 나가십니까?"

능현이 뒤를 돌아보았다. 일자로 다물려진 입술이 벌어지며 무심한 목소리를 내었다.

"그렇소."

표정 또한 무뚝뚝하기 그지없었다.

결혼한 지 10년이 다 되어 가지만 채령이 능현의 미소를 본 것은 손에 꼽을 정도로 적었다. 그녀는 걱정스러운 얼굴로 능현을 쳐다봤다. 애끓는 연정은 아니었다. 애당초 두 사람은 사랑해서 결혼한 것이 아니었으며, 그에게 품은 마음은 우정이나 형제애에 가까웠다.

"얼굴이 점점 어두워지십니다. 공주님 때문에 그렇습니까?"

"내 얼굴이 어둡소?"

채령이 고개를 끄덕였다. 능현이 커다란 손바닥으로 얼굴을 쓸었다. 하지만 덕지덕지 달라붙어 있는 피곤은 가시지 않았다.

"공주님 때문은 아니오. 품행이 실망스럽긴 하나 그것 때문이 아니라도 공주님은 우리와 같은 길을 가진 않으셨을 거요. 어찌 되었든 친어머니와 반목하는 것 아니오."

"그럼 다른 근심이라도 있으십니까?"

능현은 숨을 내쉬며 눈을 감았다. 새까만 눈꺼풀 밑으로 새하얀 얼굴 하나가 떠올랐다. 고양이처럼 올라간 눈꼬리가 웃을 때면 유순하게 휘어지던 여인. 아직도 마음에 품고 있는 제 옛 연인의 얼굴이었다.

요즘 꿈에 그녀가 나온다. 고운 목소리로 오라버니라 부르며 제 손을 잡고 이끈다. 잔바람에 꽃잎이 흩날리고 그녀가 미소를 터트리면 능현은 그제야 깨닫는다. 이건 꿈이로구나. 돌아올 수 없는 추억이구나. 네가 이렇게 웃을 줄 아는 사람인 것을 이젠 아무도 모르겠구나.

그렇게 잠에서 깨고 나면 그날은 다시 잠들 수가 없었다. 지새운 날들은 벌써 손가락으로 헤아릴 수 없을 정도가 되었다.

"없소."

누가 봐도 시름에 잠긴 표정으로 능현이 대답했다. 채령은 보나 마나 파 황후와 관련된 일일 것이라 확신하면서도 능현의 체면을 생각해 모른 척했다.

"요즘 너무 외출이 잦아지셨습니다."

"천거 일이 다가와 그렇소."

"파 황후가 대장군의 움직임을 눈치챌까 염려됩니다."

"내가 천거할 수 있는 사람은 세 명뿐이오. 황후 폐하의 세력을 견제하긴 턱없이 모자라니 바쁠 수밖에 없소."

"우평장사(중대성의 종2품 관리)께서도 파 황후를 견제할 만한 인물을 추천해 주신다 하였으니 너무 걱정하지 마십시오."

"나씨 가문의 사람이 있으면 좋으련만."

"그러게요. 안타깝게 되었습니다."

능현은 무뚝뚝하게 고개를 끄덕이고 그림자로 시간을 가늠했다.

"선약을 깰 순 없으니 오늘은 내가 보겠소. 다음부터는 외출을 자제하리다."

"예. 다녀오십시오."

채령은 가볍게 대답하고 능현의 모습이 보이지 않자 작게 한숨을 내쉬었다. 그리고 옆에 있는 하인을 손짓으로 불렀다.

"기루에 가서 대장군께서 찾으시니 술상과 여인을 보내고, 오는 길에 떠들썩하게 풍악도 울리라고 하렴."

"예, 부인."

하인이 떠나는 것을 보며 채령이 몸을 돌려 방 안으로 들어갔다. 얼마 지나지 않아 요란한 음악 소리가 능현의 집으로 몰려들었다. 길을 걷던 능현 또한 그 소리를 들었다. 그는 속으로 혀를 차며 음식점으로 들어섰다. 그러자 주인이 그를 알아보고 극진히 대접하며 안쪽 방으로 안내했다.

먼저 도착해 있던 궐겸이 자리에서 일어나 허리를 숙였다.

"오랜만에 뵙습니다, 대장군."

"공주님 곁에서 수고한다는 소리는 들었네."

궐겸이 애매한 얼굴로 미소 지었다. 능현은 궐겸에게 앉으라고 말하며 자신도 자리를 찾아갔다. 두 사람이 서로의 안부를 물을 새도 없이 다시 문이 열렸다.

"저 왔습니다, 대장군."

여란이 들어오며 인사했다.

"이리 와 앉거라."

그녀는 한 박자 늦게 궐겸을 발견하고 그에게 손을 흔들어 인사했다. 궐겸이 웃으며 고개를 숙이자 여란이 의자에 앉으며 뚱한 목소리로 말했다.

"오다가 엄청 요란한 기생 행렬을 보았습니다. 훤한 대낮에 기생을 불러 놀다니."

여란이 혀를 차며 말하자 능현이 고개를 끄덕였다.

"나도 보았다. 관직에 있는 자가 아니어야 할 텐데 말이다."

"그러게나 말입니다! 참으로 문란하고 뻔뻔합니다. 어떻게 생겨 먹은 놈일지 낯짝이 다 궁금하네!"

그 뻔뻔하고 문란한 놈을 옆에 두고 여란이 씩씩거렸다. 자신이 뻔뻔하고 문란하다는 것을 모르는 능현 또한 굳은 얼굴로 고개를 끄덕였다.

여란은 한참 청렴하지 못한 관리들에 대해 분통을 터트리다가 음식이 나오고 난 뒤에야 입을 다물었다. 주린 배를 채운 여란은 뒤늦게 능현과 궐겸이 음식에 손을 대지 않았다는 것을 알아차렸다.

"여기에 독이라도 들었소?"

여란이 궐겸에게 장난스럽게 물었다. 궐겸이 흐리게 웃으며 고개를 저었다. 순한 얼굴에 피곤한 기색이 역력했다. 여란이 숟가락을 내려놓으며 궐겸을 빤히 보다가 걱정스럽게 물었다.

"어디 편찮으시오?"

"잠을 자지 못해 그럽니다."

"공주님 생각에 심장이 뛰어서 잠이라도 설쳤소?"

궐겸이 고개를 저었다. 여란의 말을 부정한다기보다는 대답하지 않겠다는 의미에 가까웠다. 여란은 입꼬리를 씰룩이다가 능현을 보았다. 능현의 안색 역시 편치 않았다. 그녀의 얼굴에 걱정스러운 기색이 어리자 능현은 곤란한 질문이 나오기라도 할까 봐 말을 돌렸다.

"그나저나 여란이 너는 나를 왜 보자고 하였느냐?"

"제가 말했던 사람 기억하십니까?"

"저잣거리에서 만나 친해졌다는 사람 말이냐?"

"예. 제가 끈질기게 설득해서 대장군을 만나고 싶다는 말을 받아 냈으니 시간 좀 내주십시오."

"그러마. 나는 언제든 괜찮으니 편한 시간에 데리고 오거라."

"예."

여란이 고개를 끄덕이며 대답하고는 궐겸을 보았다.

"그런데 이 공자는 왜 대장군께 만나자고 청하였소?"

능현도 마침 그 이유가 궁금했던 터라 고개를 돌려 궐겸을 보았다. 하지만 궐겸은 쉽게 입을 열지 못했다. 아직 자신이 바르게 판단한 것인지 확신할 수 없었던 탓이었다.

그는 충심과 연심 사이에서 갈등했다. 공주님이 얼마나 확고하게 황제의 자리를 원하는지 알고 있었다. 충심을 따르자면 이 자리에 있어선 안 되었다. 공주님이 보이지 않는 적을 이기게 도와드려야 했다. 그 적이 사람이든 귀신이든 공주님의 불안이든 말이다. 하지만 궐겸은 공주님이 밤마다 악몽을 꾸고 폭력적으로 변해 가는 것을 더는 두고 볼 수가 없었다. 궐겸은 고개를 돌려 능현과 시선을 맞췄다.

"저번에 제게 힘이 되어 달라고 하셨던 말씀이 생각나 뵙길 청하였습니다."

"그 말은 이 일에 가담하겠다는 뜻인가?"

혀끝에 걸린 대답이 도무지 입 밖으로 튀어나오지 않았다. 그렇다고 말하는 순간 궐겸은 충정이 아니라 연정을 택하는 것이 된다.

망설이는 그의 머릿속에 어제 있었던 일이 떠올렸다. 무슨 이유인지 몰라도 폐하를 뵙고 온 공주님은 평소보다 배는 더 예민해져 있었다. 그녀는 방으로 들어와 다짜고짜 도자기를 집어 던져 깨트리고 비명을 질러 댔다. 그녀는 더 이상 궐겸이 사랑하던 공주님이 아니었다. 연정이 갑자기 식어서 사라진 건 아니었다. 그는 단지 이대로 공주님이 미쳐 버릴까 두려웠다.

"대신 청이 있습니다."

"말해 보게. 내가 들어줄 수 있는 것은 모두 들어주겠네."

"만일 일이 잘못되어 역모를 도모하게 된다 하여도 공주님의 목숨만은 지켜 주십시오. 공주님이 무사히 궁을 빠져나와 평범하고 자유로운 삶을 누릴 수 있도록 도와주십시오."

황후와 대적하면서 공주의 평화를 지켜 달라는 것은 매우 어려운 부탁이었다. 일이 극으로 치달을 경우 공주를 죽여서 후환을 없애야 마땅했다. 그러나 능현은 이런 부탁을 하는 궐겸의 심정을 충분히 이해했다. 그 역시 순종적이고 얌전하던 공주가 포악해진 것을 안쓰럽게 생각하고 있었다. 온 사방이 적이니 두렵고 숨이 막힐 것이다.

능현은 짧게 고민했다. 솔직히 공주는 위협적이지 않았다.

살아남아 궁 밖으로 나온다고 해도 제자리를 찾기 위해 군사를 일으키기는커녕 제 몸조차 제대로 간수하지 못할 게 뻔했다.

"약조하겠네."

"감사합니다."

일이 좋게 마무리되었건만 분위기는 무겁기만 했다. 두 사람의 얼굴 역시 여전히 칙칙했다. 보다 못한 여란이 탁자를 가볍게 내리쳐 분위기를 환기했다.

"한배를 탄 기념으로 술이나 한잔합시다!"

궐겸은 고개를 끄덕였으나 능현은 자리에서 일어났다.

"나는 확인할 일이 있어 가 봐야겠구나."

그러고는 짧게 인사를 나누고 방을 나갔다. 여란이 입술을 삐죽이며 닫힌 문을 보다가 고개를 돌렸다. 그리고 자리에서 일어나 의자를 집어넣었다.

"한월각으로 갑시다. 이 공자가 좋아하는 우리 형님도 있소."

식탁을 돌아 나와 여란의 옆으로 가던 궐겸이 눈을 크게 뜨며 손을 내저었다.

"저는 나 공자를 그렇게 생각한 적 없습니다."

당황한 기색이 역력한 얼굴을 보며 여란이 크게 웃음을 터트렸다. 그리고 궐겸의 옆으로 가 그의 옆구리를 팔꿈치로 쿡 찔렀다.

"거짓말 마시오. 이 공자는 좋아하면 얼굴에 다 티가 나오."

궐겸의 얼굴이 새빨갛게 달아올랐다. 그는 딱딱하게 굳은 채로 그 자리에 서서 움직일 생각을 하지 않았다. 과한 반응에 놀란 여란이 궐겸을 어깨로 툭 건드렸다.

"벗으로서 좋아한다는 뜻이었소. 두 번 장난치면 아주 기절하겠소이다."

그제야 궐겸이 정신을 차리고 괜히 헛기침하며 민망함을 몰아냈다.

여란은 실눈을 뜨고 그를 보다가 따라오라고 눈짓하며 방 밖으로 나갔다. 계산은 능현이 했기에 궐겸과 여란을 붙잡는 사람은 없었다.

양손에 술을 가득 들고 주점을 나오자마자 커다란 행렬의 앞머리가 보였다. 사혁이 본국으로 돌아가는 행렬이었다. 한월각으로 가기 위해서는 행렬이 지나가는 길을 건너야 했다. 하지만 이미 시작된 행렬을 막을 수는 없는 노릇이라 궐겸과 여란은 꼼짝없이 그 자리에 서서 행렬을 구경하게 되었다.

악대의 연주가 코앞까지 다가왔다. 음악을 들으며 하품을 하던 여란이 고개를 돌려 궐겸에게 말을 걸었다.

"그동안 왜 이렇게 걸음이 뜸하셨소?"

"그분이 많이 불안해하셔서 곁에 있어 드렸습니다."

"아…….."

여란이 의미 없는 감탄사를 흘리며 뚱한 표정을 지었다. 옆에 사람이 많아 누구인지 정확하게 말하진 않았으나 여란은 '그분'이 누구인지 어렵지 않게 알 수 있었다. 궐겸에게 그만한 영향력을 행사할 사람은 공주뿐이었다.

여란은 입술을 삐죽이다가 악대가 반절 정도 지나갔을 즈음 다시 입을 열었다.

"공주님이 이상해지셨다는 말은 나도 천영 부인께 들었소."

이상하다는 말에 궐겸이 지친 얼굴로 애써 미소 지었다.

"……마치 다른 분이 되신 것 같습니다."

"암살 기도 때문일 거요."

"저도 그리 믿고 있습니다."

두 사람이 대화를 나누는 사이 갑옷을 갖춰 입고 말에 오른 사혁이 지척까지 다가왔다. 여란은 날카롭고 사나운 인상의 갈파왕을 보다가 궐겸에게로 고개를 돌렸다.

"그럼 오늘은 어찌 나온 것이오?"

"원흉이 사라졌으니 더는 곁을 지킬 필요가 없다고, 황후 폐하께서 말씀하시기에 나왔습니다."

궐겸의 시선이 제 앞을 스쳐 지나가는 사혁의 움직임을 따라 흘렀다.

궐겸이 보는 방향에 잠시 눈길을 준 여란은 이내 콧방귀를 뀌었다. 보나 마나 궐겸의 마음을 알아챈 황후와 공주가 안전을 위해 궐겸을 이용했을 터였다.

'이 바보 같은 사내는 다 알면서도 연모하는 공주님의 곁에 있었겠지.'

그리고 위험한 놈이 궁을 떠나자마자 기다렸다는 듯이 궐겸을 내친 것이다. 여란의 눈에 분노가 깃들었다. 그녀는 씩씩거리며 속으로 공주와 황후를 욕했다. 그러다 그 불똥이 궐겸에게 튀었다.

그녀의 눈빛이 곧 아니꼽다는 듯이 변해 궐겸에게로 향했다.

"으이구, 답답이."

여란이 작게 중얼거렸다. 주변이 소란스러워 그녀의 목소리를 제대로 듣지 못한 궐겸이 되물었다.

"제대로 듣지 못하였습니다."

"아무것도 아니오!"

여란이 고개를 팩 돌렸다. 그러고는 행렬이 끝나자마자 혼자 큰길을 쌩하니 건너가 버렸다. 여란이 혼자 성을 내는 경우는 흔했기에 궐겸은 크게 신경 쓰지 않았다. 그저 또 부정한 것을 보았겠거니 싶어 조용히 그녀의 뒤를 따라 걸었다.

길을 건너 조금 걷자 한월각이 보였다. 여란은 문을 벌컥 열고 안으로 들어갔다. 일을 끝내고 집으로 돌아갈 채비를 하던 정위가 여란의 손에 들린 술을 발견했다. 그는 여란이 저를 발견하기 전에 도망칠 요령으로 몸을 웅크린 채 슬그머니 움직였다.

문으로 다가가던 그의 이마에 단단한 몸이 툭 부딪쳤다.

"아이구."

정위가 이마를 문지르며 고개를 들었다. 그는 다급히 검지를 들어 조용히 하라는 신호를 보냈으나 궐겸은 이미 목소리를 낸 뒤였다.

"어디 가십니까?"

쥐가 바스락거리는 소리를 들은 고양이처럼, 여란이 고개를 돌렸다. 정위가 원망스러운 눈으로 궐겸을 보다가 여란에게 웃어 보였다.

"여란 님! 오신 줄도 몰랐습니다. 하하."

"웃는 소리가 인위적인 것을 보니 도망치려다 걸린 것 같은데……."

"도망이요? 제가 왜 도망을 칩니까?"

정위가 소스라치게 놀라며 양손을 내저었다. 그리고 궐겸의 팔뚝을 팔꿈치로 툭툭 건드렸다. 동조해 달라는 뜻이었으나 궐겸은 알아듣지 못하고 미소만 지을 뿐이었다. 그러는 사이 여란이 술을 내려놓고 달려와 정위의 머리를 휘어 감았다.

"친우가 술을 사 들고 왔는데 도망을 가려 했단 말이지?"

"아닙니다! 억울합니다!"

"그럼 빨리 술상 좀 차려 주시오."

"저는 못 마십니다. 저번에도 너무 마셔서 다음날 일하기 얼마나 힘들었는지 아십니까? 머리가 깨져 죽는 줄 알았습니다."

"누가 마시라 하였소? 그냥 옆에 앉아 있기만 하시오. 나도 싫다는 사람한테 아까운 술을 억지로 먹일 생각 없소!"

정위가 의심하는 눈초리로 여란을 훑어봤다. 여란이 다시 술병을 챙겨 들고 회심의 미소를 지었다.

"마로가(서북 쪽에 있는 이국)에서 들여온 과자를 오라버니가 어디에 숨겼는지 내가 보았는데……."

여란의 말이 끝나기도 전에 정위가 성큼성큼 다가가 여란의 어깨를 붙잡았다.

"여란 님! 양손도 무거우신데 왜 서 계십니까? 어서 올라가십시오. 제가 안주라도 내오겠습니다."

여란이 호탕한 웃음을 터트렸다. 정위 역시 싱글벙글한 얼굴로 여란을 돌려세우고 그녀를 계단 쪽으로 밀며 걸었다. 여란이 떠밀려 가면서 궐겸에게 따라오라고 손짓했다. 여란이 계단에 오르자마자 정위는 몸을 돌려 부엌으로 갔다. 여란은 궐겸이 오는 것을 잠깐 기다렸다가 4층으로 뛰어 올라가며 소리쳤다.

"오라버니! 형님! 술 사 왔소!"

긴 의자 위에서 양야의 허벅지를 베고 낮잠을 자던 환라가 여란의 우렁찬 목소리에 뒤척였다. 양야가 가볍게 혀를 차고는 환라의 머리를 부드럽게 쓰다듬었다.

그리고 막 계단 위로 모습을 드러낸 여란에게 조용히 하라는 듯 검지를 입 앞에 가져다 댔다. 바람이 입술을 빠져나오며 쉿, 하는 소리를 냈다. 하지만 여란은 멈추지 않고 환라의 앞에 쪼그려 앉았다. 완전히 잠들었으면 깨우지 않을 생각이었으나 환라의 눈꺼풀은 이미 살짝 벌어져 있었다. 여란이 환라의 손을 잡고 흔들었다.

"형님. 일어나 보시오. 응? 형님 생각해서 달달한 술로 사 왔단 말이오."

환라의 입꼬리가 서서히 위로 말려 올라갔다. 양야는 그 모습을 기분 좋게 보고 있다가 여란의 이마를 검지로 툭 밀었다. 방심하고 있던 여란의 몸이 뒤로 넘어가려는 것을 귈겸이 잡아 주었다.

"오라버니!"

"그렇게 크게 부르지 않아도 들린단다."

"왜 사람을 밀고 그러시오?"

양야가 피우지도 않을 곰방대에 약초를 채워 넣으며 딴청을 부렸다. 여란은 씩씩거리다가 제 어깨에서 느껴지는 손길을 따라 고개를 들었다. 귈겸과 눈이 마주치자 그녀는 헛기침을 하며 몸을 일으켜 세웠다.

"정위가 안주를 들고 올라온다고 했으니 여기서 마십시다."

여란이 멀찍이 떨어져 있는 탁자로 가며 말했다. 그녀가 탁자를 들어 올리려 하자 궐겸이 다가가 도와주었다. 두 사람이 탁자를 가져오는 사이, 환라는 양야의 허벅지에 이마를 대고 있다가 천천히 일어났다. 그녀가 소매로 입을 가리고 작게 하품하자 양야가 옆에 바짝 붙어 눈가에 맺힌 물기를 닦아 주었다.

탁자를 밀고 오던 궐겸이 그 모습을 보았다. 심장이 내려앉는 듯한, 이상한 기분이 들었다. 그는 떨떠름한 얼굴로 환라와 양야 앞에 앉으며 다정한 두 사람의 모습에서 눈을 떼지 못했다. 가슴 속에서 희미하게 불쾌함이 피어올랐다.

'혹시 내가 남색을 혐오했었나?'

그는 진지하게 고민했다. 그리고 양야의 곁에 있는 것이 환라가 아니라 다른 남자라면 어떨까 상상해 봤다. 이번엔 불쾌하지 않았다.

'실제로 보는 것과 상상은 다른가?'

궐겸이 술병을 만지작거리고 있을 때 정위가 안주 세 접시를 들고 올라왔다. 그는 탁자 위에 음식을 내려놓으며 환라의 옆에 앉았다. 그리고 친근하게 환라에게 술을 따라 주며 이런저런 이야기를 주고받았다.

그 모습을 보자 궐겸은 독한 술을 삼킨 것처럼 배 속이 뜨거웠다. 하지만 정위가 양야에게 술을 따라 줄 때는 속이 잠잠했다. 궐겸은 혼란스러운 눈으로 환라를 바라보았다.

‘내가 설마……’

그는 생각을 억지로 끊어 내고 술을 병째로 들이켰다. 깜짝 놀란 여란이 궐겸의 팔목을 잡아 말렸다.

"이 공자. 천천히 드시오! 체하겠소."

환라 역시 걱정스러운 표정이었다. 그녀가 궐겸의 손을 가져오려 하자 양야가 환라의 손 위에 제 손을 올렸다. 환라가 작게 웃음을 터트렸다. 고양이 목에 단 방울만큼이나 작은 소리였으나 궐겸은 머리 위로 천둥이 내리치는 것만 같았다. 그의 가슴에 커다란 파문이 일었다.

‘나 공자가 공주님을 닮아 그런 것인 줄 알았는데.’

그가 혼란스러운 눈으로 환라를 빤히 보았다.

‘그럴 리 없어. 내가 나 공자를 연모할 리가. 충정 대신 연정을 택한 지 하루도 지나지 않았다. 공주님께서도 내게 많이 의지하시는데 내가 다른 마음을 품을 리 없어. 내 마음은 오직 공주님만이 취하실 수 있다.’

그렇게 되뇌면서도 궐겸의 시선은 환라에게서 떨어질 줄 몰랐다. 그 열렬한 눈빛에 환라의 근심은 더욱 깊어졌다. 그 얼굴을 마주한 환라가 웃음기를 지우고 양야의 손을 궐겸 앞에 두었다. 그리고 그 위에 글자를 썼다. 정위와 여란의 시선도 양야의 손등으로 향했다.

[근심?]

궐겸의 입술이 살짝 벌어졌다. 근심이 있는 것은 확실했다. 다만 그것이 공주님 때문인지 제 앞에 있는 공자 때문인지 혼란스러웠다. 궐겸이 대답을 망설이자 여란이 술잔을 비우고 탁자 위에 소리 나게 내려놓았다.

"물을 것도 없소! 궁에 있는 분 때문이겠지. 아니 그렇소?"

궁에 있는 분이라는 말에 환라가 잠시 고개를 기울였다. 여란의 집에서 밤을 보냈을 때의 대화 때문에 환라는 자신이 공주라는 것을 여란이 알고 있다고 생각했다. 그리고 눈치가 빠른 아이이니 공주의 자리에 다른 사람을 앉혀 두고 나왔다는 것도 알고 있으리라 여겼다.

'그럼 저 말은 소해 때문에 궐겸이 괴로워한다는 뜻인가?'

환라가 여란의 말이 맞느냐는 눈으로 궐겸을 바라보았다. 궐겸은 대답 대신 쓴 미소를 머금으며 술을 마셨다.

환라는 문득 걱정스러웠다. 궐겸이 저런 반응을 보일 정도면 소해에게 일이 생긴 게 분명했다. 원래는 내일 아침 일찍 돌아가 볼 생각이었으나 환라는 생각을 바꿨다. 그녀는 양야가 잠이 들면 바로 돌아가기로 마음먹었다. 그녀가 생각에 잠긴 사이, 정위가 슬그머니 술잔을 가져왔다.

"여란 님. 저도 주십시오."

"안 먹는다 하지 않았소?"

"저라도 거들어야지, 이대로 두다간 좌사정 나리께서 다 드시고 인사불성이 되겠습니다."

여란이 고개를 끄덕이며 정위의 잔을 채워 주었다. 좋게 시작한 술자리가 왜 이런 분위기가 되었는지 고민하던 여란은 불현듯 능현이 한 말을 떠올렸다.

"참, 형님."

한 사람을 부르자 네 쌍의 눈이 여란에게로 몰려들었다. 갑자기 자신에게 이목이 쏠리자 여란이 민망한 듯 웃으며 말했다.

"대장군께서 시간이 되거든 아무 때나 찾아오라고 하셨소."

환라가 고개를 끄덕였다. 여란이 같이 고개를 끄덕이다가 시원하게 웃으며 환라의 잔에 술을 채웠다.

"그럼 우리도 이제 한배를 타는 것이오?"

여란이 잔을 들자 환라가 제 잔을 부딪쳤다. 술을 나눠 마시는 두 사람을 보던 정위가 별안간 고개를 기울였다.

"그런데 환 형님. 왜 좌사정 나리가 오신 뒤로 한 말씀도 안 하십니까?"

환라의 얼굴에 곤란한 미소가 떠올랐다.

"응? 그러네."

여란이 전혀 몰랐다는 듯 정위의 말에 동조하며 환라를 보았다. 환라의 시선이 궐겸에게로 향했다. 환라는 의뭉스러운 미소로 대답을 대신했다.

궐겸은 혹시나 환라가 공주님인 건 아닐까 기대했다. 불안과 설렘이 혼재한 눈이 환라에게로 향한 순간, 양야가 환라의 어깨를 끌어당기며 그녀의 귓가에 속삭였다.

"피곤합니다. 재워 주세요."

환라가 의아한 미소를 머금고 양야를 쳐다봤다. 양야가 환라의 머리에 볼을 기댔다. 여우가 애교를 부리듯 볼을 비비는 양야를 보며 환라가 미소 지었다. 그 미소를 허락의 의미로 받아들인 양야가 환라의 손을 잡고 일어났다.

궐겸의 눈이 마주 잡은 두 사람의 손으로 향했다. 그들의 손에는 붉은 물이 들어 있었다. 궐겸은 심장이 덜컥 주저앉았다. 그는 몸을 돌려 환라의 손가락을 확인했다. 양야와 맞잡지 않은 손에는 약지에만 봉숭아 물이 들어 있었다. 평소 공주님이 물들이던 손가락이었다.

궐겸의 손에 힘줄이 불거졌다. 그는 단숨에 술을 들이마셨다. 그에게 잠시 눈길을 준 양야가 들어가 보겠다고 말하려던 때였다. 술에 취한 정위가 양야의 소매를 붙잡았다.

"형님! 어디 가십니까! 한 잔만, 따악! 한 잔만 더 하고 가십시오."

"형님이라고 하는 걸 보니 취했구나."

"친근하면 형님이라고 할 수도 있지! 누가 취했다고 그러십니까? 똑바로 걸어 볼까요?"

정위가 비틀거리면서 자리에서 일어났다. 여란은 왼쪽으로 기울어져서 걷는 정위를 보며 깔깔 웃었다.

"정위. 주정 그만 부리고 앉으시오!"

"싫습니다!"

정위가 비틀비틀 돌아다니다가 환라가 있는 쪽으로 휘청거렸다. 환라가 그의 몸을 지탱해 주기 위해 손을 뻗자마자 양야가 정위의 뒷덜미를 끌어 자리에 앉혔다. 그리고 누가 붙잡기 전에 환라를 번쩍 안아 올렸다. 그러고는 궐겸에게 고개를 까닥여 인사하고는 방으로 들어가 버렸다. 정위가 한 손으로 입을 막으며 주책을 떨었다.

"우리 형님 사내가 다 되었네! 사내가 다 되었어!"

"오라버니는 날 때부터 사내였소."

여란이 말을 받아치든 말든 정위는 붉어진 얼굴로 호들갑 떨며 여란의 어깨를 찰싹찰싹 때렸다. 여란은 파리를 내쫓듯이 손을 휘저어 정위의 손을 떨쳐 내고 궐겸의 잔에 술을 채워 주었다.

"표정이 또 왜 그러시오?"

"아닙니다."

궐겸이 다시 술을 들이켰다. 궐겸의 얼굴에 취기가 오를 즈음 정위는 인사불성이 되었다.

여란은 취하진 않았으나 졸음이 쏟아지는지 하품을 하다가 정위의 팔을 제 어깨에 걸쳤다.

"나는 이놈 좀 방에 넣어 두고 오겠소."

"다녀오십시오."

"안 돌아오면 잠든 줄 아시오."

여란이 내려가는 소리를 들으며 궐겸은 술잔을 들었다. 정위를 내려놓고 그대로 잠들어 버린 것인지 여란은 돌아오지 않았다.

한편, 침대에 누워 방 밖의 기척을 예의주시하고 있던 양야는 궐겸이 혼자 남아 잔을 채우고 있다는 것을 알아차렸다.

그는 눈을 감았다. 제 가슴에 기대어 누워 있는 환라의 숨소리가 고스란히 들렸다. 술기운이 오른 것인지 그녀의 몸은 평소보다 따뜻했다.

"양야. 자는가?"

양야는 대답하지 않았다. 환라가 고개를 들어 눈을 감은 양야의 얼굴을 바라보았다가 다시 그의 가슴에 볼을 기댔다.

"좌사정에게 말을 해야 할지, 고민이다."

환라가 나지막한 목소리로 말했다. 양야는 숨을 깊고 고르게 내쉬며 몸에 힘을 뺐다. 환라가 지금 나가서 말을 한다해도 막을 생각은 없었다. 나환이 공주와 동일 인물이라는 것을 알면 궐겸이 마음을 접을 것이라 여겼다.

환라는 양야가 완전히 잠든 줄 알고 조심스럽게 자리에서 일어났다. 그리고 종이와 붓을 꺼내 짧은 글을 썼다.

[곧 돌아오겠다.]

환라는 편지를 탁자 위에 있는 상자 밑에 끼워 두고 방을 나왔다. 궐겸은 여전히 자리에 앉아 혼자 잔을 채우고 있었다.

등불을 켠 듯 밝고 따뜻한 달빛이 격자무늬 사이로 흘러 들어왔다. 궐겸은 은은한 달빛이 술잔에 고이는 것을 내려다보다가 문득 들리는 기척에 고개를 돌렸다.

"나 공자."

밖으로 나오던 환라가 궐겸을 발견하고 그에게 다가갔다. 그녀는 잠시 고민하는 듯하더니 자신이 쓰던 잔을 끌어오며 궐겸의 앞에 앉았다. 궐겸이 환라의 잔에 술을 채워 주며 물었다.

"장 객주는 주무십니까?"

환라가 고개를 끄덕였다. 그리고 궐겸에게 잔을 내밀었다. 잔을 쥔 약지의 손끝이 붉었다. 궐겸은 그것을 빤히 바라보다가 잔을 부딪쳤다. 환라는 바로 잔을 비웠으나 궐겸은 술잔을 내려놓았다. 환라를 보는 그의 눈동자에는 여전히 혼란이 가득했다.

환라가 술을 조금 쏟아 탁자에 글자를 썼다.

[질문.]

"하시겠다는 뜻입니까, 해도 된다는 뜻입니까?"

[후자.]

궐겸은 술잔을 만지작거리며 서서히 희미해지는 글자들을 바라보았다. 시간이 흐르고 글자가 흔적만 남기고 증발해 버리고 나서야 궐겸은 어렵게 입을 열었다.

"장 객주와는 어떤 사이이십니까?"

[연인.]

다시 침묵이 흘렀다. 환라는 술을 마시며 궐겸의 말을 기다렸다. 그녀는 재촉하지 않고 술병을 집어 들었다. 조금 남아 있던 술이 쪼르르 흘러 그녀의 잔을 다 채우기도 전에 동이 났다. 환라가 마지막 술잔을 들어 입에 가져다 댔다. 궐겸은 그녀를 응시했다. 술을 마시는 환라의 모습 위로 차를 마시는 공주의 모습이 겹쳐졌다.

탁자 위에 쓰인 연인이라는 단어는 아직 사라지지 않고 남아 있었다. 젖은 손끝으로 그은 획들이 궐겸의 눈에 아프게 박혀 들었다.

"무례한 질문을 해서 죄송합니다."

환라가 곱게 미소 지으며 궐겸의 손을 끌어왔다. 꽃잎처럼 보드라운 손끝이 궐겸의 손바닥 위를 스쳤다. 궐겸은 멀어지는 손끝을 바라보다 손을 말아 쥐었다. 새하얀 매화 꽃잎을 쥔 것처럼 손바닥 안이 보드라웠다.

그 감촉이 사라지자 궐겸은 그제야 손바닥을 스치던 감각을 되짚었다. 보드라운 글자가 서서히 떠올랐다.

[죄송한 것도 많다.]

궐겸이 공주님께 송구하다고 할 때마다 들었던 답이었다. 그는 환라를 보았다. 순간 현기증이 이는 것처럼 눈앞이 하얗고 어지러웠다. 술기운 때문인지, 진실이 갑작스럽게 의식을 덮친 까닭인지는 알 수 없었다.

하지만 확신할 순 있었다. 쌉싸름한 장미 향, 손끝을 물들인 봉숭아, 다정한 말투, 작은 행동에도 묻어나는 기품, 그 모든 것이 제 눈앞에 있는 의뭉스러운 공자가 공주라는 것을 말해 주고 있었다. 궐겸은 자리에서 일어났다. 환라는 어느덧 계단을 향해 가고 있었다. 그녀의 뒷모습은 얼핏 가녀린 듯 보이지만 단단하고 곧았다.

항상 먼발치에서 공주님을 지켜보았던 궐겸에게는 익숙한 모습이었다. 궐겸은 탄식하듯 그녀를 불렀다.

"공주님."

환라가 걸음을 멈췄다.

궐겸은 달빛 아래 서 있는 환라에게로 서서히 다가갔다. 그가 다가오는 소리를 듣고 나서야 환라가 뒤를 돌아보았다. 궐겸이 믿을 수 없다는 표정으로 물었다.

"공주님이십니까?"

이내 환라의 얼굴에 새하얗고 은은한 미소가 떠올랐다.

"그렇다."

단정하고 위엄 있는 목소리로 환라가 대답했다.

궐겸은 제 마음을 주체하지 못하고 달려가 환라를 끌어안았다. 환라가 당황해 눈을 커다랗게 떴다. 떨어지기 위해 움직이자 궐겸이 화들짝 놀라며 환라를 밀어 냈다. 손등으로 입가를 가리며 몸을 트는 것이 희롱당한 사람 같았다.

"송구, 합니다."

"반가워서 그런 것이니 괜찮……."

"지 않습니다."

환라가 말을 끝내기도 전에 양야의 목소리가 끼어들었다. 궐겸의 눈이 환라의 배를 감싼 양야의 손으로 향했다.

서로를 견제하는 눈빛이 허공에서 부딪쳤다.

* * *

"황후 폐하. 갈파왕이 궁 밖으로 나갔다 하옵니다."

영로는 윤미에게 시선을 주지 않은 채 수 놓는 것을 계속하였다. 얇고 뾰족한 바늘이 천을 꿰뚫을 때마다 보라색 연꽃이 한 장 한 장 피어났다. 윤미는 영로의 옆에 쌓인 손수건을 바라보다가 말을 이었다.

"대장군은 업무가 바빠 오지 못한다고 합니다."

수틀이 짧고 둔탁한 소리를 내며 탁자 위로 내려왔다. 영로는 바늘을 천에 푹 찔러 넣고 제 옷자락을 움켜쥐었다. 그러나 얼굴은 무덤덤하기만 했다.

불러도 오지 않을 것은 알고 있었다. 영로가 후궁이 되어 회임한 이후로 능현은 그녀를 찾아오지 않았다. 능화의 핑계를 대며 협박하듯 불러내야 겨우 얼굴을 비쳤다. 하지만 능화가 죽고 나서는 그마저도 할 수 없었다. 순간, 영로의 머릿속의 한 여인의 이름이 스쳤다.

영로는 이를 악물었다. 그녀의 손등에 뼈마디가 불거지자 어디선가 투둑, 하고 실밥 터지는 소리가 들렸다. 영로는 찢어진 천을 보다가 수틀을 밀어 놓고 윤미에게 말했다.

"가서 천영 부인을 데려와라."

"강제로 데려오라는 말씀이십니까?"

"정중히 모셔 오거라. 단, 오지 않겠다 하거든 내가 어떤 사람인지 알게 될 것이라 전하여라."

윤미가 읍을 하고 물러났다. 영로는 보라색 연꽃을 수놓던 손수건을 정리해 두고 자리에서 일어났다.

궁인들이 그림자처럼 그녀를 뒤따랐다. 후원으로 나온 영로는 적당한 곳에 자리를 잡고 다과상을 준비하라 일렀다. 앉아서 차를 마신 지 한참이 지나자 인기척이 들렸다. 고개를 들자 윤미를 따라오는 채령이 보였다. 영로의 앞에 멈춰 선 채령이 인사를 올렸다.

영로는 채령의 안색과 몸가짐을 훑었다. 그 어디에서도 두려움이나 긴장의 흔적은 찾아볼 수가 없었다. 영로의 입가에 옅은 미소가 떠올랐다가 사라졌다.

"어서 오시게."

"찾아 주시니 영광입니다, 황후 폐하."

"마음에도 없는 말 말게나. 친한 척이나 하자고 부른 게 아니니."

"그럼, 그리 하겠습니다."

호기로운 대답에 영로가 짧은 웃음을 터트렸다. 채령은 시선을 내리깐 채 있었으나 공손해 보이진 않았다.

영로는 궁인에게 따뜻한 차를 내오라고 말한 뒤 채령에게 자리를 권했다. 채령이 고개를 숙여 인사하고 영로의 맞은편에 앉았다. 그녀의 시선이 제 옆에 있는 빈 의자에 닿았다. 그 자리를 보며 채령은 영로가 별안간 저를 찾은 이유를 알아차렸다. 대장군이 영로의 부름에 응하지 않은 것이다. 그리고 영로는 대장군을 불러내기 위해 채령을 위험에 빠트릴 생각인 게 분명했다.

소문에 따르면 황후는 매우 무자비한 사람이었다. 대장군을 불러낼 생각이라면 채령에게 매질을 하는 것도 마다하지 않을 것이다.

물론 채령은 그런 일을 당하고 싶지 않았기에 다른 방도를 찾을 생각이었다. 그녀가 생각에 빠져 입을 다물자 영로가 먼저 말을 꺼냈다.

"요즘 대장군이 외출을 자주 하신다지?"

채령은 이거구나 싶었다. 자신이 아니라고 답하면 거짓을 고했다는 명목으로 매질을 할 생각인 모양이었다. 하지만 능현의 외출을 감추기 위해 채령은 이미 전부터 수를 써 두었다. 능현이 외출할 때마다 떠들썩하게 집으로 기생들을 불러들여 연회를 벌이는 것으로 위장한 것이었다.

소문이 파다하니 영로가 꼬투리를 잡을 것은 없었다. 채령은 미소를 숨기며 영문을 모르겠다는 얼굴로 고개를 기울였다.

"외출이라니요? 오히려 그 반대이옵니다. 무슨 바람이 들었는지 요즘 하루가 멀다 하고 주색잡기에 빠지셔서는…….기생들 발길이 끊이질 않습니다."

영로가 제 측근인 최윤미 여사를 쳐다보았다. 그러자 환관이 윤미의 귀에 무언가를 속삭였다. 윤미가 영로를 향해 고개를 깊게 숙였다. 채령의 말이 옳다는 뜻이었다.

물론 능현이 주색잡기에 빠질 성품이 아니라는 것을 영로는 잘 알고 있었다. 능현의 행적을 감춰 주기 위해 본인이 꾸민 일이면서도 채령은 뻔뻔하게 차향이나 음미하고 있었다. 영로는 입꼬리를 비틀어 올리며 빈정거렸다.

"대장군이 현명한 부인을 두었군."

"제가 대장군 곁에 있기엔 아까운 인재긴 하지요."

영로의 입에서 헛웃음이 흘렀다. 채령은 차를 한 모금 마시고 찻잔을 내려놓았다. 그리고 차분한 낯으로 영로의 의도를 꿰뚫었다.

"저를 부르셔도 대장군은 오지 않을 겁니다."

"어찌 그리 생각하시는가?"

"대장군과 저는 사모하는 사이가 아닙니다."

"사모하는 사이가 아니더라도 혼인한 이상 자네는 대장군의 사람이지. 그는 제 사람이 악인의 손에 있는 걸 외면할 성품이 못 되네."

채령은 묘한 느낌에 영로의 얼굴을 유심히 바라보았다. 본인을 악인이라고 칭하는 얼굴에는 흐릿한 비소가 걸렸다. 자신을 향한 비난이었다.

항간의 소문과는 달랐다. 권력욕에 취해 패악을 부리고 다니는 사람이 자신을 비난할 리 없었다. 의식하지 않은 상태에서 그 마음이 묻어날 정도라면 그녀는 자신의 행동에 꽤 깊은 죄책감을 지니고 있을 터였다.

'그런데 왜 계속 잘못된 길로 가는 걸까? 부정부패를 눈감아 주고 악랄한 척하는 거지?'

채령은 고민하다가 영로를 불렀다.

"황후 폐하."

영로가 고개를 들었다. 흔들림 없는 눈빛이 채령을 바라보았다. 한여름 햇살이 고인 다갈색 눈동자는 악인의 것이라고 하기엔 지나치게 맑았다. 그녀는 나쁜 사람이 아니다. 적어도 소문만큼 악하진 않을 터였다. 채령은 제 안목을 믿었다. 그녀는 고개를 돌려 정자 옆으로 난 다리를 바라보다가 미소 지었다.

"잠시 걸으시겠습니까?"

영로는 대답 대신 몸을 일으켰다. 채령이 영로의 뒤에서 걸으며 입을 열었다.

"사실 저는 서의국에서 태어나고 자랐습니다."

걸음을 멈추지 않는 영로를 뒤따르며 채령은 계속 말을 이었다.

"글 읽는 것을 좋아해서 오라버니가 공부하실 때 몰래 엿들으며 수학하였습니다. 허나 누가 읽고 쓸 줄 아는 가축을 좋아하겠습니까? 아버지는 저를 팔 듯이 혼인시켰습니다. 원하지도 않는 사내와 몸을 섞고 폭행당하며 지옥 같은 나날을 보내는데 대장군이 오셨죠. 그래서 제가 부탁했습니다."

대장군의 이야기가 나오자 영로가 걸음을 멈췄다. 그들은 어느새 다리 한가운데에 있었다. 채령은 제 무릎보다 조금 낮은 난간에 걸터앉아 깊은 연못을 유심히 바라보았다.

"저를 품어 달라고, 자유롭게 살 수 있는 나라로 데려가 달라고 말입니다."

"내게 이런 말을 하는 연유가 무엇인가?"

"아직 대장군을 마음에 품고 계시지 않사옵니까?"

영로의 얼굴에 금이 갔다. 굳게 다물린 입술이 금이 간 대리석처럼 비틀렸다.

채령은 그 악랄한 미소를 보지 않았다. 그녀는 오직 영로의 눈동자만을 들여다보았다.

영로의 눈썹 앞머리가 내려앉았다. 심기 불편한 표정을 보면서도 채령의 미소는 변하지 않았다.

"저는 이미 혼인한 터라 서방님의 허락 없이는 밖을 나갈 수조차 없었습니다. 제가 대장군을 따라갈 방법은 오직 서방님이 대장군에게 저를 물건처럼 떠넘겨 제가 대장군의 처가 되는 방법뿐이었습니다."

"없던 마음도 생길 이야기로군."

영로가 싸늘하게 말했다. 채령의 입가에 미소가 짙어졌다.

"저는 사내를 사랑하지 않습니다. 대장군 또한 이미 마음에 다른 분을 품고 계셨고요. 그분과 저는 단 한 번도 동침한 적이 없습니다."

채령이 영로의 손을 잡았다. 영로가 인상을 쓰며 손을 빼내려 했으나 채령은 그 손을 놓지 않았다.

"제가 대장군에게 품은 것은 우애와 충심입니다. 그리고 대장군은 아직 황후 폐하를 연모하십니다."

"헛소리."

"확인해 보시겠습니까?"

영로가 뭐라 대답하기도 전에 채령의 몸이 뒤로 기울었다.

채령은 동그랗게 치켜떠진 영로의 눈을 마주 보며 난간 너머로 떨어졌다. 손을 잡고 있던 영로의 몸 또한 그대로 딸려 들어갔다. 채령은 떨어지는 영로를 감쌌다. 겹쳐진 몸이 풍덩 소리를 내며 연못 속으로 사라졌다.

"황후 폐하!"

여기저기서 비명이 울렸다. 채령은 몸부림치는 영로를 꼭 안고 있다가 한 박자 늦게 영로를 끌고 연못가로 헤엄쳐 왔다.

궁인들이 달려와 영로와 채령을 끌어 올렸다. 채령은 정신 없이 기침을 터트리는 영로를 품에 안았다. 발버둥 치느라 지친 영로는 채령을 뿌리칠 기운도 없었다. 영로의 몸이 늘어지자 채령이 윤미에게 소리쳤다.

"최 여사는 발이 빠른 아이를 시켜 황후 폐하가 연못에 빠져서 의식을 잃으셨다고 대장군께 알리시게."

윤미가 눈짓하자마자 궁인 한 명이 달려 나갔다.

채령은 궁인이 사라지고 나서야 영로를 놓아주고 일어났다. 그녀는 주변이 소란스럽든 말든 한가롭게 젖은 머리카락을 짜내며 흑수궁 후원 입구를 바라보았다.

겨우 몸을 추스른 영로가 궁인의 비축을 받아 비틀거리며 일어서고 있을 때였다.

능현이 말을 타고 옷자락을 흩날리며 달려왔다. 그는 곧장 말에서 내려 영로에게 달려갔다. 채령은 세상에서 제일 한심한 사람을 보는 눈으로 능현을 쳐다보다가 능현이 타고 온 말에게 다가갔다.

'궁에서는 허가 없이 말을 타면 안 되는데, 어지간히 마음이 급하셨나 보네.'

그녀는 고삐를 끌고 말 머리를 후원 입구로 향하게 한 뒤 엉덩이를 가볍게 내리쳤다.

투레질하던 말이 그대로 입구 쪽으로 달려가 사라졌다. 누군가 대장군이 궁 안에서 말을 몰았다는 말을 하기 전에 증거를 인멸한 것이다. 채령은 흡족한 얼굴로 뒤를 돌아봤다.

황망하고 놀란 눈을 한 영로가 능현의 품에 안겨 그를 올려다보고 있었다. 능현은 영로가 어떤 표정을 짓고 있는지도 모른 채 영로의 얼굴과 머리를 쓰다듬었다. 무뚝뚝하기만 하던 얼굴에는 걱정과 다정함이 가득했다.

채령은 눈썹을 찡그린 채 아픈 표정으로 영로를 보는 능현을 향해 작게 혀를 찼다. 그 소리에 정신을 차린 영로가 능현을 밀어 내고 몸을 일으켰다. 영로는 애써 당황한 표정을 숨기며 궁인들에게 말했다.

"여기서 본 것은 함구하여라. 새어 나간다면 너희 모두 무사하지 못할 것이다."

영로는 평정심을 되찾았으나 능현은 여전히 걱정스러운 얼굴을 하고 있었다. 그는 젖은 얼굴을 손으로 닦아 내고 있는 영로에게 물었다.

"어찌 된 일입니까?"

영로가 답이 없자 채령이 나섰다.

"제가 발을 헛디뎌 연못으로 떨어지다가 황후 폐하를 붙잡았습니다."

그제야 능현이 채령을 발견하고 놀란 표정을 지었다.

"괜찮소?"

"예. 보시다시피요. 헌데, 황후 폐하께서는 괜찮지 않으신 것 같습니다."

능현이 뒤돌아보았다. 그러나 차마 다가가지 못하고 영로를 바라만 보았다. 채령이 작게 한숨을 내쉬고 능현의 등을 밀었다.

하지만 능현은 꿈쩍도 하지 않았다. 채령은 못난 동생을 보는 듯한 눈으로 능현을 보다가 영로에게 청을 올렸다.

"황후 폐하. 옷을 갈아입을 방을 빌려도 되겠사옵니까?"

"……그리 하시게."

영로는 고개를 끄덕이고 먼저 흑수궁 안으로 들어갔다.

능현의 시선이 영로의 가녀린 어깨로 향했다. 젖은 채 떨리는 몸이 능현의 가슴에 아프게 박혔다. 그는 영로의 모습이 보이지 않을 때까지 서 있다가 몸을 돌렸다. 그대로 떠나려는 모습에 채령이 깜짝 놀라 그의 소맷자락을 붙잡았다.

"어디 가십니까?"

"일이 많소."

"거짓말 마세요."

능현이 입을 꾹 다물었다. 채령은 무작정 능현을 끌고 흑수궁 안으로 들어갔다. 그리고 궁인의 안내를 따라 빈방으로 들어갔다. 궁인이 수건을 여러 장 가져다주며 말했다.

"황후 폐하께서 옷을 내어 드리라 하였사옵니다."

"예서 기다리겠네."

궁인이 공손히 허리를 숙이고 밖으로 나갔다. 채령이 수건으로 물기를 닦아 내며 물었다.

"황후 폐하와는 왜 척을 지려 하십니까?"

"황후 폐하께서 하신 일을 그대도 알지 않소."

그건 명목상의 이유일 뿐, 채령이 원하는 대답은 아니었다. 그녀는 진실을 듣고 싶었다.

"그러니까 그걸 왜 굳이 대장군께서 막으시려 하시냔 말입니다. 그것도 척을 지는 것으로요."

"나는 신하 된 도리로⋯⋯."

"그만 좀 하세요."

채령이 능현의 말을 막았다.

"황후 폐하께서는 군대를 만들고 계시고 폐하께서는 옥체가 미령하십니다. 공주님이 황제가 될 깜냥이 아니라는 것은 모두가 아는 사실이고요. 지금이 아니면 영영 기회가 없을지도 모릅니다. 대장군께서도 알고 계시지 않습니까?"

"황후 폐하께서는 내가 무슨 말을 해도 흔들리지 않을 것이오."

"설마요."

능현이 손을 말아 쥐었다. 채령은 수건으로 머리를 닦으며 능현의 얼굴을 보았다. 그는 눈을 지그시 감고 미간을 찌푸렸다. 참담하고 담백한 표정이었다. 채령은 한숨 쉬듯 말했다.

"황후 폐하께서도 아직 대장군을 연모하고 계십니다."

능현이 믿을 수 없다는 눈으로 채령을 보았다. 그녀는 혀를 차며 수건을 내팽개치듯 내려놓았다.

"어찌 연모하는 이의 마음조차 모르십니까? 차라리 가서 설득을 하세요!"

"⋯⋯설득한다고 그 애의 죄가 지워지진 않소."

"그럼 같이 떠나세요. 권위도, 명예도, 죄도, 다 버리고 도망이라도 치시란 말입니다. 반란이라도 일어나는 날에는 지금보다 더 많은 사람이 죽을 겁니다. 그것보다는 차라리 과거의 악행을 덮는 것이 낫지 않겠습니까? 그러니 대장군께서 힘 좀 써 보세요."

채령이 능현의 몸을 돌려세웠다. 아까와 달리 능현은 무기력하게 방 밖으로 떠밀려 나왔다. 뒤늦게 정신을 차린 능현이 뒤돌아 방 안으로 들어가려 했으나 채령은 문을 막고 비켜 주지 않았다.

"황후 폐하께 가 보세요. 저는 옷을 갈아입고 돌아갈 테니."

능현의 얼굴 앞에서 문이 쾅 하고 닫혔다. 능현은 잠시 동안 그 자리에 가만히 서 있었다. 눈을 감자 처량하게 떨리던 몸이 떠올랐다. 그는 결심한 듯 손을 말아 쥐고 영로의 방으로 향했다.

다 버릴 수 있었다. 영로만 제 자리로 돌아온다면, 그녀의 업보를 끊어 낼 수만 있다면, 능현은 모든 것을 버릴 준비가 되어 있었다.

능현이 영로의 방문 앞에 당도하자 궁인이 기다렸다는 듯 문을 열어 주었다. 화장대 앞에 앉아 머리를 빗던 영로가 사람들을 모두 내보냈다. 궁인들이 우르르 빠져나가고 문이 닫혔다. 능현은 영로를 바라봤다. 거울을 통해 망부석이 된 것처럼 움직이지 않는 능현을 지켜보던 영로가 쓰게 웃었다.

"후회하십니까?"

"무엇을 말입니까?"

능현이 물었다. 영로는 대답하지 않고 머리를 빗다가 자리에서 일어났다. 그녀의 시선이 채령에게 내어 준 방 쪽으로 향했다가 다시 능현에게로 돌아왔다.

"타국의 여인을 모으시는 취미라도 있으신가 봅니다."

"황후 폐하."

"저 또한 낙랑을 침략했을 때 데려오지 않으셨습니까. 왕족을 멸하라는 선황 폐하의 명을 어기고 말이죠."

"영로야."

"그렇게 부르지 마세요."

능현이 간절한 얼굴로 영로에게 다가갔다. 영로는 보기 싫다는 듯 몸을 돌렸다. 하지만 저를 끌어안는 손은 거부하지 못했다.

"눈앞에서 능화가 죽는 것을 보았는데도 이 마음을 끊어 낼 수가 없다. 네가 어떤 짓을 하고 있는지 알면서도 끊어 내질 못하겠다. 그래서 네가 밉다. 아직 그 자리에서 허황한 꿈을 좇는 네가……."

영로가 눈을 번쩍 뜨고 능현의 손을 뿌리쳤다. 잘 벼려진 칼날처럼 새파랗고 날카로운 눈이 능현에게 겨눠졌다.

"허황하다 하셨습니까?"

"영로야."

"나는 왕으로 태어나 왕으로 자랐습니다. 그런데 천하를 쥐겠다는 꿈이 어찌 허황한 것이라 하십니까?"

"이 나라는 네 것이 아니다."

"나라란 무릇 가지는 사람의 것입니다."

"천하를 손에 쥐어 무엇 하려 그러느냐. 그기 위해 잃을 것은 생각해 보지 않았느냐?"

"잃을 것이요?"

영로가 흐느끼듯 웃었다. 그녀의 눈동자 옆으로 머리카락에서 흘러나온 물방울이 흘러 뚝, 뚝, 떨어졌다. 마른 바닥 위로 한 방울, 두 방울, 짙은 얼룩이 새겨지는 소리와 웃음소리가 뒤엉켰다.

"제게 잃을 것이 있습니까?"

능현이 뒤로 물러서는 영로의 손끝을 붙잡았다.

"내가 있다. 네게는 아직 내가 있어."

제 감정에 짓눌려 죽은 사람처럼 영로는 숨을 멈췄다. 눈이 시리고 뜨거웠다. 기가 찬다는 듯 웃고 있었으나 그녀의 눈에는 아지랑이처럼 슬픔이 피어올랐다. 그러나 능현과 눈이 마주치자 애달픈 감정은 신기루처럼 사라져 버렸다.

"저는 버린 지 오랩니다."

"내가 아직 너를 놓지 않았다."

"책임감 때문이시겠죠."

"너를 연모한다."

능현이 영로에게 다가와 떨리는 손으로 그녀의 볼을 어루만졌다. 눈물을 닦아 주듯, 엄지가 눈 밑의 여린 살갗을 귀하게 훑었다.

"연모 때문이다. 너도 그렇지 않느냐."

천지가 흔들리고 척추가 거꾸러지는 것만 같았다. 영로가 휘청거리자 능현이 놀라 그녀의 몸을 끌어안았다. 그리운 체취가 가슴 가득히 차올랐다. 영로는 숨을 쉴 수가 없어 고개를 푹 숙이고 능현의 가슴에 머리를 기댔다. 그녀는 자조하듯이 능현의 말에 수긍했다.

"맞습니다."

능현의 손에 힘이 들어갔다.

"나와 함께 도망치자. 아무도 우리를 모르는 곳으로 가자. 모든 걸 잊고 서로에게 기대어 살자."

영로의 입에서 작은 웃음이 터져 나왔다. 그녀는 능현의 어깨를 밀어 내며 고개를 들었다.

"싫습니다."

능현의 얼굴에 떠올랐던 희망이 처참하게 무너졌다.

"날 연모한다 하지 않았느냐."

"예. 맞습니다. 그런데 그게 뭘 어쨌답니까?"

영로는 보란 듯이 능현의 연정을 멸시했다.

"오라버니를 사모하는 마음 따윈 별것도 아닙니다. 그게 무엇이라고 대업을 내던지겠습니까?"

"진심이 아니라는 것 안다."

애원에 가까운 말이었다. 하지만 영로의 얼굴은 언제 감정을 드러냈냐는 듯 다시 차갑고 단단하게 변해 있었다. 마치 만년설을 얼려 만든 가면을 쓴 것 같았다.

"그리 믿고 싶으신 거겠지요. 큰 뜻을 가진 이가 사사로운 감정에 휘둘려서야 쓰겠습니까? 내가 저지른 일이니 내가 책임을 져야 합니다. 그래서 대장군께서도 사람을 모으고 있는 것이 아닙니까? 당신이 살린 나를 책임지고 이 악연을 끝내기 위해서 말입니다."

"그런 게 아니다. 네가 잘못된 길로 가는 것을 두고 볼 수 없어서, 우리가 함께했던 순간으로 돌아가고 싶어 그런 것이다."

"하하하!"

영로가 고개를 젖혀 웃음을 터트렸다. 명백한 조롱에 능현의 표정이 굳었다. 그의 마음이 완전히 무너진 것을 똑바로 바라보며 영로는 입꼬리를 비틀었다.

"제가 잘못된 길로 간다고요."

"재물을 받고 부정한 것을 눈감아 주는 것이, 맞지 않는 권력을 손에 쥔 것이 옳은 길이라 할 셈이냐?"

"설교하지 마세요, 오라버니. 저는 제 방식대로 원하는 것을 손에 쥘 뿐입니다."

"멈춰야 한다."

"이미 너무 늦었습니다."

"늦지 않았다. 내가 도와주마. 어찌해야, 내가 어찌해야 널 멈출 수 있겠느냐?"

"멈추어서 뭘 어쩌시려고요? 제가 멈춘다 한들 예전으로 돌아갈 수 있으리라 생각하십니까?"

영로가 우습다는 투로 말하며 고개를 저었다.

"정신 차리세요, 오라버니. 흘러간 과거는 절대 돌이킬 수 없습니다. 제가 바른길을 간다 해도 끝이 난 것은 끝이 난 것입니다."

"상관없다. 네가 위험한 길을 가지 않는다면."

능현이 두 주먹을 말아 쥐었다. 영로는 천천히 능현에게 다가가 그의 볼을 쓰다듬었다. 하지만 그녀의 얼굴에는 단 한 줌의 다정함도 남아 있지 않았다.

"정녕 저를 멈추고 싶으십니까?"

영로가 능현의 얼굴을 끌어당기며 속삭였다.

"그럼 저를 죽이세요."

능현의 눈앞에서 붉은 입술이 요염하게 휘었다.

"오라버니가 살린 목숨이니 오라버니가 거둬야 하지 않겠습니까?"

"어찌 이리 모질게 구느냐. 어찌……."

"잘 들으세요, 오라버니. 저는 황제가 될 겁니다. 그러니 막으시려거든 제 손에 더 많은 피를 묻히기 전에, 제 업보가 더 무거워지기 전에 저를 막으셔야 합니다."

능현은 멀어져 가는 손길을 느끼며 눈을 질끈 감았다. 귓전에서 상냥한 목소리가 메아리처럼 울렸다.

"하루라도 빨리 나를 죽이란 말입니다."

* * *

밤이 된 지 오래였으나 공주의 방에는 불빛이 환했다.

소해는 오늘도 잠들지 못하고 침상에 걸터앉아 손톱을 물어뜯고 있었다. 벌어진 살덩이 틈새로 피가 흘러 소해의 입술을 적셨다. 새빨갛게 충혈된 흰자위가 좁아졌다가 넓어지기를 반복했다.

소해는 눈을 가물가물 깜빡이면서도 잠들지 않으려 노력했다. 옆에서 그 모습을 보던 향옥이 가볍게 한숨을 삼키고 칠각에게 속닥였다.

"갈파왕도 갔는데 공주님은 언제 오시는 거요?"

"곧 오시지 않겠소."

말이 끝나기가 무섭게 병풍 뒤에서 문 열리는 소리가 났다. 눈에 띄게 밝아진 향옥의 얼굴과는 달리 소해의 얼굴은 공포로 물들었다. 그녀는 소매 속에 넣어 놓은 단도를 꺼냈다. 그리고 병풍을 돌아 나오는 환라를 향해 순식간에 달려들었다. 향옥이 재빨리 움직여 환라의 앞을 가로막고, 칠각은 소해의 팔을 잡았다.

"놔라! 날 죽이러 온 것이다! 감히 공주를 두고 자객을 비호하는 것인가?"

소해가 환라의 목소리로 소리치며 몸을 비틀고 발버둥 쳤다. 칠각은 그녀가 진정할 때까지 꿈쩍도 하지 않을 생각이었다. 그러나 환라가 가만히 있지 않았다. 그녀는 향옥에게 물러나라 말한 뒤 소해의 앞까지 다가와 칼을 빼앗았다. 무기를 빼앗기자 소해의 움직임이 우뚝 멈춰 섰다.

환라는 손수 소해의 면포를 벗겨 주었다. 한층 더 밝아진 시야로 면포를 쓴 환라의 모습이 가득 들어찼다. 소해의 몸에 힘이 빠져나갔다. 그러자 환라는 그녀의 어깨를 잡고 물었다.

"나를 알아보겠는가?"

"내……. 내, 목소리, 목소리……."

소해가 제 목을 더듬으며 중얼거렸다. 환라가 소해의 얼굴을 부드럽게 들어 올렸다.

"소해야."

환라가 제 이름을 부르자 소해의 눈에 눈물이 맺혔다. 이내 눈물을 볼을 타고 뚝뚝 흘렀다. 그녀는 멍한 표정으로 있다가 울음을 터트렸다.

"흐어엉. 공주님! 공주님!"

환라는 제 품을 파고드는 소해의 등을 부드럽게 토닥였다.

"이제 괜찮다. 늦게 와 미안하구나."

"흡! 흐윽……."

소해는 눈물을 훔치며 고개를 끄덕였다. 그리고 한참이 지나서야 환라의 품을 벗어났다. 하지만 눈물은 멈추지 않았다. 환라가 소해의 눈물을 손수 닦아 주며 향옥에게 일렀다.

"여사는 소해의 환복을 돕고 침소까지 데려다주도록 하라."

"예, 공주님."

"이제 아무도 너를 해하지 않을 것이다. 돌아가서 푹 쉬어라."

"황공하옵니다, 공주님."

소해가 울먹이며 인사를 올리고 방을 빠져나갔다. 문 닫는 소리가 들리자 칠각이 환라의 침의를 가져왔다. 환라가 환복을 돕는 칠각에게 말했다.

"암살 시도가 있었다고 들었다."

칠각의 손이 잠시 멈췄다. 그는 답지 않게 대답을 미루다가 겨우 입을 열었다.

"그러하옵니다, 공주님."

"자세히 고하라."

"……."

"어찌하여 내게 알리지 않았는가?"

칠각이 환라의 옷고름을 묶어 준 뒤 물러나 무릎을 꿇었다.

"송구하옵니다, 공주님."

"사죄를 듣고자 함이 아니다."

"말씀드릴 수 없사옵니다."

"어머니가 함구하라 하셨는가?"

정확히 말하자면 영로가 계획하고 이백이 명령한 일이었다. 이백이 함구할 것을 명했기에 칠각은 입을 열 수 없었다.

방 안은 침묵에 휩싸였다. 환라는 면포를 걷어 내고 칠각을 내려다보았다. 이내 안으로 향옥이 들어왔다. 그녀는 무릎을 꿇고 있는 칠각을 보고 상황을 파악했다. 환라가 저에게 다가오는 향옥에게 물었다.

"어머니가 시키신 일인지 물었다. 여사가 답하라."

향옥은 대답하는 대신 칠각의 옆에 꿇어앉았다. 환라가 잠시 미간을 찌푸렸다가 다시 말했다.

"명이다. 누가 암살 기도가 있었다는 말을 함구하라 일렀는지 답하라."

하지만 대답은 없었다. 제 사람이라고 믿어 의심치 않았던 칠각과 향옥이 다른 사람의 명령을 우선시하자 환라는 이루 말할 수 없는 배신감을 느꼈다. 원망스러운 마음이 들었으나 부모처럼 따르던 이들이 꿇앉고 있는 것을 보니 마음이 쓰렸다.

환라는 한숨을 내쉬며 눈을 지그시 감았다가 떴다.

"둘 다 일어나라."

"황공하옵니다, 공주님."

두 사람이 동시에 말하며 자리에서 일어났다. 환라는 몸을 돌리고 두 사람을 등진 채 입을 열었다.

"오늘은 시간이 늦었으니 이만 돌아가 쉬어라. 자세한 것은 내일 다시 묻겠다."

칠각과 향옥이 서로를 쳐다보다가 인사를 올리고 물러났다. 환라는 장식용 검을 가져와 베개 밑에 두고 침상에 앉았다. 두려움에 질린 채 소리치던 소해가 떠올라 마음이 좋지 않았다.

환라는 한참 뒤척이다 겨우 잠이 들었으나, 새벽닭이 울기도 전에 눈을 떴다. 개운치 못한 기상이었다.

그녀가 지끈거리는 머리를 붙잡으며 침상에 앉았다. 문 너머에서 칠각의 목소리가 들렸다.

"공주님, 기침하셨사옵니까?"

한 달 만에 듣는 문안 인사였다. 환라가 면포를 쓰고 그렇다고 대답하자 문이 열리며 궁인들이 쏟아져 들어왔다. 환라는 내심 놀라며 제 앞에 선 열 명 남짓의 궁인들에게 말했다.

"셋만 남고 나가라."

가장 먼저 들어온 세 명만 이외의 궁인들이 인사를 올리고 방을 나갔다. 환라는 칠각의 얼굴을 보았다. 칠각이 뒤늦게 들어와 방구석에 서 있는 소해에게 눈길을 주었다.

환라는 소해가 여러 명의 궁인에게 시중을 받으며 지냈다는 것을 어렵지 않게 알아차렸다. 묻고 싶은 게 한두 가지가 아니었으나 듣는 귀가 많았다. 환라는 잠시 칠각에게 시선을 주었다가 팔을 벌렸다.

그녀의 손끝에 옷을 입혀 주던 궁인의 손이 무심코 툭 부딪혔다. 환라는 별 신경 쓰지 않았으나 순식간에 겨울 한파 같은 분위기가 불어 닥쳤다. 그녀가 미처 의문을 품을 겨를도 없이 궁인이 무릎을 꿇고 땅에 머리를 박았다.

"공주님! 살려 주십시오. 제발, 잘못했습니다."

놀란 환라가 궁인을 일으켜 주기 위해 손을 뻗은 순간이었다.

"악!"

궁인이 비명을 지르며 팔로 제 머리를 감쌌다. 그러고는 엉엉 울기 시작했다. 환라가 다시 칠각을 보았다. 칠각이 침통하고 죄스러운 표정으로 고개를 숙였다.

'설마 매질까지 한 것인가?'

환라는 잠시 소해를 보았다가 한숨을 삼키고 부드러운 손길로 궁인의 팔을 받쳐 일으켜 세워 주었다.

"괜찮다. 놀랐을 터이니 잠시 앉아 있어라."

궁인이 눈물을 후두둑 흘리며 얼떨떨한 눈으로 칠각과 환라를 번갈아 보았다. 칠각이 고개를 끄덕이자 궁인이 의자에 앉았다. 동시에 냉각되었던 분위기도 부드러워졌다.

　환라는 옷을 다 갈아입고 머리까지 한 뒤에 궁인들을 밖으로 내보냈다. 그 틈에 은근슬쩍 방 밖으로 나가려던 칠각이 환라의 부름에 걸음을 멈췄다.

　"태감."

　칠각이 다시 안으로 들어와 고개를 숙였다. 환라는 화장대에 앉아 향옥이 들어오길 기다렸다. 얼마 지나지 않아 문이 열렸다. 들어오려던 향옥이 칠각을 쳐다봤다. 칠각은 향옥에게 나가라는 의미로 고개를 저어 보였다. 향옥이 조용히 문을 닫으려 하자 환라가 자리에서 일어났다.

　"여사도 이리 들어오라."

　"……예, 공주님."

　환라는 나란히 선 두 사람의 앞으로 갔다.

　"진정 내게 말을 하지 않을 참인가?"

　"송……."

　"송구하다는 말은 하지 말라."

　"황송……."

　"황송하다는 말도 불허한다."

　향옥과 칠각의 말문이 차례대로 막혔다. 그들은 다시 입을 다물었다. 밤이 흐르는 동안 배신감은 증발하고 말았으나 서운함은 어쩔 수 없었다. 환라는 한참을 서 있다가 몸을 돌렸다.

"그대들의 입을 다물게 할 사람이 두 분 폐하밖에 더 있겠는가. 직접 가서 물어볼 터이니 그대들은 답하지 않아도 좋다."

환라가 문 쪽으로 걸어가자 눈치를 살피던 향옥과 칠각이 그 뒤를 따랐다. 환라가 손수 문을 열려고 하자 향옥이 빠르게 다가가 대신 문을 열어 주었다. 환라는 문 옆에 서 있는 향옥과 칠각을 보았다.

"그대들이 내 사람인 줄 알았거늘……."

환라를 친자식처럼 여기는 향옥과 칠각은 억장이 무너지는 듯했다. 향옥은 발이라도 동동 구르고 싶은 심정이었다. 그녀는 환라의 뒤를 따르며 애써 변명했다.

"공주님의 안위를 위한 일이었사옵니다."

"안다. 알기에 이렇게 넘어가는 것이다."

환라는 거침없는 걸음으로 비원궁을 나섰다.

한참을 걸어 항룡궁으로 들어서자 대신들이 허리띠와 관을 벗어 두고 무릎을 꿇어앉아 있는 것이 보였다. 그들은 황제의 방을 향해 하나같이 외치고 있었다.

"폐하! 공주님을 태자로 책봉하시는 것은 천부당만부당한 말이옵니다. 통촉하여 주시옵소서!"

"통촉하여 주시옵소서!"

고개를 들어 올리던 대신들이 환라를 발견했다. 그러나 그들은 말을 삼가기는커녕 오히려 보란 듯이 목소리를 높였다. 그것은 침략자의 말발굽 소리 같기도, 적군의 북소리 같기도

했다.

환라는 심란하여 걸음을 멈추고 대신들을 향해 섰다. 상투를 튼 머리들이 파도처럼 일어나 환라의 자질을 의심하는 말들을 쏟아 냈다. 아우성치는 소리가 환라의 몸을 덮쳤다. 찬물을 뒤집어쓴 것처럼 정신이 번쩍 들었으나 움직일 수 없었다. 뒤에서 칠각이 걱정스러운 목소리로 환라를 불렀다.

"공주님."

"내가 태자가 된다는 게 무슨 말인가?"

향옥과 칠각은 동시에 입을 다물었다. 환라는 두 사람에게 대답하라 종용하지 않았다. 다만 조용히 서서 대신들의 얼굴을 바라보고 있었다. 그중에는 영로의 사람이 태반이었으나 그렇지 않은 자들도 있었다. 서로를 적대하는 자들이 입을 모아 환라가 태자에 어울리지 않는다 말하고 있었다.

고요히 서서 그 외침을 듣는 환라의 옆으로 황제를 모시는 여사가 지나갔다. 그녀는 가장 선두에 꿇어앉아 있는 대내상 권재화에게 다가갔다.

"대내상. 황제 폐하께서 들라 하십니다."

권재화는 관을 쓰고 허리띠를 맨 뒤 자리에서 일어났다. 계단을 오르던 그가 환라를 발견했다. 그는 걸음을 잠깐 멈추어 가볍게 묵례하고 지나갔다. 그 뒤로 다시 대신들의 외침이 울려 퍼졌다.

환라는 한참 그 자리에 서 있다 다시 걸음을 옮겼다. 수십 개의 문을 거치자 이백의 방문을 지키고 있는 환관이 보였다.

안에서는 재화의 목소리가 쩌렁쩌렁하게 울리고 있었다. 환라는 공주가 왔음을 고하려는 환관을 손짓으로 막았다.

"황후 폐하를 폐위하고 태자를 세우셔서 궁의 기강을 바로 잡으셔야 합니다!"

재화의 목소리에 환관이 환라의 눈치를 살폈다. 뒤에 있던 향옥과 칠각도 안절부절못하고 환라를 보았다. 하지만 환라는 동요하는 기색 없이 눈을 내리깔고 안에서 들리는 호통을 듣고 있었다.

"그래서 공주를 태자로 삼겠다 하지 않는가?"

"공주님께서는 적당하지 않사옵니다."

환라는 제 손을 포개어 쥐었다. 안에서는 이백의 노기 섞인 목소리가 들렸다.

"그 연유가 무엇인가?"

"공주님은 사치스럽고 감정 기복이 심하시다 들었사옵니다."

듣다 못한 칠각이 환라에게 한 발자국 다가갔다.

"공주님, 저 말은……."

"쉿."

환라가 칠각을 조용히 시키고 다시 귀를 기울였다.

"게다가 정사에는 관심이 없으시고 아랫것들을 함부로 대하신다 하옵니다!"

"그대가 지금 내 앞에서 공주를 모욕하는 것인가!"

커다란 고함 뒤에 폭포수 같은 기침이 쏟아졌다. 하지만 재화는 아랑곳하지 않고 말을 이었다.

"폐하, 백성을 살피셔야 하옵니다. 지금 관리들 대부분이 황후 폐하나 황후 폐하의 측근들에게 관직을 산 자들이옵니다. 옳은 상소문은 올라가지 못하며 바른말을 하는 자들은 이미 조정에서 내쳐졌습니다."

"듣고 싶지 않⋯⋯."

"듣고 싶지 않으셔도 들으셔야 합니다! 배우고자 하는 이들은 배우지 못하고 도성 밖에는 도적들이 판을 치며 수많은 이들이 굶고 있사옵니다, 폐하! 태자의 위에 이롭고 의로운 자를 세우셔야 합니다."

재화는 기침으로 황제의 말문이 막혔을 때를 틈타 쓰디쓴 진실을 탕약처럼 들이부었다.

환라는 재화의 태도에 내심 감탄하였으나 이백의 건강이 걱정스러웠다. 이백이 분을 참지 못하고 기절할 수도 있겠다는 생각에 환라는 환관에게 손짓했다. 안절부절못하던 환관의 안색이 급격히 밝아졌다. 그는 지체하지 않고 황제에게 공주가 왔음을 고했다. 곧 안에서 이백의 목소리가 들려왔다.

"들라 하라."

환관이 문을 열었다. 환라는 곧장 들어가지 않고 제 뒤에 서 있는 칠각과 향옥에게 말했다.

"혼자 들어갔다 오겠다."

그리고 두 사람의 대답도 듣지 않고 안으로 들어갔다. 침상에 기대어 있던 이백이 환라를 보자마자 사람들을 물렸다.

"대내상도 그만 물러가라."

재화는 환라를 빤히 보다가 읍을 하고 물러갔다.

방에 둘만 남자 이백이 힘든 숨을 내쉬며 환라에게 손을 뻗었다. 환라가 다가가 이백이 일어나는 것을 도왔다. 그의 얼굴은 한 달 전보다 눈에 띄게 안 좋아 보였다. 서운하고 원망스러웠던 마음이 누그러들었다.

환라가 걱정스러운 눈으로 이백의 옆에 앉았다.

"언제 돌아온 것인가?"

"오늘 새벽에 왔사옵니다. 하온데 폐하, 혈색이 좋지 않사옵니다."

"너를 못 봐서 그런가 보다. 환아. 이 아비에게 얼굴 좀 보여다오."

환라가 면포를 걷어 올렸다. 그늘진 얼굴이 드러나자 이백이 환라의 손을 붙잡았다.

"너도 안색이 좋지 못하구나. 밖에서 무슨 일이 있었느냐?"

"아니옵니다."

"그럼 어찌 이리 수심에 잠겼느냐."

"제가 나간 사이에 암살 기도가 있었다 들었사옵니다."

이백이 기침을 터트리며 고개를 돌렸다. 환라가 이백의 어깨를 조심스럽게 쓸었다. 손 밑으로 앙상한 몸이 느껴지자 예민한 사안을 묻는 것조차 불효로 느껴졌다. 환라는 입을 다물었다. 다음에 다시 와 물을 생각이었으나 기침을 멈춘 이백이 먼저 말을 꺼냈다.

"칠각과 향옥에게는 내가 말하지 말라 하였다."

"어찌 그리 하셨사옵니까?"

"내가 네 성품을 알기에 그리 하였다. 암살 기도가 있었다는 소식을 들으면 돌아올 것이 아니냐. 나는 갈파왕과 네가 마주치길 바라지 않는다, 환아."

"허나 암살 기도입니다. 그 아이가 얼마나 두려울지는 생각해 보셨사옵니까?"

"지킬 자신이 있었다. 내가 누구냐. 이 나라의 황제가 아니더냐."

그래도 이백의 선택이 매정하게 느껴지는 것은 어쩔 수 없었다. 그녀는 입을 다문 채 투박하고 거칠어진 이백의 손을 내려다보았다. 그 손이 환라의 손등을 토닥이며 쓸었다.

"환아. 내게는 무엇보다 네가 중하고 귀하다. 내 하나뿐인 딸."

"그래도 아무것도 모르는 아이를 이용한 것은 너무 하셨사옵니다."

"혼 좀 나 보라고 그리 하였다."

이백이 말을 멈추고 기침을 터트렸다. 공기가 기도를 빠져나오며 쌕쌕거리는 소리를 냈다. 환라가 어의를 부르려 하자 이백이 힘겹게 미소 지으며 환라의 손을 잡아 말렸다.

"그 아이는 제가 있는 자리의 무서움을 모르고 사치를 일삼으며 오만하였다. 궁인들에게 쉽사리 벌을 주고 사사로운 복수에 공주의 자리를 이용하기에 겁을 주려 했을 뿐이다."

"심하셨사옵니다."

"네 말이 옳다. 내가 심하였다. 이후에 일은 환이 네 마음대로 하여라."

황제가 할 수 있는 최고의 사과였다. 이백이 이렇게까지 말하는데 계속 화를 내고 따질 수도 없는 노릇이었다. 환라는 자신이 이백을 대신해 소해에게 사과하고, 치하하여야겠다고 생각하며 고개를 끄덕였다.

환라가 넘어가는 듯하자 이백이 다정한 얼굴로 물었다.

"궁 밖에서는 어떻게 지냈느냐? 어디 아픈 곳은 없었고?"

이백에게 동무들과 있었던 일을 이야기해 주다 보니 어느새 점심시간이 되었다.

환라는 이백과 점심을 먹고 비원궁으로 돌아왔다. 안으로 들어오자 침상에 앉아 있는 소해가 보였다. 멍하니 있던 그녀는 환라를 보고 몸을 벌떡 일으켰다. 하지만 여전히 어딘가 멍해 보였다.

환라는 걱정스러운 얼굴로 소해의 손을 잡고 의자에 앉혔다.

"소해야."

"예."

"험한 일을 겪게 해 미안하다."

"괜찮사옵니다."

"그동안 많이 두려웠을 것이다. 잠시 가족에게 가 있는 것이 어떻겠는가?"

"가족…… 이요?"

소해가 흐리고 붉은 눈을 들어 깜빡이지 않고 환라를 보았다. 그녀는 혼란스러웠다. 환라가 말하는 가족이 이백과 영로를 일컫는 것인지 정씨 가문의 사람들을 말하는 것인지 알 수 없었다. 환라는 굳어 있는 소해가 마냥 안쓰러워 그녀의 손을 잡았다.

"궁을 떠나 있으면 두렵지도 않을 것이다."

"싫어요."

궁을 떠나라는 말에 갑자기 돌변한 소해가 환라의 손을 뿌리쳤다. 환라는 놀란 눈으로 소해를 보았다. 하지만 면포에 가려져 있었기에 소해는 환라의 표정을 볼 수 없었다. 소해는 몸을 떨며 손톱을 물어뜯었다.

'내가 궁을 떠나면 어디로 간단 말이야?'

그녀의 눈빛에는 이성이 남아 있지 않았다. 환라가 칠각에게 어의를 불러오라 이르려 할 때였다. 밖에서 궁인의 목소리가 들렸다.

"공주님. 좌사정 이궐겸 들었사옵니다."

"궐겸!"

소해가 고개를 번쩍 치켜들고 방문을 향해 환라의 목소리를 내었다.

"들라 하라."

환라가 놀라 소해를 쳐다봤다. 칠각과 향옥의 눈에도 경악이 서려 있었다.

하지만 소해는 그런 것 따위는 이미 안중에도 없었다. 그녀는 벌떡 일어나 안으로 들어오는 궐겸에게 달려갔다.

"궐겸아! 왜 이제 오는가."

소해는 곧장 궐겸의 품을 파고들려 하였다. 궐겸이 흠칫 놀라며 소해의 어깨를 붙잡았다. 환라에게 궁에 있던 이가 공주로 가장한 궁인이라는 것을 전해 들었기에 궐겸은 소해를 조심스럽게 밀어 냈다.

"죄송합니다. 제가 그동안 착각을 하였습니다."

"뭐가, 뭐가 착각이란 말인가?"

"제가 마음에 품은 것은 공주님이시옵니다."

궐겸이 소해에게만 들릴 정도로 작게 속삭였다. 그리고 안타깝고 죄스러운 표정으로 소해를 바라보다가 환라에게로 다가갔다. 소해가 주춤 물러서며 환라에게 가는 궐겸의 뒷모습을 바라보았다. 그녀의 눈동자에 섬광과도 같은 광기가 번뜩였다.

"왜……. 내가 공주인데……. 나를 연모한다면서 다른 이에게 가는가."

소해가 아무에게도 들리지 않을 작게 중얼거렸다. 그러더니 급하게 몸을 뒤졌다. 그녀의 품 안에서 환라가 영로에게 주기 위해 준비해 뒀던 보요가 나왔다.

'이것 봐. 내가 공주다. 어머니께 드리려는 보요를 가지고 있지 않은가.'

그녀는 고개를 번쩍 들었다.

'그럼 저 여자는 누구지?'

궐겸이 환라의 앞에 앉아 수줍게 미소를 지었다. 소해의 입술 사이에서 허탈한 미소가 터져 나왔다.

'그래. 맞아. 저 여자는 가짜다. 내 목숨이 위험하니 어머니께서 나를 모사할 궁인을 세워 둔 것이야.'

소해는 손을 벌벌 떨며 궐겸과 환라에게로 다가갔다. 궐겸은 뒤에서 누가 오는지도 모른 채 다정한 목소리로 환라를 불렀다.

"공주님."

그 순간 소해의 눈에 섬광과도 같은 광기가 번뜩였다. 그녀가 비명을 지르듯 소리쳤다.

"아니야!"

향옥이 빠르게 다가가 소해를 데리고 나가려 했다. 하지만 소해는 향옥이 그녀를 붙잡기도 전에 궐겸에게 달려들었다.

"궐겸아! 내가 공주다. 저자는 내 안전을 위해 내 행세를 할 뿐이다."

소해는 환라의 목소리를 내는 것조차 잊고 무작정 궐겸의 품에 안기려 했다. 궐겸이 난감한 표정으로 소해를 밀쳐 냈다.

"이러지 마십시오."

"왜 밀질 않는가. 내가 공주다. 내가!"

놀란 가슴을 진정시킨 환라가 소해를 붙잡았다.

"소해야."

위엄 있는 목소리에 소해의 정신이 잠시 돌아왔다. 그녀는 길을 잃은 사람처럼 주변을 두리번거리다가 뒤로 물러나며 제 몸을 감쌌다. 환라가 그녀를 안아 주었다.

"괜찮다. 진정하고 내 말대로 잠시 궁을 떠나 있거라."

소해가 환라의 품에 안겨 울음을 터트렸다. 답답하고 억울하여 흘리는 눈물이었으나 환라는 소해가 제정신을 차렸다고 생각했다. 환라가 소해를 토닥이고 있을 때, 밖에서 영로가 왔음을 알리는 소리가 들렸다.

환라가 들어오라고 하기도 전에 문이 열렸다. 영로는 방 안으로 들어오며 주위를 훑었다.

"왜 이리 소란스럽습니까?"

그녀의 목소리에 소해의 울음이 뚝 그쳤다. 소해가 천천히 고개를 돌려 영로를 보았다. 눈이 마주치는 순간 그녀의 머릿속에 영로가 했던 말이 벌떼처럼 웅웅거렸다. 그 사이로 단어 몇 개가 드문드문 소해의 의식에 꽂혔다.

'……네가 공주다. 내가…… 너를 지켜 줄…….'

소해의 눈에 다시 광기가 희번덕였다. 그녀는 눈도 깜빡이지 않은 채 환라를 밀쳐 내고 품에서 단도를 꺼냈다. 환라가 소해를 내려다본 순간, 그녀가 단도를 쥔 손을 치켜들었다.

물론 환라는 제 위를 덮치는 소해를 가볍게 제압해 바닥에 내리눌렀다. 하지만 소해는 아랑곳하지 않고 온몸을 비틀며 반항했다.

"내가 공주다, 내가! 어머니가 나를 지켜 주신다 하였다!"

옆에 있던 칠각이 소해의 손에서 단도를 빼앗았다. 동시에 궐겸이 환라의 어깨를 이끌어 보호하듯 제 뒤에 세웠다. 향옥이 물러난 환라 대신 소해를 내리눌렀다.

"이거 놔라! 감히 어느 안전이라고 공주의 몸에 손을 대느냐! 어머니! 궐겸아! 내가 공주다, 내가! 왜 나를 못 알아보느냔 말이다!"

영로가 기가 찬다는 듯한 웃음을 흘리며 소해를 내려다보았다. 향옥이 소해를 일으켜 세웠다. 영로는 끌려 나가는 소해를 보다가 환라에게 다정히 미소 지었다.

"이야기나 나눌까 하여 왔는데 어수선하니 다음에 다시 오겠습니다. 몸 잘 추스르고 계세요, 공주."

영로가 향옥의 뒤를 따라 밖으로 나갔다. 소해의 고함이 문 너머에서 멀어져 갔다. 환라는 착잡한 표정으로 칠각의 손에 들린 단도를 바라보았다.

"공주님. 괜찮으시옵니까?"

옆에서 들리는 걱정스러운 목소리에 환라가 고개를 돌렸다. 그녀는 고개를 끄덕이고 칠각을 보았다. 환라는 소해가 어찌하여 저 지경이 되었는지 듣고 싶었다. 하지만 칠각은 충성심이 깊은 자이니 황제에게 함구하라고 명을 받은 이상 절대 입을 열지 않을 것이다. 환라는 착잡한 심경으로 서 있다가 의자에 앉았다.

"태감은 나가 있어라."

"하오나, 공주님……."

"좌사정과 단둘이 대화하겠다. 나가라."

궐겸을 가만히 보던 칠각이 인사를 올리고 방을 나갔다.

환라가 답답한 면포를 뒤로 넘겼다. 나환과 공주님이 동일 인물이라는 것은 알고 있었으나 그녀가 공주 옷을 입은 게 새삼스러운 탓인지 궐겸의 심장이 요동치기 시작했다. 하지만 그리 오래가진 않았다. 환라의 얼굴에 짙게 드리운 근심이 궐겸의 눈에 들어온 탓이었다.

"공주님. 근심이 있으시옵니까?"

"좌사정."

"궐겸이라 불러 주시옵소서."

"그래, 궐겸. ……그대는 내 사람인가?"

기분 좋게 두근거리던 심장이 아래로 무겁게 떨어졌다. 궐겸은 환라의 얼굴을 바라보았다. 그의 머릿속에 대장군과 만났던 일들이 스쳐 지나갔다.

그는 분명 환라의 사람이었다. 하지만 공주의 사람이라고는 말할 수 없었다. 이미 공주를 지지하지 않는 대장군과 손을 잡은 탓이었다. 궐겸이 고민하는 동안 환라의 시선은 그의 얼굴에 머물러 있지 않았다. 그녀는 영로와 칠각, 향옥이 나간 문을 바라보고 있었다.

"나는 내 곁에 있는 자들이 내 사람이라 굳게 믿었다. 허나 궁으로 돌아온 순간 깨달았다. 그들은 내 명보다 두 분 폐하의 명이 우선이라는 것을 말이다."

환라가 다시 고개를 돌려 궐겸을 보았다.

"궐겸, 그대는 어떠한가. 그대는 내 사람인가?"

환라의 얼굴은 무덤덤하였으나 어딘지 쓸쓸하고 씁쓸해 보였다. 궐겸은 저도 모르게 입을 열었다.

"저는 공주님의 사람입니다."

환라의 얼굴에 고운 빛이 떠올랐다. 그 빛이 궐겸의 마음에 떠오른 죄책감을 지웠다. 그는 환라의 손을 잡았다. 환라 또한 그의 손을 움켜잡으며 입을 열었다.

"그럼 묻겠다."

"예, 공주님. 하문하시옵소서."

"내가 출궁해 있는 동안 소해에게 무슨 일이 있었는가?"

궐겸이 그 요청을 거절할 수 있을 리 없었다. 그는 그동안의 보고 들은 것들을 말해 주었다. 그중에는 소해가 유난히 모질게 굴었던 보윤에 대한 이야기도 있었다.

"공주의 자리를 이용해 그 아이를 괴롭혔다는 말인가?"

"그런 것 같사옵니다."

"그래서 대내상이 나를 사치스럽고 감정 기복이 심하며 정사에는 관심이 없고 아랫사람을 함부로 대하는 사람이라 하였군."

"……대내상이…….”

적나라한 평가에 궐겸이 말을 잇지 못했다. 그는 웃는 듯 찡그린 듯 애매한 얼굴을 하고 제 발끝만 바라보다가 물었다.

"그 궁인은 어찌하실 생각이십니까?"

잠시 궁 밖으로 내보낸다는 말을 들었을 텐데 다시 묻는 것이 의아했다. 환라가 고개를 기울이고 가만히 바라보자 궐겸이 다시 입을 열었다.

"공주님의 평판과 명예를 실추시킨 자가 아닙니까. 합당한 벌을 내리심이 옳다 사료 되옵니다."

"소해는 이미 벌을 받았다."

"하지만 그 궁인 때문에 대신들의 마음을 잃지 않으셨습니까."

"잃은 게 아니다."

궐겸이 고개를 들었다. 환라는 창밖을 보고 있었다.

"조정의 대신들도, 나를 모시는 이들도, 이 궁과 백성들도 모두 내 것이라 여겼다. 혹은 그리될 것이라 생각했다. 허나 착각이었다."

돌이켜 보면 어떤 것도 제 것인 게 없었다. 날 때부터 옆에 있어서 제 것인 줄 알고 살았던 것뿐이었다.

"가진 적이 없으니 잃은 것이 아니다."

허무하고 허탈하나 오히려 더 명확해졌다. 어머니에게 순종하며 배우면 당연히 황제가 될 수 있으리라 생각했다. 제 옆에 놓인 것들이 당연히 제 것이라고 생각했다.

그러나 그녀의 것은 아무것도 없었다. 궁 안에서의 입지는 터무니없을 정도로 좁았으며 궁 밖 백성들의 상황은 나날이 나빠지고 있었다.

황제의 자리는 쟁취해야 제 것이 된다는 것을, 환라는 깨달았다. 가만히 기다리면 자신에게 돌아오지 않을 수도 있다. 그러니 황제가 되기 위해선 일단 태자의 위에 올라야 한다. 확신이 생기자 오히려 마음이 홀가분해졌다.

그녀는 고운 미소를 지으며 궐겸을 보았다.

"궐겸아."

넋을 놓고 있던 궐겸이 붉어진 얼굴을 숨기며 고개를 조아렸다.

"예, 공주님."

"나는 태자가 되어야겠다. 그러니 너는 내 신하가 되어라."

우아한 목소리에 이끌린 궐겸이 고개를 들었다.

두려움도 실망도 없는 얼굴. 곧은 시선과 어깨. 신하가 되라 명령하는 모습은 누가 봐도 군주의 것이었다.

연심을 지키기로 한 궐겸에게는 잔혹한 명령이었다. 하지만 그 결심은 착각에서 비롯된 것이었다. 그렇기에 궐겸은 진짜 공주의 명령을 거부할 수 없었다.

"황공하옵니다, 공주님."

"고맙다."

환라가 궐겸의 손을 꼭 잡았다. 하지만 궐겸은 마음이 착잡했다. 소해를 환라로 착각해 대장군에게 공주님을 궁 밖에서 살 수 있도록 해 달라고 부탁한 것이 마음에 걸렸다.

'바로잡아야 한다.'

그냥 바로잡는 것이 아니다. 환라의 의도에 맞게 바로잡아야 한다. 궐겸의 머릿속에는 그 생각뿐이었다. 채령이 본 사람이 환라가 아니었음을 증명하면 될 일이었다. 궐겸은 고민하다가 조심스럽게 물었다.

"그럼 이제 면포를 벗으실 생각이시옵니까?"

"아직은 궁 밖에서 해야 할 일이 많아 외출했을 때 마찰이 없도록 가리고 있을 생각이다."

"공주님이 자리를 비우신 동안 천영 부인이 많이 오갔습니다. 패악을 부린 것이 공주님이 아니란 걸 밝히지 않으면 대장군의 마음을 돌리기 힘들 듯하옵니다."

"때가 되면 내 입으로 밝히겠다."

"예."

대화가 잠시 끊어졌다. 궐겸은 목구멍에 가시가 걸린 것처럼 마음이 불편했다. 그는 대장군에게 공주님을 자유롭게 해 주면 역모라도 가담하겠다고 말했다. 환라의 신하가 되기로 하였으니 자신이 연정에 휘둘려 저지른 짓을 실토해야 했다.

하지만 환라의 얼굴을 보자 입이 떨어지지 않았다. 궁에 자신의 신하가 없다고 말하는 그녀에게 사실 충심이 아니라 연심을 품었노라고 어찌 말할 수 있을까.

'나까지 마음의 짐을 더해 드릴 순 없다. 오늘은 날이 아니야.'

궐겸은 손톱으로 손바닥을 꾹꾹 누르다가 결국 다음을 기약하며 환라에게 절을 올리고 물러났다.

궁을 빠져나왔으나 마음에는 근심이 가득했고 입에서는 한숨이 흘렀다. 그는 느린 걸음으로 대장군 댁의 대문을 넘었다. 밖에 있던 하인이 궐겸에게 다가왔다.

"무슨 일이십니까?"

"대장군께서는 안에 계십니까?"

"예. 누구라 일러 드릴까요?"

"이궐겸이라 전해 주십시오."

안으로 들어갔던 하인이 곧장 다시 나왔다.

"들어오시랍니다."

궐겸은 하인을 따라 대장군의 방으로 들어갔다. 그는 채령과 마주 앉아 차를 마시며 대화를 나누던 중이었다.

궐겸이 문 앞에 가만히 서 있자 능현이 손짓으로 궐겸에게 자리를 권했다.

궐겸은 대장군의 왼편에 앉으며 채령이 하는 말을 들었다.

"왜 황후 폐하가 대장군을 도발하셨겠습니까? 대장군이 군을 움직여 황후 폐하를 끌어내려 하면, 황후 폐하가 다른 군사로 대장군을 막아 무위를 보이며 공을 세우고 입지를 굳히려는 것 아니겠습니까."

"허나 내게 황제가 되겠다 하였소. 그것을 두고 보란 말이오?"

"두고 보라는 것이 아닙니다. 예정대로 진문친왕의 넷째 아드님을 태자로 추대하고 책봉되시면 그때 태자의 이름으로 움직이자는 겁니다."

"너무 늦소. 지금……."

"지금은 이릅니다."

채령이 능현을 말을 빼앗았다. 그리고 답답하다는 듯 숨을 내뱉으며 고개를 돌렸다. 눈이 마주친 궐겸이 머리를 숙여 인사했다. 채령이 눈짓으로 인사를 받은 뒤 다시 능현을 설득했다.

"군사를 움직이는 것은 어렵지 않습니다. 하지만 황제 폐하나 태자 전하의 명령 없이 군을 움직이면 반역이 됩니다."

"나는 반역보다 황후 폐하가 더 두렵소."

"황후 폐하가 두려운 것이 아니라 그분이 역적이 되시는 게 두려우신 거겠지요. 그래서 군사를 움직여 먼저 역모를 일으키시려는 것 아닙니까? 황후 폐하가 역모를 저지르기 전에요."

조곤조곤한 목소리가 핵심을 꿰뚫자 능현은 입을 다물었다.

가만히 두 사람의 말을 듣던 궐겸은 역모라는 말에 눈을 질끈 감았다. 그 어감이 생각보다 끔찍한 탓이었다. 무겁고 낯선 침묵이 세 사람 사이를 가로막았다. 궐겸은 마음을 추스르고 눈을 떴다. 그리고 조심스럽게 침묵을 깨트렸다.

"저도 천영 부인의 말씀이 더 일리가 있다고 생각합니다."

채령이 그것 보라는 듯 턱을 치켜들었다. 동시에 능현이 이마를 감싸며 한숨을 내쉬었다. 그는 그 상태로 가만히 있다가 천천히 고개를 들었다.

"어찌 되었든 군사를 움직이겠다는 생각에는 변함이 없소. 다만 부인의 말대로 조금 더 기다리겠소."

"예. 그리 하셔야지요."

채령이 그제야 고개를 크게 끄덕이며 미소 지었다. 능현은 착잡한 표정으로 탁자만 바라보고 있다가 궐겸을 보았다.

"그런데 좌사정은 무슨 일로 찾아왔는가?"

"드릴 말씀이 있어서 왔습니다."

"허심탄회하게 말해 보시게."

"태자로 공주님을 추대했으면 합니다."

능현과 채령의 표정이 동시에 탐탁지 않게 변했다. 능현이 자문을 구하는 듯한 눈으로 바라보자 채령이 단호하게 고개를 저었다.

"안타깝게도 공주님은 황제가 되실 그릇이 못 돼요."

"공주님은 황제가 되기 충분한 분이십니다."

"나는 내 눈을 믿어요. 눈칫밥을 먹고 자라 사람 보는 눈 하나는 정확하답니다."

부인께서 만난 것은 진짜 공주님이 아니라는 말이 혀끝까지 차올랐다. 하지만 공주님을 두 번 배신할 수는 없는 노릇이었다. 궐겸은 가슴이 답답해 입술을 씹다가 숨을 고르고 다시 입을 열었다.

"사정이 있으셔서 그리 행동하신 겁니다."

"공주님께서 연극을 하셨다는 말씀인가요? 무엇 때문에요?"

"그건……. 정확히 말씀드릴 수는 없습니다. 하오나 백성을 살펴보시고 본인을 보호하시기 위해서였음은 확실합니다."

채령과 능현이 서로 눈빛을 주고받았다. 아무런 말이 나오지 않자 애가 탄 궐겸이 말을 덧붙였다.

"저는 공주님이 별궁에서 나오셨을 때부터 지켜봤사옵니다. 그분은 절대 그런 성품이 아니십니다. 이번 일은……."

또다시 말문이 막혔다. 하지만 채령은 궐겸의 말과 표정, 행동에서 수많은 것들을 읽어 냈다.

그녀의 머릿속에 아주 세세한 것들이 떠올랐다. 백성을 살펴본다는 말과 궐겸이 '이번에는 봉숭아 물을 들이지 않느냐'고 묻던 말이 겹쳐졌다. 뒤이어 면포에 가려져 누군지 알아볼 수 없는 얼굴이 떠올랐다.

'설마 내가 만난 사람이 진짜 공주가 아닌 건가? 급하게 온 걸 보니 좌사정도 오늘에서야 이 사실을 깨달은 모양이로군.'

채령은 빠르게 생각을 정리하고 입을 열었다.

"제가 다시 가서 확인해 보겠습니다."

"감사합니다."

궐겸이 안도의 한숨을 내쉬며 고개를 숙여 인사했다. 채령은 곱게 미소 지으며 그 인사를 받았으나 능현은 달랐다.

"이미 궁 내에는 공주님의 악행에 관한 소문이 파다하네. 우리의 생각이 변한다 한들 다른 대신들과 대내상께서 공주님을 지지하지 않는다면 태자가 되시긴 힘들 것이네."

딱딱하고 무뚝뚝한 말에 방 안이 고요해졌다. 채령은 아니 꼽다는 눈으로 능현을 본 뒤 미소 지으며 화제를 바꿨다.

"조금 더 계시다가 저녁 먹고 가세요."

"아닙니다."

궐겸이 고개를 저으며 자리에서 일어났다.

"저는 이만 가 보겠습니다. 공주님을 태자로 추대하는 일은 꼭 재고해 주십시오."

"그리 하겠네."

"걱정 마세요."

궐겸은 허리를 숙여 인사하고 대장군 댁의 대문을 나섰다.

종일 굶어서인지 어딘가 허한 기분이 들었으나 무언가를 먹고 싶진 않았다.

그는 힘없는 발걸음으로 터덜터덜 걸어 다니다가 길에 마련된 장의자에 앉았다. 멀미를 하는 것처럼 속이 어지러웠다.

눈을 감고 연신 한숨을 쏟아 내는데 누군가 그의 어깨를 툭 건드렸다.

고개를 들자 눈앞에 생긋이 웃는 얼굴이 보였다.

"여기서 뭐 하시오?"

여란이었다. 그는 억지로 미소 짓다가 다시 한숨을 토해 냈다. 여란이 궐겸의 옆에 앉으며 무릎에 팔꿈치를 세우고 손바닥에 턱을 괬다.

"왜 그렇게 죽상이오?"

"마음이 심란하여 그렇습니다."

"심란?"

"예."

"흠……. 딱 봐도 알겠소. 공주님 때문 아니오?"

"아닙니다."

여란이 의외라는 듯 눈을 크게 뜨며 궐겸 쪽으로 더 돌아앉았다. 궐겸이 힘없이 웃다가 인상을 찌푸렸다.

"저 때문입니다. ……연정과 충정 사이에서 갈팡질팡하는 마음 때문입니다."

"에이. 난 또 뭐라고."

대수롭지 않다는 듯 웃는 여란을 보며 궐겸이 심각한 표정을 지었다.

"중요한 문제입니다. 연정을 따르면 충정을 배반하는 꼴이 되고, 충정을 따르자니 연정 때문에 괴롭단 말입니다."

"둘 다 취하면 되질 않소?"

"그럴 수는 없습니다."

"있소."

굳어 있던 궐겸의 얼굴이 조금 풀어졌다. 여란은 턱을 괸 채로 씩 웃었다.

"신첩이 되면 되오."

"예?"

"부마는 공주님의 신하이자 첩이니 충정과 연정을 모두 취할 수 있지 않겠소?"

궐겸이 얼빠진 얼굴로 여란을 바라보았다. 그러다 뒤늦게 여란의 말을 이해하고는 새빨갛게 달아오른 얼굴을 손등으로 황급히 가렸다.

* * *

하늘은 새까맣게 변했으나 환라는 잠을 이루지 못하고 있었다. 대낮처럼 환한 방 한가운데에 앉아 아무것도 하지 않는 환라를 보며 칠각이 걱정스러운 목소리를 냈다.

"공주님. 침소에 드실 시각이 지났사옵니다."

환라는 아무런 대답도 하지 않고 창밖을 바라봤다.

밤이 깊어질수록 생각도 깊어졌다. 하루 동안 있었던 일을 곱씹고 곱씹을수록 마음은 어지러워졌다.

"태감."

"예, 공주님."

"소해가 한 짓을 궐겸에게 전해 들었다."

"……예, 공주님."

"소해가 그릇된 행동을 하는 것을 궐겸도 보았는가?"

"그러하옵니다."

"그때 그는 어떠했는가?"

"정소해를 달래고 곁을 지켰사옵니다."

환라는 입을 다물었다. 칠각의 말에 따르면 궐겸은 어떤 상황이 되어도 환라의 편일 것이다. 참된 우정이라 생각하나 환라가 원하는 것은 우정이 아니었다. 18년 동안 곁을 지켜 준 향옥과 칠각조차 환라의 사람이 되진 못했다.

그러니 궐겸이 제 사람이 될 수 있을 것인가에 대해 환라는 회의적일 수밖에 없었다. 그녀는 바른 자세로 앉아 있다가 다른 질문을 던졌다.

"소해는 어찌 되었는가?"

"궁 밖으로 내보냈사옵니다."

"소해가 가두었다던 보윤이라는 궁인은?"

"……마찬가지로 궁 밖으로 내보냈사옵니다."

칠각의 옆에 있던 향옥이 대답했다. 환라는 그 말을 선뜻 믿을 수 없었다. 저를 위해서라면 칠각과 향옥은 거짓을 고할 수도 있다는 것을 이미 안 까닭이었다.

환라는 향옥의 말에 진위를 가늠하려다 제 생각에 도리어 놀라고 말았다. 무슨 일이 있을 때면 환라와 칠각의 말에 의지하던 자신이 그들을 의심하게 된 게 당혹스러웠던 탓이다. 그녀는 향옥과 칠각에게 시선을 주지 않고 뒤로 넘겨 두었던 면포를 앞으로 넘겨 얼굴을 감췄다.

"혼자 있겠다."

칠각과 향옥이 인사를 올리고 방을 나갔다. 환라는 넓은 방을 둘러보다가 한숨을 내쉬었다.

그녀에게는 사람이 절실히 필요했다. 넓디넓은 궁 안에 깨어 있는 사람만 수천 명이었다. 그러나 환라가 마음 놓고 불러 시간을 보낼 사람은 없었다. 환라는 난생처음 망망대해 위에 홀로 표류하는 듯한 기분을 느꼈다.

'양야가 보고 싶다.'

그의 넓은 가슴에 몸을 기대고 쉬고 싶다는 생각을 할 때였다. 창밖에 조그마한 여우 귀가 쫑긋 솟았다. 환라는 제 눈을 의심했다. 허락 없이는 들어올 수 없는 궁에, 그것도 양야가 보고 싶다고 생각한 순간 여우 귀가 솟아났으니 잘못 본 것이라 여기는 것도 무리는 아니었다.

그녀는 환각을 지우기 위해서라도 양야를 만나야겠다고 다짐하며 창가로 다가갔다.

그때였다. 비원궁을 대낮처럼 밝히고 있던 불이 돌연 한꺼번에 꺼졌다. 갑자기 궁이 어둠에 잠기자 여기저기서 비명이 들렸다. 동시에 방 안으로 칠각과 향옥이 달려 들어왔다.

"공주님!"

향옥은 검을 뽑아 주위를 경계하고 칠각은 창문을 향해 검을 겨눴다. 환라가 두 사람을 손으로 저지했다.

"괜찮다."

환라의 침착한 목소리를 듣고 나서야 두 사람은 달그림자가 여우의 형상을 하고 있다는 것을 알아차렸다.

"내 여우다."

여우가 창가에서 폴짝 뛰어 내려왔다. 밖에서 서서히 불빛들이 피어 오르며 궁을 밝혔다. 여우의 그림자가 길게 늘어져 환라에게 닿았다.

환라는 손짓으로 향옥과 칠각을 내보내고 몸을 돌렸다. 손을 뻗자 여우가 잠깐 망설이다가 환라에게 다가왔다. 환라는 따뜻하고 부드러운 털을 품 안 가득히 안고 숨을 들이마셨다.

거처에 있다가 온 것인지 여우의 털에는 시원하고 청량한 향이 가득 묻어 있었다. 텅 비어 있던 가슴에 천리향과 무궁화 내음이 가득 들어찼다. 환라는 언제 공허함을 느꼈냐는 듯 충만해졌다.

"어찌 궁에 올 생각을 다 하였는가?"

"잠드신 얼굴이라도 보고 싶어 왔습니다."

환라의 얼굴에 미소가 번졌다. 선을 긋던 저번과는 다른 모습이었으나 그저 동물의 모습으로 있어 그런 것인 줄로만 알고 대수롭지 않게 넘겼다.

그가 환라의 팔에 턱을 괴는 사이 환라는 걸음을 옮겨 침상에 앉았다.

"오늘은 사람의 모습이 아니구나."

양야가 가시에 찔린 것처럼 놀라며 환라를 보았다. 황금색 눈이 초승달처럼 가늘어졌다.

"제가 사람이길 원하십니까?"

"나는 그대가 편하길 원한다."

환라가 다시 한번 제 여우를 안고 그의 털에 볼을 기댔다. 그녀의 진심이 여실히 느껴졌으나 양야의 마음은 편치 않았다. 그도 마음 같아서는 사람의 모습으로 돌아가 환라를 안고 싶었다. 하지만 용의 기운이 강한 땅 위에서 정기를 많이 쓰면 몸이 금방 상하기 때문에 그러지 못했다.

'내가 사람이었다면 이런 고민 따위는 애당초 하지 않았겠지.'

양야는 한숨을 삼키며 환라의 품에서 늘어졌다. 축 처진 꼬리와 귀가 사랑스러워 환라의 입가에서 미소가 떠나지 않았다. 그녀는 작게 웃으며 양야의 목덜미를 어루만졌다.

"내 여우가 왜 갑자기 뿔이 났을까?"

부드러운 손길에 풍성한 꼬리가 살랑살랑 흔들렸다.

"뿔이 난 것이 아닙니다."

"그럼 왜 이리 처졌는가?"

환라의 손가락이 양야의 귀를 들어 올리듯 만졌다. 그녀의 손길에 따라 쫑긋해졌던 귀는 손이 떨어지자마자 다시 아래로 툭 처졌다. 양야는 환라의 손을 발로 끌어와 그녀의 손등 위에 턱을 올려놓았다.

"환 님이 못 주무시는 게 걱정이 되어 그렇습니다."

환라는 양야의 이마에 짧게 입을 맞춰 주고 자리에 누웠다.

"난생처음 마음이 외로워 잠들지 못하고 있었다. 그런데 네가 와 주니 마치 선물을 받은 듯하구나."

"정인이 그리워 그러셨습니까?"

제 입으로 자신이 그리웠냐고 묻다니, 참으로 뻔뻔한 질문이었다. 그러나 이상하게도 환라는 가슴이 간질거렸다. 그녀는 나지막이 웃으며 고개를 끄덕였다.

"그립다. 궁 안에 내 사람이 없으니 더욱 그립구나."

"그럼 궁으로 불러들이십시오. 언제든 올 것입니다."

"내 여우가 있으니 되었다. 이제 편히 잠들 수 있을 것이다."

그 말이 거짓은 아니었는지 환라는 얼마 지나지 않아 잠이 들었다. 양야는 가만히 누워 그녀의 얼굴을 바라보았다. 정말 몰래 와 잠든 얼굴만 보고 갈 요량으로 불까지 다 꺼트렸는데, 외롭다고 말하는 환라를 보니 발길이 떨어지지 않았다.

양야는 잠시 한숨을 내쉬고 새를 만들어 정위에게 편지를 보냈다. 며칠 자리를 비울 것이니 걱정하지 말라는 내용이었다. 편지만 달랑 남겨 두면 정위와 여란이 걱정할 게 뻔했지만 지금 양야에게 중요한 것은 환라였다. 그는 여란의 걱정 섞인 투정을 혼자 감당해야 할 정위에게 심심한 위로를 보내며, 도술로 휘장을 치고 환라의 곁에 누웠다.

밤이 지나고 날이 밝도록 방 안에는 두 개의 숨소리가 고르게 들렸다. 환라는 품에서 느껴지는 부드러운 털에 깜짝 놀라며 눈을 떴다. 날이 밝기 전에 돌아갔으리라 생각한 사람이 제 곁에 있는데 어찌 놀라지 않을 수 있을까.

'한월각은 어찌하고 여기 있는 것인가.'

환라가 걱정스러운 눈으로 양야를 보다가 그의 털을 조심스럽게 쓸었다. 그러자 샛노란 눈동자가 초승달처럼 드러났다. 환라가 기다렸다는 듯 물었다.

"돌아가지 않았는가?"

"외로우시다는 말을 듣고 제가 어떻게 가겠습니까."

환라는 기쁨으로 인해 말문이 막히는 진귀한 일을 경험했다. 그녀가 제 감동을 말로 표현하기도 전에 밖에서 공주의 기침을 확인하는 목소리가 들렸다. 환라는 그렇다고 대답하며 침상에서 일어났다.

"나는 국무 회의에 가야 한다. 기다리겠는가?"

향옥이 방 안으로 들어오는 것을 본 양야는 목소리를 내는 대신 고개를 끄덕였다.

환라는 언제나 그렇듯 머리를 하고 옷을 갈아입었다. 그리고 나가기 전에 뒤를 돌아보았다. 침대 위에 엎드려 있는 여우를 보자 천군만마를 얻은 것처럼 든든한 기분이 들었다.

"다녀오겠다."

환라는 살랑거리는 꼬리를 뒤로하고 회의에 참석했다.

그녀가 안으로 들어서자 누군가 마치 들으라는 듯 수군거렸다.

"요 며칠간은 회의에 나오지도 않으시더니 무슨 심경의 변화이시랍니까?"

"태자 자리가 여전히 탐이 나시는 모양이지요."

"떼나 쓰시지 말아야 할 텐데 말입니다."

환라는 고개를 돌려 소리가 나는 쪽을 보았다. 면포를 쓴 얼굴이 자신들에게 향했음에도 그들은 두려워하는 기색이 없었다. 이미 공주와 황후의 사이가 틀어졌다는 소문 파다했다.

그동안 대신들이 공주에게 예의를 갖췄던 것은 그녀의 등 뒤에 영로가 버티고 있었기 때문이었다.

그러나 지금은 상황이 달라졌고, 호랑이를 등에 업지 않은 여우를 두려워할 사람은 없었다. 환라는 분노하지 않았다. 다만 제 위치가 어떤지 뼈저리게 느껴졌다.

그동안 관복을 입은 자들은 모두 자신의 신하가 될 것이라 믿은 자신의 안일함 때문에 속이 쓰렸다.

'나를 섬기도록 해야 한다.'

환라는 다짐하며 자리에 올랐다.

그녀가 영로에게 인사를 올리고 나자 회의가 시작되었다. 환라는 언제나 그렇듯 별다른 말 없이 대신들이 회의하는 것을 지켜보았다.

예전에 보이지 않던 것이 눈에 보이고, 들리지 않던 것들이 들렸다. 수많은 대신 중에 대내상과 좌상을 포함한 몇 명만이 바른말을 하고 있었다. 하지만 인원이 너무 적은 탓인지 제대로 의견도 못 펴 보고 뒤로 밀리기 일쑤였다. 환라는 그 사람들을 눈여겨

보았다.

"이 이상 의논할 것이 없으면 오늘 회의는 여기서 마치겠소."

영로가 자리에서 일어나며 말했다. 다른 안건이 있어도 듣지 않겠다는 뜻이었다. 예전 같았으면 환라는 영로를 따라 일어났을 것이다. 하지만 그녀는 여전히 자리를 지키고 있었다. 의아하게 여긴 영로가 환라를 보았다. 환라는 손을 공손히 무릎 위에 올린 채 꼿꼿하게 앉아 고개를 들었다.

환라를 보던 영로가 헛웃음을 흘리며 천천히 자리에 앉았다. 그러자 기다렸다는 듯 환라가 입을 열었다.

"의논할 것이 있사옵니다."

영로의 입꼬리가 들썩였다. 그녀는 비정한 미소를 머금고 환라를 내려다보았다.

"말해 보세요."

"예부 낭중과 예부의 하급 관리가 판결을 대가로 금전을 요구하고 있습니다."

조정은 얼음물을 끼얹은 것처럼 고요해졌다. 예부 낭중은 황후의 사람인 우사정이 직접 천거하여 올린 사람이었다. 즉, 황후의 사람이라는 뜻이었다.

한 달 전까지만 해도 공주는 회의에 제대로 나오지도 않을 뿐더러 나온다 해도 벌벌 떨다 가는 것이 전부였다. 더 이전에는 그저 황후의 말에 그러겠노라 대답할 줄이나 아는 인형 같은 사람이었다. 그런 공주가 황후에게 반기를 든 것이다.

조정에는 옷 스치는 소리조차 들리지 않았다. 숨이 막힐 만도 하건만 환라는 천천히 고개를 들어 영로를 똑바로 바라봤다.

"학비를 받지 말아야 할 서당에서도 돈을 요구해 가난한 이들은 글을 배우기 어렵습니다. 덕분에 열에 아홉은 글을 읽을 줄 모른다 하옵니다. 이 일에 대하여 조정 대신들과 황후 폐하께서는 어떻게 생각하시는지 듣고 싶사옵니다."

서당에서 걷는 학비 중 일부가 황후의 주머니로 들어간다는 것을 아는 이들은 헛숨을 들이마셨다. 영로는 주먹을 말아 쥐고 시퍼렇게 뜬 눈으로 환라를 노려보았다. 환라는 흔들림이 없었다. 그녀가 물러설 기미를 보이지 않자 영로가 코웃음을 치며 한쪽 입꼬리를 끌어 올렸다.

"저는 처음 듣는 말입니다. 만약 공주의 말이 옳다면 조사해 보고 일을 바로잡아야지요."

"지당하신 말씀이십니다."

"황후 폐하의 말씀이 옳사옵니다."

여기저기에서 영로의 말을 지지하는 소리가 튀어나왔다. 영로는 싸늘한 눈으로 환라를 바라보다가 제 최측근인 능윤에게로 고개를 돌렸다.

"우상."

"예, 황후 폐하."

"그대가 도성을 둘러보고 이 일의 진위를 파악하라."

능윤이 허리를 숙여 명을 받들려 할 때였다. 환라의 목소리가 두 사람 사이에 끼어들었다.

"저는 이 일을 대내상과 좌사정이 맡았으면 합니다."

"공주."

영로가 경고하듯 환라를 불렀다. 그러나 환라의 말은 멈추지 않았다.

"중요한 일인 만큼 객관적인 자가 맡아야 하지 않겠사옵니까? 예부 낭중은 황후 폐하의 측근이 천거한 자이고 우상은 황후 폐하의 측근이 아니옵니까?"

질문으로 끝났으나 답을 기다릴 생각은 없었다. 영로가 더 들을 것도 없다는 듯이 자리에서 일어났다. 하지만 환라는 아무렇지 않다는 듯 고개를 돌려 대내상을 보았다.

"대내상. 좌사정."

"예, 공주님."

궐겸이 긴장한 기색이 역력한 목소리로 대답했다. 뒤이어 대내상도 얼떨떨함을 감추지 못하고 양손을 공손히 포개어 이마에 대고 허리를 숙였다.

"그대들이 보름 뒤까지 예부와 서당의 일을 면밀히 조사해 오라."

"명 받들겠사옵니다, 공주님."

두 사람이 다시 한번 허리를 숙이며 대답했다. 환라는 두 사람을 내려다보다가 몸을 일으켜 영로와 마주 섰다.

"그럼 회의를 끝마치겠습니다. 황후 폐하."

환라는 영로에게 인사를 올리고 양옆으로 늘어선 대신들 사이로 조정을 빠져나왔다. 뒤에서 수군거리는 목소리는 더 이상 들리지 않았다.

하지만 영로의 눈길은 조정을 떠나는 환라의 뒷모습에 집요하게 따라붙었다. 등에서 따가운 느낌이 들었으나 환라는 뒤돌지 않았다. 환라는 대전을 나선 뒤에야 긴장으로 바짝 굳어 있던 어깨에 힘을 뺐다. 걸음이 서서히 느려지더니 이내 완전히 멈췄다.

찌를 듯이 바라보던 영로의 칼날 같은 눈동자가 떠올랐다.

'마치 적을 마주한 듯한 눈이었다. 어머니가 나를 그렇게 보신 적이 있었던가?'

단언컨대 영로는 한 번도 환라를 적대한 적이 없었다. 가끔 놀라울 정도로 차갑긴 했으나 영로에게 환라는 언제나 품 안에 있는 사람이었다.

그러나 이젠 아니다.

환라는 스스로 영로의 품을 벗어났다. 그렇다고 영로를 무너트리거나 내쫓을 생각은 아니었다. 가능하다고 생각하지도 않았다. 어쨌거나 그녀는 환라의 어머니였고, 산처럼 굳건하고 거대한 존재였다.

"공주님."

옆에서 환라를 부르는 목소리가 들렸다. 환라는 몸을 틀어 아는 척을 했다.

"좌사정."

궐겸이 인사를 올리고 다가왔다.

"여쭙고 싶은 것이 있사옵니다."

"따라오라."

환라가 앞서 걷고 궐겸이 그녀의 뒤를 따랐다.

두 사람은 비원궁으로 들어섰다. 궁인이 방문을 열어 주자마자 여우가 보였다. 환라가 오는 소리를 들은 양야가 문 앞에 앉아 기다리고 있었다. 환라는 미소를 감추지 못하며 여우를 안아 들었다. 옆에 있던 궐겸이 여우를 보며 고개를 갸웃거렸다.

"여우가 왜 궁에……."

"내 여우다."

야생동물이 얌전히 안겨 있는 게 신기한지 궐겸의 눈은 양야에게서 떨어질 줄 몰랐다. 환라는 작게 웃으며 탁자로 갔다. 그리고 궐겸이 입을 열기 전에 손짓으로 향옥과 칠각을 내보냈다.

양야를 무릎 위에 올려놓은 환라가 궐겸에게 자리를 권했다.

"묻고 싶다는 것이 무엇인가?"

궐겸은 향옥과 칠각이 나간 문을 바라보다가 조심스럽게 물었다.

"왜 제게 조사를 맡기신 것인지 여쭙고 싶었사옵니다."

"그대는 내 사람이 아닌가."

"맞사옵니다."

지체없이 나오는 대답이 양야의 심기를 거슬렀다. 그는 환라의 손목에 턱을 괴며 궐겸을 노려보았으나 궐겸은 여우에게 눈길조차 주지 않았다.

다만 근심 어린 목소리로 충언했다.

"하오나 서당에서 학비를 받는 것과 예부 낭중이 뇌물을 받는 것은 공공연한 비밀이었사옵니다. 조사한다 한들 황후 폐하에게 죄를 물을 수는 없을 것이옵니다."

"어머니의 죄를 묻기 위함이 아니다. 아랫사람이 저지른 일은 우상 때처럼 꼬리를 잘라 빠져나가고 더 가까운 사람을 채우면 될 터이니."

"그럼 어찌……."

"내가 어머니의 죄를 알고 있다고 말하면 날 위해서라도 스스로 물러나실 줄 알았다."

하지만 오히려 적대감만 키워 주는 꼴이 되고 말았다. 물론 그렇다고 아무런 수확이 없는 것은 아니었다.

"또한 대신들에게 내 결심을 보여 주기 위함이었다."

궐겸이 깊이 고개를 숙였다. 연정을 떠나 환라의 힘이 되어 주고 싶었다. 그녀의 가장 가까운 신하가 되고 싶었다.

"그럼 저는 대내상과 함께 일하며 그가 공주님을 지지하도록 설득해 보겠사옵니다."

"그럴 필요 없다."

뜻밖에 대답이었다. 궐겸이 의아한 눈으로 환라를 보았다.

"하오나 대장군의 말로는 대내상이 공주님을 지지하지 않으면 태자가 되는 것은 어려울 것이라 하였사옵니다."

"알고 있다."

궐겸은 물을 것이 많은 얼굴로 환라를 빤히 바라보았다. 환라가 미소를 머금고 대답했다.

"나는 아직 대내상이 어떤 사람인지 모른다. 그런데 태자가 되고 싶다는 이유 하나만으로 그를 내 신하로 둘 수는 없다."

궐겸의 얼굴에 작은 감탄이 어렸다. 환라가 습관처럼 양야의 부드러운 털을 쓰다듬었다.

"그러니 그대는 대내상을 설득하지 않아도 된다. 다만 그의 아랫사람과 그가 어떤 성품인지 알아봐 주었으면 한다."

"공주님의 뜻대로 하겠사옵니다."

환라가 만족스럽게 고개를 끄덕였다.

몇 가지 사항에 대해 더 의논하던 궐겸은 한 식경 정도가 지나고 나자 자리에서 일어났다. 환라는 궐겸의 인사를 받은 뒤에야 뒤늦게 든 생각에 그를 불렀다.

"궐겸아."

"예. 공주님."

"궁인 정소해와 보윤이 정말 궁 밖으로 나가 고향으로 돌아갔는지 알아봐 주겠는가?"

"그리 하겠사옵니다."

"고맙다."

궐겸이 고개를 깊게 숙이고 방을 나갔다. 환라는 그제야 한숨 돌리며 면포를 뒤로 넘겼다. 얌전히 그녀의 무릎에 누워 있던 양야가 궐겸이 앉아 있던 자리를 빤히 바라보다 물었다.

"언제 이름을 부르는 사이가 되신 겁니까?"

"얼마 되지 않았다."

양야는 환라의 무릎에서 뛰어 내려와 침상으로 걸어갔다. 환라도 자리에서 일어나 그의 뒤를 따랐다. 혹 궐겸을 질투하는 건가 싶었지만 여우의 얼굴에서 표정을 읽기란 쉬운 일이 아니었다.

환라가 양야의 옆에 앉아 기분을 풀어 주려 할 때였다. 밖에서 칠각의 목소리가 들렸다.

"공주님. 황후 폐하께서 드셨사옵니다."

영로의 시퍼런 눈빛이 뇌리를 스치자 환라는 양야를 숨겨야겠다는 생각밖에 들지 않았다. 그녀는 이불을 펼쳐 양야의 몸을 가리고 침상에서 멀찍이 떨어졌다.

"안으로 모셔라."

문이 벌컥 열리고 영로가 들어왔다. 그녀의 얼굴에는 은근한 노기가 떠올라 있었다. 환라는 저도 모르게 긴장하며 마른침을 삼켰다. 인사를 올렸으나 영로는 환라에게 눈길도 주지 않고 그녀의 옆을 스쳐 지나갔다.

숙였던 고개를 들고 환라가 뒤를 돌았다. 영로가 의자에 앉아 환라를 쏘아보고 있었다.

"오늘 아주 인상 깊었습니다, 공주."

"과찬이시옵니다."

영로가 기가 막힌다는 표정으로 짧은 웃음을 터트렸다. 그녀는 환라의 얼굴을 꿰뚫을 것처럼 보다가 위협적으로 다가왔다.

환라는 뒤로 물러서지 않고 코앞까지 다가온 영로의 눈을 바라봤다. 환라의 눈빛에는 짐짓 애절한 기색이 깃들어 있었다. 영로가 제 잘못을 깨닫고 권력욕에서 벗어나길 원하는 눈빛이었다.

하지만 영로의 얼굴은 여전히 돌처럼 단단하고 차가웠다. 그녀는 환라를 가만히 바라보다가 우아한 손짓으로 환라의 어깨를 붙잡았다.

"갑자기 이러는 연유가 뭡니까? 그동안 한 번도 내 뜻에 반하지 않았던 공주가 왜 이리 변한 겁니까?"

"그때는 어머니가 옳다고 생각했기 때문입니다."

영로의 얼굴이 순식간에 일그러졌다. 환라는 갑자기 돌변한 영로의 모습에 적응할 수가 없었다.

혹시 다른 의도가 있어서 연극을 하시는 건가 싶다가도 그동안 궁 밖에서 보고 들은 평판이 떠올라 지금 보이는 모습이 본색처럼 느껴졌다.

"저야말로 어머니께서 왜 이러시는지 모르겠사옵니다. 제게 군주의 도리를 알려 주신 것도 어머니가 아니시옵니까? 지금 어머니께서 하시는 일은……."

"틀린 것이라 하지 마세요. 나는 황후입니다. 황후가 못 할 것이 어디 있겠습니까?"

"어머니!"

"겁도 없이!"

영로의 손이 매의 발톱처럼 환라의 어깨를 움켜쥐었다. 잘 다듬어진 손톱이 환라의 옷을 파고들었다.

통증이 느껴졌으나 환라는 몸을 비틀지도 인상을 찌푸리지도 않았다. 사람을 질리게 할 정도로 곧은 기백이었다.

작은 마찰에도 불꽃이 일 것처럼 주변의 공기가 바싹 말랐다. 환라가 숙이고 들어올 기색을 보이지 않자 영로가 입술을 비틀어 미소 지으며 환라의 어깨를 놓아 주었다.

"좋습니다. 좋아요."

영로는 다정한 손길로 구겨진 환라의 옷깃을 정리해 주었다.

"공주도 곧 성인이 될 터인데 제 생각대로 행동할 정도는 되어야지요."

"황공하옵니다."

"예. 황공하세요, 공주."

손을 떼어 낸 영로가 더없이 다정하게 미소 지었다. 분위기와 상반된 표정이 한 편의 연극을 보는 것처럼 극적이고 기이하게 느껴졌다.

환라는 온몸의 털이 쭈뼛 서는 것만 같았다. 저도 모르게 물러나려 하자 영로가 양손으로 환라의 옷깃을 붙잡았다.

"이 내가, 공주의 행동이 어떤 결과를 가져오는지도 똑똑히 가르쳐 줄 테니까요."

영로가 환라의 옷을 놓아주고 그녀를 지나쳐 문을 향해 걸어갔다. 생각지도 못한 선전포고에 굳어 있던 환라가 한 박자 늦게 뒤를 돌아보았다. 그녀는 떠나려는 영로의 등에 대고 말했다.

"저는 어머니와 척을 지려는 게 아닙니다."

영로가 걸음을 멈추고 가볍게 웃었다.

"공주의 의도는 상관없습니다. 나에게 대적하려 하지 마세요. 만약 계속해서 내 심기를 거스르면 큰 대가를 치르게 될 겁니다."

"부모가 잘못된 일을 하는 것을 지켜보라는 뜻이옵니까?"

"공주. 내게 필요한 것은 허수아비이지 사냥개가 아닙니다. 주인을 무는 개라면 두말할 것도 없지요."

영로에게 다가가려던 환라의 걸음이 우뚝 멈췄다. 가슴을 세게 맞은 것 같은 충격에 숨을 쉴 수도, 영로의 말을 되받아칠 수도 없었다.

영로는 환라를 뒤로하고 문을 열어젖혔다. 방을 나가는 영로의 모습이 마치 허상처럼 느껴졌다. 문이 닫히자마자 환라의 몸이 무너졌다. 자신의 허리를 감싸는 단단한 팔이 없었더라면 환라는 그대로 주저앉았을 것이다.

그녀는 밭은 숨을 내쉬며 충격에 휩싸인 얼굴로 굳어 버렸다.

"환."

이불 속에서 숨죽인 채 그들의 대화를 듣고 있었던 양야가 걱정스러운 손길로 환라를 품에 안았다. 환라는 어느새 사람으로 변한 양야의 가슴에 멍하니 이마를 기댔다.

"내가 고분고분하기에, 이용하기 쉽기에 예뻐하신 것이다. 내가 딸이어서가 아니라……. 어머니의 딸이어서가 아니라……."

미어지며 잦아드는 목소리에 양야는 애간장이 끊어지는 듯했다. 그는 한숨을 내쉬며 환라의 몸을 강하게 끌어안았다.

그의 앞섶이 환라의 눈물로 뜨겁게 젖어 들었다.

양아는 어쩔 줄 몰라 다정한 손길로 등을 쓸어 주고 그녀의 머리에 입을 맞추었다.

그러나 환라의 눈물은 한동안 멈추지 않았다.

8. 기상하는 용

잠에서 깬 여란이 늘어지게 하품을 하며 밖으로 나왔다. 그녀는 2층 난간에 기대어 일을 하는 인부들과 인사를 나눈 뒤 위로 올라갔다. 안개처럼 연기가 잔뜩 껴 있던 평소와 달리 복도의 공기는 깨끗했다.

여란은 고개를 기울이며 양야의 방문을 두드렸다.

"오라버니. 일어나셨소?"

몇 번 더 문을 두드렸으나 방 안에서는 아무런 인기척도 들리지 않았다. 여란은 더 세게 방문을 두드렸다.

"오라버니! 일어나셨느냔 말이오!"

여전히 안은 조용하기만 했다. 여란은 고개를 기울이다가

혹시 아래층에 있나 싶어 정위의 집무실로 내려갔다.

일하던 정위가 고개를 들고 여란을 보았다.

"여란 님. 일어나셨습니까?"

여란이 고개를 끄덕이고 주위를 두리번거리며 물었다.

"오라버니가 방 안에 없는 것 같은데 어디 가셨소?"

"객주님이요? 객주님은 아직 안 일어나셨는데요?"

정위가 고개를 기울이며 말했다. 두 사람은 서로를 멀뚱히 바라보다가 누가 먼저랄 것 없이 다시 양야의 방으로 올라왔다. 면포를 입가에 두르기 위해 준비하던 정위가 맑은 공기에 당황한 표정을 지었다. 그리고 이내 걸음을 빨리해 양야의 방 문을 두드렸다.

마찬가지로 인기척은 들리지 않았다. 문을 쾅쾅 두드리는 여란의 옆에서 정위가 발을 동동 굴렀다.

"쓰러지신 것 아닐까요?"

"아무래도 그런 것 같소."

"문은 잠겨 있습니까?"

여란이 모르겠다는 듯 고개를 저으며 문을 옆으로 밀었다. 조금 삐걱거리긴 했으나 문은 아무런 저항도 없이 스르르 열렸다.

정위가 냉큼 안으로 뛰어 들어가 이불을 걷었다. 하지만 이불 밑에는 아무도 없었다.

이불 밑뿐만 아니라 방 안 어디에서도 양야의 모습은 찾아 볼 수 없었다. 당황한 여란이 탁자 밑과 장롱을 열어 보았다. 탁자 밑은 텅 비어 있었고 옷가지는 그대로였다.

여란은 고개를 갸우뚱거리며 탁자 위에 있는 손바닥만 한 자개함을 열었다. 정위가 여란의 옆으로 다가오며 농을 던졌다.

"설마 거기에 숨으셨으려고요."

"혹시 모르지 않소."

기껏 농을 받아 주었건만 정위는 배은망덕하게도 제정신이 나는 표정으로 여란을 쳐다봤다. 사뭇 진지한 얼굴에 여란이 씩씩거리다가 정위의 옆구리를 팔꿈치로 쿡 찔렀다. 정위가 옆구리를 부여잡고 죽는소리를 냈으나 여란은 거들떠보지도 않았다.

"금품도 옷도 그대로이니 야반도주를 한 건 아닐 테고."

엄살이 통하지 않자 정위가 곧장 몸을 세우고 언제 곡소리를 냈냐는 듯 멀쩡한 얼굴로 입을 열었다.

"환 님을 뵈려고 새벽부터 나가신 것 아닐까요?"

"내 생각도 그렇소."

여란이 고개를 끄덕이면서 자개함을 닫았다. 그때였다. 작은 부리가 창호지를 뚫고 들어왔다가 나갔다. 여란과 정위가 창문을 바라보자 새 부리가 연신 창문을 쪼아 댔다. 그대로 두면 창호지를 모두 찢어 먹을 것 같았다.

여란이 새를 쫓아내기 위해 창문을 벌컥 열었으나 새는 떠나긴커녕 안으로 총총 들어와 발에 쥐고 있던 종이 쪼가리를 밑으로 툭 떨구고는 사라졌다.

"이 무슨 해괴한……."

"여란 님. 이것 보십시오. 객주님 필체입니다."

여란이 정위가 내미는 종이를 들여다보았다. 그 위에는 일이 있어 며칠 자리를 비우니 걱정하지 말라는 말이 쓰여 있었다. 이리저리 뜯어봐도 양야의 필체가 확실했지만 여란은 석연치 않은 얼굴이었다.

"납치라도 당한 거 아니오?"

"객주님을 어디에 쓰겠다고 납치까지 하겠습니까? 그냥 놀러 나가신 거겠죠."

"하긴. 오라버니 같은 비실비실한 사람은 데려가 봤자 짐만 되지."

여란이 고개를 끄덕이며 서신을 접어 자개함 안에 아무렇게나 넣어 놓았다. 그들이 양야의 방문을 닫아 놓고 아래로 내려오고 있을 때였다.

갑자기 한월각의 문이 거친 소리를 내며 열렸다.

그 소리가 얼마나 큰지 위층까지 울릴 정도였다. 여란은 정위를 힐끗 보았다가 걸음을 빨리해 1층으로 내려왔다.

인부들이 술병을 손에 쥔 채로 비틀거리는 태식을 내쫓으려 하고 있었다. 여란은 콧김을 내뿜으며 팔을 걷어붙였다. 그러자 정위가 화들짝 놀라며 여란의 허리를 붙들었다.

"두면 아저씨들이 쫓아 주실 겁니다. 일 크게 벌이지 말고 가만히 계세요, 여란 님."

정위가 여란을 말리는 사이 태식은 취기에 흐려진 눈을 희번덕이며 고개를 홱홱 돌렸다. 마치 뭔가를 찾고 있는 듯했다.

"어딨어. 그년 어딨어?!"

태식의 거친 손길에 인부 몇 명이 나뒹굴었다. 그는 멈추지 않고 인부들의 손을 기어이 뿌리쳤다. 그리고 탁자를 뒤엎거나 옮기던 짐들을 발로 찼다.

"당장 나와! 아니면 여기도 확 불 질러 버릴 테니까!"

술에 취해 어눌해진 발음으로 소리 지르던 태식이 술을 벌컥벌컥 들이켰다. 넘어진 동료를 추스르던 인부들이 말을 주고받았다.

"뭐야 이 미친놈은?"

"물건 망가트리기 전에 빨리 내쫓자고."

인부 서너 명이 눈빛을 주고받고 다시 태식에게 다가갔다. 하지만 그들의 손은 태식에게 닿지 못했다. 태식은 제게 뻗어진 손들을 보자마자 들고 있던 술병을 탁자에 내리친 탓이었다. 쨍그랑! 하는 소리와 함께 술병이 날카롭게 쪼개졌다.

태식은 도자기 조각을 칼처럼 휘두르며 시뻘겋게 핏대가 선 눈을 이리저리 굴렸다.

"쥐새끼처럼 어디에 숨은 거야! 당장 안 나와?! 안 나오면 이 새끼들 다 죽여 버릴 거야!"

여란의 화가 머리끝까지 뻗쳤다. 그녀는 저를 붙드는 정위의 손을 떼어 내고 성큼성큼 태식의 앞까지 갔다. 태식이 깨진 술병을 겨눈 채 비틀거리며 여란에게 다가왔다.

"네년 때문에 나는 황후 폐하께 버림받았다! 내 친우들은 다 도망치거나 미쳤어. 다 네년 때문이야. 다른 놈? 년? 그건 또 어디 갔냐? 어? 그년까지 데려와!"

여란의 얼굴 위로 독한 술 냄새가 훅 끼쳤다. 여란은 인상을 찌푸리며 서 있다가 술병을 휘두르는 태식의 손을 잡고 순식간에 주먹을 날렸다. 안 그래도 비틀거리던 몸이 볼을 강타하는 충격을 이기지 못하고 뒤로 나뒹굴었다.

"아까부터 자꾸 이년, 저년. 거슬려 죽겠네. 술을 마셨으면 집에 가서 발 닦고 잠이나 잘 것이지 왜 여기 와서 행패야?"

여란이 쓰러져 있는 태식의 손에서 날카로운 술병을 빼앗아 멀리 던져 버리고 발로 그의 몸을 툭툭 건드렸다. 뒤에서 벌벌 떨고 있던 정위가 놀란 고양이처럼 펄쩍 뛰더니 한걸음에 달려왔다.

"죽었습니까? 죽이셨습니까?!"

정위가 여란의 어깨를 잡고 거칠게 흔들었다.

"죽이긴 누가 죽였다고 그러오!"

여란이 억울하다는 듯 소리쳤지만 정위는 재빨리 주저앉아 태식의 숨을 확인했다. 당연하게도 번태식은 멀쩡히 숨을 쉬고 있었다. 여란은 얄미워 죽겠다는 표정으로 정위의 뒤통수에다 대고 때리는 시늉을 하다가 옆에 서 있는 인부에게 머쓱하게 부탁했다.

"아저씨. 이 새끼 좀 번준철 장군댁 앞에 버리고 와 주시오."

여란의 말에 체격 좋은 인부가 껄껄 웃으며 태식을 들쳐 맸다. 정위가 여란의 뒤에 숨어 축 늘어진 태식이 달랑달랑 흔들리며 실려 나가는 것을 쳐다보았다. 여란이 헛웃음을 삼키며 몸을 비틀어 정위의 손을 떨쳐 냈다.

"내 뒤에 숨으면 그 멀대 같은 키가 가려지오?"

"여란 님 뒤에 있으면 이상하게 안심이 됩니다. 여란 님 성 깔 때문에 제가 안 보일 것 같아서요."

"뭐요? 성깔?"

"성깔요? 누가 그런 말을 했답니까? 참고로 저는 아닙니다. 저는 성품이라고 했습니다."

뻔뻔한 대답에 여기저기서 웃음이 튀어나왔다. 여란은 기어이 정위의 머리를 휘어 감고 팔로 조였다. 비명을 지르는 정위에게 응원을 건네며 인부들은 각자의 일로 돌아갔다.

겨우 풀려난 정위가 몸을 확 돌려 입구로 향하는 여란의 뒤를 잰걸음으로 쫓아갔다.

"어디 가십니까?"

"대장군 댁에 다녀오겠소."

"가지 마십시오. 그놈이 여란 님이 안 계실 때 또 찾아오면 어떡합니까?"

"무서우면 대단한 성깔을 가진 사람 뒤에 숨어 계시오."

여란은 제 뒤에 숨으려는 정위를 피해 뛰듯이 걸어 한월각 밖으로 나왔다. 등 뒤에서 조심히 다녀오라는 정위의 목소리가 들렸다. 여란은 손을 한 번 흔들어 주고 말 두 필을 빌려 숲으로 향했다.

대장군 댁에 가기 전에 환라에게 들러 그녀를 데려갈 생각 이었다.

마침 환라도 대장군을 만나기 위해 밖에 나와 있었다. 대장 군을 제 사람으로 만들기 전에 이야기를 나누고 싶었다. 마침 여란이 대장군과 연이 깊고, 자리를 주선해 주겠다 넌지시 말한 적이 있으니 그녀에게 부탁할 생각이었다. 옷을 갈아입고 한월각으로 가려는데 여란이 먼저 찾아온 것이다.

"형님 계시오?"

환라가 매무새를 정리하고 문을 열었다. 여란이 활짝 웃으며 환라에게 다가오다가 여우를 발견했다. 부드러운 털이 살랑이자 여란이 눈을 빛내며 여우에게 다가갔다.

하지만 근처에 가기도 전에 양야는 몸을 번쩍 일으켜 환라의 옆으로 도망쳐 버렸다.

여란이 입술을 삐죽이며 툇마루에 앉아 여우 꼬리를 눈으로 좇다가 환라를 보았다.

"대장군께 가려는데 함께 가시겠소?"

"안 그래도 오늘 찾아가려 했다."

"나랑 통하였소."

"그렇구나."

환라가 작게 웃으며 여우를 안아 들었다. 두 사람은 말에 올라 빠르게 숲을 벗어났다. 사람이 많은 곳에 도착하자 여란과 환라는 속도를 늦췄다. 여란이 길을 알기에 그녀가 앞장서고 환라는 그 뒤를 따랐다. 심장박동처럼 일정하게 진동하는 말발굽 소리를 들으며 환라는 고삐를 꽉 움켜쥐었다.

'여란을 천거해 달라 부탁한 뒤 정체를 밝히고 대장군을 내 사람으로 만들어야겠다.'

환라가 속으로 다짐하던 중에 여란이 말을 멈춰 세웠다.

고개를 돌리자 일반 가정집보다 조금 큰 규모의 주택이 보였다. 황제의 신임을 받는 대장군이 사는 집치고는 검소한 크기였다. 환라가 집을 빤히 보고 있을 때 말에서 내린 여란이 다가왔다.

"들어가십시다."

환라가 고개를 끄덕이고 말에서 내렸다. 그들은 말을 하인에게 맡기고 안내를 따라 대장군이 있는 방으로 향했다.

도착하자 그들을 안내한 하인이 안에다 고했다.

"주인님. 여란 아가씨 오셨습니다."

아가씨라는 말에 여란이 진저리를 쳤지만 환라는 웃을 여유가 없었다.

이상하게도 긴장이 되었다. 그녀는 품에 있는 여우를 꼭 끌어안으며 마음을 진정시키려 노력했다. 환라의 심박 수가 평소처럼 돌아올 때까지 기다리던 양야가 폴짝 뛰어내렸다.

환라가 놀라서 바라보자 양야가 고개를 저었다. 아는 사람이 많은 곳에 들어갔다가 또 귀엽다느니 만져 보고 싶다느니 같은 말을 들을 바에야 밖에서 기다리는 것이 나았다. 대충 함께 들어가지 않겠다는 뜻이라는 걸 알아들은 환라가 양야에게 기다려 달라고 말하려던 때였다. 안에서 중후하고 낮은 목소리가 들려왔다.

"들어오게."

하인이 문을 열었다. 환라는 양야에게 대충 눈짓을 보내고 안으로 들어갔다. 검을 닦고 있던 능현이 천천히 고개를 들었다.

환라와 능현의 시선이 허공에서 맞부딪혔다.

환라는 생각보다 침착했다. 오히려 동요한 것은 능현이었다. 죽은 사람이 되살아난 것을 목도한 것처럼, 능현의 눈이 화등잔만 하게 커졌다. 환라는 대장군이 저를 알아본 것인가 싶었다. 혹시 궁에서만 쓰는 장신구를 차고 나왔나 제 몸을 내려다보았으나 평소 잠행을 나올 때와 다를 바 없는 차림새였다.

'혹시 여란이 말한 것인가? 아니다. 내가 공주인 것을 알고 있었다면 놀라지도 않았을 것이다.'

게다가 여란은 다른 사람의 비밀을 함부로 말하고 다닐 위인이 아니었다.

잠행 중에는 만난 적도 없으니, 이마에 공주라고 적어 놓지 않는 한 대장군은 환라가 공주인 것은 알아볼 수 없을 것이다.

환라는 공연히 제 이마를 손가락으로 쓸어 보며 고개를 들었다. 눈이 마주치자 능현이 환라가 서 있는 방향으로 발을 내디뎠다. 자신도 의식하지 못한 행동이었다. 이내 능현의 눈동자가 서서히 젖어 들었다. 아주 오래도록 그리워하던 이를 마주한 사람처럼 멍하니 서 있던 능현은 여란의 헛기침 소리에 뒤늦게 정신을 차렸다.

"자네가 여란이 말한 나환인가?"

"그렇, 습니다."

환라가 급하게 어미를 바꿨다. 능현은 환라의 얼굴을 보느라 이상함을 눈치채지 못했다. 그는 한동안 굳어 있다가 뒤늦게 환라와 여란에게 자리를 권했다.

여란이 환라의 옆에 바짝 붙어 앉아 작은 목소리로 물었다.

"형님. 대장군과 아는 사이시오?"

환라는 고개를 저었다. 여란은 고개를 갸웃거리며 능현을 보았다. 능현은 여전히 환라의 얼굴을 요모조모 뜯어 보고 있었다. 사람에 따라 불쾌하게 느낄 수 있을 정도로 집요한 시선이었다. 눈을 가늘게 뜨고 능현을 쳐다보던 여란이 잠든 사람을 깨울 때처럼 버럭 소리치며 그의 눈앞에 손을 휘저었다.

"대장군!"

능현이 그제야 고개를 돌려 여란을 보았다.

"형님 얼굴 뚫어지겠습니다. 왜 그렇게 보십니까?"

"……아무것도 아니네."

여란은 대장군을 응시하다가 환라를 보았다. 묘한 기분에 여란이 고개를 갸웃거렸다. 그리고 다시 환라와 대장군을 번갈아 보았다. 여란이 눈이 바쁘게 움직이자 환라가 미소 띤 얼굴로 물었다.

"왜 그러는가?"

"아니, 두 분 묘하게 분위기가 비슷하오. 흠……. 눈이 비슷하게 생긴 것 같기도 하고."

여란이 중얼거리며 환라와 능현을 이리저리 보았다. 환라는 그 말을 대수롭지 않게 여기며 고개를 돌렸다. 그러자마자 다시 능현과 눈이 마주쳤다.

"제가 친근하게 느껴지시나 봅니다."

"그런가 보네. 불쾌했다면 내 사과하겠네."

"괜찮습니다."

능현은 복잡한 얼굴로 제 얼굴을 쓸었다. 그러고는 환라의 얼굴을 언제 빤히 바라보았냐는 듯 무뚝뚝한 표정으로 돌아왔다.

"여란이에게 말 많이 들었네. 노예 매매 사건을 해결하였고 백성들의 일에도 관심이 많다지?"

"예."

"여란이는 이번 천거 때 자네를 조정으로 보냈으면 한다고 하던데, 국사에 뜻이 있는가?"

환라는 대답하지 않고 여란을 바라봤다. 여란이 눈짓으로 대장군을 가리키며 환라의 대답을 종용했다. 하지만 그 눈빛을 환라는 어서 정체를 밝히고 대장군을 제 사람으로 만들라는 것으로 이해했다. 아직 더 이야기해 보고 싶었기에 환라는 고개를 저었다.

그 고갯짓을 본 능현이 환라에게 물었다.

"천거를 받지 않겠다는 뜻인가?"

그런 뜻은 아니었으나 안 그래도 여란을 천거하려 했기에 환라는 자연스럽게 화제를 이끌었다.

"국사에는 뜻이 있으나 저는 여란이 관직에 올라야 한다고 생각합니다."

"뭐요?"

여란이 벌떡 일어나며 소리쳤다. 튀어나올 듯이 커다랗게 떠진 눈과 떡 벌어진 입을 보며 환라는 웃음을 참았다. 당황스러운 눈으로 환라를 보던 여란이 고개를 홱 돌렸다. 그녀는 능현에게 고개를 저어 보였지만 능현은 환라에게 더 말해 보라는 듯이 눈짓했다.

"제가 무슨 관직입니까! 말도 안 됩니다!"

여란이 펄쩍 뛰며 그럴 순 없다며 손을 내저었다. 하지만 환라는 여란에게 의도적으로 시선을 주지 않으며 대화를 이어나갔다.

"여란이는 옳은 것을 귀하게 여기고 불의에 분노할 줄 아는 성품을 지녔습니다. 적당한 통솔력과 백성을 아끼는 마음까지 있으니 여란이만큼 조정에 적합한 자가 어디 있겠습니까."

환라의 말이 이어질 때마다 여란의 얼굴이 서서히 붉어졌다. 정수리 위로 칭찬이 우수수 쏟아지자 여란의 고개가 익은 벼처럼 아래로 처졌다.

능현은 터질 듯이 달아오른 여란의 얼굴을 한 번 보고는 고개를 끄덕였다. 조금 욱하는 경향이 있긴 하나 여란만큼 강직한 자도 드물었다. 다른 이들과 달리 두렵다고 말을 아끼는 법도 없었다. 환라가 여란을 추천하지 않았어도 능현은 다음 기회에 반드시 여란을 천거하였을 것이다.

"허나 이미 다른 두 사람은 구해 놓은 탓에 자리는 하나뿐이네. 태학을 나오지 않은 자는 천거가 아니면 관직에 오를 수 없으니 자네는 관직을 포기해야 할 게야. 그런데 이런 기회를 놓쳐도 괜찮겠나?"

"놓치는 것이 아닙니다."

능현이 아리송하게 웃는 환라를 보다가 드물게 말이 없는 여란에게 시선을 주었다.

"여란아. 네 생각은 어떠하냐?"

여란이 숙이고 있던 고개를 치켜들며 양손을 내저었다.

"얼토당토않은 말입니다. 저는 귀족도 아니고⋯⋯."

환라가 여란의 손을 잡았다. 그러자 여란이 입을 다물고 환라를 바라보았다. 환라가 다정히 미소 지으며 거절하기 위해 뻗은 여란의 손을 내려 주었다.

"네게는 가문은 없지만 그보다 더 값진 것이 있다. 어려운 이들을 돕고자 하는 마음과 어긋난 것을 바로잡고자 하는 마음이 바로 그것이다. 조정 대신들 100명을 데려다 앞에 앉혀 놔도 그대 하나만 못할 것이다."

"형님⋯⋯."

여란이 환라의 손을 마주 잡으며 코를 훌쩍였다. 그리고 곧 환라를 와락 끌어안았다.

능현은 여란을 다독이는 환라를 유심히 보았다. 그는 환라의 맑고 올곧은 눈빛이 마음에 들었다. 가문이 멸문당했는데도 증오에 휩싸이지 않는 것은 어려운 일이다. 조정에 들어가면 복수할 기회가 생길 텐데 관직을 여란에게 양보하는 것 역시 마음에 들었다. 그건 자신의 감정보다 나라를 먼저 생각한다는 뜻이었다.

능현은 영로에게 휘둘려 일을 그르칠 뻔한 자신이 부끄러워졌다.

"괜찮다면 종종 찾아와 담소라도 나누겠나? 보아하니 내가 자네에게 배울 것이 많은 듯하네."

"과찬입니다."

환라가 겸손하게 고개를 숙였다. 능현이 흡족하게 웃으며 고개를 끄덕이고 있을 때였다. 밖에서 사람의 기척이 들렸다.

"대장군. 채령입니다."

"들어오시오."

문이 열리고 채령이 안으로 들어왔다.

"란이 왔구나. 다른 손님도 계셨네요. 진채령이라 합니다."

채령이 고개를 숙이자 환라 역시 고개를 숙여 인사를 받았다. 고개를 든 채령은 이상한 기시감을 느꼈다. 그녀는 기억이 날 듯 말 듯 한 표정으로 환라를 빤히 보았다.

"혹 우리 어디서 뵌 적이 있던가요?"

환라는 고민하다 공주인 모습으로 채령을 만난 적이 있다는 것을 깨달았다. 그러나 아직 정체를 밝힐 생각이 없었으므로 말없이 미소만 지었다.

채령은 한 번 본 사람은 잘 잊지 않는 편이었기에 환라를 어디선가 본 적이 있다고 확신했다. 그러나 환라를 떠올리는 것에 시간을 오래 할애할 순 없었다. 그녀는 일단 아리송한 기억을 뒤로 미뤄 두고 능현에게 말했다.

"대내상이 오셨는데 다음에 다시 찾아오시라 할까요?"

"먼저 온 손님이 있으니 그러시오."

채령이 고개를 끄덕이려 하자 여란이 황급히 환라의 팔짱을 끼고 옆으로 물러났다. 환라 역시 제대로 된 사람끼리 모여 나랏일을 논의하는 것을 방해할 생각은 없었다.

하지만 오늘 공주인 것을 밝힐 생각이었기에 환라는 고민에 빠졌다. 지금 밝히면 밖에 있는 대내상도 환라의 얼굴을 알게 될 터였다. 하지만 환라는 대내상에게 얼굴을 밝히기 전에 그가 어떤 사람인지 좀 더 알아보고 싶었다. 그녀는 결국 얼굴을 밝히는 것을 조금 더 미루기로 했다.

"저희는 이야기가 끝났으니 가 보겠습니다."

환라가 가자는 의미로 여란을 보았다. 그러나 여란은 어딘가 석연치 않아 보였다. 그녀는 답지 않게 갈팡질팡하다가 환라가 눈짓으로 재촉하자 능현과 채령에게 인사했다.

"그럼 저희는 가 보겠습니다."

능현이 고개를 끄덕이고 환라를 향해 말했다.

"아까 했던 말은 빈말이 아니니 꼭 들러 주게."

"예."

환라는 짧게 대답하고 여란과 함께 밖으로 나왔다. 그러자 곧바로 문가에 서 있는 대내상이 보였다.

제국에서 가장 높은 관직에 있는 사람이 문 앞에 그냥 서 있을 줄은 몰랐는지 여란이 숨을 헙 들이켰다. 그리고 놀란 눈으로 허리를 깊이 숙였다. 환라는 대내상과 눈을 마주치고 나서야 목례하고 그를 스쳐 지나갔다.

여란이 환라의 뒤를 따라오며 가슴을 쓸었다.

"자칫 잘못하면 대내상을 문전박대할 뻔하지 않았소? 대장군도 참, 꽉 막히셔서는."

여란이 투덜거리는 소리를 들으며 환라가 작게 웃었다. 그리고 문밖으로 나오며 양야를 찾아 두리번거렸다.

담장 밑 그늘에 몸을 말고 있던 양야가 환라의 향을 맡고 달려왔다. 환라가 팔랑거리는 꼬리와 귀를 보며 웃음을 터트리고는 여우를 안아 들었다. 여란이 여우를 쓰다듬고 있는 환라의 곁으로 쭈뼛쭈뼛 다가갔다.

"일이 이렇게 됐으니 어쩌오?"

"무슨 말인가?"

"졸지에 내가 관직에 오르게 생기지 않았소. 형님은 정말 괜찮으시오?"

환라는 여란이 자신의 신분 때문에 하는 말인 줄로만 알았다. 기운을 북돋아 줘야겠다는 생각에 그녀는 장난스럽게 입을 열었다.

"괜찮지 않다."

환라의 말에 여란이 고개를 끄덕였다. 그녀가 시간이 날 때 대장군에게 들러 다시 청을 올리겠다고 말하려 한 순간이었다. 심각한 여란의 얼굴을 들여다본 환라가 웃음을 터트리며 말을 이었다.

"괜찮지 않고, 더할 나위 없이 기쁘다."

"진짜…… 오라버니께 못된 것만 배우셨소."

여란은 투덜거리다가 이내 웃음을 터트렸다.

두 사람은 도란도란 이야기를 나누며 한월각을 향해서 걸었다. 대답은 곧잘 했으나 여란의 시선은 연신 여우에게로 향해 있었다. 여란은 여우를 만지려다 몇 번이나 거절당한 후에야 시무룩하게 손을 거뒀다. 그러다 좋은 생각을 떠올렸는지 환라에게 부탁했다.

"혹 여우가 새끼를 낳거든 꼭 내게 말해 주시오! 내가 보살피겠소."

아무 생각 없이 걷던 환라가 우뚝 멈췄다.

나란히 걷던 사람이 갑자기 사라지자 여란이 뒤를 돌아봤다. 그녀는 환라의 안색을 보고는 웃음을 터트렸다.

"아니, 새끼를 낳는 건 여운데 왜 형님이 얼굴을 붉히시오?"

양야가 고개를 들었다. 그러자 환라가 우아한 손으로 양야의 눈을 덮으며 다시 걸음을 옮겼다.

"……더워서 그런다."

"난 또 뭐라고. 내가 가서 정위에게 얼음물을 준비해 달라고 하겠소. 참! 그런데 이 여우는 수컷이오, 암컷이오?"

"……사내다."

여란이 동물에게는 잘 쓰지 않는 단어에 잠시 고개를 기울였지만 곧 대수롭지 않게 여겼다. 여란은 금세 다른 주제를 꺼냈으나 환라는 여전히 심장이 두근거렸다. 그녀의 품에서 그 심장 소리를 듣고 있던 양야가 손을 치워 달라는 듯 환라의 손등을 톡톡 두드렸다. 말랑하고 따뜻한 발바닥의 촉감에 환라가 잠깐 아래를 내려다보았다가 다시 얼굴을 붉혔다.

환라는 여우의 얼굴이 보이지 않게 품에 안으며 조용해진 여란에게 말을 걸었다.

"그런데 대내상은 대장군을 자주 찾아오는가?"

"아주 가끔 중요한 부탁을 할 때는 오신다 하였는데 나도 직접 뵌 것은 처음이오."

"그럼 어떤 사람인지는 잘 모르는가?"

"소문으로는 황후가 끌어내리려고 해도 흠잡을 곳이 없어서 끌어내리지 못했다고 하더이다. 그래서 아직 조정에 남아 있는 것이라고 말이오."

환라가 고개를 끄덕였다.

"확인해 보고 싶구나."

여란은 환라가 대내상이 어떤 사람인지를 왜 궁금해하는지 의아했다. 그러다 머리에 번뜩 생각이 스쳤다.

'혹시 대내상의 사람이 되어 관직에 오르시려는 걸까?'

여란도 대장군을 돕기 전에는 그가 어떤 사람인지 의심하고 궁금해했었다. 환라 역시 그럴지도 모른다. 그게 아니면 대내상이 어떤 사람인지 별안간 왜 궁금하겠는가? 다 뜻이 있어 관직을 양보한 것이라 생각하자 여란의 마음이 한결 편해졌다. 여란은 다 이해한다는 듯 고개를 끄덕였다.

"내가 돕겠소."

"좋은 계획이 있는가?"

자신 있게 소리쳤던 여란이 배시시 웃으며 입을 다물었다. 환라의 품에 안겨 있던 양야가 코웃음 치며 환라의 팔에 머리를 올려놨다. 여란이 기가 막힌다는 표정으로 양야를 쳐다봤다.

"지금 이 여우가 나를 비웃은 것이오?"

환라 역시 코웃음 치는 소리를 들었으나 양야를 위해 모르는 척했다.

여란이 씩씩거릴 기미를 보이자 환라가 다시 한번 물었다.

"그래서 계획이 있는가?"

"아! 계획!"

여란이 환라에게 다가가 그녀의 어깨에 팔을 걸쳤다.

"나에게는 없지만 한월각에는 있을 것이오."

환라가 고개를 기울이자 여란이 장난스럽게 씩 웃었다.

"정위의 잔꾀가 아주 기가 막힌다오."

여란은 성큼성큼 걸어 한월각으로 들어갔다. 1층에서 정위가 보이지 않자 그녀는 곧장 집무실 문을 열었다. 장부를 정리하던 정위가 고개를 들었다.

"여란 님 오셨습니까? 응? 환 님도 계시네요. 그리고 여우도. 여우야 안녕."

정위가 아이를 대하듯 높은 목소리로 인사하며 살랑살랑 손을 흔들었다. 양야는 한숨을 푹 내쉬고는 환라의 품에서 뛰어내렸다. 그리고 그대로 앞발로 문을 밀어 열고 방을 나가 버렸다. 정위와 여란에게 귀여움을 받으니 제 방에 가서 누워 있는 게 낫겠다는 생각 때문이었다.

물론 그 생각을 알 리 없는 정위는 자신이 인사를 하자마자 나가 버리는 여우를 보며 어리둥절하였다. 그는 문을 빤히 보다가 상처받은 표정으로 환라에게 물었다.

"혹시 안녕이 여우들 말로 꺼지라는 뜻입니까?"

"……나는 여우 말을 모른다."

정위가 입을 벌리고 작게 감탄하더니 고개를 끄덕였다. 멍한 눈으로 문을 보던 여란 역시 넋 나간 목소리로 말했다.

"심지어 문을 스스로 열고 나갔소. 문 여는 여우 봤소?"

"저거, 여우가 아닐지도 모릅니다."

정위가 의심스러운 눈으로 활짝 열린 문을 노려보았다. 환라는 괜히 뜨끔해 양야가 열어 둔 문을 닫았다. 그러자 여란이 정위의 팔을 냉큼 낚아채 그를 탁자 앞에 앉았다. 종이 인형처럼 팔랑거리며 딸려 온 정위가 의자에 털썩 주저앉았다. 환라는 웃음이 나오려는 것을 참으며 여란과 정위 앞에 자리를 잡았다.

여란이 심각한 표정으로 정위를 빤히 보았다. 호랑이 같은 눈매에 겁을 집어먹은 정위가 환라를 보았다. 구해 달라는 뜻이었지만 환라의 표정 역시 덩달아 심각해졌다. 정위가 손바닥을 바지춤에 문지르며 마른침을 삼켰다.

"환 님까지 사람 무섭게 왜 그러십니까."

"일을 하나 해 주어야겠다."

"이, 일이요?"

정위가 상체를 뒤로 빼며 팔을 교차시켜 제 몸을 가렸다.

"무, 무슨 일을 말씀하시는 겁니까?"

"대내상의 인품을 확인해 볼 만한 방법이 없겠소?"

여란의 말에 정위가 슬그머니 팔을 내리며 목을 가다듬었다.

"그 댁에서 일하는 하인들에게 물어보면 될 것 아닙니까."

"좀 더 직관적인 방법이 좋겠다."

"그럼 뇌물이라도 줘 보십시오."

"나가서 다과라도 사 오란 말이오?"

"저에게 말고 대내상에게 드리라는 말이었지만 여란 님의 말을 듣고 보니 제가 받는 게 좋겠습니다."

그러면서 정위가 뻔뻔하게 손을 내밀었다. 여란이 그의 손을 휙 치워 버렸다.

"개수작 부리지 마시오."

정위가 입을 삐죽이며 여란을 노려보았다. 그러다 그녀가 위협하듯 손을 들자 슬그머니 고개를 돌렸다. 환라가 웃음을 참으며 정위에게 말했다.

"더 자세히 말해 보아라."

"대내상은 쉽게 만날 수 있는 분이 아니니 큰 상단이나 가문의 이름을 빌려 찾아뵙고 뒤를 봐 달라거나 관직을 달라는 명목으로 돈을 권해 보면 되지 않겠습니까?"

"허나 나는 얼굴이 드러나길 원하지 않는다."

"그럼 다른 사람을 시키시고 옆에 앉아만 계십시오."

정위의 말이 끝나기가 무섭게 여란이 자리에서 벌떡 일어났다. 환라와 정위의 눈길이 자신에게 쏠리자 여란이 신이 난 표정으로 손을 번쩍 들었다.

"나! 내가 하겠소!"

"뇌물을 주겠단 말인가?"

비녀가 풀릴 정도로 고개를 세게 끄덕이며 여란이 탁자를 쾅 내리쳤다.

"내 어렸을 적 꿈이 첩자였소. 나에게 맡겨 주시오!"

정위가 고개를 저으며 얄밉게 말했다.

"저번부터 자꾸 은밀한 일에 욕심을 보이시는데 여란 님은
은밀한 일을 하기엔 너무 유명합니다."

"변장하면 되지 않소!"

"어떻게 변장할 생각인가?"

"평소에는 남장을 하니 대내상께 갈 때에는 여장을 하고
가겠소."

방 안이 순식간에 조용해졌다. 정위와 환라는 서로를 마주
보고 거의 동시에 고개를 저었다. 둘 중 누구도 긍정해 주지 않자
여란이 자리에 미끄러지듯 자리에 앉아 팔짱을 꼈다.

누가 봐도 삐진 모양새였다. 환라는 여란이 귀여워 웃음을 터
트렸다.

"란아."

여란이 입술을 삐죽이며 환라를 쳐다봤다.

"대내상이 뇌물을 받아도 때리지 않을 자신이 있는가?"

"내가 무슨 깡패인 줄 아시오?"

말은 그렇게 했지만 여란의 목소리에는 자신감이 없었다.
그녀는 이내 시무룩하게 팔을 늘어트렸다. 그리고 정위를 봤
다. 환라 역시 정위를 쳐다보았다.

가만히 두 사람의 대화를 듣고 있던 정위는 옷에 불똥이
튄 사람처럼 뒤로 물러났다.

"왜 두 분 다 저를 그렇게 보십니까?"

"그대가 해 주었으면 한다."

"저보고 뇌물을 주란 말씀이십니까?"

환라는 예부에서 있었던 일을 떠올리며 고개를 끄덕였다. 가짜 은을 마치 진짜처럼 건네던 모습이 아직 눈에 선했다.

"정위. 그대에게는 재능이 있다."

"그런 재능 필요 없습니다!"

정위가 손사래를 치며 도망치려 했다. 그러나 여란도 환라도 그를 그냥 보내 줄 생각은 없었다.

정위는 몸을 다 일으키기도 전에 여란에게 뒷덜미가 붙잡혀 다시 의자에 앉혀졌다. 그는 허탈하게 웃다가 내일부터는 무술을 배울 것이라 다짐했다.

그리고 말해 봤자 씨알도 안 먹힐 여란 말고 환라를 공략하기로 했다. 그러나 환라와 눈이 마주치자 정위는 말문이 막혔다. 환라가 말간 눈으로 물끄러미 정위를 응시하자 이상하게 압박감이 느껴진 까닭이었다.

"그, 그렇게 보셔도 안 됩니다! 잘못하면 저 정말 감옥 갑니다. 저를 감옥으로 보내시려고 그러시는 겁니까? 제가 뭘 잘못했습니까? 혹시 뭐 서운하셨던 것이라도 있으십니까? 그래도 무서워서 못 합니다! 못 하는 건 못 하는 겁니다!"

징징거리는 소리가 어찌나 큰지 제 방 침대에 누워 환라를 기다리던 양야의 귀가 다 따가울 지경이었다. 그는 기지개를 한 번 켜고 아래로 내려갔다. 환라가 여우를 안고 들어오는 것을 몇 번 봤기에, 인부들은 양야를 내쫓지 않았다. 덕분에 양야는 부엌으로 들어가 찬장 문을 열 수 있었다.

그는 찬장 안으로 들어가 상자 몇 개를 발로 치워 냈다. 그러자 고급스러운 무늬가 들어간 작은 상자가 나왔다. 저번에 바다 건너에 있는 나라에서 들여온 사탕이었다. 정위가 앉은 자리에서 한 통을 다 먹으려 하기에 숨겨 둔 것이었다.

양야는 그 상자를 입에 물고 질질 끌며 걸음을 옮겼다. 집무실 문을 열고 들어갔으나 그의 존재를 눈치챈 사람은 아무도 없었다.

"저는 못 합니다. 차라리 아무에게나 돈을 주고 시키세요!"

"연기가 어설프면 들킬 위험이 있다."

"맞소! 들키면 행동을 꾸며 낼 수도 있는데, 그러면 시험하는 의미가 있겠소?"

양야는 정위의 발등 위에 상자를 올려놓고 환라의 무릎으로 가서 엎드렸다. 뒤늦게 발등이 묵직한 것을 깨달은 정위가 고개를 숙였다.

"이건……!"

정위가 상자를 들어 올리며 감탄했다. 조심스럽게 뚜껑을 열자 달고 향긋한 냄새가 훅 끼쳤다. 황홀한 표정을 지으며 상자를 꼭 끌어안은 정위가 여우를 쳐다보았다. 양야가 꼭꼭 숨겨 둔 것을 여우가 어찌 찾았는지는 모르겠으나 방법은 중요하지 않았다. 중요한 것은 이 귀한 사탕이 지금 제 품 안에 있다는 것뿐이었다.

'코가 있으니 킁킁거리다가 찾았겠지.'

정위는 쓸데없는 생각이 흘러가도록 내버려 두었다. 그리고 상자를 열어 사탕 냄새를 맡았다. 행복한 표정을 한 정위를 향해 여란이 인심 쓰듯 말했다.

"우릴 도와주면 혼자 그 사탕을 다 먹어도 눈감아 주겠소."

정위가 상자 뚜껑을 소리 나게 닫았다. 여란과 눈을 맞춘 그가 생긋 웃었다.

"뇌물은 얼마 정도 준비할까요?"

* * *

뚝, 뚝, 뚝.

천장에서 떨어진 물방울이 바닥을 때리는 소리가 들렸다. 소해는 눈을 굴리며 제 무릎을 끌어당겨 안았다.

"나는 공주다. 나는 공주야. 지금은 나쁜 놈들에게 갇혀 있을 뿐이다. 다시 비원궁으로 돌아가면 다들 나를 우러러보고 내가 시키는 일이면 뭐든 할 거야. 좋은 옷을 입고, 금은보화든 뭐든 원하는 건 다 가질 수 있어."

물방울이 떨어지는 소리와 손톱을 물어뜯는 소리가 이리저리 뒤엉켰다.

혼란스러운 공간에 사람의 발소리가 끼어들었다.

손톱을 물어뜯는 소리가 더 빨라졌다. 발소리가 멈추자 손톱을 물어뜯던 소리도 멈췄다.

소해는 천천히 인기척이 느껴지는 쪽으로 고개를 돌렸다.

황후를 모시는 여사 최윤미가 소해의 상태를 보며 혀를 찼다. 그녀는 손바닥 두 개만 한 작은 문을 열어 안으로 음식을 넣어 주었다. 그러자 소해가 자리에서 벌떡 일어나 음식이 든 그릇을 내동댕이치듯 뒤엎었다.

"독을 탔지! 나를 독살하려는 수작인 것 누가 모를 줄 아느냐! 어머니를 모셔 와라. 어머니가 나를 지켜 주실 것이다! 어머니! 황후 폐하!"

"미쳐도 단단히 미쳤구나. 너는 공주님이 아니다. 그러니 너를 독살하려는 자도 없다."

"거짓말! 누가 속을 줄 알고? 나가면 네년부터 죽일 것이다! 내가! 네년부터 죽일 것이야!"

소해는 제 몸을 끌어안으며 덜덜 떨었다. 그러다 자리에서 벌떡 일어나 별안간 벽을 더듬기 시작했다.

"어딘가 비밀 통로가 있을 것이다. 비밀 통로가……. 여기서 나가야 해. 여기서……."

소해가 뭉개진 발음으로 중얼거리며 작은 방 안을 헤매고 다녔다. 윤미는 엎어진 음식을 보며 한숨을 내쉬었다. 소해는 여전히 작은 방 안을 날파리처럼 배회하고 있었다.

"헛된 희망 품지 말아라. 황후 폐하께서 누가 너를 찾거든 집으로 잘 돌아왔으나 정신이 온전치 못해 방 안에 가두었다고 말하는 조건으로 거액을 넘겼다. 그리고 오늘 네 부모가 돈을 받았다더구나. 네가 외면해 물에 빠져 죽은 네 친우와 네가 협박해 감옥에서 자결한 보윤이라는 궁인처럼, 너도 그리될 것이다."

윤미는 그대로 몸을 돌려 지하 감옥을 빠져나갔다. 소해는 잠시 가만히 멈춰서 있다가 다시 중얼거리며 방 안을 배회했다. 감옥 안에는 벽에 부딪쳐 돌아온 소해의 목소리와 소해만이 덩그러니 남았다.

* * *

양야는 고른 숨소리를 들으며 눈을 떴다. 옆에서 환라가 평온한 얼굴로 잠들어 있었다. 그는 앞발을 조심스럽게 환라의 볼에 얹었다.

매끈하고 새하얀 볼을 타고 흐르던 눈물이 아직 눈에 선했다. 뭉툭한 동물의 손으로는 그녀의 얼굴을 섬세하게 어루만질 수 없었기에, 양야는 이내 한숨을 내쉬며 손을 내렸다.

대신 환라의 어깨에 턱을 괴고 그녀의 얼굴을 올려다보았다. 양야는 사실 환라가 울고 난 뒤 종일 우울해할까 봐 걱정했다. 하지만 언제 울었냐는 듯 환라는 제 일을 했다. 회의에 참석하고 바쁘게 돌아다녔다. 마치 우울감을 떨쳐 내려는 듯 말이다. 그 모습이 마치 혼자 버티려고 안간힘을 쓰는 것 같아서, 양야는 가슴이 미어지는 듯했다.

'도움이 되고 싶은데.'

양야는 고심하다 자리에서 일어났다.

환라는 영로가 스스로 권력을 포기하길 원했다. 영로에게 모진 소리를 듣긴 했으나 그녀의 마음은 변함이 없었다. 비단

모녀간의 정 때문만은 아니었다. 영로가 스스로 물러나야 궁에 피바람이 불지 않고 권력이 교체될 수 있었다. 그러기 위해선 힘이 필요했다. 그 힘은 돈과 사람에게서 나온다. 환라가 대장군과 대내상을 제 사람으로 만들려는 것도 그 까닭이었다.

어떻게 하면 환라를 도울 수 있을까 고민하던 양야는 그녀가 대내상의 성품을 시험하러 가기로 했다는 것을 떠올렸다.

'한월은 큰 상단이니 이름을 빌려주면 대내상은 내가 환의 편이라는 것을 알겠지. 소문이 나면 더 좋고.'

양야는 자신이 도울 일은 이것밖에 없다고 생각했다. 그는 환라에게 입 맞추지 못하는 것을 아쉽게 여기며 그녀의 턱 밑에 머리를 비비고 궁을 빠져나왔다. 그리고 곧장 상단 사람들이 사용하고 있는 제 저택으로 향했다.

새벽이라 그런지 저택은 쥐죽은 듯이 고요했다.

양야는 도술을 사용해 소리도 소문도 없이 정위의 방으로 들어갔다. 그리고 잠든 정위의 침대 옆으로 스르르 다가갔다.

"정위야."

잠귀가 밝아 깰 줄 알았건만 정위는 미동조차 없었다. 양야는 색색거리는 숨소리를 들으며 정위를 내려다보다가 이번엔 조금 더 큰 소리로 정위를 불렀다.

"윤정위."

하지만 역시나 정위는 미동조차 없었다. 양야는 정위를 흔들어 깨울지, 일어날 때까지 기다릴지 고민하며 서 있었다.

그사이 정위가 몸을 뒤척이더니 스르르 눈을 떴다. 장승처럼 솟은 검은 그림자가 잠이 덜 깬 정위의 시야에 가득 찼다. 그는 양야의 형상을 보며 눈을 깜빡이더니 이내 눈을 번쩍 뜨고 비명을 질러 댔다.

"으아아악! 악! 으악!"

커다란 소리가 방 안을 쩌렁쩌렁하게 울렸다. 다른 사람들이 뒤척이거나 잠에서 깨는 소리가 양야의 귀에 또렷이 들렸다.

'이러다간 다 깨우겠군.'

양야가 태평한 생각을 하는 사이 겁에 질린 정위는 베개를 검처럼 움켜쥐며 소리쳤다.

"귀신, 귀신이면 물러가고! 사람이면……."

"사람이면?"

양야가 웃음기 어린 목소리로 되물었다. 하지만 겁에 질린 정위는 양야의 목소리를 알아듣지 못했다.

"사, 사람이면……. 사람, 사, 사람이어도! 그래도 물러가라!"

정위가 덜덜 떨리는 목소리로 소리쳤다. 양야는 작게 웃으며 습관처럼 곰방대를 입에 물기 위해 품을 더듬었다. 그가 품에 곰방대가 없다는 것을 눈치챘을 즈음 문이 벌컥 열렸다.

"정위! 무슨 일인가!"

"도둑이라도 들었어요?"

우르르 몰려온 사람들이 저마다 무기 같은 것을 들고 소리쳤다. 그들이 들고 온 등불이 방 안을 비추자 정위는 그제야 양야를 알아보았다.

"객, 객주님?"

"이제야 알아보는구나."

양야는 웅성거리는 사람들은 손짓으로 물리고 의자에 앉아 팔걸이에 몸을 기댔다. 특유의 권태로움이 느껴지는 자세였다. 그러나 정위는 쉽게 의심을 거두지 않고 여전히 침상 위에서 이불을 끌어안고 있었다.

"객주님이 여긴 어인 일이십니까? 그것도 이 새벽에?"

"여긴 내 집이란다."

너무 옳은 말이라 뭐라 대답할 길이 없었다. 정위는 고개를 끄덕이려던 것을 멈추고 눈을 가늘게 떴다.

"객주님은 며칠간 자리를 비우신다고 하셨습니다."

"그러려 했는데 대내상에게 뇌물을 준다는 말이 들려서 말이다."

잘못한 것이 있는지라 정위가 어깨를 떨었다. 그는 배시시 웃으며 무마하려다가 갑자기 정색했다.

"그 일을 어떻게 아신 겁니까? 오늘 낮에 있었던 것이라 소문도 나지 않았을 텐데?"

"쓸데없는 것으로 귀찮게 굴지 말고 여기 와서 앉아 보렴."

양야가 다가오라고 손짓했으나 정위는 고개를 저었다. 정위가 좀처럼 의심을 풀지 않자 양야는 한숨을 내쉬며 이마를 짚었다. 두통에 시달리는 모습을 보이고 나서야 정위가 슬그머니 일어나 야생동물처럼 조금씩 양야에게 다가왔다.

"흠! 그 진짜 뇌물을 주는 건 아닙니다. 한월의 이름으로 하는 짓도 아닙니다! 상단에는 절대 해가 끼치지 않게 할 것이니 걱정하지 마십시오."

"그래서 온 것이다."

정위가 무슨 말이냐는 듯 고개를 기울였다. 양야가 짐짓 짓궂게 미소 지었다.

"너는 내일, 아니. 오늘 대내상을 찾아가거든 한월의 수석 회계로서 앞으로 한월에서 있을 거래를 잘 봐 달라 부탁할 겸 왔다고 하여라. 그리고 준비해 뒀던 재물을 드리렴. 물론 거절하면 강요하지 않아도 된다."

"설마 정말 뇌물을 주려는 겁니까?"

정위의 얼굴에 의심이 짙어졌다. 그는 다가왔던 만큼 뒤로 물러서며 양야를 유심히 보았다. 양야가 다른 사람에게 뇌물을 줄리 없다. 만약 뇌물을 주라고 한다면 제 눈앞에 있는 사람은 필시 허깨비이거나 그와 닮은 다른 사람일 것이다.

정위가 슬그머니 베개를 집어 들었다. 그러거나 말거나 양야는 턱을 괴고 입을 열었다.

"대내상은 뇌물을 받지 않을 것이다. 그러니 네가 해 줄 일은 그 이후의 일이란다."

그의 입가에 달빛처럼 요요한 미소가 걸렸다.

* * *

"안 되겠습니다."

정위가 환라의 소맷자락을 부여잡았다.

"못 합니다! 무섭습니다!"

정위가 몸을 흔들 때마다 환라의 긴 소맷자락도 함께 펄럭였다. 환라는 격려하는 듯 정위의 손등을 토닥이면서도 대내상 댁 정문으로 다가갔다. 환라가 놓아줄 줄 알았던 정위는 배신감 어린 표정으로 그녀를 보다가 환라의 소매를 놓고 재빨리 몸을 돌렸다. 그러나 도망치기도 전에 여란에게 목덜미를 잡혔다.

"어딜 내빼려 그러시오? 받을 거 다 받아 놓고 이러시면 곤란하오?"

여란이 이가 드러날 정도로 환하게 웃으며 협박했다. 그 미소를 마주한 정위는 목덜미의 솜털이 쭈뼛 서는 것만 같았다. 여란은 고개를 젓는 정위의 몸을 대내상의 정문 쪽으로 돌려세웠다. 다리를 덜덜 떨면서도 정위는 끊임없이 얄미운 말을 내뱉었다.

"여란 님은 정말 고리대금은 하지 마십시오. 돈을 빌린 사람들이 갚기도 전에 오금이 저려 요절할 겁니다."

"지금 저 문턱을 넘지 않으면 고리대금업자가 되어 나에게 돈을 빌리게 할 것이오. 혹 오금이 저려 요절해 보고 싶소?"

물론 여란은 눈 하나 깜짝하지 않았다. 도리어 화들짝 놀란 정위가 황급히 고개를 젓고 환라의 옆에 붙었다. 환라는 정위의 어깨를 토닥이며 달랬다.

"내가 옆에 있으니 괜찮다."

정위가 마지못해 고개를 끄덕였다. 여란은 죽을상을 하고 정문을 두드리는 정위를 보며 한바탕 웃고는 환라에게 말했다.

"그럼 나는 밖에 있을 터이니 조심히 다녀오시오."

환라가 검고 얇은 천을 얼굴에 둘러 머리 뒤에서 동여맸다. 천이 눈 밑부터 빗장뼈까지를 전부 가려 주었다.

정위는 징징거리면서도 환라의 매듭을 대칭으로 고쳐 매기 위해 그녀의 뒤로 갔다.

그사이 환라는 여란에게서 뇌물 상자를 받고 앞으로 움직여 정위를 대문 앞까지 유인했다. 정위가 매듭을 대칭으로 만들었을 땐 이미 활짝 열린 대문 안으로 들어오고 난 뒤였다.

환라는 정위의 손을 떼어 내고 그의 뒤에 섰다. 조금 전까지만 해도 죽을상을 하고 있던 정위는 하인이 다가오자 언제 그랬냐는 듯 매우 점잖은 미소를 지으며 자신을 소개했다.

"대내상께 긴히 드릴 말씀이 있습니다. 만나 뵙기를 바란다고 전해 주십시오."

하인이 의심스러운 눈으로 쳐다보자 정위가 환라에게는 들리지 않을 정도로 작게 속삭였다.

"황후 폐하와 관련된 일로, 한월에서 왔습니다."

정위의 목소리를 겨우 알아들은 하인이 기다려 달라고 말하고는 안으로 들어갔다. 환라가 진귀한 장면을 목격한 사람의 눈으로 정위를 보았다. 다시 얼굴을 휙 바꾼 정위가 불쌍한 표정으로 환라에게 매달렸다.

"지금이라도 돌아가면 안 되겠습니까?"

환라는 미소 지었다. 안 통한다는 뜻이었다. 정위는 입을 삐죽 내밀고 몸을 바로 했다.

"환 님. 어째 점점 객주님을 닮아 가시는 것 같습니다."

"과찬이다."

"욕입니다."

시답지 않은 대화를 나누고 있는 그들 앞으로 하인이 다가 왔다. 하인은 대내상께서 허락하셨다고 말하며 두 사람을 안으로 안내했다.

대내상 권재화는 후원에서 차를 마시다가 발걸음 소리에 고개를 돌렸다. 정위와 환라는 그에게 인사를 올리고 권하는 자리에 앉았다. 재화는 하인이 차를 내오자마자 본론을 꺼냈다.

"황후 폐하에 관련된 것으로 나를 찾아 왔다지?"

"예."

"흠……. 자네 이름이 무엇인가?"

"윤정위라 합니다. 상단 한월의 수석 회계입니다."

한월 이야기가 나오자 환라가 놀라 정위를 바라봤다. 원래 그들의 계획은 오랫동안 천거 받지 못한 사람을 연기하는 것이었다. 한월각의 이름을 입에 올렸다가는 피해가 갈 것이 뻔한 탓이었다.

별안간 왜 계획과 다른 말을 하는 건가 싶었으나 대내상 앞에서 연유를 묻거나 말을 바꿀 수는 없는 노릇이었다. 환라는 가만히 앉아 정위가 하는 말을 초조하게 들었다.

"객주께서 항상 비싼 물건을 들여오시는데 요즘 산적이 기승이라 합니다."

"그건 나도 걱정스럽게 생각하고 있네만, 그것이 황후 폐하와 무슨 관련인가?"

"황후 폐하께서 그 산적들의 뒤를 봐주고 있다고 들었습니다. 약탈하는 놈에게도 뒷배가 있는데 저희라고 그러지 말라는 법 있겠습니까?"

정위가 생글생글 웃으며 환라의 손에 있는 상자를 가져와 탁자 위에 올려놓았다. 환라는 일단 이야기가 달라진 것을 제쳐두고 재화의 반응에 집중했다. 그의 얼굴은 뒷배라는 말이 나왔을 때부터 싸늘하게 굳어 있었다. 정위가 상자를 열어 내밀자 잠깐이지만 미간을 찌푸리기까지 했었다.

정위도 그 표정을 보았다. 금은보화를 보며 인상을 찌푸리다니. 이건 좋은 징조가 아니었다. 아마 앉아 있지 않았다면 다리에 힘이 풀려 넘어졌을 것이다. 속으로 덜덜 떨면서도 정위는 재화 쪽으로 상자를 더 내밀었다.

"어르신이 황후 폐하를 적대할 유일한 분이시라는 말은 익히 들었습니다. 부디 한월을 어여쁘게 봐 주십사 하여 약소하게나마 준비했습니다."

사근사근한 정위의 말투에도 재화의 얼굴은 여전히 얼음덩이처럼 굳어 있었다. 그는 단호하게 상자 뚜껑을 닫았다. 나무와 나무가 부딪치며 둔탁한 소리를 냈다.

"나는 이런 물건을 받는 사람이 아니네. 돌아가시게."

그러고는 자리에서 일어나 매몰차게 등을 보였다. 후원을 빠져나가면서 하인에게 손님들이 가시니 배웅하라는 말도 잊지 않았다. 환라는 만족스러운 눈으로 재화을 보다가 몸을 일으켰다.

그리고 앞서 나가며 대내상을 어떻게 제 사람으로 만들지 고민했다. 반면에 뒤따라오는 정위의 표정은 어딘가 찝찝해 보였다.

두 사람은 서로 다른 생각에 잠겨 있느라 멀리서 재화가 자신들을 지켜보고 있다는 것을 눈치채지 못했다. 재화는 두 사람이 시야에서 사라지자 제 뒤에 있는 책사에게 말했다.

"사람을 붙여 저자들이 한월로 가는지 확인하고 오너라."

책사가 고개를 깊이 숙이고 사람을 시켜 정위와 환라가 대문을 나서면 몰래 뒤따라가라 명령했다.

아무것도 모른 채 정위와 환라는 서로 다른 표정으로 대문을 나섰다. 대문 바로 앞에 있는 커다란 나무 밑에는 여란과 검은 여우가 나란히 서 있었다. 여우를 만지고 싶어 손가락을 꼼지락거리던 여란이 환라와 정위가 나오는 것을 발견했다. 그녀는 반가운 표정으로 두 사람에게 다가갔다.

양야도 자리에서 일어나다가 이상한 느낌에 고개를 돌렸다. 대내상의 하인이 정위와 환라를 따라 나오고 있었다. 하인은 환라와 정위에게 관심이 없는 것처럼 지나쳐 갔다가 얼마 떨어지지 않은 곳에서 걸음을 멈추고 몸을 숨겼다.

양야는 그가 숨어 있는 방향을 쳐다보다가 환라에게 다가가 신발을 톡톡 건드렸다. 환라가 놀란 표정으로 여우의 모습을 한 양야를 품에 안았다.

"곤히 자고 있기에 혼자 나왔는데 여기까지 어찌 찾아온 것인가?"

여우가 대답할 리 없기에 여란은 자신에게 여우가 어떻게 나왔는지 묻는 줄로만 알았다.

"나도 모르오. 여기서 형님과 정위를 기다리고 있었는데 갑자기 오더니 옆에 앉더이다. 안아 주려고 하다가 물릴 뻔했소."

여란이 투덜거리며 여우를 노려봤다. 여우가 들은 척도 하지 않자 여란이 뾰로통한 표정으로 정위를 보았다. 그는 시든 파처럼 축 늘어져 있었다. 여란은 고개를 기울이며 정위를 이리저리 살피다가 그의 어깨를 툭 쳤다.

"안에서 무슨 일이 있었길래 이불에 오줌 싼 애처럼 시무룩해 있소?"

"여란 님. 비유를 하셔도 꼭 그런 것에 하십니까."

정위가 투덜거리며 터덜터덜 걸어 여란을 지나쳐 갔다. 여란이 눈짓으로 환라에게 정위가 왜 저러냐고 물었으나 환라도 아는 게 없었다.

마음에 걸리는 것이라고는 정위가 원래의 계획과는 다르게 한월의 이름으로 뇌물을 주려고 했다는 것뿐이었다.

'설마 정말 뇌물을 주려고 한 것인가?'

만약 그런 것이라면 법으로 다스려야 할 것이다. 하지만 정확한 것은 아니었기에 환라는 모르겠다는 듯 고개를 저었다. 그리고 습관적으로 여우의 부드러운 털을 쓰다듬으며 은근히 올라오는 불안을 가라앉혔다.

"나는 약속이 있어서 가 봐야 하니 형님이 정위 좀 달래 주시오."

"걱정 말라."

"그럼 나는 가 보겠소. 여우야. 다음에 보자."

하품하던 양야가 여란의 말에 대충 꼬리를 흔들었다. 여란은 입술을 삐죽이고 환라에게도 손을 휘저어 보이며 반대 방향으로 걸어갔다. 환라는 여란의 인사를 받아 준 뒤 몸을 돌려 정위에게 다가갔다.

"정위."

발을 질질 끌며 기듯이 걷던 정위가 걸음을 멈추고 뒤를 돌아봤다. 환라가 정위의 옆으로 가서 잠깐 멈추었다가 다시 걸음을 떼자 정위가 달팽이처럼 환라를 따라갔다.

"표정이 좋지 않다."

"오늘 일로 한월에 해가 생길까 걱정돼서 그렇습니다."

"그리 걱정스러우면 왜 계획대로 하지 않고 한월의 이름을 댔는가?"

환라가 웃음기 섞인 목소리로 부드럽게 물었다. 정위는 환라가 저를 질책하는 게 아니라는 것을 알자마자 여란에게 그러던 것처럼 환라에게 매달려 징징거리려고 했다. 물론 그러자마자 양야가 이를 드러내며 으르렁거렸기에 환라의 몸에는 손조차 대지 못했다.

겁먹은 정위가 멀찍이 떨어지며 몸을 움츠렸다. 환라가 진정하라는 듯 양야의 목덜미를 긁어 주고 정위에게 가까이 다가오라고 손짓했다. 정위는 슬금슬금 다가와 다시 환라의 옆에서 걷기 시작했다.

"사실 오늘 새벽에 객주님이 찾아오셨습니다."

환라는 저도 모르게 여우에게로 흐르려는 시선을 겨우 붙잡아 정위에게 두었다.

"어디서 들었는지 모르겠는데 뇌물을 줄 때 한월의 이름을 대라는 겁니다. 그래서 제가 뇌물을 받아 주면 상관이 없지만 받지 않으면 한월각에 해가 될 수도 있다고 했는데 자꾸 한월의 이름으로 뇌물을 주라는 겁니다."

그제야 양야가 밤마실을 다녀와 늦잠을 잔 것을 안 환라가 미소 지으며 여우를 쓰다듬었다.

"그래서 그러겠다고 했는가?"

"제가 먹은 사탕이 누구 것인지 아느냐고 협박하는데 제가 별수 있습니까? 억울합니다, 진짜."

환라는 웃음을 꾹 참았다. 그 사탕은 여우가 물어다 주었다. 즉 자신이 줘 놓고 사탕을 먹었다고 협박을 한 것이다.

아무것도 모른 채 당한 정위가 안쓰럽긴 했으나 그런 요망한 짓을 한 이유가 있을 것으로 생각했기에 환라는 정위의 말을 기다렸다.

"그래서 뇌물을 준 혐의로 제가 잡혀가면 어쩌냐고 했더니 공주님의 이름을 대라는 겁니다."

"공주의?"

"예. 마침 공주님도 대내상의 성품을 시험해 보고 싶어 하신다면서 말입니다. 어차피 받지 않을 것이니 걱정하지 말라고 하셨습니다. 또, 받으면 그 자리에서 공주의 시험이었다는 것을 밝히라고도 하셨습니다."

진짜 뇌물을 주려던 것은 아니라는 뜻이었다. 게다가 환라가 곧 공주이고 양야도 그 사실을 알고 있으니 공주가 대내상의 성품을 시험해 보고 싶어 한다는 말도 거짓은 아니었다.

정위와 양야를 벌하지 않아도 되는 걸 다행스럽게 여기며 환라가 고개를 끄덕였다. 그 끄덕임을 호응이라고 생각한 정위가 목소리를 높여 가며 말을 이었다.

"공주님의 뜻을 밝히면 처벌받지 않을 것이라면서요. 아무래도 한월이 공주님에게 우호적이라는 것을 보여 주려는 것 같았습니다. 그런데 한월을 위험에 빠트리면서까지 공주님 편을 들 건 또 뭡니까?"

정위가 투덜거리는 사이 두 사람은 한월각에 도착했다. 정위는 곧장 들어가지 않고 환라의 옷자락을 붙잡았다. 그리고 여우가 으르렁거리지 않는지 힐끗 눈치를 본 뒤에 조심스럽게 말했다.

"환 님. 혹시 객주님과 결별하셨습니까?"

환라가 그게 무슨 말이냐는 듯 미소 지으며 정위를 보았다. 정위가 한숨을 내쉬며 어깨를 늘어트렸다.

"그렇지 않습니까. 객주님이 보이지 않는데 환 님은 객주님을 찾지도 않으시고……. 객주님은 갑자기 사라졌다가 새벽에 대뜸 귀신처럼 찾아와서는 공주님을 도우라고 하니까……, 혹시 객주님이 공주님께 반해서 바람을 피우신 게 아닐까 해서요."

환라는 웃음을 터트리며 한월각으로 들어갔다. 정위는 환라의 뒤를 졸졸 따라가며 분노한 목소리로 말했다.

"그저 정치적으로 공주님을 지지하는 것일 수도 있겠지만 만약 바람을 피운 것이면 꼭 말씀하십시오! 여란 님이 혼쭐을 내 줄 겁니다."

혼쭐만 난다 뿐인가. 아마 불구로 만들려 할 것이다. 정위는 저가 여란이라도 된 것처럼 허공에 주먹을 휘둘렀다. 양야가 코웃음을 치며 환라의 팔에 머리를 비볐다.

환라는 애교를 부리는 여우를 내려다보다가 1층에 있는 아무 탁자 앞에 앉았다.

"헌데 왜 들어가기 전에 말하지 않았는가?"

"환 님이 먼저 아시면 한월에 피해가 간다며 반대할 거라고 객주님께서 말씀하셔서요. 나오고 나서 설명해 드리라고 하셨습니다."

고개를 끄덕이려던 환라는 문득 든 생각에 양야를 내려다보았다. 양야는 정말 인간 세상에 관심 없는 여우처럼 저와 관련된 이야기가 나오든 말든 눈을 감고 있었다.

'정위에게 군이 설명하라고 해서 나에게 알린 이유는 만약 대내상이 정위를 뇌물 수수 혐의로 잡아가려 하거든 막아 달라는 뜻인가?'

양야의 머리를 손바닥으로 완전히 덮고 쓸어 넘기자 뾰족한 여우 귀가 손길을 따라 뒤로 젖혀지다가 다시 튕겨 오르듯 쫑긋 솟았다. 양야가 고개를 들고 샛노란 눈을 가늘게 접어 요사스럽게 웃자마자 문 쪽에서 커다란 소리가 들렸다.

쾅! 하고 문 열리는 소리였다.

정위가 신호탄을 들은 사람처럼 화들짝 놀라더니 빠르게 달려와 환라의 뒤로 몸을 숨겼다.

"죄인 윤정위는 순순히 나와라!"

정위가 환라의 옷자락을 움켜쥐고는 당장에라도 엉엉 울 것 같은 목소리를 내며 발을 동동 굴렀다.

"제가 이럴 줄 알았습니다. 이럴 줄 알아서 싫다고 한 거였습니다!"

환라는 정위의 손등을 토닥이고 양야를 탁자 위에 내려놓았다. 양야는 샐쭉하게 웃고는 탁자 아래로 내려오더니 어디론가 뛰어가 버렸다. 그 모습을 보던 정위는 탁자 밑으로 기어들어 갔다.

"저것 보십시오. 영물도 불길함을 느끼고 도망치지 않습니까!"

정위의 말이 끝나기가 무섭게 재화가 문 안으로 들어왔다. 그의 뒤로 소유들이 우르르 쏟아져 들어왔다. 한월각 안의 사람들은 모두 하던 일을 내려놓고 소유와 재화의 앞을 가로막았다.

"도대체 우리 회계가 무슨 짓을 했다고 이러십니까?"

재화가 냉철한 얼굴로 답했다.

"대내상인 나에게 뒤를 봐 달라며 뇌물을 주려 했네."

대내상이라는 말에 인부들이 서로의 눈치를 보며 웅성거렸다. 높은 분의 앞을 함부로 막아설 수 없었기에 몇몇 사람들은 뒤로 물러나기도 했다.

하지만 평소 정위와 가깝게 지내던 자들은 비키지 않았다.

"정위는 그런 아이가 아닙니다."

"맞습니다. 뭔가 오해를 하신 것 같습니다."

"정위는 담이 작아 나쁜 짓도 못 해요!"

인부들이 호소했으나 재화는 꼼짝도 하지 않았다.

"안을 뒤져 장부를 압수하라. 뇌물을 나에게만 주지는 않았을 것이다."

재화의 말에 소유들이 사람들을 밀치고 안으로 들어가려 했다. 정위는 사람들이 다치는 것을 원치 않았기에 젖은 얼굴로 탁자 밑에서 나와 소유들 앞으로 뛰어갔다.

"제가 전부 말하겠습니다! 그러니 아무도 다치지 않게 해주십시오."

재화가 고개를 끄덕이자 소유들이 거친 행동을 멈췄다.

"대내상. 다 오해이십니다. 공주님께서 대내상의 성품을 시험해 보고 싶다고 하시며 제게 뇌물을 주어 보라고 하셨습니다."

"내가 그 말을 어찌 믿는가?"

"그건 객주께서……."

"네 말이 사실이면 객주라는 자를 데려와라."

주변이 다시 소란스러워졌다. 객주가 다른 일로 며칠간 자리를 비웠다는 것을 모두 알고 있었던 까닭이었다. 정위의 안색이 새하얗게 질렸다. 소유들은 재화의 말이 떨어지면 언제라도 안으로 들어갈 듯 움직였다. 환라는 양야가 사람의 모습으로 돌아와 소란을 수습하기 위해 떠난 줄 알고 기다렸으나 그의 모습은 보이지 않았다.

저렇게 무서워하는 정위를 감옥에 보낼 수는 없는 노릇이었기에 환라는 몸을 일으켰다. 가만히 있던 사람이 갑자기 움직이자 인부들이 몸을 비켜 길을 내주었다.

환라는 눈 밑만 가리고 있던 면포를 밑으로 잡아당기며 재화의 앞에 섰다.

"객주는 올 필요가 없다."

재화가 익숙한 목소리에 고개를 돌렸다. 매듭이 풀어지며 검은 면포가 바스스 흘러내렸다. 환라는 손에 든 면포를 다시 뒤집어써 얼굴을 완전히 가렸다. 그 모습을 알아본 재화의 눈이 화등잔만하게 커졌다.

"정위의 말에는 한 치의 거짓도 없으니."

의심할 여지조차 없었다. 재화가 들은 것은 분명 공주의 목소리와 말투였다. 재화는 익숙함을 느끼면서도 제 생각을 의심했다.

'공주님을 흉내 내는 건가?'

하지만 그럴 가능성은 희박했다. 공주는 별궁 밖으로 나온 지 2년밖에 되지 않았다. 나오고 나서도 폐쇄적인 생활을 했기에 직접 대화를 나눠 본 사람은 손에 꼽을 수 있을 정도였다. 상시 환라의 곁을 지키는 사람도 향옥과 칠각밖에 없었다. 그마저도 입이 무거운 자들이었다. 공주를 흉내 내고 싶어도 정보가 부족해 실패할 것이다.

"정말……."

공주님이시냐고 재화가 물으려던 찰나였다.

"무슨 소란입니까?"

하얀 연기를 이끌며 내려온 양야가 환라의 뒤로 다가왔다. 하지만 재화의 시선은 환라에게 고정되어 있었다. 인부들만이 양야를 부르며 환한 표정을 지을 뿐이었다.

"객주님!"

객주라는 말이 들리자 재화가 잠깐 고개를 돌려 양야의 얼굴을 확인했다.

그러나 그는 다시 고개를 돌렸고, 당장에라도 환라에게 정말 공주님이 맞느냐고 물을 것 같았다.

양야가 뒤늦게 내려온 것은 대내상이 스스로 한월과 환라가 긴밀한 관계라 생각하길 바라서이지 환라의 정체가 만천하에 알려지길 바라서가 아니었다. 환라가 공주인 것을 인부들이 알면, 그녀가 올 때마다 인사를 드리고 대접을 한다며 소란을 떨 게 뻔했다. 양야는 연기를 훅 뿜어 다른 사람의 시선을 미혹시킨 뒤 환라의 귓가에 속삭였다.

"안에서 말씀을 나누시는 게 어떠하겠습니까? 여긴 듣는 귀가 많습니다."

환라가 고개를 끄덕이고 몸을 돌렸다. 양야가 재화를 향해 말했다.

"안으로 들어오시지요."

"알겠네."

재화는 자신을 따라온 지사와 소유들에게 기다리라고 말한 뒤

양야를 따라 들어갔다. 그리고 의심이 가시지 않은 눈으로 환라를
바라보다가 자리에 앉았다.

"정말 공주님이십니까?"

"그렇다."

"제가 어찌 믿을 수 있겠습니까?"

그렇게 말하는 사람치고는 어투가 공손했다. 공주라는 것
을 믿지 않는다면 대내상이 말을 높일 리가 없었다. 환라는
작은 의심만 지워 주면 되겠다는 생각에 면포를 살짝 들어 올렸
다. 그러자 뒤에 서 있던 양야가 대신 그녀의 면포를 걷어 주었
다. 윤곽이 비칠 정도로 얇고 까만 너울이 새하얀 연기와 뒤섞이
며 커다란 손 위로 흘러내렸다.

그 밑으로 환라의 얼굴이 드러나자 재화의 눈이 커다랗게 떠졌
다. 마치 무덤에서 막 걸어 나온 사람을 보는 듯한 얼굴이었다.

환라는 그저 처음 보는 공주의 얼굴에 놀란 것이라 여기며
미소 지었다.

"이 얼굴을 궁에서 본다면, 믿겠는가?"

당당한 환라의 말에 재화의 의심은 완전히 걷혔다. 그는 자리
에서 일어나 인사를 올렸다.

"대내상 권재화. 공주님께 인사 올리옵니다."

"일어나도 좋다."

환라가 서 있는 재화에게 다시 자리를 권했다. 그는 환라의 손
짓에 따라 의자에 앉았으나 주름진 얼굴에 갑자기 호의가 생기는
일은 없었다. 오히려 더 불편하고 혼란스러운 얼굴이 되었다.

"갑자기 저를 시험하신 연유가 무엇이옵니까?"

"그대가 폐하께 진언하는 것을 들었다. 해서, 그 말이 진심인지 확인하고 싶었다 한다면 답이 되겠는가?"

"태자가 되시려는 겁니까?"

"그렇다."

재화는 환라의 저의를 이해할 수가 없었다. 이제껏 공주는 황후에게 순종적인 모습을 보였다. 제 의견을 곧잘 말하긴 했으나 대부분 이상적인 것들뿐이었다.

그러다 어느 날 돌변해 사치스럽고 방탕하게 생활하며 궁인을 괴롭히더니, 이번엔 또 제정신으로 돌아와 황후와 대적하려는 듯이 보였다.

솔직히 말하자면 제정신인 것 같진 않았다. 태자가 되겠다는 말도 단순한 욕망이나 변덕에서 비롯된 것일지도 모른다. 하지만 섣불리 판단하기에는 환라에 대해 모르는 것이 너무 많았다.

"도대체 무슨 생각이신 겁니까?"

칠각이 들었다면 기함을 터트릴 정도로 무엄한 말투였다. 달포간의 일로 보아 공주는 제 체면을 매우 중시하는 성격이었다. 그렇기에 재화는 환라가 버럭 호통치며 자리를 박차고 일어날 줄 알았다. 하지만 환라는 곧은 눈으로 재화를 바라볼 뿐 분노하지 않았다.

"말하지 않았는가. 태자가 되려 한다."

"그러니 갑자기 왜 그런 생각을 하셨느냐 말이옵니다."

"갑자기가 아니다. 태자의 자리는 언제나 내 것이었다. 그것이 변하리라 생각지 않았기에 알려야 할 필요성을 못 느꼈을 뿐. 허나 달포간 궁 밖을 둘러보며 현실을 깨달았다."

달포면 공주가 이상해진 기간과 일치한다. 재화는 환라의 말에 의아함을 느끼며 탁자를 내려다보았다. 그러고 보니 한월의 사람들과 공주는 긴밀한 사이인 것 같았다. 그 말인즉, 공주가 제법 여러 번 한월각을 나오며 친분을 쌓았다는 것이다.

'설마 그동안 몰래 잠행을 다니신 건가? 달포 동안의 일은 공주의 대역이 저지른 것이고?'

그렇다면 모든 게 설명이 된다. 턱수염을 쓸며 고개를 끄덕이던 재화의 눈이 양아에게 닿았다.

재화는 다시 턱수염을 쓸며 침음했다. 공주는 평소 좌사정 이궐겸과 친밀한 사이를 유지했다. 이궐겸은 대장군과 손을 잡았고, 대장군의 측근인 남장한 홍 씨는 한월각을 제집처럼 드나들었다. 그러니 한월과 긴밀한 관계인 공주 또한 대장군을 알고 있을 가능성이 컸다.

재화는 대장군이 했던 말을 떠올렸다.

'황후의 군대를 찾는 걸 도와 달라고 했었지. 큰일이 생기기 전에 황후의 세력을 무력화해야 한다고 말이야.'

어쩌면 군사를 모아 황후를 쫓아내려는 일 자체를 공주가 계획한 것일 수도 있었다.

하지만 그렇다기엔 한 가지가 걸린다. 대장군이 태자로 추대하려는 것이 공주가 아니라는 점이었다. 그런데 공주는 태자가 되겠다고 하니 재화는 혼란스러웠다.

'도대체 뭐가 어떻게 흘러가는 것인지……'

속 시원하게 군사를 모으는 것이 공주님의 뜻이냐고 묻고 싶었으나 자칫 잘못했다가는 역모를 알고도 함구한 죄로 끌려가고 말 것이다.

재화는 턱수염을 쓰다듬으며 고심했다.

환라는 심각한 표정을 한 재화에게 말했다.

"어머니는 옳지 못한 일을 하고 계시다. 나는 어머니를 물러나게 할 것이다."

빈 탁자만 내려다보던 재화가 고개를 들었다. 공작의 것처럼 고아한 눈매가 제게로 향하자 재화는 아주 오래전에 세상을 등진 한 여인과 다시 마주한 느낌이었다.

그러나.

"그러니 그대는 내 사람이 되어라."

환라가 말을 내뱉자 재화의 머릿속에서 그 여인은 사라졌다. 환라에게서 그 여인에게 없던 권위가 느껴진 탓이었다. 그녀의 눈빛은 오히려 영로와 더 닮아 있었다. 하지만 사람의 기백 하나로 모든 것을 판단할 수는 없는 노릇이었다.

"저는 황후 폐하께 대적하실 만한 분을 원합니다. 지금은 공주님이 적합하신 분인지 모르겠사옵니다."

유일한 적통인 공주의 자격을 의심하는 말이었다. 모욕감을 느낀 환라가 벌을 내린다 해도 재화는 할 말이 없었다. 하지만 환라는 잔물결이 이는 호수처럼 미소 지으며 재화의 눈을 똑바로 바라봤다.

"곧 알게 될 것이다."

재화가 턱수염을 쓰다듬으며 환라의 미소를 유심히 바라봤다. 환라는 요즘 들어 제 얼굴을 뚫어지게 보는 사람이 많다고 생각하며 재화에게 물러가 보라고 손짓했다.

재화가 자리에서 일어나 인사를 올리고 방을 나갔다. 일이 해결되고 둘만 남자 환라는 양야를 향해 돌아앉았다. 이제 곧 궁으로 돌아가야 하니 사람의 모습인 양야와 오순도순한 시간을 보낼 생각이었다.

그러나 그녀의 계획은 문이 벌컥 열리자마자 사라져 버렸다.

"환 님! 객주님!"

얼굴이 눈물로 흥건하게 젖은 정위가 방 안으로 뛰어 들어와 양야에게 매달렸다.

"왜 한월각에 계십니까! 왜!"

"내가 오지 않길 바랐느냐?"

"……왜 이렇게 늦게 내려오셨습니까! 무서워 죽는 줄 알았습니다."

양야가 하얀 연기를 뱉으며 정위의 손을 떨쳐 냈다. 정위는 양야에게 징징거리다가 고개를 돌려 환라를 봤다.

"그런데 도대체 무슨 말을 했기에 대내상께서 그냥 돌아가신 겁니까?"

환라는 자신이 공주인 것을 정위만 모른다고 생각했다. 마침 대내상의 일도 있었으니 지금이 공주인 것을 밝힐 기회였다. 이

참에 말 할 생각으로 입을 열려는데 양야가 그녀의 손을 잡았다.

환라가 고개를 돌리자 양야가 작게 고개를 저었다. 정위의 성격상 환라가 공주인 것을 알면 오두방정을 떨 것이 뻔했다. 아부를 떨며 엉겨 붙을 걸 상상하니 벌써 심기가 불편했다.

양야가 다시 고개를 젓자 환라는 일단 끄덕였다.

두 사람 사이에 오가는 소리 없는 대화들을 보던 정위가 환라의 옆에 앉았다. 그는 여란처럼 눈을 가늘게 뜨고 환라의 얼굴을 빤히 바라보았다.

"혹시 환 님이……."

의미심장한 어조에 환라가 호기심 어린 눈으로 정위를 보았다. 그녀는 자신이 공주인 것을 정위가 알아차린 건가 싶었다. 직접 말하진 않겠지만 정위가 공주냐고 물어보면 부정하지 않을 생각이었다. 환라가 미소 띤 얼굴로 빤히 바라보자 말꼬리를 길게 끌던 정위가 눈을 번쩍 뜨며 물었다.

"공주님과 아는 사이십니까? 정말 공주님이 시킨 일이라 대내상이 그냥 돌아가신 겁까?"

살짝 빗나간 추측에 환라가 웃음을 터트렸다. 양야는 환라의 옆에 앉아 장난기 어린 눈으로 물었다.

"그럼 내가 공주님과 바람이라도 피운 줄 알았느냐?"

정위가 뾰족한 것에 찔린 사람처럼 몸을 움찔거리더니 쩔쩔매며 과장되게 양손을 내저었다.

"바람은요! 객주님이 어디 그럴 분입니까?"

"전날 밤 나를 오물 덩어리처럼 쳐다보기에 그리 생각하는 줄 알았는데?"

"제가요? 오물요? 보물을 잘못 말씀하신 것이지요?"

정위가 기겁하며 손을 내저었다. 양야는 하얀 연기를 내뿜어 미소를 가리며 정위를 살살 약 올렸다.

양야의 짓궂은 질문에 해명하느라 진땀을 빼는 정위를 보며 환라가 맑은 웃음을 터트렸다. 정위는 그 틈을 타 도망치듯 밖으로 나가 버렸다. 공주와 환라를 연관 지었던 것은 이미 잊힌 지 오래였다.

다시 둘만 남게 되자 양야는 만족스러운 얼굴로 환라의 어깨를 감쌌다. 눈이 마주치자 요염한 눈매가 가늘게 휘어졌다. 환라는 그제야 양야가 고의로 정위를 당황하게 만들어 내쫓았다는 것을 깨달았다.

"못됐다."

"정위가 사실을 알면 환이 한월각에 오실 때마다 융단을 깔고 꽃을 뿌렸을 겁니다. 걸을 때마다 절을 올릴지도 모릅니다. 그래도 알아차리게 두시겠습니까?"

"……정위가 섭섭해하지 않을 때까지만 숨기겠다."

양야가 곰방대를 내려놓으며 환라의 이마에 입을 맞춘 채 작게 웃었다. 환라 또한 고개를 돌려 아무 곳이나 입술이 닿는 대로 입을 맞췄다. 옷 위를 스치는 입술에 감질이 난 양야가 환라의 볼을 잡고 제 쪽으로 당겼다.

"그리웠습니다."

매일 붙어 있어 놓고 무엇이 그리웠다는 것인지는 모르겠으나 듣기엔 달콤한 소리였다. 환라는 아무 말 하지 않고 붉게 벌어지는 양야의 입술을 보며 눈을 감았다.

젖은 혀가 환라의 아랫입술에 먼저 닿았다. 이내 양야의 입술 사이로 환라의 아랫입술이 빨려 들어갔다. 양야가 고개를 비틀자 환라의 허리가 불편하게 꺾였다. 그녀가 작게 미간을 찌푸리자마자 양야가 입을 떼지 않은 채 자리에서 일어나 환라를 번쩍 안아 들었다.

"음······!"

환라가 깜짝 놀라 눈을 떴다. 지척에서 차양 막 같은 속눈썹 밑으로 반쯤 그늘에 잠긴 눈동자가 장난스럽게 빛났다. 동시에 환라의 엉덩이 밑으로 단단한 허벅지가 느껴졌다. 양야가 환라를 제 무릎 위에 앉힌 것이었다. 일전과는 다른 느낌에 환라는 당황했다.

"이게 무슨······."

환라가 말끝을 흘리며 양야의 시선을 피했다. 새하얀 얼굴에 피어오른 홍조가 봄눈 사이에 핀 매화처럼 고왔다. 양야의 한 손이 뱀처럼 미끄러져 환라의 허리에 휘감겼다. 그리고 다른 손으로 환라의 턱 밑을 부드럽게 끌어 저와 눈을 맞추게 했다.

"싫으십니까?"

환라는 제가 짚고 있는 양야의 어깨를 내려다보았다. 그의 어깨는 손 두 개를 나란히 올려도 넉넉할 정도로 넓고 단단했다.

환라의 시선이 옆으로 흘러 양야의 빗장뼈와 야릇한 곡선을 그리는 목젖을 지나 젖은 입술로 올라왔다. 누구의 타액인지 모를 물기로 반질거리는 것이 마치 설탕을 입힌 앵두처럼 달고 탐스러워 보였다. 환라는 목소리를 내는 대신 양야에게 입을 맞췄다. 양야가 기다렸다는 듯 환라의 몸을 옭아맸다.

팔과 팔, 다리와 다리가 엉키고 서로의 숨결이 섞여 들었다. 양야는 도술로 방문을 잠그고 안의 소리가 새어나가지 않게 했다. 곧 방 안에는 밭은 숨소리와 물 많은 과일이 으깨지는 듯한 소리가 울렸다.

두 사람은 만족스러울 정도로 서로를 탐미하고 난 뒤에야 엉킨 몸을 떼어 냈다.

양야는 심란한 표정으로 제 품에 기대어 있는 환라의 옷깃을 여며 주었다. 나른한 눈을 하고 있던 환라가 양야의 볼을 끌어 눈을 맞췄다.

"표정이 좋지 않다."

"왜 묻지 않으십니까?"

"무엇을 말인가?"

"저번에 오셨을 땐 자리에 없던 저를 찾지 않으셨다지요."

환라는 당황한 눈으로 양야를 보았다. 양야가 여우인 채로 제 품에 있었기에 의문을 품지조차 않았었다.

"제가 이 사실을 어찌 아는지도 묻지 않으시는군요."

"자리에도 없던 이가 그 사실은 어찌 안 것인가?"

환라가 뒤늦게 묻자 양야가 웃음을 터트리며 환라의 눈두덩이와 코끝에 연달아 입을 맞췄다. 깃털 같은 입술이 온 얼굴을 스치자 환라가 웃음을 터트렸다. 호리병 안의 얕은 물이 찰랑이듯 듣는 사람을 기분 좋게 만드는 소리였다.

"왜 안다고 말씀 안 하셨습니까?"

"무엇을 말인가?"

양야는 끝까지 시치미를 떼는 환라의 얼굴을 보며 그녀가 언제부터 그의 정체를 눈치챈 것인지 가늠해 봤다.

여우가 사람의 모습으로 변할 수 있다는 것을 알고 난 뒤에 환라는 정인이 있다며 여우의 접촉을 거부했었다. 환라가 스스럼없이 여우의 애정표현을 받기 시작한 것은 여우가 궁에 들어갔을 때부터였다.

"궁에서부터였습니까?"

환라가 여전히 시치미를 떼고 있자 양야가 어쩔 수 없다는 듯 웃고는 환라의 손등 위에 제 손을 겹쳤다.

"제가 여우라는 것을 아신 게."

양야의 입에서 여우라는 단어가 나오자 환라가 언제 시치미를 뗐었냐는 듯 쉽게 대답했다.

"그 전부터다."

환라는 제 손을 뒤집어 손끝으로 양야의 손가락 사이를 벌리며 파고들었다. 그리고 깍지 낀 손을 들어 올렸다. 제 손등을 감싼 양야의 약지와 소지 끝은 여전히 붉게 물들어 있었다.

"내 눈을 가리는 그대의 손끝이 붉은 것을 보고 알았다."

"왜 말씀하시지 않으셨습니까?"

"기다렸다."

양야가 환라의 몸을 품 안 가득히 끌어안으며 그녀의 머리카락에 얼굴을 묻었다. 환라는 깍지 낀 손을 풀고 양야의 등을 부드럽게 토닥였다.

"두려웠을 터인데 이렇게 말해 주니 고맙고 기특하다."

고마워해야 할 사람은 양야였다. 그는 궁에서부터 환라가 그의 정체를 눈치챘음을 어렴풋이 느끼고 있었다. 그는 여전히 두렵고 불안했다. 환라가 온전히 저를 받아 준 것이 맞는지, 혹시 여우의 모습이기에 경각심을 느끼지 못하는 것은 아닌지 의심스러웠다. 오늘 환라가 입맞춤을 거부하면 영원히 비밀로 간직할 참이었다.

하지만 환라는 그를 기쁘게 받아 주었다. 그 덕분에 양야는 용기를 낼 수 있었다.

그는 감사를 전하며 환라에게 짧게 입을 맞췄다. 그리고 오래도록 환라를 바라보다가 문득 물었다.

"만일 제가 다시는 인간이 되지 못한다면 어찌하시겠습니까?"

환라는 양야의 손가락을 매만지다가 고개를 들어 눈을 맞췄다.

"혼인을 하지 못하는 것과 이렇게 있지 못하는 것은 아쉽겠지만 내 마음은 변치 않을 것이다."

그렇게 말하는 환라의 눈에 찬란한 확신이 깃들었다.

"그러니 양야 그대는, 그대가 원하는 대로 있으면 된다."

별같이 무수한 애정이 양야의 위로 쏟아졌다. 사려 깊고 다정한 눈빛이었다. 양야는 이토록 사랑스러운 사람을 아쉽게 만들고 싶지 않았다.

그래서일까. 본연의 모습을 인정받았음에도 인간이 되고 싶다는 욕망은 전보다 더 깊어졌다.

* * *

"찾, 찾으셨사옵니까, 백호선 님."

묘은이 벌벌 떨며 백호선의 앞에 무릎을 꿇고 앉았다. 백호선은 팔걸이에 팔꿈치를 세우고 손등에 턱을 괸 채 묘은을 내려다봤다.

묘은의 모습은 인계에 있을 때 보다는 봐 줄 만했으나 여전히 수척하고 힘이 없어 보였다. 뇌동산으로 돌아오자마자 인간계와 가장 가깝고 정기가 약한 곳으로 쫓겨났기 때문이었다. 정기가 부족하니 밥이라도 잘 먹으면 좋으련만, 백호선이 방해하는 바람에 사냥도 제대로 하지 못하고 여러 날을 굶주렸다.

지난날을 떠올리자 묘은은 갑자기 서러워졌다. 그녀는 이마가 바닥에 닿을 정도로 허리를 숙이고 야옹거리며 울었다. 밉보인 정괴를 불러들이는 이유는 하나뿐이었다. 물어 죽이거나 산에서 내쫓기 위함이었다.

'나는 이제 죽은 목숨이구나.'

묘은이 훌쩍이며 손등으로 눈물을 닦고 있을 때였다. 백호선이 입을 열었다.

"이제 안으로 들어와 살거라."

"예, 예?"

"되물어 두 번 말하게 하는 것은, 들어오기 싫다는 뜻이더냐?"

묘은이 허리를 벌떡 세우더니 손을 마구 휘저었다.

"아니옵니다! 아니옵니다, 백호선 님! 감사합니다. 정말 감사합니다."

묘은의 얼굴은 해맑았으나 백호선은 심드렁하기만 했다. 그녀는 연거푸 절을 올리는 묘은의 머리를 내려다보다 말했다.

"그 전에 해야 할 일이 있다."

"네? 어떤 것이옵니까? 제가 할 수 있는 일이라면 뭐든 하겠사옵니다!"

묘은이 고개를 번쩍 치켜들며 말했다. 그제야 백호선의 입가에 미소가 걸렸다.

"그 인간은 만나 보았느냐?"

묘은은 등골이 서늘했다. 그녀는 불길함을 애써 떨쳐 내며 조심스럽게 물었다.

"……어떤 인간 말이옵니까?"

"내 여우가 싸고도는 그 인간 여자 말이다."

"아, 예! 그럼요!"

"어떠하더냐?"

"기운이 맑고 눈에는 총기가 돌며 선량합니다!"

"그래. 그러니 구슬의 정기가 유지되고 있겠지."

그 덕에 양야가 요괴가 되지 않는 것은 다행스러운 일이었지만 백호선의 심기는 사나워 보였다.

날카로운 손톱으로 팔걸이를 툭툭 두드리던 백호선이 손가락을 까닥였다. 화들짝 몸을 세운 묘은이 무릎으로 걸어 백호선에게 다가갔다. 백호선은 묘은에게 시선조차 주지 않은 채제 날카로운 손톱들을 엄지로 쓸었다.

"허나 인간이란 언제 악한 마음을 품어도 이상할 것이 없는 족속들 아니겠느냐?"

"마, 맞사옵니다!"

"그렇게 되면 내 여우도 요괴가 되겠지."

"걱정 마시옵소서! 그리 쉽게 악한 마음을 가질 인간 같지는 않았사옵니다!"

묘은이 해맑은 목소리로 말했다.

송곳니만큼이나 날카로운 눈으로 백호선이 묘은을 응시했다. 생글거리던 묘은의 얼굴에서 서서히 미소가 사라졌다. 그녀는 작은 동물처럼 몸을 웅크리고 웅얼거렸다.

"하, 하오나 인세는 언제나 혼란하니……. 어, 어찌 될지 모른다고 생각하옵니다."

"이제야 말이 통하는구나. 위험한 인간 곁에 내 여우를 계속 둘 수는 없는 노릇이지 않겠느냐?"

묘은은 덜컥 겁이 났다. 백호선이 환라를 죽여서라도 양야를 데려오라고 명령할 것 같았기 때문이었다. 커다란 눈망울에 눈물이 왈칵 치솟았다.

"백호선 님. 허나 그 인간은 제 은인이옵니다."

"누가 뭐라더냐? 무슨 짓을 하든 그 인간이 양야를 버리지 않는 한 양야는 인간을 떠날 생각이 없어 보이더구나. 나도 괜한 짓으로 미움을 받을 생각은 없단다."

묘은이 코를 훌쩍이자 백호선의 입꼬리가 뾰족하게 찢어졌다.

"어차피 100년도 못 살 인간, 내 여우가 원한다면 가지고 노는 것 하나 못 봐주겠느냐. 다만 걱정이 되어 그러느니라. 그 인간이 내 여우를 더럽히거나 상처 입히면 어쩌나 하는, 그런 걱정 말이다. ……그러니 묘은아. 네가 내려가서 살피다가 위험한 일이 있으면 내게 알리거라. 일이 끝나면 돌아와 정기가 충만한 곳에서 사는 것을 허락하마."

"그, 그 말이 참말이시옵니까?"

묘은이 눈을 크게 뜨며 물었다. 백호선이 대답하지 않고 손을 펼쳤다. 강한 바람이 휘몰아치며 묘은의 머리카락과 옷자락을 파헤쳤다. 그러더니 백호선의 손바닥 위에 동그랗게 뭉쳐 구슬이 되었다.

백호선이 그것을 묘은에게 내밀었다.

"내가 너와 농이나 하겠느냐?"

"아니옵니다!"

"내려갔다 오거라."

"은인을 해치지 않아도 괜찮사옵니까?"

"네가 해치고 싶다면 그리 명해 주마."

"아니옵니다! 저는 싫사옵니다."

묘은이 고개를 젓고는 백호선의 손바닥 위에 있는 구슬을 가져왔다. 백호선이 구슬을 삼키는 묘은을 보며 입을 열었다.

"만약 다른 것들에게 구슬을 넘기면, 이번엔 네 사지를 찢을 것이다. 양야가 원한다 하여도 절대 주어선 아니 된다. 알겠느냐?"

시퍼렇게 날이 선 목소리에 묘은이 몸을 떨며 울듯이 대답했다.

"명심하겠사옵니다."

그제야 백호선이 살벌한 기운을 감추며 짐짓 부드러운 목소리로 말했다.

"그리고 지금 양야를 지탱해 주고 있는 것은 그 인간의 정기이니, 그 정기가 탁해져도 내게 알리러 오렴."

"예, 백호선 님. 그럼 다녀오겠사옵니다."

묘은이 공손하게 인사를 올리고 삵으로 변해 산에서 내려갔다.

백호선은 묘은의 뒷모습을 바라보며 사나운 미소를 입에 머금었다.

* * *

어슴푸레한 새벽. 비원궁의 창문이 조용히 열렸다.

아주 희미한 소리였으나 환라의 품에서 자고 있던 여우를 깨우기엔 어려움이 없었다. 양야는 환라의 품에서 조심스럽게 벗어나 창문을 마주 보고 섰다. 용의 기운이 흐르는 곳이니 요사스러운 것이 들어온 건 아닐 터였다. 그러면 이 야밤에 침입할 것은 단 하나, 자객뿐이었다.

사람을 죽일 수는 없는 노릇이기에 양야는 겁만 주어 자객을 쫓아낼 생각이었다. 그러나 아무리 기다려도 사람의 모습은커녕 살기조차 느껴지지 않았다.

양야가 고개를 기울이고 창문을 가만히 바라보고 있을 때였다. 창틀 위로 보름달 같은 눈동자 한 쌍이 툭 튀어나왔다. 양야가 이를 드러내려 하자 작은 짐승이 창문 위로 폴짝 올라왔다. 그러고는 꼬리를 바짝 세우고 다가왔다.

"양야 님!"

묘은이었다. 양야는 안도하며 몸에 힘을 풀었다.

"쉿. 조용히 하여라. 주무시는 중이니."

묘은이 고개를 갸웃거리다가 침상에서 들리는 숨소리에 입을 꾹 다물었다. 양야는 환라의 곁으로 돌아가면서 속삭이는 것보다 더 작은 목소리로 물었다.

"백호선께서 환을 죽이라더냐?"

"아니요! 죽이라니요. 그런 무서운 말씀 마셔요."

묘은이 총총걸음으로 은근슬쩍 양야를 따라갔다.

침상 위로 올라온 양야가 환라의 옆에 누우며 바람을 후 불자 묘은에게도 강한 바람이 몰아쳤다. 그러자 묘은의 작은 몸뚱이가 뒤로 떠밀려 나며 데굴데굴 굴러갔다.

벽에 가볍게 툭 부딪친 뒤에야 멈춘 묘은이 뒹굴 듯이 몸을 굴리며 일어났다. 그리고 열심히 얼굴을 움직여 헝클어진 털을 골랐다. 묘은이 그러거나 말거나 양야는 늘어지게 하품을 하고 베개에 턱을 괬다.

"환에게 무슨 짓을 할 생각이라면 그냥 돌아가거라."

"아니옵니다!"

"아니어도 돌아가거라."

"그럴 수 없습니다. 백호선 님께서 양야 님께 무슨 일이 생기거든 알려 달라고 보내신 것이옵니다."

양야가 뭐라고 말할 틈도 없이 밖에서 향옥의 목소리가 들렸다.

"공주님. 기침하셨사옵니까?"

깨어날 때면 항상 듣던 소리에 환라가 일어나려는 듯 뒤척였다. 양야는 묘은에게 나가라는 듯 눈짓했다. 하지만 묘은은 요지부동이었다. 오히려 도술로 반쯤 열려 있는 창문을 닫기까지 했다.

그 소리에 고개를 돌린 환라가 작은 삵을 보고 놀란 표정을 지었다. 묘은이 반가운 얼굴로 꼬리 끝을 살랑였다.

"안녕, 은인? 나 배고파. 밥 좀 주라."

그리고는 당당하게 걸어와 환라의 침상 위로 올라왔다.

정확히 말하자면 올라오려 했다. 양야가 그녀의 이마를 앞발로 막지만 않았다면 말이다. 침대에 발끝이 닿자마자 묘은은 양야가 내민 앞발에 이마를 부딪쳤다. 그리고 놀란 고양이 소리를 내며 아래로 떨어졌다.

환라가 몸을 일으켜 침대 밑을 보는 사이 다시 향옥의 목소리가 들렸다.

"공주님, 기침하셨사옵니까?"

환라는 앞발로 연신 이마를 문지르는 삵을 보다가 양야를 끌어안고 자리에서 일어났다. 양야에게 왜 그랬냐는 눈빛을 보냈으나 그는 모르겠다는 눈으로 환라에게 머리를 비빌 뿐이었다. 환라는 향옥이 다시 묻기 전에 일단 대답했다.

"그렇다."

기다렸다는 듯이 문이 열리고 향옥이 세숫물을 들고 들어왔다. 그녀는 환라에게 인사를 올리다가 침대 밑에 앉아 태평하게 고양이 세수를 하는 삵을 보고 의아한 표정을 지었다.

"어디서 온 고양입니까?"

"고양이라니! 무엄하구나! 이 몸은 50년 묵은 삵이다!"

묘은이 버럭 호통을 치며 앙증맞은 송곳니를 드러냈다. 갑자기 들린 사람의 목소리에 향옥은 소스라치게 놀랐으나 궁생활을 오래 한 사람답게 세숫물은 한 방울도 흘리지 않았다.

그러나 표정은 마치 귀신을 만난 듯 넋이 나가 있었다. 향옥이 저런 표정을 짓는 것은 처음이라 환라는 내심 놀랐다.

환라는 창백한 낯의 향옥을 보다가 그녀 진정할 수 있도록 내보내려 했다. 그러나 환라가 입을 떼기도 전에 묘은의 배 속에서 요란한 소리가 들렸다. 동시에 양야가 한숨을 내쉬었다. 환라는 웃음을 삼키며 여전히 허깨비를 마주친 사람처럼 굳어 있는 향옥에게 말했다.

"회의에 가기 전에 식사부터 하겠다."

"예, 공주님."

향옥은 얼떨떨한 표정으로 세숫물을 내려놓고 방을 나갔다. 환라는 양야를 내려놓은 뒤 가볍게 손과 얼굴을 씻고 수건으로 닦았다. 면포를 뒤집어쓰자 궁인들이 들어와 음식을 산더미처럼 쌓아 놓고 나갔다. 묘은은 누가 뭐라 하기도 전에 탁자 위로 올라와 앞발로 채소를 툭툭 건드려 치워 냈다.

환라의 웃음소리와 양야의 한숨 소리가 동시에 들렸다. 양야는 못 배운 동생을 밖에 내놓은 표정으로 묘은을 보다가 환라에게 목소리를 낮춰 말했다.

"아직 인계에 익숙하지 않아서 그렇습니다."

묘은은 양야가 제 변호를 해 주는지도 모른 채 신이 나서 돼지갈비찜을 우걱우걱 먹어 치웠다. 환라는 궁인이 없는 것을 재차 확인하고 답답한 면포를 벗었다. 야무지게 먹는 묘은을 보자 목소리에 저절로 웃음기가 섞여 들었다.

"많이 굶주렸는가?"

"응! 너한테 구슬을 주고 왔다고 백호선 님이 사냥을 못 하게 방해하셨거든."

구슬? 백호선? 영문 모를 단어에 환라가 의문을 품는 사이에도 묘은의 말은 이어졌다.

"그래도 나처럼 오래 산 정괴는 굶어 죽진 않아! 배가 많이 고프긴 하지만 말이야. 나중에 양야 님처럼 되면 아마 배도 고프지 않을걸?"

환라가 정말 배가 고프지 않냐는 눈으로 양야를 보았다.

양야가 고개를 작게 끄덕였다. 환라는 신기하다는 눈으로 양야를 보다가 묘은이 음식에서 입을 떼자 말을 걸었다.

"나는 너에게 구슬을 받은 적이 없다."

"있어!"

묘은이 톡 튀는 어조로 대답하고는 양념이 묻은 제 앞발을 싹싹 훑어 먹었다.

"네가 날 구해 줬잖아. 그런데 내가 가진 게 구슬밖에 없었어. 마침 산의 정기는 인간에게 좋다잖아? 그래서 은인인 너에게 주었지! 밤에 몰래 들어와서 말이야."

밤에 몰래 들어왔다는 것 말고는 무슨 말인지 이해할 수 없었다. 환라의 의문이 풀리지 않은 것 같자 얌전히 있던 양야가 설명을 덧붙였다.

"정괴는 태어난 곳의 정기를 받아야 합니다. 받지 못한 채 탁한 기운에 물들면 곧 요괴가 되고 맙니다. 백호선께서 저를 데려오라 묘은에게 산의 정기를 뭉친 구슬을 주었는데 묘은이 밤에 몰래 환의 입 속에 넣었나 봅니다."

"은인 때문만은 아니었어. 양야 님도 항상 통증에 시달리셨잖아? 그런데 이 구슬이 있으면 아프지 않거든."

묘은이 입김을 후 불어 몸속에 흡수된 정기를 구슬로 만들었다가 다시 빨아들였다. 환라는 그제야 왜 자신과 함께 있으면 양야가 아프지 않다고 한 것인지 깨달았다.

새삼스러운 눈으로 환라가 양야를 빤히 보고 있을 때 묘은은 물을 찾다가 찻주전자에 대고 코를 킁킁거렸다. 훅 끼치는 풀냄새에 묘은이 앞발로 찻주전자를 후려치고 뒤로 후다닥 물러났다.

"은인! 시원하고 풀 냄새가 안 나는 물은 없어?"

환라가 향옥을 시켜 다과상과 냉수를 가져오라 일렀다. 그러자마자 밖에서 칠각의 목소리가 들렸다.

"공주님. 대내상 권재화와 좌사정 이궐겸 들었사옵니다."

"들라 하라."

문이 열리자 재화와 궐겸이 안으로 들어와 인사를 올렸다. 환라는 그들에게 자리를 권했다. 향옥이 눈치껏 재화와 궐겸의 차를 가져왔다. 이번에도 향옥이 다과를 내려놓기가 무섭게 묘은이 입맛을 다셨다. 그리고 사냥을 하기 전의 맹수처럼 다과 근처를 뱅글뱅글 돌았다.

그 모습을 보던 재화가 환라에게 물었다.

"고양이와 여우라니. 동물 수집이라도 하시는 겁니까?"

고양이라는 말에 묘은이 고개를 홱 돌렸다. 그녀는 당장 고양이가 아니라고 소리쳤지만 양야의 발 빠른 대처 덕에 재화와 궐겸의 귀에는 야옹거리는 소리로밖에 들리지 않았다.

환라는 성난 목소리로 옹알거리는 묘은의 머리 부드럽게 쓰다듬어 주었다. 묘은이 입을 다물고 다시 다과에 관심을 보이자 환라가 궐겸을 보았다. 궐겸이 환라의 눈빛을 읽고 재빨리 대답했다.

"서당에서 학비를 받았다는 증거는 모두 모았습니다. 하온데, 파 황후와 관련된 것은 없었사옵니다."

"예부 또한 마찬가지입니다."

재화가 말을 덧붙였다. 환라는 대수롭지 않다는 듯 고개를 끄덕였다.

"조정에서 말이 나왔을 때 파기하라 명하셨을 것이다. 예측했던 일이다."

"그럼 어찌하실 생각으로 저희에게 조사를 명하신 것입니까?"

환라가 재화의 질문에 답하려던 때였다. 묘은이 다과 하나를 덥석 물었다. 그러더니 몇 번 씹다가 퉤 뱉었다. 환라가 말을 멈추고 놀란 눈으로 묘은을 보았다.

"독! 독이야, 은인!"

묘은이 인상을 잔뜩 찌푸린 채로 말했다. 품에 있던 양야가 재빨리 위로 올라와 묘은이 반쯤 베어 먹은 다과의 냄새를 맡았다. 사람은 맡을 수 없을 정도로 옅은 비소의 냄새가 났다. 즉사할 정도는 아니었으나 목숨을 위태롭게 할 만한 양이라는 것은 냄새만 맡아도 알 수 있었다. 양야는 고개를 들어 환라에게 말했다.

"검사를 해 보아야 할 것 같습니다."

양야와 묘은이 열심히 말하고 있었지만 재화와 궐겸의 귀에는 짐승이 으르렁 컹컹하는 소리로밖에 들리지 않았다.

하지만 환라는 그들의 말을 알아들을 수 있었다. 그녀는 은침을 꺼내고 있는 향옥에게 어서 검사해 보라고 눈짓했다. 그녀가 다과에 은침을 꽂았다. 그러자 끝이 새까맣게 변했다.

재화와 궐겸의 눈에 경악스러운 기색이 깃들었다. 향옥 역시 분노를 참는 표정으로 은침을 내려다보았다. 그러나 환라는 침착했다.

"다과를 치워라."

향옥이 머리를 조아리고 다과를 가져 나갔다. 그 모습을 보던 궐겸이 향옥이 나가기 전에 입을 열었다.

"전과 같은 수법입니다. 증거를 남기셔서 범인을 잡아야 하옵니다."

"황족의 음식은 어떤 것이든 검사를 거친다. 거기에 독을 넣은 것은 죽일 의도가 아니라 단순한 경고이니 괜찮다."

옳은 말이었기에 궐겸은 걱정스러운 마음을 뒤로하고 입을 다물 수밖에 없었다. 재화는 침착하고 의연한 환라의 얼굴을 빤히 바라보았다. 확실히 비명을 지르고 패악을 부리던 전과는 다른 반응이었다. 환라는 잠시 재화에게 시선을 주었다가 칠각에게 말했다.

"황제 폐하의 옥체가 미령하시니 이 일은 알리지 말라."

"알겠사옵니다, 공주님."

"그대들도 마찬가지이다."

궐겸과 재화가 고개를 숙여 대답을 대신했다.

마침 회의 시간이 다 되었기에 재화는 질문한 것에 대한 대답도 듣지 못한 채 밖으로 나왔다. 그리고 먼저 조정으로 향했다. 환라 역시 준비를 마치고 조정에 들어섰다.

자리에 앉자 영로와 눈이 마주쳤다. 영로의 입꼬리에는 옅게

나마 승자의 미소가 떠올라 있었다. 환라 역시 손을 모으고 앉아 영로의 바라봤다.

면포에 가려져 표정은 보이지 않았으나 꼿꼿이 앉은 모습이 지극히 평온해 보였다. 영로는 석연치 않은 기분으로 대신들에게로 고개를 돌렸다. 재화가 앞으로 나와 인사를 올렸다. 영로는 환라에게 눈길을 주었다가 재화를 내려다보았다.

"그래. 일주일 전에 공주가 말했던 것은 알아보았는가?"

"예, 황후 폐하. 성내에 있는 열여섯 개의 서당 중 열두 곳이 거액의 학비를 받았습니다. 예부 낭중과 하급 관리 또한 뇌물을 받은 혐의가 있어 옥에 가둬 두었사옵니다."

재화의 말이 이어질수록 우사정 최우현의 얼굴이 점점 일그러졌다. 그가 바로 예부 낭중을 천거한 인물이었기 때문이었다. 예부 낭중의 흠은 곧 자신의 흠이었으므로 최우현은 버럭 소리를 질렀다.

"왜 자꾸 예부 낭중이 뇌물을 받았다고 하시는 겁니까? 증거라도 있으십니까?"

그 말이 끝나기가 무섭게 궐겸이 두루마리 더미와 책자들을 가져왔다. 궐겸이 옆에 서자 재화가 환라와 영로를 향해 말했다.

"예부 낭중이 뇌물을 받았다는 증좌와 서당에서 받은 학비 내역들이옵니다."

괜히 나서서 우스운 꼴을 만든 우사정에게 싸늘한 시선이 쏟아졌다. 우사정이 한 발 더 앞으로 나오며 목소리를 높였다.

"받은 사람이 있으면 준 사람도 있을 것 아닙니까? 그렇다면 준 사람도 잡아다 처벌해야 할 것 아닙니까?"

생각 없이 내뱉는 말에 환라의 얼굴이 찌푸려졌다. 그건 영로 역시 마찬가지였다. 그녀는 드물게 한숨을 내쉬며 머리가 아프다는 듯 이마를 짚었다. 하지만 우사정은 말을 멈추지 않고 계속해서 소리쳤다.

"저번 우상 때도 그리하지 않았습니까? 누구는 잡아들이고 누구는 봐주자고 하지는 않으시겠지요, 대내상!"

우사정이 허를 찔렀다는 듯 의기양양한 표정으로 말했다. 대신들 중 몇 명은 그의 말의 동의한다는 듯 고개를 끄덕였다. 환라는 한숨을 삼키며 입을 열었다.

"억울함을 풀기 위해 예부 낭중이 요구하는 것을 거부하지 못한 백성들과 권력욕과 재물에 눈이 멀어 윗사람들에게 돈을 준 관리들이 어찌 같다는 말인가."

"돈을 주고 이득을 취했다는 것이 같지 않사옵니까?"

우사정이 빈정거렸다. 영로는 우사정이 더 얼빠진 소리를 하기 전에 화제를 돌리려 했다. 그러나 환라가 먼저 입을 열었다.

"예부 낭중은 마땅히 해야 할 일에 돈을 받은 것이고 우상은 해서는 안 되는 일에 돈을 받은 것이다. 돈을 받은 자들의 취지가 다르다면 준 자의 취지도 다르다 할 수 있다. 그런데 어찌 이 일과 우상의 일을 연관 지으려 하는가."

우사정은 입을 꾹 다물었다. 그가 일반 백성을 끌어들이려는 이유는 하나였다. 대내상, 좌사정은 백성을 처벌하지 않을 것이 분명했다. 그러면 그것으로 꼬투리를 잡아 예부 낭중도 죄를 지은 것이 아니라고 우길 참이었다.

우사정의 목적은 오직 그뿐이었다. 목적을 이루기 위해서라면 대내상이나 좌사정과의 말싸움도 서슴지 않을 생각이었다. 다만 중간에 공주가 끼어들리라고는 상상도 못 했다. 환라는 불쾌하다는 눈으로 연신 헛기침을 해대는 우사정에게 말했다.

"아니면 우사정도 이 일을 알고 있었는가? 눈감아 준 것이라면 그 죗값을 치러야 할 것이다."

죗값이라는 말에 우사정이 화들짝 놀라며 손을 내저었다.

"아, 알다니요! 억울하옵니다, 공주님! 아닙니다!"

아니라고 말하긴 했으나 우사정은 예부 낭중이 뇌물을 받는 걸 알고 있었다. 그는 구해 달라는 듯 영로를 바라봤다. 영로는 아니꼽다는 눈으로 우사정을 보았다. 멍청한 말만 하는 그가 마음에 들지 않는 것은 영로 또한 마찬가지였다.

하지만 이번은 우상 때와는 다르다. 꼬리를 잘라 내면 빈자리에 환라의 사람이 들어찰 것이다. 잘라 내도 조용히 잘라 내야 했다.

"우사정이 예부 낭중을 아끼는 마음에 말실수를 했나 봅니다, 공주."

"예. 그렇습니다. 송구하옵니다."

우사정은 사죄의 말을 올리면서 환라를 힐끔거렸다. 하지만 면포에 가려져 있었기에 그녀의 표정을 가늠할 수 없었다. 우사정은 불안에 떨며 영로를 보았다. 영로는 환라가 예부 낭중과 우사정을 엮기 전에 먼저 선수를 쳤다.

"예부 낭중은 우사정이 천거한 자이고, 신중해야 할 조정에서 말을 함부로 올렸으니 녹봉을 삭감하고 품계를 강등하는 것이 어떨까 합니다."

모든 대신들의 시선이 환라에게로 향했다. 재화 또한 환라를 바라봤다. 그는 사실 내심 놀라고 있었다. 독단적으로 회의를 진행하던 영로는 환라에게 의견을 물었고, 이제껏 환라의 존재는 신경도 쓰지 않던 대신들은 환라에게 집중하고 있었다.

고작 며칠이었다. 환라가 대내상에게 태자가 되겠다고 말한 지 보름도 채 되지 않아 조정의 판도가 바뀌었다. 매일 아침 항룡궁 앞에 앉아 공주가 태자가 되어선 안 된다고 소리치는 이들은 반으로 줄었다. 물론 반대를 그만둔 사람 중 태반은 재화의 사람들이었다.

재화는 환라를 만나고 온 후 비밀리에 공주를 만났다고 알렸다. 그는 지켜보자고 했지만 이미 마음이 많이 기운 것 같았다. 재화를 따르던 이들은 재화가 환라의 사람이 되면 자신들도 환라의 사람이 될 생각이었다. 하지만 재화는 아직까지 특별한 내색이 없었다. 그는 환라의 말을 기다리고 있었다.

가만히 영로를 향해 앉아 있던 환라는 잠시 우사정을 보다가 대답했다.

"뜻대로 하시옵소서, 황후 폐하."

저렇게 대답하는 것이 최선이라는 것을 알지만 재화는 조금 실망스러웠다. 공주의 중심으로 회의가 진행되고 있으니 그녀가 뭔가 더 과감한 요구를 할 줄 알았던 탓이었다. 그래도 공주의 역량을 알기엔 부족함이 없었기에 재화는 자신을 따르는 이들에게 고개를 끄덕이려했다.

그때, 다시 환라의 목소리가 들렸다.

그녀는 전과 다를 바 없는 목소리로 일을 조사해 온 재화와 궐겸에게 명했다.

"그리고 관련된 모든 관리들을 파직하고 예부 낭중은 유배를 보내도록 하라. 돈을 받은 훈장들에게는 곤장 다섯 대를 때리고 파직시킨 뒤, 빈 서당에는 새로운 훈장들을 들이라. 단, 새로운 훈장들은 학비를 받지 않은 네 명의 훈장이 추천하게 하라."

차분하게 쏟아지는 말을 들으며 영로가 이를 악물었다. 손잡이를 꽉 움켜쥔 손등에 핏줄이 붉거졌다.

서당에서 거둬들이는 돈은 규모가 크고 안정적인 것이었다. 게다가 간혹 서당을 통해 대신들의 뇌물을 받기도 했다. 교육을 하는 곳이 뇌물 중매소로 쓰일 것이라고는 아무도 상상하지 못한 덕에 이제껏 들키지 않았다.

그렇기에 환라가 이 일을 조사한다고 했을 때에도 들킬 것이라고는 상상조차 하지 않았다. 그러니 당연히 그다지 긴장하지도 않았다. 장부에서 제 이름만 지우면 책잡힐 것이 없었기 때문이었다.

영로는 고작해야 훈장들이 가볍게 처벌받고 서당에서 거둬들인 돈을 학도들에게 돌려주는 것으로 일이 마무리될 줄 알았는데 별안간 환라가 서당을 관리하겠다 나선 것이다.

이렇게 되면 영로의 금고로 들어오던 돈이 삼분의 일이나 줄어든다. 이건 있을 수 없는 일이었다.

"공주. 고작 학비를 걸은 것뿐입니다. 일을 이리 크게 만들 필요가 있습니까?"

"고작 말실수를 한 우사정도 녹봉을 삭감하고 강등당하지 않았사옵니까. 하온데 범법 행위를 한 자들을 가볍게 처벌하는 것은 합당하지 않다고 사료되옵니다, 황후 폐하."

영로가 일을 수습하기 위해 뱉은 말이 화살이 되어 되돌아온 격이었다. 그렇다고 황후씩이나 되는 이가 이제 와 말을 번복할 수도 없는 노릇이었다. 영로가 할 수 있는 것이라고는 분을 삭이는 것뿐이었다.

그 모습을 본 재화의 가슴속에는 확신이 불길처럼 치솟았다. 환라가 서당의 일을 조사해 오라고 한 것은 영로의 자금줄을 끊어 그녀의 재정을 압박하기 위해서였다.

큰일을 도모하기 위해 군사를 모으고 있는 영로에게 들어오는 돈이 비는 것은 큰 손실이었다. 부족한 돈을 충당하기 위해 급하게 움직이다 보면 분명 꼬리가 잡힐 것이다.

재화는 저를 따르는 대신들에게 고개를 끄덕였다. 그리고 다시 환라에게로 고개를 돌렸다. 영로의 기세를 단번에 내리눌렀으나 환라는 승리감에 도취되지도, 자만하지도 않았다. 그녀는 그저 처음 들어왔을 때처럼 그 자리에 꼿꼿한 자세로 앉아 대신들을 내려다보고 있을 뿐이었다.

재화는 변화의 바람을 느끼며 조용히 미소 지었다.

'사슴인 줄 알았더니, 와룡이었군.'

그의 생각이 끝나기가 무섭게 재화를 따르는 몇몇 대신들이 환라의 말에 동조하고 나섰다. 조정 대신 중 대다수는 영로의 사람이었으나 그녀가 밀린 상황에서 간 크게 나설 이는 없었다. 영로는 얼굴을 일그러트리며 미소와 비슷한 표정을 지었다. 그리고 자리에서 벌떡 일어났다.

소란스러웠던 조정이 단숨에 조용해졌다. 영로는 환라를 빤히 바라보다가 그대로 몸을 돌려 조정을 나갔다. 차마 제 입으로 그러라 말할 수도, 그러지 말라고 할 수도 없었기에 자리를 피하기로 결정한 것이었다.

영로가 떠나자 조정은 다시 시끄러워졌다. 환라는 가만히 앉아 이리저리 옮겨 다니는 말을 듣다가 입을 열었다.

"조용히 하라."

크지 않은 목소리였으나 혼란스러운 분위기를 잠재우기엔 충분했다. 그녀는 대신들을 내려다보다가 자리에서 일어났다.

"대중정은 들으라."

"하명하시옵소서, 공주님."

"우사정의 품계를 한 단계 강등하고 녹봉을 삼분의 이로 삭감하라. 뇌물을 받은 예부 낭중은 유배를 보내고 관련된 하급 관리는 파직하라. 법을 어기고 학비를 걷은 서당은 폐관하고 그 훈장들에게는 곤장 다섯 대를 때려라."

"명 받들겠사옵니다, 공주님."

"좌사정 이궐겸."

"예, 공주님."

"차후에 서당을 관리하는 일은 그대에게 맡기겠다. 새로운 훈장을 추천하고 서당을 운영하는 것에 단 한치의 부정함도 없어야 할 것이다."

"명 받들겠사옵니다."

"그럼 이것으로 회의를 마치겠다."

대신들이 꿀을 머금은 사람들처럼 입을 떼지 못한 채 허리를 숙여 인사를 올렸다. 환라는 층계를 내려와 재화의 앞에 멈춰 섰다. 그 기척을 느낀 재화가 고개를 들었다.

"앞으로 중대한 국정은 나에게 와 상의하도록 하라. 어머니께서는 바쁘실 터이니."

모든 대신들이 보는 앞에서 이런 말을 꺼내는 것은 공공연하게 재화가 환라의 사람임을 알리는 것이나 마찬가지였다.

재화는 웃음이 터져 나오려는 것을 꾹 참았다. 제 사람이 되라고 한 것은 청이 아니라 명령이었다. 재화의 대답이 어떻든 환라는 충신인 그를 포기할 생각이 없었던 것이다. 재화 역시 자격을 갖춘 적통 후계자의 명령을 거부할 이유가 없었다.

그는 허리를 깊이 숙이며 대답했다.

"공주님의 뜻대로 하겠사옵나이다."

환라는 만족스러운 미소를 지으며 대신들을 지나쳐 조정 밖으로 나왔다. 그리고 비원궁으로 돌아가는 대신 북쪽 문으로 들어갔다.

높은 담장을 따라 한참을 걷자 항룡궁이 모습을 드러냈다.

환라가 안으로 들어가자 환관이 안에 공주가 왔음을 고하고 문을 열어 주었다. 이백은 침상에 누워 눈을 감고 있었다. 들어오라는 말을 직접 한 것인지 의심스러울 정도로, 그의 모습은 마치 죽은 사람 같았다.

환라는 심장이 내려앉는 듯했다. 그녀는 빠르게 걸어 이백에게 다가갔다.

"폐하."

이백이 바윗덩어리를 올려놓은 것처럼 무거운 눈꺼풀을 겨우 들어 올렸다. 환라의 모습이 흐릿하게 보이자 그가 어렵게 미소를 지었다.

"환아."

환라가 침대 맡에 꿇어앉아 이백의 손을 부여잡았다.

등골이 서늘해졌다. 생명이 다 빠져나간 나뭇가지처럼 이백의 손은 차갑고, 건조하며, 앙상했다. 내일 당장 붕어하였다는 소식이 들려와도 이상하지 않을 정도였다. 환라는 덜컥 겁이 나 이백의 손을 더 힘주어 잡았다. 그러자 이백이 손을 뻗어 환라의 머리를 쓰다듬었다.

"내게 시간이 얼마 남지 않은 것 같구나."

"그런 말 마옵소서."

"내가 가기 전에 너에게 태자 자리를 주어야 할 텐데. 그래야 네가 안전할 텐데……."

"폐하께옵서 저를 오래도록 지켜 주시면 되지 않사옵니까."

어투는 여전히 고아하고 침착하였으나 이백은 그것이 환라

나름대로의 투정이라는 것을 알고 있었다. 그는 희미하게 웃으며 환라의 볼과 손등을 다정히 토닥였다.

"걱정 말라. 내가 곧 대신들을 설득해 환이 너를 태자로 책봉해 주마."

"무리하실까 염려되옵니다."

이백은 고개를 미약하게 저었다. 작은 행동만으로도 그의 호흡이 잠시 가빠졌다. 환라가 당황해 어의를 부르려 하자 이백이 환라의 손을 가볍게 당겼다.

"괜찮다."

"하오나……."

환라의 목소리 위로 환관의 목소리가 겹쳐졌다.

"폐하. 대내상 권재화 들었사옵니다."

말을 멈춘 환라가 잠시 뒤를 돌아보았다. 이백은 밖을 향해 들어오라고 말하며 환라에게 손을 뻗었다.

환라가 이백의 손을 잡고 부축해 앉는 것을 도왔다. 곧 문이 열리고 두루마리 하나를 든 재화가 안으로 들어왔다. 그는 환라가 이백과 함께 있을 거라고 예상하지 못한 듯 잠시 눈을 크게 떴다. 그러나 이내 표정을 갈무리하고 이백에게 인사를 올렸다.

"대내상 권재화. 황제 폐하를 뵙사옵니다."

"일어나라."

"황공하옵나이다."

"어쩐 일로 찾아 왔는가?"

"공주님을 태자로 책봉하는 것에 대해 드릴 말씀이 있사옵니다."

이백의 얼굴이 지겹다는 듯이 일그러졌다.

"공주를 태자로 책봉할 수 없다는 말이면 듣지 않겠다. 나가라!"

힘이 없는 목소리에는 노기가 담겨 있었다. 재화는 대답하지 않고 이백에게 다가왔다. 이백이 무엄하다고 소리치려 하자 재화가 허리를 숙이며 두루마리를 양손으로 받쳐 머리 위까지 들어 올렸다.

"공주님을 태자로 책봉하길 바라는 대신들의 이름이옵니다."

이백은 자신이 재화의 말을 잘못 이해한 건가 싶었다.

"그 말이 진심인가?"

"예, 폐하."

"왜 생각을 바꾼 것인가?"

"오해가 있었사옵니다."

재화가 허리를 세워 환라를 보았다. 이백은 재화의 눈빛을 보며 고개를 끄덕였다. 재화가 위아래 가리지 않고 할 말 못 할 말 다 하는 성격이긴 했으나 겉과 속이 다른 사람은 아니었다. 지지하는 척하면서 환라를 해할 정도로 음흉한 성격도 못 되었다.

이백은 두루마리를 펼쳤다. 거기에는 꽤 많은 관리들의 이름이 적혀 있었다. 개중에는 영로를 따르던 이들의 이름도 섞여 있었다. 오늘 영로가 자리를 피한 것을 보고 환라에게 권력을 의탁하기로 마음먹은 것이었다. 그들의 의도가 어떻든 이백으로서는 나쁠 것이 없었다.

"대신들의 뜻이 나와 같다니 더는 미룰 필요가 없겠다. 당장 공주를 태자로 책봉할 것이다."

파격적인 말에 환라가 몸을 틀었다.

"하오나 폐하. 태자를 책봉하려면 의복이나 연회 외에도 준비할 것이 많사옵니다."

"그건 걱정 말라. 내가 이미 다 준비해 두었으니."

그의 말에 재화가 못마땅하다는 듯 목을 가다듬었다.

"흠. 애당초 대신들의 반대는 들을 생각도 없으셨사옵니까?"

"반대의 목소리는 충분히 듣지 않았는가? 아픈 몸으로 보름이나 듣고 있었으면 많이 듣고 있던 것이다."

이백이 장난스럽게 말하며 환라에게 팔을 뻗었다. 환라는 전해 받은 두루마리를 환관에게 넘기고 이백을 부축했다. 이백이 제 팔을 잡은 환라의 손등을 토닥였다. 근심이 사라져서인지 그의 토닥임은 전보다 가벼웠다.

"내가 예복을 준비해 두라 이르겠으니 궁으로 돌아가 환복하고 돌아오거라."

"예, 황제 폐하."

환라가 대답을 하자마자 재화가 환라 대신 이백의 몸을 부축했다. 이백은 저보다 나이가 많은 신하에게 기대며 문을 향해 걸었다.

"일이 잘 끝나면 술을 대접할 테니 찾아오거라."

"미령하신 몸으로 술은 무슨 술이옵니까."

"황제를 능멸하는 것인가? 녹봉을 삭감해야겠다."

"마음대로 하시옵소서. 이미 죽을 때까지 쓸 만큼 모아 두었사옵니다."

두 사람은 언제 갈등을 겪었냐는 듯 친근하게 농을 주고받았다. 그 뒷모습을 바라보는 환라의 얼굴에 자연스럽게 미소가 떠올랐다. 그녀는 이백이 대신들과 황후를 모두 불러들이라고 명령하는 것을 들으며 항룡궁을 빠져나왔다.

비원궁으로 돌아오자 양야가 다가왔다. 환라는 양야를 안고 의자에 앉으려다 움직임을 멈췄다. 의자 위에 묘은이 배를 드러내고 잠들어 있던 탓이었다.

양야가 환라의 품에서 내려와 묘은의 몸을 앞발로 툭 건드렸다. 묘은에게 일어나라고 말하려던 찰나, 칠각이 안으로 들어왔다.

"환복하겠다."

환라가 말하자마자 양야는 그녀를 등지고 앉았다. 옷자락이 스치는 소리가 한참 이어지다가 뚝 끊겼다.

양야가 뒤돌아 환라를 보았다. 검은색 예복은 공주의 것이라기엔 지나치게 화려했다. 게다가 옷깃에 수놓아진 황금색 용은 공주가 쓸 수 없는 문양이었다. 칠각이 있어 차마 소리 내지 못하고 빤히 바라만 보자 환라가 손을 뻗어 양야의 얼굴을 부드럽게 어루만졌다.

"다녀와서 설명하겠다."

양야는 고개를 끄덕이고 턱을 괬다. 환라는 양야를 들어 가볍게 입을 맞춰 준 뒤 밖으로 나갔다.

조정으로 가자 이백의 태감이 환라의 입장을 막아섰다.

"폐하께서 이야기가 끝나면 들어오시라 하셨사옵니다."

환라는 그 자리에 서서 안에서 들리는 말소리에 귀를 기울였다.

"공주를 태자로 책봉하는 것에 이의가 있는 자는 지금 말하라."

이백의 말이 끝난 지 한참이 되었으나 반발하고 나서는 이는 없었다. 환라가 오늘 영로를 궁지로 몰았기에 그 누구도 함부로 반대할 수가 없었다.

"반대하는 이가 없으니 공주 환라를 태자로 책봉하겠다."

이백의 목소리가 들리자 태감이 문을 열어 주며 허리를 숙였다. 환라는 대신들 사이로 걸어가며 위를 올려다보았다. 자랑스럽다는 이백의 얼굴과 달리 영로의 표정은 차갑기만 했다. 하지만 그녀의 입꼬리는 미세하게 올라가 있었다.

환라는 영로의 표정이 무슨 의미일지 고민하며 이백의 앞에 섰다.

"공주 환라는 들으라."

"예, 폐하."

"그대를 태자로 책봉하니, 황실의 정통성을 잇고 천하의 안녕을 도모하라."

"명 받들겠사옵니다, 폐하."

환라가 무릎을 꿇고 앉자 환관이 환라에게 칙령서를 전달했다. 환라는 두 손으로 옥쇄가 찍힌 칙령서를 받아 들었다. 그러자 대신들이 일제히 절을 올렸다. 이백은 환라에게 장하다는 듯 고개를 끄덕여 주고는 자리에서 일어났다.

"책봉식은 내일 거행할 것이니 대신들은 단 한 명도 빠지지 말라."

"예, 폐하."

대신들이 대답하는 소리를 들으며 환라는 자리에서 일어났다. 그리고 이백이 나갈 수 있도록 비켜섰다. 이백은 환라의 어깨를 다독이고 조정을 빠져나갔다. 그 뒤로 영로가 걸어 내려왔다. 그녀의 얼굴에 희미하게 어려 있던 미소는 사라진 지 오래였다.

"축하해요, 공주. 아! 이제는 공주가 아니라 태자이지. 축하합니다, 태자."

"망극하옵니다."

영로는 비웃는 듯 마는 듯 모호한 얼굴로 환라를 지나쳤다. 환라는 몸을 돌려 영로를 불렀다.

"어머니."

영로의 걸음이 우뚝 멈췄다. 그녀가 돌아서자 환라가 말을 이었다.

"이제 제가 태자의 위를 받았으니 조금 쉬시는 것이 어떠하시옵니까?"

"지금 나더러 국정에 손을 떼라, 이 말입니까?"

영로가 날선 목소리로 환라를 비웃었다. 두 사람의 눈동자가 서로를 직시했다. 환라는 영로의 샐그러진 미소를 보며 담담한 목소리로 대답했다.

"맞사옵니다."

"아하하하!"

영로가 웃음을 터트리며 환라에게 다가갔다.

"태자. 세상에는 말이 통하지 않는 사람도 있는 법이에요. 악한이 나타날 때마다 그리 말로 타이를 생각입니까?"

어리석은 자를 안타까워하는 얼굴로 영로가 환라의 볼을 툭툭 강하게 토닥였다. 환라는 영로의 손을 붙잡아 제 볼에서 떼어 냈다.

"싸우지 않고 이기는 것이 최상이라는 말도 있지 않사옵니까."

"그건 싸울 용기가 없는 이들이나 하는, 낭만적이기만 할 뿐 알맹이가 없는 말입니다. 이리도 아이처럼 구니 내가 태자에게 모든 것을 맡기고 뒤로 물러날 수가 있나요."

영로가 환라의 손을 뿌리쳤다.

"태자가 되셨으니 배움에 더 힘쓰셔야겠습니다. 내가 교훈을 하나 준비할 테니, 기대하세요."

희고 고운 손이 환라의 어깨 위로 올라왔다. 두 사람의 얼굴이 서서히 가까워졌다. 봄눈에 파묻힌 매화처럼 붉은 입술이 환라의 귓가에서 벌어지고, 그 사이로 차디찬 목소리가 흘러나왔다. 환라의 어깨에 가볍게 올라와 있던 손에는 힘이 들어갔다.

"지금처럼 무르게 대처하면 아주 크게 후회할 일이 생길 겁니다. 더 독하고, 단단해 져야 합니다. 태자."

어깨에서 느껴지는 통증에 환라가 눈살을 찌푸렸다. 영로는 환라의 어깨를 꽉 움켜쥐고 있다가 팽개치듯 놓고 몸을 돌렸다.

환라는 멀어지는 뒷모습을 바라봤다. 영로가 움켜쥐었던 어깨가 욱신거렸다. 그녀는 복잡한 심정으로 생각에 잠겼다. 환라가 잃을 사람은 칠각과 향옥, 정위, 궐겸, 여란이와 양야밖에 없었다. 칠각과 향옥은 영로와 감정적으로 얽힌 것이 많아 함부로 건들긴 힘들 것이고, 양야는 여우의 모습으로 함께 있으니 안전하다.

그렇다면 정위와 궐겸, 여란이가 위험하다는 것인데……. 말이 나올 가능성이 높은 귀족보다는 평민을 건드릴 것이 뻔했다.

'정위와 란이에게 가 보아야겠다.'

심각한 표정으로 서서 생각에 빠져 있던 환라의 곁으로 궐겸이 다가왔다. 뒤늦게 그의 기척을 눈치챈 환라가 고개를 돌렸다. 눈이 마주치자 궐겸이 곱게 미소 지었다.

"감축드리옵니다, 전하."

"고맙다."

환라의 말이 끝나기가 무섭게 대신들이 환라에게 인사를 건네려 다가왔다. 평소에는 그녀를 거들떠보지도 않던 이들이 가장 열성적이었다.

환라는 그들이 다가오기 전에 궐겸에게 눈짓으로 인사하고 조정을 빠져나왔다. 그리고 누구와 마주치기 전에 곧장 비원궁으로 돌아왔다.

향옥과 칠각을 밖에 세워 두고 혼자 안으로 들어오자마자 단단한 팔뚝이 환라의 허리를 휘어 감았다.

"이제 오십니까, 전하."

낮고 야릇한 목소리에 환라의 입술 사이로 작은 웃음이 터져 나왔다.

"어찌 알았는가?"

"저는 다른 이들보다 귀가 밝습니다."

양야가 환라의 목선을 따라 입을 맞추며 속삭였다. 솜털이 스치듯 간지러운 감촉에 환라가 목을 움츠리며 웃었다. 그러다 묘은의 샛노란 눈동자와 마주쳤다. 제 앞발을 핥고 있던 그녀는 꼬리 끝을 살랑이며 해맑게 말했다.

"은인. 양야 님과 짝짓기 할 거면 내가 자리를 비켜 줄까?"

환라가 드물게 얼굴을 새빨갛게 붉히며 양야를 밀어 냈다. 목덜미에 간지러운 웃음이 닿았다. 민망해하는 저를 보며 웃는 게 얄미웠으나 환라는 입술에 닿는 온기를 밀어 내지 않았다.

* * *

새로운 날이 밝았다.

환라는 일어나자마자 예복으로 갈아입었다.

역대 황제들의 초상화와 위패를 모아 놓은 곳에 가서 절을 올리고 마차를 타고 도성을 돌며 태자가 책봉되었음을 알렸다.

종일 성대한 연회가 열리는 것을 마지막으로 황태자 책봉식은 끝이 났다.

대신들은 환라가 태자의 자리를 차지했으니 더는 무리하게 영로와 대적하지 않을 것으로 생각했다.

그러나 환라는 그들의 생각을 비웃기라도 하듯이 더 과감하게 움직였다. 그녀는 범법 행위를 한 대신들을 처벌했다. 그리고 태자의 권한으로 억울하게 파직당하거나 유배당한 이들을 복직시켜 빈자리를 채웠다. 아무렇게나 권력을 휘두르던 이들은 그다음 차례가 자신이 될까 두려워 애가 탈 수밖에 없었다. 이런 상황에서 그들이 믿을 수 있는 것은 영로 하나뿐이었다. 그렇기에 그들은 하루가 멀다 하고 영로를 찾아 왔다.

"황후 폐하! 태자의 독주를 이대로 보고만 있으실 것이옵니까?"

"이대로 가다간 우리 모두 내쫓기게 생겼습니다."

"맞습니다. 어떻게 좀 해 주십시오!"

대신들이 시끄럽게 떠드는 소리를 들으며 영로가 피곤하다는 듯 눈살을 찌푸렸다. 옆에 서 있던 능윤이 영로에게 따뜻한 차를 따라 주며 대신들을 나무랐다.

"황후 폐하께서는 때를 기다리고 계십니다. 그러니 대신들께서도 이리 찾아와 황후 폐하를 혼란스럽게 하지 마시고 좀 기다려 주시는 게 어떻겠습니까?"

대신들이 입을 다물고 영로를 봤다. 그녀는 속을 알 수 없는 무표정으로 찻잔을 들어 올렸다. 느리고 우아한 몸짓에 대신들이 함부로 말을 하지 못하고 서로 시선을 주고받았다. 그러나 우사정 최우현만은 달랐다.

"몸 팔아서 우상이 된 주제에 고상한 척…… 으헉!"

말이 끝나기도 전에 옥빛이 도는 찻잔이 최우현의 귀를 스치고 지나갔다. 능윤이 긴 소매로 영로를 감싸자마자 찻잔이 벽에 부딪치며 산산조각 났다.

이리저리 튄 파편이 능윤의 소매에 부딪친 뒤 아래로 떨어졌다. 영로는 무사했으나 무방비 상태로 서 있던 대신들은 제 몸을 터느라 정신이 없었다. 그러나 찻물까지 뒤집어쓴 최우현은 오히려 잠잠했다. 그는 가만히 서서 손을 떨며 바닥에 흩뿌려진 채 햇빛에 반짝이는 사금파리를 보다가 고개를 들었다.

깨진 도자기의 단면에서 번뜩이던 빛이 영로의 눈동자에 깃들어 있었다. 자칫 입을 잘못 놀렸다가는 혀가 나가떨어질 것 같은 눈빛이었다.

대신들은 고개를 숙이고 한 발자국 물러났다. 혼자 덜덜 떨고 있던 최우현이 졸지에 앞으로 나선 꼴이 되었다.

"내가 이리 건재할 수 있었던 건 우상이 지략을 보태 준 덕이오. 하는 것 없이 탐욕스럽게 이것저것 주워 먹는 누구와는 다르지."

영로는 천천히 일어나 마른침을 삼키고 있는 최우현의 앞에 섰다.

"그러니 다음에 또 입을 함부로 놀리면 그땐 찻잔이 빗나가지 않을 것이오. 아시겠소, 우사정?"

"예, 황, 황송하옵니다, 황후 폐하."

영로는 고개를 숙이고 있는 대신들과 최우현을 경멸 어린 눈으로 바라보다 몸을 돌렸다. 그러자 바로 미소 짓고 있는 능윤이 보였다. 영로가 어이없다는 듯 그를 쳐다보았으나 그의 미소는 사라지지 않았다. 다시 의자에 앉으며 영로가 능윤에게 왜 그리 웃느냐고 물으려던 찰나였다.

문이 열리며 여사 최윤미가 들어왔다. 그녀의 손에는 새 찻잔과 함께 접힌 종이 한 장이 들려 있었다.

"황후 폐하. 갈파왕이 보낸 서신이 왔사옵니다."

갈파왕이라는 말에 대신들이 헛숨을 들이켰다. 갈파왕이 부모와 형제를 죽이고 왕위를 차지했다는 것은 공공연한 사실이었다. 물론 그 사실은 증거가 없어 소문으로 남았으나 그가 전쟁과 살육을 좋아한다는 것은 소문에 그치지 않았다.

게다가 요즘엔 점점 영토를 넓히고 있으니 대신들이 그에게 느끼는 두려움은 이루 말할 수가 없었다. 그러나 이번만큼은 대신들의 표정이 밝아졌다. 두 사람이 손을 잡으면 햇병아리 같은 태자를 밀어내는 것은 일도 아니었다. 대신들은 숨을 죽이고 영로의 표정을 살폈다. 그녀의 입가에 오만한 미소가 떠오르자 그들은 서로 안도의 눈빛을 주고받았다.

그사이 서신을 내려놓은 영로가 대신들을 바라보았다.

"언제까지 서 계실 참이오?"

싸늘한 말투에 대신들이 헛기침을 하다가 인사를 올리고 물러났다.

영로는 개떼처럼 몰려다니는 대신들을 보며 코웃음을 치고는 고개를 돌렸다. 그녀의 시선 끝에 다시 능윤의 미소가 툭 걸렸다.

"뭐가 좋다고 웃느냐?"

"폐하께서 저를 위해 진노해 주시지 않으셨사옵니까."

영로가 한숨을 내쉬고 고개를 돌렸다. 한쪽 눈썹이 미세하게 올라간 모습이 그녀의 불편한 심기를 여실히 보여 주고 있었다. 능윤은 그녀의 얼굴을 눈동자에 새기기라도 할 듯이 바라보다가 옆에 앉으며 물었다.

"갈파왕이 뭐라고 하옵니까?"

"공주의 시신부터 보내라고 하더구나."

"곁에 항상 태감이 있으니 쉽지 않을 것이옵니다."

"지하에 무방비한 공주가 하나 더 있지 않느냐. 갈파에게 얼굴을 보인 공주 말이다."

능윤은 그제야 지하에 가둬 둔 소해의 존재를 깨달았다. 공주를 죽이든 죽이지 못하든 갈파왕이 본 것은 소해의 얼굴이니, 필요할 때에 그녀를 죽여 시신을 갈파로 보낼 생각인 것이다.

능윤은 찻잔을 채우는 영로를 착잡한 얼굴로 바라보았다.

"그래서 그때 갈파왕이 정소해의 면포를 벗길 수 있도록 자리를 내어 주셨던 것입니까?"

말해 무엇 하냐는 얼굴로 영로는 식은 차와 함께 냉소를 머금었다. 능윤이 온기라고는 느껴지지 않는 찻주전자를 내려다보다가 어렵게 입을 열었다.

"죽이는 것은 제가 하겠습니다."

"너는 아무것도 하지 말거라."

능윤의 얼굴이 눈물을 흘릴 것처럼 일그러졌다. 영로는 찻잔을 매만지며 애써 그 얼굴을 외면했다.

"아무것도, 아무 죄도 짓지 마."

그녀는 남은 찻물을 단숨에 들이켰다. 찻물은 목구멍을 타고 순식간에 사라졌으나 혀끝은 여전히 떫었다.

* * *

환라는 제 뒤를 총총걸음으로 좇아오는 묘은을 잠시 돌아보았다. 눈이 마주치자 묘은이 옆으로 다가왔다.

"은인. 지금 어디 가는 거야?"

사람이 많은 곳에서 불쑥 물어본 탓에 환라는 저도 모르게 놀라고 말았다. 다행스럽게도 양야가 미리 손을 써 둔 덕분에 사람들이 사람 말을 하는 삵을 보고 놀라 나자빠지는 일은 없었다. 환라도 다른 사람에게는 묘은의 목소리가 짐승 소리처럼 들린다는 것을 깨닫고 안도하며 미소 지었다.

"대장군에게 가는 길이다."

"또?"

묘은이 불만스럽게 물었으나 환라는 고개를 끄덕일 뿐이었다. 그녀는 근래에 대장군을 자주 찾아가 대화를 나누었다. 가끔 바둑이나 장기를 두기도 하며 친분을 쌓았다. 묘은은 그들이 나누는 대화를 대부분 알아듣기 힘들었기에 지루하기만 했다. 양야라도 곁에 있으면 좋을 텐데 그는 환라가 외출할 때면 한월각의 일을 돌보러 갔다. 물론 같이 있다고 해도 묘은과 놀아 주진 않았지만 말이다.

묘은은 환라의 다리 사이를 요리조리 돌아다니며 투정 부렸다.

"오늘도 장기 둘 건 아니지? 장기 말로 사냥 놀이 하는 거 너무 지겹단 말야. 장기 말은 말인데 왜 가만히 있는담? 도술도 쓰지 말라 그러고."

묘은이 투덜거렸다. 말할 때마다 수염이 들썩이는 것이 귀여워 환라가 웃음을 터트렸다.

"오늘은 금방 돌아올 것이니 걱정 말라."

"정말? 정말이야?"

"정 심심하거든 밖에서 놀다 들어와도 좋다."

"아냐. 나는 은인 곁에 딱 붙어 있어야 해. 아니면 양야 님 곁에! 근데 양야 님은 가끔 무서우셔서 싫어."

묘은이 환라의 다리에 몸을 기댄 채 바쁘게 발을 움직였다. 얼마 지나지 않아 멀리서 대장군의 저택이 보였다.

환라는 대장군 소능현을 떠올렸다. 능현이 어떤 사람인지는 충분히 알았다. 이제 신분을 밝히고 그를 제 사람으로 만들 때였다. 대장군이 거부한다면 궁으로 불러들여 설득할 생각이었기에 지루할 틈도 없이 이야기가 끝날 것이다.

환라가 대문으로 들어서자 묘은이 도술로 모습을 감췄다. 오늘 따라 유난히 하인들이 적었다. 이미 길은 다 알고 있었기에 환라는 하인의 안내를 받지 않고 홀로 대장군의 방을 찾아갔다.

곧장 자신이 왔음을 알릴 생각이었던 그녀는 저도 모르게 움직임을 멈췄다. 안에서 궐겸과 능현의 목소리가 흘러나오고 있었다.

"……만일 군사를 일으키게 된다고 해도 내 태자 전하의 안위는 보장하겠네. 애당초 그 이유 때문에 자네가 내게 온 것이 아닌가?"

"맞습니다. 허나……."

궐겸의 목소리가 거칠게 열리는 문소리에 뚝 끊겼다. 그는 고개를 돌렸다. 그리고 차가운 표정의 환라와 눈이 마주쳤다. 궐겸의 얼굴이 새하얗게 질렸다.

그가 아무 말도 못 하고 굳어 있는 사이 능현도 환라를 발견하였다. 능현은 환라가 여란에게 어느 정도 언질을 들었을 것으로 생각했기에 놀란 기색 없이 그녀를 맞이했다.

"환이 자네 왔는가? 안 그래도 좌사정과 국사를 논하고 있었네. 이리와 앉게나."

환라는 궐겸에게서 시선을 떼지 않은 채 안으로 들어와 그의 맞은편에 앉았다. 한참 그의 얼굴을 보던 환라가 능현에게 물었다.

"군사를 일으킨다는 것이 무슨 뜻입니까?"

"여란이에게 들은 게 없나 보군."

"대장군!"

궐겸이 급하게 능현의 말을 가로막았다. 자신이 환라에게 품은 마음을 능현이 모두 말해 버릴까 덜컥 겁이 났기 때문이었다. 하지만 환라는 궐겸의 반응을 오해했다. 군사를 일으키는 일에 태자는 알면 안 되는 의도가 숨어 있으리라 생각한 것이다.

"좌사정은 어찌 대장군의 말을 막는 것인가?"

차가운 목소리에 궐겸이 당황한 표정을 지었다. 능현은 이 상황을 이해하지 못하고 두 사람을 번갈아 보았으나 궐겸은 머릿속이 하얗게 변해 아무런 설명도 할 수 없었다. 환라에게라도 해명하고 싶었으나 그녀가 문밖에서 무엇을 들었는지 정확하지 않아 함부로 입을 열 수 없었다. 어영부영하는 사이 환라가 자리에서 일어나 궐겸을 내려다보았다.

"대장군. 그대가 말해 보라. 역모를 꾸몄는가?"

갑작스러운 하대에 능현이 선뜻 입을 열지 못하자 궐겸이 자리에서 일어나며 다급하게 대답했다.

"아니옵니다, 전하. 역모라니 가당치도 않사옵니다."

"전하……?"

능현이 혼란스러운 목소리로 궐겸이 내뱉은 호칭을 작게 따라 했으나 눈길을 주는 이는 아무도 없었다.

"그럼 왜 대장군의 말을 막는 것인가? 내가 알지 말아야 할 것이 역모밖에 더 있는가?"

"그것은……."

궐겸이 말을 잇지 못하고 입을 다물었다. 설명하기 위해서는 그가 품은 마음을 밝혀야만 했다.

물론 언젠가 환라에게 후궁으로 맞이해 달라 청할 생각이었으나 이렇게 마음을 밝히고 싶진 않았다.

중요한 순간에 궐겸이 침묵하자 환라의 시선은 다시 능현에게 향했다. 능현은 혼란스러움을 가라앉히고 차분하게 상황을 되짚어 봤다. 이 제국에 전하라고 불릴 만한 사람은 오직 하나뿐이었다.

"혹시 태자 전하이십니까?"

"그렇다."

능현은 그제야 왜 궐겸이 말을 잇지 못하는지 깨달았다.

'제 마음을 들키고 싶지 않아서겠지.'

그는 한숨을 삼키고 입을 다문 궐겸 대신 상황을 설명했다.

"반역이 아니옵니다, 전하. 황후 폐하께서 사병을 기르고 있다고 하여 군을 움직여야 할 상황이 있을지에 대해 의논하던 중이었사옵니다."

황후가 사병을 모으고 있다. 예전에는 그 말을 믿었다. 하지만 지금은 모든 것이 의심스러웠다.

환라는 향옥과 칠각이 제 사람이 아니라는 것을 깨달은 지 얼마 되지 않았다. 궐겸은 그 사실을 알면서도, 본인의 입으로 환라의 사람이라 시인하였으면서도 뒤에서 일을 꾸미고 있었다. 환라는 그 사실에 이루 말할 수 없는 배신감을 느꼈다.

'반란이 일어났을 때 내 안위를 보장하겠다고 하였나?'

천하가 뒤집히는 마당에 황가의 적통을 보호할 방법은 두 가지뿐이었다.

적통을 보위에 앉히거나 몰래 **빼돌리거나**. 하지만 대장군이 태자를 지지하지 않는다는 것은 이미 파다한 이야기였다. 그러니 환라의 안위를 지켜 달라는 말은 환라에게서 태자의 지위를 빼앗고 밖으로 빼돌려 달라는 말과 다를 게 없었다. 환라는 입술을 깨물었다.

'입에는 꿀을 물고 배 속에 칼을 품은 건 비단 궐겸뿐만이 아니다. 여란 또한 이들의 생각을 알고도 숨겼을지 모른다.'

여란은 대장군이나 궐겸과 시시콜콜한 대화를 자주 나눴다. 그런 여란이 태자의 처우를 모를 리 없었다. 환라가 태자인 것을 알면서도 대장군과 궐겸의 반란 계획을 함구하고 있었던 게 분명했다.

용암처럼 치솟는 배신감과 분노는 억지로 내리눌렀으나 불신은 무시할 수 없었다.

"황후 폐하께서 모으고 있다는 군대를 직접 보았는가?"

"예. 하온데 어찌 안 것인지 다음날 군을 끌고 갔을 땐 아무것도 없었사옵니다."

"나라를 걱정하는 그대의 마음은 잘 알겠다. 허나 군을 움직이는 것은 나라의 흥망성쇠를 결정하는 중대한 일이다. 그대가 통솔권을 가지고 있으나 그것은 본디 폐하의 것이다. 폐하의 옥체가 아무리 미령하셔도 그대들끼리 논의하는 게 아니라 먼저 아뢰는 것이 옳다."

감정적이고 폭력적이라는 채령의 판단과 달리 역모를 의심한 상황에서도 환라는 이성적이며 차분했다.

내심 궐겸보다 채령의 말을 믿고 있던 능현은 태자에 대한 제 생각을 고쳐먹었다.

하지만 환라는 능현의 심중에 생긴 변화를 신경 쓸 정도로 마음이 여유롭지 못했다. 그녀는 고개를 돌려 궐겸을 보았다. 그는 간절히 무언가를 말하고 싶어 하는 눈치였으나 환라는 듣고 싶지 않았다. 그녀는 궐겸을 외면하고 능현에게 말했다.

"곧 자리를 마련하겠다. 자세한 이야기는 그때 나누겠다."

"예, 전하."

능현이 고개를 숙였다. 환라는 궐겸에게 시선조차 주지 않고 방을 빠져나갔다.

궐겸은 처음 받아 보는 냉대에 머리가 어지럽고 어안이 벙벙하였다. 그는 충격에 휩싸여 있다가 문이 닫히기 전에 능현에게 대충 인사를 하고 환라를 따라 나갔다.

"전……, 공자!"

하인들이 지나가는 것을 본 궐겸이 급하게 호칭을 바꿨다. 그것이 자신을 부르는 것임을 안 환라가 걸음을 멈췄다. 하지만 끝내 돌아보지 않았다. 환라를 따라 잠시 멈춰 섰던 궐겸이 빠르게 걸어 환라의 앞을 막아섰다.

"제 말을 들어 주십시오."

"듣고 싶지 않다."

"제 불찰입니다. ……그 여인이 공자의 모습으로 있을 때 두렵다며 떠나고 싶다고 하였습니다. 제가 공자를 알아보지 못하고 대장군께 부탁했습니다. 하여…….”

"변명이다!"

환라가 억눌린 목소리로 궐겸의 말을 가로챘다. 다른 사람에게 들리지 않도록 목소리를 낮췄으나 그녀의 말투는 매우 격양되어 있었다.

환라가 언성을 높인 것은 처음 있는 일이라 궐겸은 그대로 굳어 버렸다. 배신감에 핏발이 선 눈이 소리 없이 궐겸을 원망하고 있었다. 그는 억장이 무너지는 느낌에 차라리 그 자리에서 쓰러지고 싶었다. 그러나 쏟아져 나오는 환라의 말을 듣고 있는 것 말고는 아무것도 할 수 없었다.

"좌사정 그대는 그대의 입으로 내 사람이라고 하였다. 그것이 정녕 무슨 뜻인지 모르는가? 나를 주군으로서 섬기겠다는 말이다!"

궐겸은 혼이 나는 아이처럼 서서 눈을 질끈 감았다. 그 모습이 제법 애처로워 보였으나 환라는 말을 멈추지 않았다.

"세상의 어느 충신이 주군이 의무를 저버리는 것을 돕는단 말인가? 그것은 아첨하는 것과 다를 바가 없다! 해야만 하는 것을 포기할 수 있도록 돕는 것이 그대의 충심이라면."

숨이 막힌 사람처럼 돌연 말을 멈춘 환라가 깊게 숨을 내쉬었다. 오래도록 감정을 절제하라 훈련받은 황족답게 그녀는 빠르게 호흡과 표정을 갈무리했다. 그러나 눈빛만큼은 여전히 형형히 빛나며 궐겸에게 쏟아졌다.

"그 충심은 받지 않겠다. 내겐 필요하지 않은 것이니."

환라는 그대로 망부석처럼 선 궐겸을 스쳐 지나갔다. 냉기를 풍기는 그녀에게 하인들은 차마 큰 소리로 인사를 건넬 수 없었다.

환라가 아무런 방해도 받지 않고 대문에 도착했을 즈음, 여란은 안으로 들어오던 중이었다. 그녀는 안에서 어떤 일이 있었는지도 모른 채 반갑게 환라에게 다가왔다.

"형님!"

환라가 잠시 걸음을 멈추고 여란을 보았다. 여란이 무슨 이유로 함구한 것인지 정확히는 알 수 없으나 지금은 어떤 말을 해도 나쁘게 들릴 것만 같았다. 환라는 그대로 여란의 옆을 스쳐 지나가며 말했다.

"지금은 그대와 이야기 하고 싶지 않다."

여란이 소리 높여 환라를 불렀으나 환라는 멈추거나 돌아보지 않았다. 여란은 걱정스러운 얼굴로 고개를 기울였다. 대화하고 싶지 않다기에 따라가지 않았으나 환라에게 무슨 일이 있었던 것은 분명해 보였다. 그녀는 원인을 찾기 위해 머리를 굴리다가 환라가 나온 방향으로 몸을 돌렸다.

'대장군의 집에서 무슨 일이 있었던 게 분명해.'

환라를 따라갈 수 없다면 대장군의 집에 가서 알아보면 될 일이었다. 여란이 콧바람을 훅 내뿜고 팔을 걷어붙였다. 그리고 곧장 대장군의 집으로 들어갔다.

* * *

환라는 한월각으로 향했다. 정위는 오랜만에 온 양야 덕에 일이 반으로 줄어 매우 즐거웠기에, 문을 열고 들어오는 환라가 두 배는 더 반가웠다.

소리 높여 인사하려던 그는 환라의 분위기가 심상치 않음을 깨닫고 조용히 입을 닫았다. 환라는 정위의 인사를 고갯짓으로 받은 뒤에 곧장 양야의 방으로 올라갔다. 문을 열자 흐트러진 차림새로 하얀 연기를 내뿜으며 장부를 보던 양야가 고개를 들었다.

"벌써 오셨습니까? 아직 할 일이 많습니다. 낮잠이라도 주무시고 계십시오."

환라는 고개를 저으며 양야에게 다가갔다. 양야가 고개를 들어 제 앞에 선 환라를 보았다. 그녀의 얼굴에는 수심이 가득했다.

"무슨 일 있으셨습니까?"

환라는 말없이 그의 머리를 끌어안았다. 양야는 그대로 환라의 다리를 한 손으로 감싸서 들어 올린 뒤 제 무릎 위에 앉혔다.

환라는 여전히 그의 목에 팔을 휘어 감은 채로 너른 가슴에 볼을 기댔다. 양야가 문가를 바라봤다. 고양이 세수를 하고 있던 묘은이 고개를 들었다. 양야의 눈빛은 마치 환라에게 무슨 일이 있었느냐고 캐묻는 듯했다.

하지만 환라와 궐겸의 대화가 무슨 의미인지 하나도 알아듣지 못한 묘은은 답하고 싶어도 답할 수 없었다. 그녀가 고개를 젓자 양야가 그럼 그렇지 하는 얼굴로 고개를 돌렸다.

그리고 곰방대를 내려놓은 뒤 환라의 등을 부드럽게 쓸었다.

양야의 품에 기대 겨우 감정을 진정시킨 환라가 지친 목소리로 말했다.

"아직 할 일이 많다 하였는가?"

양야는 어렵지 않게 환라의 말 속에 궁으로 돌아가고 싶다는 의미가 숨어 있는 것을 눈치챘다.

"많이 남았습니다."

환라가 무의식중에 작게 숨을 내쉬며 양야에게 몸을 기댔다. 그는 한참 남은 장부에 잠시 눈길을 주었다가 환라의 이마에 입을 맞췄다.

"그러나 일보다 전하가 더 중요합니다. 오늘은 이만 궁으로 돌아가는 게 좋겠습니다."

따뜻한 말에 응어리진 마음이 풀어졌다. 하지만 편안한 곳에서 쉬고 싶은 마음은 여전했다. 그렇기에 고개를 끄덕이고 자리에서 일어났다. 양야는 의복을 단정히 하고 환라의 손을 잡았다. 1층으로 가는 그들의 뒤를 묘은이 종종걸음으로 뒤따랐다.

인부들을 통솔하며 물건들을 살피던 정위가 인기척에 고개를 들었다. 그는 밝은 얼굴로 환라와 양야에게 물었다.

"산책 가십니까?"

정위의 얼굴이 너무나도 천진해 일을 덜 끝낸 양야를 데려가려던 환라는 살짝 죄책감을 느꼈다. 그녀가 다시 위로 올라가자고 말하려던 찰나 양야가 입을 열었다.

"다음에 다시 오마."

그리고 정위가 붙잡을 새도 없이 몸을 돌렸다. 정위가 펄쩍 뛰며 양야의 등에다 대고 소리쳤다.

"예? 설마 지금 가시는 겁니까? 일이 이렇게 많은데?"

그러나 양야는 아무것도 들리지 않는다는 듯 환라의 손을 잡고 부지런히 걸음을 놀렸다. 정위가 그 모습을 두고만 보고 있을 리 없었다. 그는 옆에 서 있는 인부에게 장부와 붓을 떠안기고는 빚쟁이처럼 달려와 양야의 앞을 가로막았다.

"못 가십니다! 제가 객주님 일까지 하느라 얼마나 고생하는지 아십니까? 막말로, 이 상단에 객주님 것이지 제 것입니까?"

"그럼 네 것으로 하면 되겠느냐?"

"미치셨습니까?"

"미치지 않았다."

제정신이 아닌 사람을 쳐다보듯 양야를 보던 정위가 고개를 홱 돌렸다. 그리고 손가락으로 양야를 가리키며 환라에게 같은 질문을 했다.

"미치셨습니까?"

"미치지 않았다."

환라가 웃음기 어린 목소리로 같은 대답을 했지만 정위는 고개를 저었다. 그는 한참 양야를 노려보다가 별안간 투레질하는 말처럼 고개를 저으며 바닥에 벌러덩 드러누웠다.

"몰라요! 가시려거든 저를 밟고 가시……."

정위의 말이 끝나기도 전에 양야가 발을 들어 올렸다. 정위가 으아악 비명을 지르며 데굴데굴 굴렀다. 가까스로 양야의 발밑에서 벗어난 정위가 몸을 벌떡 일으켰다. 그리고 경악스러운 표정으로 양야를 바라보았다.

"방금 진짜 저를 밟으시려고 하신 겁니까?"

그러거나 말거나 양야는 환라를 보며 다정한 목소리를 냈다.

"가시지요."

환라가 웃으며 다시 걸음을 옮겼다. 정위는 포기하지 않고 그들의 뒤를 쫓으며 칭얼거렸다.

"그럼 어디에 계신지라도 알려 주십시오! 이번에 마로가와 큰 교역이 있는 것은 아십니까? 손님을 접대하고 계약을 하려면 객주님이 계셔야 한단 말입니다."

환라가 고개를 돌려 양야를 보았다. 그는 괜찮다는 듯이 미소 지었다. 하지만 환라는 걸음을 멈췄다. 저를 우선시하는 것은 달가운 일이나 해야 할 일까지 뒷전으로 미루는 것은 내키지 않았다. 그녀는 양야와 맞잡은 손을 빼내고 몸을 돌렸다. 쫓아오던 정위가 환하게 미소 지으며 기대감 어린 눈으로 환라를 보았다.

"객주님을 설득해 주시려 그러십니까?"

환라가 고개를 젓고 바로 대책을 마련해 주었다.

"꼭 필요한 일이 있거든 황궁 정문으로 와 유향옥이라는 자를 찾아라. 내가 미리 언질을 해 놓을 테니 기별을 넣으면 그녀가 우리에게 전해 줄 것이다."

"궁이요?"

환라는 손가락에서 가락지 하나를 빼내어 정위의 손에 쥐여 주었다. 같은 물건이 하나는 환라의 손에, 하나는 정위의 손에 들어가자 양야가 언짢은 표정이 되었다.

그는 정위의 손가락을 꿰뚫을 듯이 쳐다봤다. 정위로서는 억울하기 그지없는 일이었으나 일을 줄일 수만 있다면 양야의 매서운 눈빛이 대수냐 싶었다.

정위는 양야를 무시한 채 환라가 준 가락지를 생명줄처럼 꼭 쥐고서 굳게 고개를 끄덕였다.

* * *

"전하. 좌사정 이궐겸 들었사옵니다."

서책을 읽던 환라의 손끝이 잠시 멈췄다. 하지만 그녀는 이내 아무 소리도 듣지 못한 사람처럼 다시 책장을 넘겼다. 환라의 무릎 위에 턱을 괴고 누워 있던 양야가 문을 쳐다봤다.

벌써 나흘째였다.

궐겸은 하루에도 몇 번씩 환라를 찾아 왔다. 하지만 환라는 지금처럼 아무런 대답도 하지 않았다. 그러면 칠각이 몇 번 더 아뢰다가 궐겸을 돌려보내곤 했다. 환라에게서 대충 이야기를 들은 양야는 연적의 괴로움을 달가워해야 할지 애처로워해야 할지 갈피를 잡을 수 없었다.

그가 복잡한 심정으로 환라의 얼굴을 보고 있을 때, 칠각이 다시 아뢰었다.

"전하. 좌사정 이궐겸 들었사옵니다."

무시하는 환라의 얼굴도 그리 편해 보이지만은 않았다. 양야는 환라를 위해서라도 궐겸이 환라에게 품고 있는 마음을 알려 주어야 하나 고민했다. 그녀가 궐겸의 마음을 알면 적어도 배신감을 덜 순 있을 터였다.

그 고민이 깊어지기도 전에 밖에서 다른 목소리가 들렸다.

"전하. 여사 유향옥이옵니다."

"들라."

환라가 허락하자 굳게 닫혀 있던 문이 열렸다. 그 사이로 절절한 표정으로 서 있는 궐겸이 보였다. 환라 역시 그의 얼굴을 보았으나 매정하게 고개를 돌렸다.

향옥은 환라와 궐겸을 번갈아 보다가 안으로 들어왔다. 그리고 곧장 환라에게 서신을 건네주었다.

"전하께서 말씀하셨던 이가 오늘 주고 간 것입니다. 이름은 윤정위라 하였고 가락지 또한 확인했사옵니다."

"수고했다. 물러가라."

향옥이 인사를 올리고 밖으로 나갔다. 환라는 저도 모르게 문을 보며 짧게 한숨을 내쉬었다가 서신을 펼쳐 들었다. 양야가 책상 위로 올라와 환라의 손에 앞발을 얹었다.

"그리 마음이 쓰이시면 이야기라도 나눠 보십시오."

"아직 보고 싶지 않다."

완고한 대답에 양야가 고개를 끄덕였다. 밖에서 궐겸에게 다음에 다시 오라고 말하는 칠각의 목소리가 들렸다. 환라는 그쪽으로 신경을 기울이지 않기 위해 이미 읽은 서신을 다시 한번 읽었다.

"다른 상단과 계약을 하기로 하였는데 객주가 있어야 한다고 적혀 있다."

양야가 서신을 읽고 고개를 끄덕였다.

"밖에 나갔다 와야 할 것 같습니다. 함께 가시겠습니까?"

환라는 짧게 고민하다가 고개를 저었다. 여란이 아직 한월각에서 생활하고 있었다. 양야를 따라가면 분명 그녀와 마주칠 것이다. 하지만 궐겸의 얼굴을 마주하고 싶지 않은 것처럼 여란 역시 아직 만나고 싶지 않았다.

"나는 궁에 있겠다."

"그럼 저도 궁에 있겠습니다."

환라가 웃는 얼굴로 양야의 머리를 부드럽게 쓸어 주었다. 황금색 눈동자가 가늘게 접히며 미소 같은 표정을 지었다. 그 모습이 퍽 사랑스러웠으나 환라의 마음은 정위에게 가락지를 줄 때와 같았다.

"나는 그대가 나 때문에 해야 할 일을 내버려 두는 걸 원하지 않는다."

환라가 그렇게 말하자 양야는 도무지 고집을 부릴 수 없었다. 그는 속으로 하루라도 빨리 한월각을 정위에게 넘겨 버려야겠다고 생각하며 고개를 끄덕였다.

"그럼 내일 잠시 나갔다 오겠습니다."

"저도! 저도 데려가세요, 양야 님!"

침대 위에 앉아 꾸벅꾸벅 졸던 묘은이 고개를 번쩍 치켜들었다.

"은인은 좋은데 여기는 갑갑하고 지루하옵니다! 그러니 저도 데려가 주세요."

묘은이 초롱초롱한 눈을 하고 양야를 쳐다보았다.

환라는 이제 태자로서의 위엄을 지켜야 한다. 그런데 양야가 나간 사이 묘은이 사고라도 치면 곤란해진다. 환라 혼자서는 수습하기도 힘들 테니 그런 일은 미연에 방지하는 것이 나았다. 물론 묘은이 따라가면 시끄럽고 귀찮을 것이 뻔했기에 저절로 심드렁한 목소리가 나왔다.

"그러려무나."

묘은이 활짝 웃으며 침대 위를 이리저리 뒹굴었다. 환라도 조용해진 문 쪽으로 시선을 두었다가 자리에서 일어났다. 그녀가 침대로 다가오자 묘은이 자리를 비켜 주었다.

환라는 침대 안쪽에 누웠다. 양야가 침대 위로 올라오며 침대 모서리에 자리를 잡은 묘은을 밀어 냈다. 묘은이 밑으로 툭 떨어져 데굴데굴 구르다 벽에 콩 부딪혔다. 그러나 곧 대수롭지 않다는 듯 벌떡 일어나 총총걸음으로 푹신한 방석 위에 자리를 잡았다. 얼마 지나지 않아 도로롱 도로롱 코 고는 소리가 들렸다. 묘은이 잠에 든 소리였다.

환라는 그 소리를 들으며 눈을 감았다. 정신이 가물가물 흐려졌지만 마음이 복잡해 여러 번 뒤척였다. 그런 것이 벌써 수차례였다. 양야는 혹시 날이 더워 환라가 잠에 들지 못하는 건가 싶어 방 안에 미풍을 만들었다. 그러나 환라는 방이 시원해진 뒤에도 한참 동안 잠을 이루지 못하였다.

새벽녘에 겨우 잠든 그녀가 조금 늦은 시간에 깨어났을 때, 양야와 묘은은 이미 밖으로 나갔는지 보이지 않았다. 환라는 자리에서 일어나 책상 앞에 앉았다. 그 위에 양야의 필체로 다녀오겠다는 글이 적힌 서신이 남아 있었다.

"전하. 기침하셨사옵니까?"

환라는 양야의 편지를 자개함에 고이 넣어 두고 향옥에게 들어오라고 말했다. 향옥이 세숫물을 들고 들어오며 방을 둘러봤다.

"영물들은 어딜 갔사옵니까?"

"외출을 나갔다. 아마 오늘은 없을 것이다."

향옥은 양야와 묘은이 항시 앉아 있던 자리를 빤히 바라보다가 세숫물을 두고 나갔다. 준비할 때가 되자 그녀는 어딜 갔는지 보이지 않고 칠각이 환라를 보필했다. 두 사람이 교대하는 것은 항상 있었던 일이었기에 환라는 신경 쓰지 않고 평소처럼 준비하고 일정을 소화했다.

이백을 도와 조정에서 일을 하던 환라가 방으로 돌아왔을 땐 날이 거의 저물고 난 뒤였다.

환라는 지친 몸을 이끌고 의자에 앉았다. 방으로 돌아올 즈음 내리기 시작한 비는 다른 소리를 집어삼킬 정도로 거세게 변해 있었다.

해는 점점 기울고 하늘은 어두워졌다. 비원궁을 밝히는 수백 개의 불빛도 비 때문인지 평소만큼 밝지 않았다. 그러나 환라는 시원한 빗소리와 어둑한 분위기가 마음에 들었다.

밖을 내다보고 있자니 하루 동안 쌓인 피로가 씻겨져 내려가는 기분이었다. 환라가 팔걸이에 몸을 기대고 앉아 밖을 내다보고 있을 때였다. 밖에서 칠각의 목소리가 들렸다.

"전하. 좌사정 이궐겸 들었사옵니다."

두꺼운 장막처럼 쏟아지는 비 때문일까? 환라의 마음은 평소보다 많이 풀어진 상태였다. 지금이라면 궐겸의 말을 차분히 들어 줄 수 있을 것 같았다.

환라가 들어오라고 말하려던 차였다. 등 뒤에서 천 스치는 소리가 들렸다. 환라는 몸을 일으키며 뒤를 돌아봤다.

한눈에 다 들어오지 않을 정도로 넓은 방이었으나 인기척이 없다는 것 정도는 알 수 있었다. 그러나 이상하게도 불안감이 가라앉지 않았다.

그녀는 장식용 검을 빼 들고 창문을 닫았다. 그리고 벽에 등을 댄 채 방 안에서 들리는 소리에 귀를 기울였다. 하지만 외벽과 창문에 빗줄기가 내리치는 소리 외에는 아무것도 들리지 않았다.

'잘못 들은 것인가?'

환라가 검을 든 팔을 늘어뜨리며 밖을 향해 답했다.

"들라……."

하지만 그녀의 목소리는 끝맺지 못하고 흩어졌다. 한여름에는 좀처럼 느끼기 어려운 냉기가 그녀의 목에 와 닿은 탓이었다.

환라는 서서히 시선을 내렸다. 동시에 번개가 하늘을 찢으며 땅에 내리쳤다. 그 빛이 얇은 창호지를 뚫고 들어와 방 안을 밝혔다가 순식간에 사라졌다. 그 찰나의 순간에, 환라는 제 목에 겨눠진 검을 보았다. 반사적으로 막지 않았다면 목이 잘렸을 것이다. 깨닫자마자 모골이 송연하였다. 환라는 마른침을 삼키며 고개를 들었다. 그녀의 시선이 검을 타고 올라가 검은 복면을 쓴 괴한에게 닿았다.

짐승이 울부짖는 것 같은 천둥소리가 땅을 뒤흔들었다.

환라는 그 순간을 놓치지 않고 순식간에 제 목에 겨눠진 검을 쳐 내며 괴한과 벽 사이를 빠져나왔다. 쇠붙이끼리 부딪치는 소리가 날카롭게 울렸다. 평소라면 그 소리를 들은 칠각이 방 안으로 뛰어들어 왔겠지만 오늘은 그렇지 않았다. 빗소리가 검이 부딪치는 소리를 집어삼킨 탓이었다.

환라는 문 쪽으로 뒷걸음질 치며 검을 똑바로 들었다. 잠시 틈을 엿보던 남자의 검이 다시 환라에게로 쇄도했다. 환라는 몸을 비틀어 피하며 소리쳤다.

"태감!"

벌컥 문이 열리는 소리와 함께 천장에서 네 명의 괴한이 내려왔다. 환라는 둥글게 돌며 물러나 곧장 뻗어지는 세 개의 칼날을 피했다.

다친 곳은 없었으나 그 덕에 궐겸과 칠각하고는 멀어지고 말았다. 애당초 칠각과 환라를 떨어트려 놓는 것이 목적이었는지 괴한 한 명은 환라를 방 안쪽으로 밀어 넣었고, 두 명은 칠각에게로 달려들었다.

칠각은 저번에 당한 부상으로 움직임이 둔해진 상태였기에 힘겹게 두 괴한을 상대했다.

나머지 한 명은 궐겸을 공격했다. 그러나 궐겸에게는 무기가 없었다. 그가 할 수 있는 것이라고는 간간이 환라가 다치지 않았는지 확인하며 괴한의 공격을 피하는 것이 전부였다. 환라 역시 정신이 없기는 마찬가지였다.

그녀는 제 앞에 있는 괴한을 사선으로 베어 내며 몸을 회전시켜 뒤에서 급소를 찌르려는 다른 괴한의 검을 막았다. 긴박한 상황이건만 이상하게도 환라는 시간이 느리게 흐르는 것처럼 느껴졌다.

방 안을 가득 채운 습한 공기에 둔탁한 발소리, 검과 검이 부딪치는 소리, 천둥소리, 빗소리, 거칠게 뛰는 심장 소리가 어지럽게 뒤섞였다.

환라가 제 앞에 있는 사람을 찌르느라 등 뒤를 신경 쓰지 못한 찰나, 쓰러져 있던 괴한이 일어나 검을 휘둘렀다.

"전하!"

궐겸이 저를 공격하는 검을 피하며 몸을 숙였다.

그는 그대로 괴한의 팔 밑을 지나쳐 환라에게 뛰어갔다. 그리고 번뜩이는 칼날이 환라를 베어 내기 전, 겨우 그녀를 감싸며 밀어 냈다. 날카로운 칼이 궐겸의 어깨와 날갯죽지를 가로질러 땅으로 떨어졌다.

환라에게 휘두른 것이 마지막 일격이었는지 괴한은 쓰러진 채 일어나지 않았다. 대신 궐겸과 대적하던 괴한이 환라에게 달려들었다. 환라는 일단 제 위로 쓰러진 궐겸을 밀어 내며 손을 옆으로 뻗었다. 궐겸과 부딪쳤을 때 떨어트린 검이 바로 손에 잡혔다. 환라는 내려찍듯이 휘둘러진 괴한의 검을 막았다. 무술에 능한 그녀였으나 위에서 내리누르는 힘을 홀로 감당하긴 힘들었다.

그녀의 팔이 괴한의 힘에 밀려 서서히 접혀 들어갔다.

괴한의 칼날이 환라의 눈동자 앞에서 맹수의 송곳니처럼 빛났다. 하지만 몸을 굴려 피하면 제 옆에 있는 궐겸이 위험할 상황이었다. 그녀가 이를 악물고 버티는 사이 잠시 정신을 잃었던 궐겸이 눈을 떴다.

궐겸이 몸을 틀어 괴한의 옆구리를 걷어찼다.

"윽!"

괴한이 단말마의 비명과 함께 옆으로 밀려나며 굴렀다. 환라는 괴한과 거의 동시에 몸을 일으켰다. 그녀가 마른침을 삼키며 검을 든 순간, 괴한의 몸이 다시 허물어졌다.

저에게 달려들던 놈들을 모두 처리한 칠각이 괴한의 등을 베어 낸 것이었다.

칠각이 괴한의 등을 넘어서 환라에게 다가왔다. 환라는 괴한이 움직이지 않는 것을 확인한 뒤에야 검을 쥔 손을 늘어트렸다. 그녀의 몸에 상처가 없는지 살피며 칠각이 걱정스럽게 물었다.

"괜찮으시옵니까?"

환라는 대답하는 것조차 잊은 채 몸을 돌려 궐겸의 앞에 주저앉았다. 궐겸의 등에서 선혈이 울컥울컥 흘러나왔다. 환라는 그의 상처를 손으로 압박하며 소리쳤다.

"어의를 불러와라! 어서!"

칠각이 환라의 말을 전하기 위해 밖으로 나가자마자 궁인들이 안으로 들어왔다. 환라는 시체를 치우려는 궁인들에게 명령했다.

"붕대로 쓸 만한 것을 가져와라."

궁인들이 바쁘게 움직여 긴 천을 가져다주고 시체를 밖으로 옮겼다. 환라는 천을 받자마자 궐겸의 등을 동여맸다. 하얀 천이 얼마 지나지 않아 붉게 물들었다. 그녀는 입술을 깨물며 궐겸의 어깨를 가볍게 두드렸다.

"궐겸아. 정신 좀 차려 보아라."

궐겸의 입에서 신음이 흘렀다. 그는 치미는 구토감을 참으며 힘겹게 눈꺼풀을 들어 올렸다. 흐릿한 시야에 검은 머리카락과 새하얀 면포가 어지럽게 일그러졌다. 자신이 쓰러져 있다는 것을 깨닫자마자 궐겸이 반사적으로 몸을 일으키려 했다. 환라는 그의 어깨를 눌러 움직이는 것을 막았다.

"움직이면 안 된다."

궐겸의 몸에서 힘이 빠져나갔다. 그는 힘겹게 숨을 내쉬며 환라를 불렀다.

"전, 하……."

환라가 움찔거리는 궐겸의 손을 붙잡았다.

"곧 어의가 올 것이다. 조금만 견디거라."

"……옵니다."

궐겸의 목소리가 흐릿하게 들렸다. 환라는 그가 뭐라고 말하는지 제대로 듣기 위해 고개를 숙였다. 궐겸이 환라의 손을 잡으며 입술을 달싹였다.

"송구……, 하옵니다……."

목숨이 위태로운 와중에도 궐겸의 머릿속에는 사죄해야겠다는 생각밖에 없는 듯했다. 그 마음이 여실히 느껴지니 환라의 마음에 남아 있던 응어리도 녹을 수밖에 없었다.

환라는 한숨 쉬듯 웃으며 고개를 들었다. 인기척이 느껴지는 쪽을 바라보자 어의와 들것을 든 환관들이 보였다. 환관들이 조심스럽게 들것 위로 궐겸을 옮겼다. 환라는 밖으로 나가려는 그들을 막았다.

"내 침대에 눕혀라."

환관들이 잠시 서로를 쳐다보며 멈칫거렸다. 환라가 다시 한번 명령하자 그제야 걸음을 돌려 침대 위에 궐겸을 내려놓았다. 칠각이 의자 하나를 침대 옆으로 옮겨 주었다. 그러나 환라는 자리에 앉을 생각도 하지 못한 채 궐겸의 손을 잡아 주며 멍하니 서 있는 어의를 재촉했다.

"어서 치료하지 않고 무엇 하는가?"

어의가 허둥지둥 궐겸에게 손을 뻗었다.

"소, 송구하옵니다, 전하. 천이 너무 꽉 매여 있어서……."

"잘라라."

환라의 말이 끝나기가 무섭게 칠각이 가위를 가져왔다. 어의들이 천을 잘라 내고 궐겸의 상처를 살폈다. 환라가 초조한 기색을 숨기지 못하며 물었다.

"어떠한가?"

"걱정하실 만큼 상처가 깊지 않사옵니다."

"헌데 어찌 이토록 피를 많이 흘린 것인가?"

어의가 바닥에 흘린 피의 양과 천을 보고 대답했다.

"목숨이 위태로울 정도의 양에는 미치지 못하니 근심을 거두시옵소서, 전하."

환라는 그제야 칠각이 가져다 둔 의자에 앉았다. 어의가 탕약을 내려 궐겸에게 먹였다. 그리고 상처를 꿰매고 약을 발랐다. 환라는 궐겸의 곁에 앉아 그가 인상을 찌푸릴 때마다 손등을 토닥여 주었다. 두 사람을 힐끔거리며 붕대를 감던 어의가 손을 떼어냈다.

"다 되었사옵니다."

"수고했다. 물러가라."

"전하께옵선……."

어의가 말끝을 흘리며 환라의 상태를 눈으로 살폈다. 칼에 베인 옷 사이로 자잘한 상처들이 보였다. 말 그대로 자잘한 상처들이었기에 환라는 고개를 저었다.

"나는 괜찮으니 태감을 치료해 주어라."

"저는 괜찮사옵니다."

조용히 서 있던 칠각이 정중하게 거절했다. 하지만 그 역시도 몸에 자잘한 상처가 많이 난 상태였다. 칠각에게는 아무렇지 않은 상처였으나 환라는 그 상처들이 눈에 밟혔다.

"치료받아야 내 마음이 편할 것 같다."

환라가 몇 번 더 권하자 칠각이 마지못해 어의와 함께 방을 나갔다. 얼마 지나지 않아 방을 치우던 궁인들도 인사를 올리고 물러갔다.

방 안은 평소처럼 깨끗해졌다. 핏자국 하나 남지 않은 방을 보며 환라는 양야가 돌아와도 걱정하진 않을 것이라 생각했다. 그녀는 안도하며 다시 궐겸을 보았다. 궐겸이 약에 취한 사람처럼 꿈꾸듯 몽롱한 얼굴로 손을 뻗었다.

"전하……."

환라는 궐겸의 손을 잡아 주었다.

"여기 있다."

"저를……. 제가 그런 이유를 이해하지 못하시겠지요."

환라는 궐겸이 말한 '그런 이유'가 잘못된 충정을 뜻하는 것인지, 환라를 대신해 검에 베인 것인지 알 수 없어 잠시 고민했다. 대답이 없자 환라를 올려다보는 궐겸의 눈에 물기가 어리기 시작했다. 이내 맑은 눈물이 콧대 위로 고였다가 넘쳐흘렀다. 궐겸은 눈물을 막기 위해 눈꺼풀을 닫았다. 그러나 뜨거운 눈물은 닫힌 눈꺼풀 사이를 비집고 계속 새어 나왔다. 아랫입술을 깨물어 봐도 눈물은 멈출 기미를 보이지 않았다.

진하고 단정한 눈썹 앞머리가 일그러졌다. 눈물에 젖은 속눈썹은 저들끼리 엉겨 붙어 파르라니 떨렸다. 그 모습이 처연하기 그지없어, 환라는 일단 궐겸을 달래야겠다고 생각했다. 그러나 환라가 위로하기도 전에 궐겸이 먼저 말을 꺼냈다.

"송구합니다. 충심이 아니었사옵니다. 전하를, 전하가 궁 밖으로 나오시길 바란 것은."

궐겸의 목소리는 창문이 삐걱거리는 소리를 집어삼키며 횡설수설 이어졌다.

"충심이 아니라 연심이었사옵니다. 사모하는 이의 부탁이라면 뭐든 들어주고 싶은 연정 때문에 그릇된 선택을 하였다 하면, 그러면……. 저를 내치지 않으실 겁니까?"

궐겸이 환라를 올려다보며 진주 같은 눈물을 뚝뚝 떨구었다. 달아오른 그의 눈가는 양귀비보다 붉었고, 눈동자는 마치 정화수에 담가 놓은 옥구슬인 양 영롱했다. 그 자태가 지나치게 애달파 환라는 말문이 막혔다.

궐겸은 아무런 말이 없는 환라의 손을 끌어 제 볼을 기댔다.

"연모하고 있습니다, 전하. 충심도 연심도, 전하를 향한 마음은 그 어떤 것도 포기할 수가 없습니다."

물건이 가득 든 상자를 뒤집은 것처럼, 궐겸의 마음이 우르르 쏟아졌다. 환라는 당혹스러움을 감추지 못하고 고개를 돌렸다.

문득 닿은 그녀의 시선 끝에, 샛노란 눈동자 한 쌍이 형형한 빛을 띠고 있었다.

9. 도사리다

늦은 오후에도 저잣거리는 사람들로 북적였다. 개 중에는 간혹 얼큰하게 취한 이들도 있었으나, 태식에 비할 바는 아니었다.

비틀거리는 태식에게서 독한 술 냄새가 났다.

여란은 저도 모르게 인상을 찌푸리며 태식을 보았다. 그러거나 말거나 태식은 여란의 앞을 가로막았다. 그는 손에 든 술병을 뒤집어 입 안으로 들이부었다. 술 방울이 이리저리 요란하게 튀고, 미처 목구멍으로 넘어가지 못한 액체가 입 밖으로 넘쳐 주르륵 흘렀다. 여란은 혐오스러워하는 눈으로 태식을 보다가 한숨을 내쉬었다.

"말로 할 때 꺼지시오."

여란은 뻗치는 열을 간신히 참아 냈다. 속이 답답한 이유가 비단 태식 때문만은 아니었던 까닭이다.

환라가 여란을 싸늘하게 지나쳐 간 후에 여란은 대장군의 집으로 들어갔다. 궐겸과 대장군을 닦달하였으나 아무런 말도 듣지 못했다. 차라리 당사자에게 직접 듣자는 생각으로 환라의 거처를 찾아갔다. 하지만 집은 텅 비어 있었다. 갑자기 화를 내며 떠난 사람이 증발해 버렸으니, 여란은 당혹스럽기 그지없었다.

궐겸에게 어찌된 일인지 묻고 싶어도 얼굴을 볼 수가 없었다. 어찌 된 영문인지 이른 새벽에 입궁하고 자정이 다 되어서야 출궁을 한 탓이었다.

며칠간 이런 일이 지속되자 성격이 급한 여란은 속이 터질 지경이었다.

"화풀이하기 전에 그냥 가시오."

여란이 그러거나 말거나 태식은 술병을 옆으로 던지고는 비틀거리면서 실실거렸다. 지나가던 사람들이 술병을 피하며 수군거렸다. 사람들이 하나둘씩 모여들자 여란은 울컥 짜증이 치밀었다. 동시에 태식이 여란의 어깨를 손으로 툭툭 여러 번 밀치며 어눌한 발음으로 시비를 걸었다.

"야, 우리 아버지가 유배당하셨어. 어? 알아? 네가 아느냐고?!"

여란이 태식의 손을 쳐 냈다. 그러자 그가 여란의 멱살을 움켜쥐고 끌어당겼다.

"이게 다 네년 때문이야. 네년을 만나고 나서는 재수가 옴

붙었는지…….”

더 들어 줄 가치도 없는 말이었다. 여란은 태식의 손을 뿌리치고 비틀거리는 그를 옆으로 밀어 버렸다. 휘청이며 물러선 그가 제 발에 걸려 요란하게 넘어졌다. 여란은 그 위에 올라타 주먹을 들어 올렸다가 긴 숨을 내쉬며 몸을 일으켰다.

“내가 진짜 오늘 주먹을 쓰면 그쪽을 죽일 것 같아서 참는 것이오. 그러니 운 좋은 줄 아시오!”

발끝으로 태식의 몸을 툭 밀어 낸 여란은 그대로 사람들 사이를 헤치고 원래 살던 마을로 갔다.

사람들과 어울려 술을 마시는 사이 비가 내리기 시작했다. 자고 가라며 마을 사람들이 여란을 붙잡았으나 그녀는 비가 그치자마자 한월각으로 돌아왔다.

멀리서 축시(오전 1시)를 알리는 종소리가 들렸다.

한월각의 정문은 굳게 잠겨 있었다.

“맞다. 아무도 없지.”

여란은 답지 않게 축 처진 어깨를 하고서는 뒷문을 통해 안으로 들어갔다. 다른 상단과 협상을 하기 위해 왔던 양야도 돌아간 것인지 보이지 않았다.

대충 문단속을 마친 여란은 술병을 한 아름 품에 안고 제 방으로 올라왔다. 그녀는 달을 안주 삼아 술잔을 기울였다. 혼자 마시는 술은 평소보다 배는 더 빨리 줄어들었고, 그만큼 취기도 빨리 올라왔다. 동시에 사람들과 어울리느라 잊고 있었던 서러움이 울컥 치밀었다. 여란은 술잔도 치워 버리고 병째로 술을 벌컥벌컥 마시다가 쾅 소리가 나게 술병을 내려놓았다.

"아니! 오해가 있으면 풀어야지, 사라져 버리는 게 어디 있어!"

여란이 애꿎은 탁자를 주먹으로 쾅쾅 내리쳤다. 하지만 말릴 사람도 위로해 줄 사람도 없었다. 그녀는 한숨을 푹 내쉬다가 빈 술병을 흔들었다.

"더 마셔야지."

여란이 웅얼거리듯이 말하며 자리에서 일어났다. 눈앞이 어지러웠다. 가만히 있는데 땅이 저를 향해 달려드는 느낌이었다. 그녀는 고개를 강하게 젓고 술병을 가져오기 위해 아래로 내려가는 것을 포기했다. 대신 갈지(之)자로 걸으며 침대로 향했다. 정강이에 침대 모서리가 닿았다.

여란은 그대로 드러누워 한숨을 내쉬었다. 밤을 지새워도 이상하지 않을 정도로 그녀의 얼굴에는 근심이 가득했다. 하지만 보이는 바와 달리 여란은 뒤통수가 베개에 닿자마자 눈꺼풀이 무거워졌다. 피곤함과 술기운이 겹치자 여란은 옆에서 누가 비명횡사를 한대도 모를 정도로 깊이 잠들었다.

그렇게 새벽이 지나고, 술기운이 조금 가신 뒤에야 여란의 잠도 옅어졌다.

수면 위로 서서히 떠오르는 의식 사이로 날카로운 비명이 파고들었다.

"으아악! 여, 여란 님!"

정신없는 와중에도 여란은 그것이 정위의 목소리라는 것을 깨달았다. 그녀는 뻑뻑하고 무거운 눈을 느리게 깜박였다. 누군가 몸을 강하게 흔드는 느낌에 속이 뒤집혔다. 여란은 손을 내저으며 헛구역질을 했다.

"한가롭게 토나 하고 있을 때가 아닙니다! 여란 님 정신 좀 차려 보십시오!"

정위가 여란의 어깨를 양손으로 잡고 강하게 흔들었다. 여란이 그의 손을 떨쳐 내며 자리에서 일어났다.

"도대체 뭐 때문에 그러시오?"

어제 마신 술이 비싼 것이었나 걱정하며, 여란이 고개를 돌렸다. 그제야 그녀는 정위가 왜 그렇게 호들갑을 떨었는지 깨달았다. 누군가 일부로 칠해 놓은 것처럼 벽은 온통 피범벅이었다.

그리고 그 한 가운데에는, 술병 대신 태식의 시체가 널브러져 있었다.

* * *

환라는 아무런 생각 없이 창틀에 앉아 있는 양야에게 다가오라고 손짓했다.

양야는 움직이지 않았고, 환라의 시선은 그에게 머물러 있었다. 궐겸은 환라가 자신을 외면한 것으로 생각해 애가 탔다. 그는 손을 뻗어 환라의 옷자락을 구명줄처럼 부여잡았다.

"전하께서 장 객주와 어떤 관계인지 압니다. 전하의 마음을 달라는 것은 아니옵니다. 내치지만 말아 주십시오. 부디 노여움을 거두시고, 곁에 있게만 해 주시옵소서."

흐느끼는 소리에 놀란 환라가 몸을 틀었다. 하얗게 질린 얼굴 위로 꽃처럼 둥둥 뜬 붉은 눈가가 애처로웠다. 환라는 저도 모르게 손을 뻗어 궐겸의 눈물을 닦아 주었다. 그러자 창문 쪽에서 짐승이 으르렁거리는 소리가 들렸다.

환라는 가슴이 뜨끔하여 손을 떼어 냈다. 궐겸이 눈물에 젖은 얼굴이 환라를 올려다보았다. 환라는 하는 수 없이 작게 한숨을 내쉬었다.

"연유를 알았으니 이번 일은 실수인 것으로 알겠다. 허나 용서는 한 번뿐이다."

"명심하겠사옵니다, 전하."

두 사람의 대화가 멈추자 양야는 창문 밑으로 내려왔다. 궐겸은 후련한 듯 수줍은 듯한 얼굴로 환라를 바라보고 있었다. 그녀의 시선 또한 궐겸을 보고 있었다. 마치 막 마음을 확인한 연인 같은 모습이었다. 물론 환라의 얼굴에는 곤란함밖에 없었으나 양야는 속이 뒤틀렸다. 환라의 시선이 궐겸을 향해 있는 것이 마음에 들지 않았다.

그는 일부러 점점 몸을 불리며 환라에게로 다가갔다. 그러자 궐겸과 환라의 시선이 동시에 양야에게로 향했다.

양야는 보란 듯이 사람으로 변했다. 궐겸에게 그동안 환라의 품에 있던 여우가 누구인지 알려 주기 위함이었다.

경악 어린 궐겸의 얼굴을 보자 양야는 이상하게도 속이 후련해졌다. 그는 미소 띤 얼굴로 걸음을 옮기다가 코끝을 스치는 불쾌한 냄새에 눈살을 찌푸렸다.

'이건, 피 냄새인가?'

양야는 걸음을 멈추고 방 안의 상황을 유심히 살피며 숨을 깊게 들이마셨다. 방 안은 나갈 때와 다름없이 깨끗했으나 공기 중에는 온갖 냄새가 떠다니고 있었다. 쇠가 부딪친 냄새와 그와 비슷한 피 냄새, 낯선 사내들의 체취가 실타래처럼 엉켜 있었다. 양야는 환라가 습격당했다는 것을 어렵지 않게 유추할 수 있었다. 그는 다급한 걸음으로 환라에게 다가갔다.

"다치셨습니까?"

양야가 애틋한 손길로 환라의 어깨와 팔뚝을 어루만졌다. 베어진 옷감 사이로 생채기가 보이자 그의 얼굴이 왈칵 일그러졌다. 환라는 괜찮다고 대답하려다 문득 제 침대에 궐겸이 누워 있다는 것을 깨달았다.

'이렇게 밝혀도 되는가?'

궐겸이 보지 못했길 바라며 고개를 돌렸다. 그러나 궐겸은 환라보다 더 놀란 얼굴로 양야를 보고 있었다.

환라가 당황하며 자리에서 일어나 양야의 몸을 가려 주려 했다.

정작 양야는 궐겸의 반응 따위는 안중에도 없었다. 그는 환라를 돌려세웠다. 그리고 정기를 사용해 환라의 생채기를 치료하려 했다. 그 모습을 본 묘은이 후다닥 뛰어와 양야의 손바닥 밑으로 머리를 집어넣으며 말렸다.

"양야 님! 이러시면 정말 몸에 크게 무리가 가실지도 모릅니다! 이미 사람으로도 몇 번…… 읍! 으읍!"

양야가 묘은의 주둥이를 움켜잡으며 말을 막았다. 환라가 무어냐는 얼굴로 바라보자 양야가 말을 돌렸다.

"자객이라도 들었습니까?"

환라는 묘은에게 하려던 말이 무엇인가를 물어볼지 양야의 질문에 대답할지 고민했다. 그러다 이내 자신의 궁금증을 해소하는 것보다 양야의 걱정을 덜어 주는 게 낫겠다고 판단했다. 물론 양야가 눈치채지 못했다면 말하지 않을 생각이었지만 말이다. 그녀는 양야의 손을 잡고 조곤조곤 상황을 설명했다.

그 목소리를 들으면서도 궐겸은 어안이 벙벙했다. 여우는 사람이 되고 삶은 사람 말을 하다니. 혹시 피를 너무 흘려 헛것이 보이는 건가 싶었다. 어쩌면 이미 기절해 꿈을 꾸고 있는 것일지도 모른다. 그러나 일어나려 하자마자 등에서 둔탁한 통증이 느껴졌다.

"윽……."

궐겸이 신음을 흘리자 환라가 말을 멈추고 몸을 틀었다. 그녀는 일어나려던 자세 그대로 굳은 궐겸을 다시 자리에 눕혔다.

"등이 낫지 않았으니 움직이지 말라."

부드러운 손길이 맨살에 닿자 궐겸은 정신이 번쩍 들었다. 그의 살갗이 발갛게 달아오르자 양야가 미간을 찌푸렸다. 그는 환라의 손을 잡아 궐겸에게서 떨어트려 놓았다.

"묘은아. 좌사정을 치료해 주렴."

"예, 양야 님!"

묘은이 침대 위로 폴짝 뛰어 올라왔다.

"좌씨라니 특이하네."

묘은이 중얼거리며 궐겸의 날갯죽지에 앞발을 내려놓았다. 말캉하고 따뜻한 발바닥이 맨살을 눌렀다. 궐겸이 움찔거리자 묘은이 괜찮다는 듯 그의 어깨를 토닥였다.

"사정아. 걱정하지 마. 양야 님보다는 못 하지만 내 도술도 쓸 만하니까! 대신 버둥대면 안 된다?"

환라가 웃음을 터트렸다. 이름을 정정해 주려던 궐겸이 그 웃음소리를 듣고 입을 다물었다. 양야는 궐겸의 얼굴을 빤히 보다가 의자를 보며 손짓했다. 그러자 의자가 저절로 날아와 환라의 옆에 놓였다.

양야가 환라의 옆에 앉는 사이 궐겸의 상처는 빠르게 아물었다. 몸 안으로 청아한 기운이 한여름의 계곡물처럼 흘러 들어왔다. 작열감이 서서히 가라앉았다. 몸을 움찔거렸으나 통증은 거의 느껴지지 않았다. 궐겸이 몸을 틀자 묘은이 앞발로 궐겸의 어깨를 톡톡 두드렸다.

"이제 다 됐어, 사정아! 며칠 안에 다 아물 거야."

궐겸은 얼떨떨한 표정으로 일어났다. 아무것도 걸치지 않은 상체가 고스란히 드러났다. 단단한 근육이 유려하게 움직였다. 환라가 그 기적에 궐겸을 보려 하자 양야가 인상을 찌푸리며 환라의 눈을 가려 주었다.

그는 도술을 써서 휘장을 저고리로 만든 뒤 궐겸에게 날려 보냈다. 궐겸이 포물선을 그리며 날아오는 옷을 향해 반사적으로 손을 뻗었다.

궐겸은 옷을 손에 쥐고 고개를 기울이다가 뒤늦게 자신이 반라라는 것을 알아차렸다. 그는 얼굴을 붉히며 팔을 꿰입었다. 옷깃을 여미고 옷고름까지 매자 양야가 환라의 얼굴에서 손을 치웠다. 환라는 잠시 양야에게 시선을 주었다가 침상에서 내려오는 궐겸에게 물었다.

"괜찮은가?"

"예, 전하. 하온데……."

궐겸의 시선이 양야에게로 향했다. 양야는 아무것도 모른다는 얼굴로 앉아 손짓으로 묘은을 불렀다. 묘은이 총총 걸어와 환라의 무릎 위로 올라와 상처를 치료했다.

묘은을 보며 멍하니 서 있던 궐겸이 환라에게 조심스럽게 물었다.

"이게 어찌 된 일이옵니까?"

환라가 양야를 보았다. 말을 해도 되냐는 뜻이었다. 양야는 인상을 찌푸린 채 환라의 상처가 아무는 것을 보다가 고개를 들었다. 그는 다 아문 환라의 상처를 조심스럽게 쓸었다. 그리고 환라 대신 대답했다.

"보신 그대로입니다."

궐겸의 얼굴에 얼핏 두려운 기색이 어렸다. 환라가 걱정스러운 눈으로 양야를 보았다. 그러나 양야는 신경 쓰지 않는 표정이었다. 그리고 실제로도 신경 쓰고 있지 않았다. 오히려 잘 되었다고 생각했다.

'연심이라고 했던가?'

제법 절절한 고백이었다. 환라를 위해 몸을 내던지고 한 고백이니 환라의 마음도 흔들렸을지 모른다. 그런 상황에서 궐겸이 양야를 두려워한다면 양야의 연인인 환라를 유혹하진 못할 것이다.

양야는 이대로 궐겸이 방을 나가 환라와 어색한 관계가 되길 바랐다. 하지만 궐겸의 얼굴에 어렸던 두려움은 금세 가라앉았다. 오히려 환라에게 다가와 그녀의 상처를 살폈다.

"많이 다치지 않으셔서 다행이옵니다."

환라가 고개를 끄덕이고 미안하다는 듯 미소 지었다.

"그러는 그대는 나 때문에 등이 남아나질 않는구나."

궐겸이 고개를 숙이며 웃었다. 두 사람 사이에 형성된 묘한 기류에 양야는 괜히 환라의 손을 만지작거렸다. 환라가 그 손을 붙잡았다. 맞잡은 두 손이 궐겸의 시야에 고스란히 들어왔다.

"저는 그럼 물러가 보겠사옵니다, 전하."

"시간이 많이 늦었으니 오늘은 비원궁에서 묵고 가라."

궐겸이 흔들리는 눈으로 양야를 보았다.

"그렇게 하십시오, 이 공자. 상처는 아물었으나 아직 몸이 편치 않을 것입니다."

"양야의 말이 옳다. 전에 머물렀던 방을 내어 주겠다."

궐겸이 소해를 환라로 착각했었을 때 머물렀던 방이었다. 환라와 양야가 의도한 바는 아니었으나 궐겸은 속이 쓰렸다.

그는 입을 꾹 다물었다. 그의 시선에 붉게 물든 환라의 소지가 보였다. 무례하다는 것을 알면서도 궐겸은 질문을 삼킬 수 없었다.

"장 객주도 비원궁에 머물고 있사옵니까?"

환라는 고개를 끄덕였다.

"내 방에서 지낸다."

그 한마디에 희비가 교차했다. 양야는 떠오르는 미소를 삼킬 수 없어 손으로 입가를 가렸다. 반면에 궐겸은 억장이 무너지는 심정으로 인사를 올리고 방 밖으로 나갔다. 괜히 안쓰럽고 미안한 마음에 궐겸의 뒷모습을 바라보던 환라가 고개를 돌린 순간, 양야가 환라의 양 볼을 잡고 입을 맞췄다.

환라는 놀란 눈을 하였다가 이내 입꼬리를 올렸다. 그녀는 양야의 입맞춤에 응하며 그의 손등을 어루만졌다.

한참이나 환라를 탐닉하던 양야가 입술을 떼어 냈다. 환라는 묘은의 입에서 또 짝짓기 이야기가 나올까 싶어 힐끗 그녀를 보았다. 다행스럽게도 묘은은 이미 도로롱 도로롱 코를 골고 있었다. 환라가 작게 안도의 숨을 내쉬었다. 그 모습이 사랑스러워, 양야의 입가에서는 미소가 떠나지 않았다. 그는 흐트러진 환라의 옷을 정리해 주며 연신 입을 맞췄다.

미소 짓던 환라의 눈이 서서히 감겼다. 양야는 묘은이 내뱉은 말실수가 흐지부지되는 줄 알고 안도했다. 그러나 환라는 졸린 눈을 하고서 입을 열었다.

"아까 묘은이 했던 말은 무엇인가?"

"별것 아닙니다."

"양야 너에 관한 것이라면 별것 아닌 것도 알아야겠다."

환라의 말이 지나치게 달콤해 양야는 거절할 수가 없었다. 그는 손끝으로 제 연인의 볼을 부드럽게 쓸었다.

"그저 궁 안에는 용의 기운이 강해 큰 힘을 쓰면 몸이 조금 상할 뿐입니다. 사기를 쓰는 게 아니라면 그냥 손끝이 따끔거리는 수준이니 걱정 마십시오."

물론 거짓말이었다. 강한 기운끼리 충돌하면 누군가의 명줄이 닳기 마련이었다. 용은 이미 승천하고 없으니 양야의 명줄이 닳는 것이었다. 그러나 상관없었다. 어차피 환라는 고작해야 앞으로 200년도 못 살 것이고, 양야가 그녀 없이 버텨야 할 세월은 무수했다. 수명이 줄어들어 환라 없이 견뎌야 하는 세월이 짧아진다면 오히려 잘 된 일이었다.

양야의 속내도 모른 채, 환라는 안도하며 고개를 끄덕였다. 그녀는 양야의 어깨에 머리를 기댔다. 커다란 손이 팔뚝을 넓게 문지르자 긴장이 풀리고 졸음이 쏟아졌다. 양야는 환라를 침상에 눕히고 잠들 때까지 등을 토닥여 주었다.

두 사람은 함께 잠이 들고 곧 깨어났다.

아침이 되자 양야는 여우의 모습으로 변해 환라를 깨웠다. 환라가 그에게 입을 맞추고 준비를 끝냈을 즈음, 궐겸이 찾아왔다. 환라는 안으로 들어오는 궐겸에게 물었다.

"몸은 괜찮은가?"

"걱정해 주신 덕에 무탈하옵니다."

궐겸의 시선이 침대 위에 엎드려 있는 양야에게 닿았다. 그는 여전히 멍하고 몽롱한 눈으로 양야를 보았다. 그러다 앞발을 쭉 늘여 기지개를 켠 묘은이 "사정이 잘 잤니?"라고 묻는 소리에 정신을 차렸다.

"잘……, 잤습니다."

당황하고 난처한 얼굴로 궐겸이 띄엄띄엄 대답했다. 환라는 그를 보며 슬쩍 미소 지었다. 여란의 호탕한 웃음이 떠오른 탓이었다. 하지만 그 사실을 모르는 양야는 눈에 불을 켜고 훌쩍 다가가 궐겸의 발을 꾹 밟았다.

"아!"

날카로운 발톱이 신발을 파고들자 궐겸이 놀란 소리를 냈다. 하지만 양야는 시치미를 뚝 떼고 환라에게 다가가 그녀의 품에 안겼다. 여란을 생각하고 있던 환라는 두 남자 사이에 벌어진 일을 눈치채지 못했다. 그녀는 양야를 고쳐 안으며 무의식적으로 그의 털을 쓰다듬었다.

'란이와도 이야기를 나눠 봐야겠다.'

환라가 회의가 끝난 뒤에 한월각에 다녀와야겠다고 생각하는 사이, 향옥이 안으로 들어왔다.

"전하. 오늘 정무 회의는 폐하께서 참석하시는 대신 사시 반 각(오전 10시)에 시작한다 하옵니다."

"아침부터 들겠다."

"예, 전하."

환라는 궐겸에게 자리를 권했다. 곧 상다리가 휘어질 정도로 아침상이 차려졌다. 양야는 환라의 허벅지 위에 앉아 식탁에 턱을 괴고 궐겸의 얼굴을 뚫어지게 쳐다보고 있었다. 허튼 수작을 부렸다간 물어뜯길 것만 같은 표정이었다.

궐겸은 밥이 코로 들어가는지 입으로 들어가는지도 모른 채 식사를 마치고 환라와 함께 조정으로 향했다. 두 사람은 각자의 자리로 갔다. 환라는 언제나 그렇듯 위로 올라와 영로에게 인사를 올렸으나 영로는 환라를 거들떠보지도 않았다. 그러다 환라가 상석에 앉자 빈정거리는 투로 말했다.

"태자. 간밤에 소란이 있었다 들었는데 무사하신가 봅니다."

"염려해 주신 덕에 무탈하옵니다."

환라의 면포를 뚫어지게 보던 영로가 아래에 있는 대신들에게는 들리지 않을 정도로 작게, 속삭이듯 말했다.

"욕심을 부리니 이리저리 다치는 사람이 생기는 것 아닙니까. 이리 음해하려는 세력이 많아진 것을 보면 알 텐데요. 그 자리는 태자에게 어울리지 않습니다."

환라는 대답을 하지 않았다. 애당초 담소나 나누자고 말을 꺼낸 건 아니었기에 영로는 환라의 침묵을 신경 쓰지 않았다.

"듣자 하니 밖에 두고 정을 통하는 사내가 있다지요?"

환라의 옷자락이 깊은 주름을 만들며 구겨졌다. 당장에라도 자리를 박차고 나갈 줄 알았는데 환라는 의외로 아무런 반응도 보이지 않았다. 양야는 현재 여우의 모습으로 궁 안에 있기에 헤치려 해도 찾지 못한다는 사실을 떠올린 덕이었다.

환라가 빠르게 평정심을 되찾자 영로가 싸늘한 조소를 머금었다.

"연모하는 마음이 그리 깊지 않은가 봅니다. 다쳐도 크게 상심하지 않을 것 같으니 참으로 다행입니다."

환라가 천천히 고개를 돌려 영로의 얼굴을 보았다.

"그가 다치면 저도 어머니가 물러나시기만을 기다리진 않을 것이옵니다."

"참으로 기대됩니다, 태자."

두 사람은 비슷한 표정으로 한동안 서로를 응시했다.

황제의 입장을 알리는 소리가 그들 사이에 흐르는 긴장감을 끊어 냈다. 환라가 자리에서 일어나 제게 손을 뻗는 이백을 부축해 황좌에 앉혀 주었다. 이백이 다정한 눈길로 환라를 보며 자리에 앉으라고 손짓했다.

환라가 제 의자로 돌아가자 회의가 시작되었다. 안건 몇 개가 지나갔다. 회의 내내 몇몇 대신들이 인원이 축소되어 업무가 힘들어진 것에 대한 불만을 토로했다. 영로는 회의 막바지가 되어서야 못 이기는 척 입을 열었다.

"이번 천거 명단에 이름을 올린 자들은 어찌 되었소?"

"천천히 배치하는 중이옵니다. 그런데 그중 한 명이……."

"어려워하지 말고 말해 보시오."

"오늘 아침에 살인 혐의를 받고 옥에 갇혔다 합니다."

영로의 미소가 환라의 두 눈에 들어왔다. 불안이 등줄기를 타고 뒷골을 스쳤다.

환라는 마른침을 삼키며 대신에게 물었다.

"그자가 누구인가?"

"대장군 소능현이 천거한 홍여란이란 자이옵니다, 전하."

환라가 영로를 보았다. 마치 다 알고 있었다는 듯한 눈빛과 샐그러진 미소가 환라를 향해 있었다. 영로가 마치 들으라는 듯 목소리를 높였다.

"나랏일을 하기 위해 천거된 자가 어찌 사람을 죽인단 말입니까? 참형에 처해 본보기를 보이셔야 하옵니다, 폐하."

"사실이라면 응당 그리 해야지."

이백이 환관에게 알아보라는 듯 손짓했다.

"회의가 끝나기 전에 진상을 파악해 가져오라. 바로 결단을 내리겠다."

환라의 얼굴이 하얗게 질렸다. 여란의 목이 잘려 나가는 상상을 하자 눈앞이 아찔하였다.

'밖에 여란을 도울 자가 있던가?'

대장군이 떠올랐으나 그가 해결할 수 있었다면 조정에서 말이 나오지도 않았을 것이다.

환라는 고개를 들었다. 영로의 한쪽 입꼬리가 묘하게 비틀어 올라가 있었다. 마치 비겁한 승자의 미소 같았다. 회의 중에는 진상을 알아보기 힘드니 도와줄 수도 없었다. 그 틈을 타 여란이를 죽이려고 덫을 놓은 게 분명했다.

'회의가 끝난 뒤에 찾아가면 늦는다.'

비록 얼굴은 면포에 가려 보이지 않았으나 이백은 환라의 분위기가 달라진 것을 알아차렸다. 환라의 일이라면 세세한 것도 기억하려 애썼기에, 그는 대신이 말한 홍여란이 환라의 친우라는 것을 어렵지 않게 떠올렸다.

이백은 환라를 보았다. 그녀는 손마디가 새하얗게 변하도록 옷자락을 세게 움켜쥐고 있었다. 이백은 환라가 조정을 나갈 수 있도록 도와주어야겠다고 생각했다.

"어디 안 좋은가?"

아니라고 답하려던 환라의 머릿속에 여란이 스쳐 지나갔다. 아버지를 속인다는 죄책감에 미간을 찌푸리면서도 환라는 고개를 끄덕였다. 그러자마자 이백이 손을 들어 회의를 멈췄다. 쏟아지던 목소리가 뚝 끊겼다.

"환아. 들어가 쉬어라. 그리고 건강이 안 좋으면 무리해서 나오지 말라. 환이 너보다 중한 것은 없으니."

"황공하옵니다, 폐하."

환라는 인사를 올리고 자리에서 일어났다. 뒤에 서 있던 향옥이 환라를 부축했다. 아픈 곳은 없었으나 부축을 받은 환라는 조정을 나오자마자 말에 올라탔다. 예복을 갈아입을 생각조차 하지 못한 채 그녀는 궁 밖으로 달려 나갔다.

* * *

"저는 정말 억울합니다! 무, 물론 여란 님도 억울하겠지만, 저는 특히나 더 억울합니다!"

정위가 창살을 쥐고 몸을 흔들며 소리쳤다. 간수는 눈길조차 주지 않았으나 정위는 멈추지 않았다.

"저는 정말 여란 님을 깨우기 위해 들어갔던 것뿐입니다! 이 일과는 무관하단 말입니다! 저 좀 꺼내 주십시오!"

굳은살이라고는 붓을 잡을 때 생긴 게 다인 여린 손이 창살을 내리쳤다. 옆에 갇혀 있던 여란의 귀에도 그 소리가 들렸다. 여란은 악몽에서 깬 사람처럼 몸을 벌떡 일으켜 정위가 갇혀 있는 옥방의 벽 쪽으로 다가갔다.

"정위! 그러다 다치오! 좀, 진정 좀 해 보시오. 응?"

하지만 여란의 목소리는 닿지 않았다. 정위는 정신을 잃은 사람처럼 대성통곡하며 창살을 두드렸다.

"잘못했어요! 꺼내 주세요! 제발 꺼내 주세요!"

"정위 잘못했다고 하면 안 되오! 울지 말고, 진정 좀 하시오!"

여란이 발을 동동 구르며 벽을 손바닥으로 내리쳤다. 정위의 통곡 소리와 여란이 벽을 치는 소리가 감옥 구석구석을 가득 채웠다. 소음을 견디지 못한 간수가 자리에서 벌떡 일어났다. 그는 정위에게 몽둥이를 들이대며 험악하게 소리쳤다.

"조용히 안 해? 두들겨 맞고 싶어?!"

순간 정위의 목소리가 뚝 멈췄다. 그는 언제 울었냐는 듯 입을 다물고 주저앉아 벽에 등을 대고 몸을 말았다.

여란도 그제야 벽에 등을 대고 앉았다. 한여름이건만 땅을 타고 올라오는 한기는 뼈를 앨 듯 차가웠다. 여란은 정위가 있을 곳을 힐끗 보고 한숨을 내쉬었다.

"그러니까 내가 신고하자고 하지 않았소."

정위의 신경 줄을 긁기에 부족함이 없는 말이었다. 심지어 목소리까지 태평하기 그지없었다. 몸을 만 채로 벌벌 떨던 정위는 평소보다 날 선 목소리로 여란의 말을 되받아쳤다.

"신고하면 누가 믿어나 준답니까?"

여란은 정위가 대답하자 안도의 한숨을 내쉬었다. 그리고 그가 다른 생각을 할 수 있도록 오히려 더 얄미운 소리를 했다.

"그럼 어쩌자는 것이오. 사람이 죽었는데 가만히 있을 순 없지 않소?"

"도망을 치거나 그, 그걸 묻거나 태우거나 했어야죠!"

"그럼 꼭 우리가 죽인 것 같지 않소?"

"우리라니요! 저는 그때 막 출근했던 참이었습니다. 방 안에 그런 게 있을 줄은 꿈에도 몰랐단 말입니다."

"누군 뭐 자고 일어났는데 눈앞에 사람이 죽어 있을 줄 알았겠소?"

정위는 두려워하던 것도 잊고 씩씩거리며 몸을 돌려 앉았다. 그리고 성질이 뻗쳐 죽겠다는 듯 손바닥으로 딱딱한 돌벽을 찰싹찰싹 내리쳤다.

"지금 그걸 말이라고 합니까? 여란 님 진짜 이 벽이 없었으면 제가 여란 님 멱살이라도 잡았을 겁니다!"

"나는 이 벽이 없었으면 정위 엉덩이를 걷어찼을 것이오."

"저는 말입니다! 이 벽이 없었으면……."

쇠붙이가 흔들리며 부딪치는 소리에 정위가 말을 하다 말고 고개를 돌렸다. 간수가 커다란 열쇠 꾸러미로 감옥 문을 열고 있었다.

순식간에 낯빛을 환하게 밝히며 정위가 자리에서 벌떡 일어났다. 그러나 밝은 표정은 오래가지 않았다. 간수가 차가운 목소리로 선고한 탓이었다.

"너희 둘을 한꺼번에 문초하시겠단다."

정위가 새하얗게 질린 얼굴로 뒷걸음질 쳤다.

"무, 문초라니 그게 무슨 말씀입니까?"

간수는 대답하지 않고 무작정 정위의 팔을 잡아끌었다. 정위는 감옥 밖에 서 있는 군관을 보며 끌려 나가지 않으려고 안간힘을 썼다.

"저는 억울합니다! 정말입니다!"

하지만 글만 보던 정위가 간수의 힘을 이길 수 있을 리 없었다. 그는 제대로 반항 한번 해 보지도 못한 채 딸려 나오며 고개를 두리번거렸다. 여란이 날뛰는 거라도 보면 두려움이 조금 가실 것 같았다. 그러나 여란 역시 조용히 감옥 밖으로 나오고 있었다. 놓으라며 발버둥을 치고 주먹질을 해도 이상할 것 없는 사람이 가만히 있자 정위는 울컥 걱정스러웠다. 정위는 무심결에 여란에게 다가가려했다. 그러자 관군이 팔을 잡아당겼다.

"가만히 있어!"

정위가 움찔 놀라 어깨를 움츠리자 여란이 당장이라도 튀어 나갈 것처럼 움찔거렸다. 그러나 잡혀 온 마당에 난리를 피워 좋을 건 없었다. 그녀는 초인적인 인내심을 발휘하며 몸에 힘을 풀었다. 정위가 질질 끌려가며 여란의 옆을 스쳐 지나갔다. 여란이 장난스럽게 정위의 다리를 발끝으로 툭 건드렸다.

눈물을 뚝뚝 흘리며 정위가 여란을 보았다. 겁에 질린 고라니 같은 표정이었다. 여란이 저도 모르게 웃음을 터트렸다.

"걱정하지 마시오."

여란은 호언장담하였으나 정위는 발만 동동 구를 뿐이었다. 손이 붙잡혀 있지만 않았다면 가슴을 쾅쾅 내리쳤을 것이다. 여란이 무슨 생각을 하는지는 듣지 않아도 뻔했다. 잘못한 게 없으니 벌 받지 않을 거라 여기고 있겠지. 하지만 그건 너무 순진한 생각이었다.

누군가가 여란이 잠든 틈을 타 시신을 가져다 놓았다. 작정하고 여란을 살인자로 만들려고 한 것이다. 그런 누명이 쉽게 벗겨질 리 없었다.

'대장군이라도 나서 주시면 모를까. 그런데 나까지 잡혀 왔으니 알릴 수도 없잖아. 괜히 평소보다 일찍 출근한 바람에 사람들도 없었는데.'

정위는 반쯤 자포자기한 심정으로 끌려 나갔다.

여란은 별생각 없이 그의 뒷모습을 보며 웃었다. 정위는 만나 본 적이 없어 모르겠지만 이번에 온 예부 낭중은 공정하고 꼼꼼한 사람이었다. 면밀히 조사해 무죄를 밝히고 곧 석방해 줄 것이다. 특히 정위는 이 사건과 무관하니 출근해서 들른 것일 뿐이라고 말하면 당장 풀려날지도 모른다.

물론 여란은 좀 더 갇혀 있겠지만, 까짓것 옥에 좀 갇혀 있자는 심정으로 군관을 따라갔다.

그러나 무릎을 꿇은 그녀의 눈에 보이는 것은 예부 낭중이 아니었다. 염소수염을 뾰족하게 기른 사내가 엄지와 검지로 제 수염을 꼬며 여란과 정위를 보았다.

"이 자들이 살인을 저지른 놈들인가?"

살인이라는 단어가 모난 돌처럼 귀에 툭 걸렸다. 여란은 당혹스러운 마음에 여기가 어디인지, 눈앞의 남자가 누구인지 고민할 새도 없었다. 그녀의 머릿속에는 일단 혐의를 부인하고 정위의 무죄를 입증해야 된다는 생각밖에 없었다.

"저희는 사람을 죽이지 않았습니다! 특히 제 옆에 있는 정위는 밤새 한월 저택에서 있다가 왔습니다. 군관들이 오기 바로 전에 왔을 겁니다. 그러니 먼저 풀어 주십시오."

정위가 감동한 얼굴로 여란을 보다가 고개를 거세게 끄덕였다. 하지만 사내는 엄지와 검지로 제 수염을 비비며 심드렁한 콧소리를 내더니 여란에게 물었다.

"증명할 수 있나?"

"예?"

"이 자가 그 저택인가 어딘가에 있었다는 것을 증명할 수 있느냐 말이다."

"저택에 정위만 사는 것은 아니니 본 사람이 있을 겁니다."

"잔 것은? 다른 사람이 정의인지 뭔지 하는 저자가 자는 걸 계속 지켜보고 있었다더냐?"

여란이 정위를 보았다. 정위는 겁에 질린 표정으로 여란을 보다가 고개를 좌우로 흔들었다.

"저는 아직 미혼이라……."

"그럼 없는 거네."

남자가 정위의 말을 끊으며 픽 웃었다.

"그렇지 않나? 뭐, 다른 사람 다 자고 있을 때 몰래 와서 죽이고 갔을 수도 있는 거고……."

참다못한 여란이 몸을 벌떡 일으키며 소리쳤다.

"아니 그런 억지가 어딨소?!"

"억지?! 지사인 내가 하는 말이 억지라고?!"

사내가 손잡이를 쾅 내리치자 군관들이 여란의 어깨를 내리눌렀다.

여란은 그제야 눈이 가려져 끌려온 곳이 중정대이고, 제 눈앞에 있는 자가 궐겸의 후임으로 온 지사라는 것을 깨달았다. 친한 사람의 후임이라고는 하나 잘못된 것은 잘못된 것이었다. 여란은 몸을 뻗대며 계속해서 소리쳤다.

"그럼 그게 억지지 뭐요?"

"사람이 죽어 있는 곳에 함께 있었으니 당연히 공범이지!"

"그럼 두 사람이 똥 떨어진 갈대밭에 모르고 들어가면 그 대변도 같이 눈 게 되오?!"

"가, 감히 신성한 재판장에서, 뭐? 똥?!"

지사가 손가락으로 여란을 가리키며 소리쳤다.

"전날 네가 번태식과 심하게 다투었다고 들었다. 본 사람이 한

둘이 아니야!"

"그건······!"

"게다가 번태식이 네 집을 불태우고도 아무런 처벌을 받지 않았다지? 그래서 홧김에 죽인 것이 아닌가! 이리 확실한 정황이 있는데도 발뺌할 것인가?!"

"아니, 다 맞는 소리인데 정말 죽이지는 않았소! 게다가 지금 한 말은 전부 나랑 번태식 사이에 있던 일이니 정위는 상관없지 않소?"

"시끄럽다! 저 살인자들을 당장 처형하라!"

"아니 안 죽였대도!"

여란이 버럭 소리를 쳤지만, 지사는 여전히 살인자들을 사형하라고 고래고래 소리쳤다. 그러자 정위가 아연실색하며 목소리를 높였다.

"안 됩니다! 이런 법이 어디 있습니까? 여란 님도 저도 정말 사람을 죽이지 않았습니다!"

누르는 힘에 못 이겨 다시 무릎을 꿇은 여란도 지지 않고 소리쳤다.

"맞소! 자백도 하지 않았는데 형을 집행하는 경우가 어디 있소? 그리고 우리는 평민인데 왜 중정대에서 판결을 내리는 것이오? 평민들은 예부에서 판결을 받는 것이 법도인데!"

"듣기 싫다! 시체가 거기 있었으니 네놈들이 죽인 것이다! 네놈들은 사형이다, 사형!"

"조사라도 해 보시오! 조금만 조사하면 우리가 죽이지 않았다는 걸 알 것이오!"

"맞습니다! 정말 억울합니다!"

여란은 몸을 비틀어 댔고, 정위는 울며 사정했다. 그러나 지사는 콧방귀를 뀌며 제 수염을 손가락으로 비볐다.

무고한 놈들이라는 걸 알지만 목숨을 빼앗는 데에 죄책감은 없었다. 정무 회의가 끝나기 전에 저 두 놈만 처형하면 출셋길이 열린다. 그러면 다들 뇌물을 들고 찾아올 것이다. 손안에 가득 거머쥐게 될 금은보화를 상상하자 사내의 눈이 탐욕스럽게 빛났다.

"지금 당장 처형하겠다. 집행을 준비해라!"

* * *

환라는 말에 오른 채 예부 안으로 들어왔다. 관군들이 출입을 막으려다가 환라가 입고 있는 옷과 면포를 보고 황급히 자리에 엎드려 절을 올렸다.

환라는 그들을 지나쳐 마당으로 들어와 건물 앞에 말을 세웠다. 말에서 내리자마자 소식을 들은 예부 낭중이 뛰어나와 다른 이들과 함께 절을 올렸다. 환라는 그들에게 일어나라고 명령하는 것도 잊은 채 물었다.

"오늘 살인 혐의를 받고 잡혀 온 홍여란과 윤정위는 어디 있는가?"

"이곳에 없사옵니다, 전하."

환라는 저도 모르게 미간을 찌푸리며 엎드려 있는 낭중에게

다가갔다.

"예부 낭중은 일어나 자세히 고하라."

"아뢰옵기 황공하오나, 전하. 저희가 이야기를 전해 받았을 때는 이미 중정대에서 두 사람을 체포해 간 뒤였사옵니다."

"중정대가 어찌 알고 먼저 온단 말인가?"

"그건 저도 잘 모르겠사옵니다. 다만, 판결을 중정대에서 맡는 것은 부당하기에 항의서를 넣고 살인이 일어난 곳을 조사하던 중이었사옵니다."

중정대는 귀족들의 부정부패를 감시하고 처단하는 곳이었다. 가해자가 귀족이라면 몰라도 평민이라면 예부에서 조사를 받고 판결을 내리는 것이 옳았다.

환라는 무언가가 잘못되었음을 느꼈다. 누군가가 작정하고 여란과 정위를 합법적으로 살해하려 한다는 느낌을 지울 수가 없었다. 그리고 그녀의 머릿속에 떠오른 사람은 당연하게도 어머니 파영로였다.

'암살하지 않은 건 당신의 권위가 건재함을 보여 주시기 위함인가?'

분노가 치밀었으나 화를 분출할 여유도, 삭힐 여유도 없었다.

"시신은 어디 있는가?"

"중정대에서 가져갔사옵니다, 전하."

여란과 정위를 죽이려는 자들이 조사하기 위해 시신을 챙겼을 리 없다. 마찬가지의 이유로 시체가 있었던 곳도 제대로 조사했을 리 없었다.

하지만 누명을 벗기기 위해서는 그 두 가지가 꼭 필요했다.

환라는 더 늦기 전에 말에 오르며 명령했다.

"예부 낭중은 지금 당장 부검관을 중정대로 보내 시신을 살펴보게 하고, 살인이 일어났던 곳을 면밀히 조사해 그 결과를 중정대로 가져오라."

"명 받잡겠사옵니다, 전하."

환라는 다시 절을 올리는 예부 낭중을 뒤로 한 채 말에 올랐다. 환라를 찾기 위해 나오던 향옥이 궁으로 돌아오던 환라와 마주쳤다. 그녀는 환라에게 무슨 일인지 물으려 했으나 환라는 멈추지 않고 향옥을 스쳐 지나갔다. 향옥은 말머리를 돌려 환라의 뒤를 따랐다.

따라잡기 힘들 정도로 빠르게 내달리며, 환라는 그대로 중정대로 향했다. 그녀가 막 문턱을 넘자마자 정위가 울부짖는 게 들렸다.

"으아악! 여란 님! 여란 님……!"

눈앞이 아찔했으나 환라는 멈추지 않았다. 그녀는 곧장 소리가 들리는 쪽으로 말을 몰았다. 얼마 지나지 않아 흔들리는 시야에 무릎을 꿇은 채 목을 내놓고 있는 여란과 번쩍 치켜든 칼날이 보였다.

환라는 그대로 내달려 여란의 몸을 낚아채며 말에서 굴러 떨어졌다.

사람의 몸 정도는 단번에 가를 수 있을 정도로 커다랗고 흉흉한 칼이 환라와 여란을 아슬아슬하게 비켜 나갔다. 분노에 찬

몸짓으로 자리에서 벌떡 일어난 지사와 환라가 낙마하는 것을 본 향옥이 동시에 소리쳤다.

"감히 누가 집행을 방해하는가?!"

"전하!"

향옥이 부르는 호칭을 들은 지사가 허옇게 질린 얼굴로 재빨리 바닥에 엎드렸다. 주변에 있던 이들도 뒤늦게 환라가 누구인지 깨달았다. 일렬로 세워 둔 나무토막이 무너지듯 군관과 낭중들이 우르르 바닥에 엎드렸다. 주저앉아 있던 정위만이 허리를 세운 채 젖은 얼굴로 환라를 멍하게 보고 있었다.

환라는 무릎을 꿇은 자들에게 일어나라고 하지도 않고 바로 여란의 상태를 살폈다. 그녀는 눈을 크게 뜬 채로 죽은 사람처럼 굳어 있었다.

혹시 늦은 건가 싶어 환라의 심장이 덜컥 내려앉았다. 그러다 여란의 숨결에 제 면포가 흔들리는 것을 발견했다. 환라가 안도의 숨을 내쉬는 사이, 향옥이 빠르게 다가와 면포가 벗겨지지 않도록 다시 단단하게 고정해 주었다.

"전하. 괜찮으시옵니까?"

환라가 고개를 끄덕이며 자리에서 일어났다. 그러자 정위가 달려와 묶인 손으로 여란이 일어나는 것을 도왔다. 환라는 두 사람에게 잠시 시선을 준 뒤 상석으로 올라갔다. 그녀는 잠시 숨을 고르고 여란과 정위를 보았다. 여란은 당장 혼절할 것 같은 표정이었고, 정위는 이미 반쯤 혼절해 있었다.

마음 같아서는 예부 낭중과 부검관이 올 동안 두 사람을 방 안에서 쉬게 해 주고 싶었다.

그러나 사실이 어찌 되었건 두 사람은 일단 혐의를 벗지 못한 상태였다. 그들에게 방을 내주었다가는 판결이 공정하지 못하다는 소리가 나올 게 뻔했다. 혹은 영로가 그 사실을 핑계 삼아 다시 판결하겠다고 하면 일이 복잡해진다.

환라는 안타까운 마음을 뒤로하고 제 옆에 서 있는 향옥에게 말했다.

"저 두 사람을 옥에 가둬 두어라."

"예, 전하."

향옥이 목소리를 높여 환라의 말을 전했다. 관군들이 명령을 따르기 위해 다가가 팔을 잡자 정위가 발버둥 치며 목소리를 높였다.

"전하! 억울하옵니다! 한 번만 제대로 조사해 주십시오! 전하! 전하!"

"맞, 맞습니다! 억울합니다!"

여란도 뒤늦게 정신을 차리고 소리쳤으나 이내 관군들의 손에 끌려갔다. 환라는 두 사람이 사라지고 나서야 시선을 내려 지사를 쳐다보았다.

"지사는 가까이 오라."

"황공하옵니다, 전하."

지사가 환라의 밑으로 다가와 비굴하다 싶을 정도로 머리를 조아렸다. 그러면서도 두려운 기색을 감추지 못한 채 연신 환라의 면포를 힐끔거렸다.

아무리 봐도 무언가 켕기는 게 있는 표정이었다.

배후에 누가 있는지는 밝힐 수 없더라도 판결권은 가져올 수 있을 것 같았다. 환라는 잠시 생각을 정리한 뒤 입을 열었다.

"그대는 어찌하여 평민들을 중정대로 데려왔는가?"

"크흠! 그것이……."

지사가 말끝을 흘리며 손을 벌벌 떨었다. 그러고는 한참 눈을 이리저리 굴리다가 입을 열었다.

"아, 아뢰옵기 황공하오나 소신이 아직 규율을 전부 숙지하지 못하여……. 시, 실수를……."

"부임한 지 수 개월이 지나도록 제 일이 무엇인지 모르고 있었다는 뜻인가?"

직무 태만이라는 말이 나와도 어쩔 수 없는 변명이었다. 그러나 무고한 이들을 죽이려 한 것이 밝혀지는 것보다는 직무에 태만한 것이 나았다.

"황송하옵니다, 전하. 바로 시정하겠사옵니다."

"시체와 현장은 조사하였는가?"

"그, 그것이……."

"아무것도 조사하지 않고 어찌 사형을 선고한단 말인가?"

환라의 목소리에 은은한 노기가 깃들자 지사는 황급히 무릎을 꿇고 땅에 이마를 박았다.

"죽을죄를 지었사옵니다, 전하!"

"홍여란과 윤정위의 일은 내가 판결을 내리겠다. 업무도 숙지하지 못한 그대에게 백성들의 목숨을 맡길 순 없으니."

"예, 전하."

"또한, 그대의 죄는 이 일을 마무리 지은 후에 묻겠다. 물러가라."

지사는 찍소리도 내뱉지 못한 채 인사를 올리고 처형장을 떠났다.

환라는 그제야 한숨을 돌리며 자리에서 일어났다. 그녀가 감옥을 향해 걸어가자 향옥이 뒤따라왔다. 안으로 들어간 환라는 여란과 정위를 찾아갔다. 간수의 도움은 필요 없었다. 정위의 울음소리가 감옥 복도를 가득 메우고 있던 탓이었다. 어린아이처럼 서럽게 우는 소리에 마음이 아프면서도 맥없는 웃음이 흘러나왔다.

그녀는 군관과 간수들을 모두 물리고 정위와 여란이 갇혀 있는 감옥 앞에 섰다. 인기척이 느껴지자 여란이 고개를 들었다. 그녀는 의심이 가득한 눈으로 환라를 올려다봤다.

환라가 아무런 말도 하지 않자 여란 역시 입술을 꾹 다물었다가 뗐다.

"구해 줘서 감사합니다."

여란의 존댓말이 어딘지 어색하게 들렸다. 환라는 면포 너머에서 조용히 미소 지었다. 고개를 끄덕이자 정위가 훌쩍이며 무릎걸음으로 다가와 그녀의 옷자락을 부여잡았다.

"전하. 흡! 저희 누명 좀 벗겨 주십시오. 정말 억울해 죽겠습니다. 제가, 저는 정말! 흐어엉……. 가서, 흡! 여란, 여란, 흐으어엉! 일어, 시체! 시체가! 으어엉!"

귀를 때리는 큰 울음 사이에 알 수 없는 단어들이 섞여 있었다. 환라가 그 말을 알아듣기 위해 고개를 숙이려 할 때였다. 여란이 정위의 등을 찰싹 때리고 그의 손을 끌어왔다.

"그만 좀 우시오! 귀청 떨어지겠소!"

"여란, 흐으……. 님, 흡! 은 왜 멀쩡합니까? 우리 죽게 생겼단 말입니다!"

정위가 다시 울음을 터트리려는 듯 얼굴을 일그러트렸다. 여란이 정위의 등을 토닥여 주다가 고개를 돌렸다.

사실 아직 어딘가 석연치 않았다. 공주, 아니 태자의 포악한 심성은 채령에게 들어 익히 알고 있었다. 사치스럽고, 위압적이고, 악랄한 사람이 이유도 없이 평민의 목숨을 구해 줄 리 없었다.

"왜 우리를 도와준 겁니까?"

무례한 말투에 환라의 옆에 서 있던 향옥이 발끈한 듯 나서려 했다. 환라는 그녀를 손짓으로 막으며 다시 여란을 보았다. 그녀는 마치 처음 만난 사람을 대하는 것 같은 표정을 짓고 있었다.

친근하지 않은 여란의 얼굴이 환라는 낯설었다.

'혹 저번에 대화하고 싶지 않다 외면해 버린 것 때문에 아직 화가 난 것인가?'

환라는 목숨이 위태로운 상황에서도 저를 모른 체할 만큼 여란이 크게 상심한 건가 싶었다.

'란이의 입장에서는 내가 일방적으로 외면한 뒤 사라진 것이니 그럴 수도 있다. 역시 대장군의 집 앞에서 마주쳤을 때 이야기를 나눠 봤어야 했나.'

환라는 자신이 궐겸의 연정을 그릇된 충심이라고 오해했던 것처럼, 여란을 오해했을 수도 있다고 생각했다. 여란은 겉과 속이 다른 인물이 아니다. 어쩌면 대장군이 반란을 도모해 공주와 황후를 끌어내리려 한 것까지는 몰랐을 수도 있다.

자세한 내막은 대화해 봐야 알겠으나 여란이 토라진 상태로, 그것도 방음조차 되지 않는 감옥 안에서 할 만한 이야기는 아니었다.

환라는 일단 여란의 기분을 풀어 주기 위해 장단을 맞추기로 했다.

"부당한 판결이기 때문이다."

정위의 울음소리가 환라의 목소리를 절반 정도 집어삼켰다. 남은 목소리 역시 돌벽에 부딪쳐 울리며 평소와 다른 느낌을 자아냈다.

그렇기에 여란은 태자가 환라인 것을 알아보지 못했다. 그나마 눈치가 빠른 정위는 우느라 정신이 없었다.

여란은 환라를 빤히 보다가 불퉁한 표정을 지으며 악의 없는 목소리로 말했다.

"그런 걸 신경 쓰실 분 같지는 않은데요."

불손한 말투에 깜짝 놀란 정위가 여란에게 매달렸다.

"여란 님은 왜 우릴 도와주신 분께 그럽니까!"

"아니, 궁금하지 않소! 듣자 하니 시중들다가 손이 닿았다고 궁인을 옥에 가뒀다던데, 평민인 우리를 구해 주러 달려왔다는 게 궁……."

"……금해하지 마십시오! 궁금해하시려거든 누명을 벗고, 살아남고 나서- 한, 한, 10년 뒤에 궁금해하십시오!"

정위가 울음을 뚝 그치고 여란의 옷깃을 잡아 흔들었다. 여란이 그 손을 치워 내기 위해 몸을 비틀자 정위가 여란의 입을 막으려는 듯 달려들었다. 평소와 다름없이 투닥거리는 모습을 보자 환라는 저도 모르게 웃음이 터져 나왔다. 맑은 웃음소리에 두 사람의 행동이 우뚝 멈췄다.

그들은 약속이라도 한 듯 똑같은 속도로 고개를 돌려 환라를 보았다.

환라는 무릎을 굽혀 앉아 여란과 정위에게 눈높이를 맞췄다.

"걱정이 되어서 왔다."

여란이 미간을 좁히며 환라 쪽으로 귀를 들이댔다. 그녀의 목소리가 묘하게 익숙한 탓이었다. 한참 고개를 갸웃거리던 그녀가 정위를 보았다. 그의 눈은 뒤통수를 툭 치면 튀어나올 정도로 크게 벌어져 있었다. 여란은 혹시나 하는 마음에 환라를 마주 봤다.

"왜……, 우리를 걱정하시오-옵니까?"

여란이 황급히 어미를 바꾸며 물었다. 양야와 함께 지내며 옮은 것인지, 아니면 하지도 않은 일로 꼬투리를 잡는 여란이 야속해서인지, 환라의 얼굴에 못된 장난기가 피어올랐다. 그녀는 일부러 의미심장하게 운을 뗐다.

"글쎄……."

그러고는 입을 다물어 버렸다.

여란은 마른침을 삼키며 환라가 말을 잇길 기다렸다. 환라
는 목소리를 내어 대답하는 대신 제 면포를 걸어 올렸다. 뒤
에 서 있던 향옥이 환라의 긴 면포를 잡아 뒤로 넘겨 주자 고
운 얼굴이 고스란히 드러났다.

"이러면 그 이유를 알겠는가?"

너무 충격 큰 탓인지, 여란은 정신이 멍했다. 그녀는 눈앞에 있
는 사람이 누구인지 당장 깨닫지 못하고 한동안 눈만 깜빡이다가
한참 뒤에야 놀란 표정을 지었다. 안 그래도 큰 눈이 화등잔만 해
지고 입은 커다랗게 벌어졌다. 목소리 대신 검지가 불쑥 솟았다.

여란이 입만 뻥긋거리며 환라에게 삿대질하자 향옥이 크게 호
통쳤다.

"태자 전하께 이 무슨 무례인가!"

하지만 여란은 미동조차 없었다. 그러나 정위는 반쯤 정신을
차렸다. 그는 환라의 얼굴에서 시선을 떼지 못하며 여란의 손등을
내리눌렀다. 손가락이 내려가자 이번엔 뻥긋거리던 입에서 목소
리가 튀어나왔다.

"혀, 혀, 혀, 혀, 형, 형, 혀."

물레가 헛바퀴를 도는 것처럼, 완성되지 못한 말이 입에서 맴
돌았다. 환라는 여란이 저를 형님이라고 부르기 전에 검지를 세워
입술에 가져다 댔다.

"쉿. 눈과 귀가 많다."

정위가 넋 나간 얼굴로 손을 움직여 한 손으로는 제 입을,
다른 한 손으로는 여란의 입을 막았다. 덕분에 여란의 목소리는

알아들을 수 없을 정도로 뭉개졌다. 그러나 소리가 멈춘 건 아니었다.

환라는 마치 제 정체를 몰랐다는 듯이 구는 여란을 보며 의문을 품었다. 그러나 지금 중요한 것은 여란이 제 정체를 아느냐 모르느냐가 아니었다.

"곧 예부에서 올 것이다. 너희의 누명을 벗기기 위해 최선을 다할 것이니 심려치 말라."

돌아오는 대답은 없었다. 두 사람은 허깨비에 홀린 사람처럼 벙벙한 표정으로 미동조차 하지 않았다.

환라는 잠시 망설이다가 일단 두 사람을 두고 밖으로 나왔다. 자리로 돌아오자 예부 낭중과 부검관이 서 있는 게 보였다. 환라는 두 사람에게 간단하게 조사한 것을 보고받고 여란과 정위를 불러들였다.

그들은 여전히 풀린 눈을 하고서 아무런 반항도 없이 끌려와 환라 앞에 꿇어앉았다.

"전날 밤 홍여란과 윤정위는 어디에 있었는지 말하라."

여란이 멍하니 환라의 목소리를 듣다가 정신을 차리기 위해 고개를 크게 휘저었다. 그러나 멍한 기색은 완전히 떨어져 나가지 않았다. 흘러나오는 목소리 또한 높낮이가 없고 흐릿했다.

"그……. 나는, 아니, 저는 마을로 돌아가 사람들과 술을 마시고, 비가 그친 새벽에 돌아왔소-옵니다."

여란이 이상하게 말을 끝맺자마자 정위가 대답했다.

"저는 해시(오후 9시)가 넘도록 다른 회계사들과 한월각에서 장부를 정리하다가 저택으로 돌아와 잤습니다."

"부검관. 번태식이 사망한 시각은 언제인가?"

"위에 남은 음식물과 전날의 행적, 시체의 강직도를 살펴보았을 때 술시(오후 7시)에서 해시(오후 9시) 사이에 사망한 것으로 추정 되옵니다."

"번태식이 술시 이후에 자택이나 기루에 들르거나 의복을 구매하였는가?"

"아니옵니다, 전하."

"어제 술시 반 각(오후 8시)부터 비가 왔다. 번태식의 옷은 깨끗하다고 하였으니 비가 오기 전에 죽었거나, 비가 오기 전 한월각에 들어갔다가 살해당했다고 생각하는 것이 마땅하다. 예부 낭중, 그 시각에 번태식이 한월각에 간 것을 본 사람이 있는가?"

"조사한 바로는 그 시간 즈음에 인부 몇 명을 제외하고는 아무도 한월각으로 들어가지 않았다고 하옵니다."

"그렇다면 시간이 맞지 않으니 두 사람은 범인이라고 할 수 없다."

"소신 또한 같은 생각이옵니다. 시체가 있던 방은 피 칠갑이 되어 있었으나 마치 누가 발라 놓은 듯하였고, 바닥에 고인 피도 사람이 죽을 정도로 많은 양은 아니었습니다."

변론이 이어지자 정위의 얼굴에 점점 별이 깃들었다. 예부 낭중은 정위와 여란을 힐끔 보고 다시 말을 이었다.

"한월각 창가에 진흙이 묻은 발자국 여러 개가 발견된 것으로 보아, 누군가 깨끗한 곳에서 번태식을 살해한 뒤 고의적으로 시신을 가져다 둔 듯하옵니다."

"예부 낭중의 말이 옳다. 그러니 두 사람은 무죄이다. 사관은 이를 기록해 남겨 두고, 예부 낭중은 진범을 찾는 데 심혈을 기울이도록 하라."

"예, 전하."

군관들이 여란과 정위에게 다가가 포박을 풀어 주었다. 정위는 소리를 지르며 기뻐했으나 여란은 여전히 멍했다.

'역시 대화를 해 봐야겠다.'

환라는 잠시 고민하다가 자리에서 일어나며 향옥에게 명령했다.

"여사는 두 사람을 비원궁으로 데려오라."

향옥이 정위와 여란에게 따라오라고 눈짓한 뒤 앞서 걸었다. 그러나 움직이기는커녕 여란은 넋 나간 얼굴로 환라의 뒷모습을 바라보고 있었다. 정위가 고개를 흔들어 정신을 차리고 여란을 질질 끌며 환라와 향옥의 뒤를 따라갔다.

환라의 방문이 열리자 까만 여우가 모습을 드러냈다. 양야는 혼자 나가 셋이 되어 돌아온 환라를 보며 고개를 기울였다.

'저 둘이 황궁엔 무슨 일로 온 거지?'

대화를 들으면 상황을 파악할 수 있을 것 같아 양야는 환라의 품에 안겼다.

그 모습을 본 정위와 여란이 동시에 숨을 헙 들이마셨다. 환라의 얼굴을 하고 검은 여우까지 데리고 있으니 정체를 부정하고 싶어도 부정할 수 없었다. 그들은 환라의 손짓을 따라 그녀와 마주 앉았지만 아무도 먼저 입을 열지 않았다.

환라는 금붕어 같은 표정을 짓고 있는 여란을 보았다. 혹시 소식이 느려 공주가 태자로 책봉된 것을 모르고 있었던 건가 싶었다. 그게 아니고서야 저렇게 놀랄 이유가 없었다. 하지만 그 역시도 터무니없는 가정이었다.

책봉식 때 도성을 한 바퀴 돌았기 때문에 누가 태자가 되었는지는 지나가던 강아지도 알고 있었다. 행렬이야 못 보았을 수도 있으나 사람들과 가깝게 지내는 여란이 소문을 못 들었을 리는 없었다.

"혹 지난번 일 때문에 구해 주지 않을 거라 생각한 것인가?"

"응? 아, 아니, 예?"

여란이 허둥지둥 말을 바꾸며 되물었다. 환라는 그녀를 빤히 보다가 말을 이었다.

"무언가 오해가 있었던 것이라 여겼다. 그래서 이야기를 해 보고 싶었던 참이다."

"어……."

얼빠진 얼굴로 얼빠진 소리만 낼 뿐 여란은 환라의 말을 제대로 이해하지 못하고 있었다.

세 사람 사이에 침묵이 깃들었다. 정위는 입을 꾹 다물고 어깨를 움츠리고 있다가 향옥이 다과를 가져다주자 슬그머니 손을 뻗었다. 정과를 씹는 쫀득한 소리가 침묵을 메웠다.

환라는 여란이 먼저 입을 떼길 기다렸다. 그러나 여란은 연신 좌우로 고개를 기울일 뿐 무언가를 묻거나 해명할 생각이 없어 보였다.

그제야 환라는 여란이 감옥에서 보였던 반응을 되짚어 봤다. 그녀는 제 정체를 모르는 정위와 별반 다를 것 없는 표정을 지었다.

"역시 내가 태자가 된 것을 몰랐던 것인가?"

"내가 그, 아니지 제, 제가 그걸 어찌 알겠소? ……옵니까?"

"푸흡…… 크흐흡! 흐흡! 송구하옵니다."

여란이 녹슨 쇠사슬처럼 삐거덕거리며 말하자 듣고 있던 정위가 웃음을 터트렸다.

시선이 쏠리자 그는 터져 나온 웃음을 대충 헛기침으로 무마하고는 정과를 입에 넣었다. 그리고 턱과 입을 바쁘게 움직이며 반짝거리는 눈으로 환라를 보았다. 그가 너무 빤히 바라보자 옆에 서 있던 향옥이 작게 헛기침을 했다. 허락도 없이 태자의 얼굴을 법도에 어긋나는 일이었던 탓이다.

궁의 법도를 알지 못하는 정위 대신 환라가 향옥에게 괜찮다는 듯 손짓했다. 그리고 여란에게로 시선을 돌렸다. 고심하는 듯한 표정이 사라질 때까지 기다리던 환라가 결국 먼저 말을 꺼냈다.

"대장군이나 좌사정에게 내가 태자라는 걸 듣지 못하였는가?"

"대장군과 좌사정도 아시오, 옵니까?"

환라의 신분을 아느냐는 뜻이었으나 환라는 자신이 태자가 된 것을 아느냐는 뜻으로 알아들었다. 대화가 엇갈렸으나 두 사람은 이번에도 알아차리지 못했다.

"도성에 모르는 자가 없을 것이다."

여란의 눈동자가 어찌할 바를 모르며 이리저리 굴러다녔다. 환라는 대화가 어딘가 어긋났다는 느낌을 받았다.

그들은 거울처럼 같은 방향으로 고개를 기울이며 서로를 바라보았다. 여란이 이리저리로 고개를 기울이다가 다시 물었다.

"그러니까, 도성에 있는 모든 백성들이 형님, 아, 아니, 그……. 태자 전하께옵서……. 남장을 하고 돌아다닌 것을 안단 뜻이오? 아니, 옵니까?"

"저는 몰랐습니다."

정위가 옆에서 불쑥 끼어들었다. 그러고는 하나 남은 정과를 제 입으로 쏙 집어넣었다. 환라는 쫀득한 것이 씹히는 소리를 들으며 가만히 있다가 그제야 대화가 어디서부터 어긋난 것인지 깨달았다.

"혹시 내가 공주인 것을 몰랐었는가?"

"내가 그걸 어떻게 알겠소! 옵니까!"

"허나 그때 나에게 유일한 적통이라 하지 않았는가?"

여란은 무슨 소리인가 싶어 고민하다가 제집에서 함께 잔 날을 떠올렸다.

"그건 형님이 나씨 가문의 유일한 생존자이니……."

"출가하지 않은 황족에게는 성을 내리지 않는다."

두 사람은 다시 고개를 기울였다. 가만히 듣고 있던 정위가 답답해 죽겠다는 듯 가슴을 두드리며 차를 벌컥 마시려다가 뜨거워하며 내려놓았다. 그리고 여전히 고개만 기울이고 있는 환라와 여란을 보며 한숨을 내쉬었다.

"전하."

환라와 여란이 동시에 정위를 보았다. 괜히 머쓱해진 정위가 목을 가다듬었다.

"흠! 아뢰옵기 황공하오나, 제가 상황을 정리해 보아도 되겠사옵니까?"

"그리 하라."

"한월각에 처음 오신 날을 기억하시옵니까?"

"기억한다."

"태자 전하께옵서 은침으로 일일이 독을 확인하시고, 성이 나씨에 존함이 환이라 소개하셨사옵고, 말은 못 한다고 하시면서 말하려는 듯 입을 벙긋거리셨사옵니다."

제 딴에는 완벽하게 말 못 하는 사람인 척했다고 여겼는데 다른 사람의 눈에는 아니었던 모양이다. 환라는 민망함을 감추기 위해 미소 지으며 계속해 보라는 듯 고개를 끄덕였다.

"그날 객주님이 말하길, 황후 폐하를 견제할 세력 중에 나씨 가문이 있었는데, 그 가문의 사람들이 황금 독개구리가 빠진 우물물을 길어 먹고 전멸하였다고 하였습니다."

처음 듣는 소리였다. 환라가 양야를 내려다보자 그가 사실이라는 듯 고개를 끄덕였다.

"그래서 여란 님은 태자 전하가 나씨 가문의 생존자라고 착각했던 겁니다. 독 때문에 말을 못 하게 되었다고 생각한 것이죠."

여란이 정위의 옆에서 격렬하게 고개를 끄덕였다.

"맞소!"

"여란 님은 태자 전하께옵서 태자 전하인 것을 몰랐을 것이옵니다. 물론 공주님이셨던 것도 몰랐사옵니다. 중간에 신선이라고 착각하긴 했사온데……."

"그런 쓸데없는 말은 왜 하시오?"

열심히 고개를 끄덕이던 여란이 얼굴을 붉히며 버럭 소리쳤다. 정위는 얄밉게 웃고는 여란의 말을 못 들은 척하며 말을 이어갔다.

"아마 서로 다른 말을 하고 있었는데 묘하게 대화가 이어진 것 같습니다."

환라는 여란과 나누었던 대화를 천천히 되짚었다.

"유일한 적통이라는 건?"

"생존자라는 말을 쓰면 상처를 건드릴까 봐 단어를 고르다 보니 한 말이오. 옵니다."

"이름으로 알았다는 것은 나를 나씨라 생각했다는 뜻이겠구나. 은침을 쓰기에 알았다는 것은?"

"유별나게 독 검사를 하기에 독 때문에 가족을 잃었다 생각했다는 뜻이었소. 옵니다."

"정말 내가 공주인 것을 몰랐는가?"

여란이 고개를 격렬하게 끄덕였다. 환라는 고개를 숙여 제 품에 있는 양야를 보았다. 턱을 괴고 늘어져 있던 양야가 환라의 시선을 느끼고 고개를 끄덕였다.

"내가 공주인 것을 알면서도 태자로 지지하지 않은 게 아니었구나."

"당연한 말씀을! 형님이 공주님인 걸 알았으면 내가 대장군 수염을 쥐어뜯어서라도 마음을 돌려놓았을 것이오! 옵니다!"

환라가 웃음을 터트리며 고개를 끄덕였다.

"일단 그 이상한 말투부터 어찌 해야겠다. 사적인 곳에서는 편하게 대하라."

"안 그래도 곤욕이었소."

여란이 민망하다는 듯 헛기침을 했다.

"어쨌든 정말 고맙소, 형님. 형님이 아니었으면 꼼짝없이 목이 달아날 뻔하였소."

"맞습니다. 여란 님이 정말 죽는 줄 알고 제가 얼마나 노심초사했는지 모릅니다. 전하께옵서 영웅처럼 나타나 주시지 않았다면 아마 머리가 두 동강……, 읍!"

여란이 정위의 입에 떡을 아무렇게나 쑤셔 넣고 속이 시원하다는 듯 손을 털었다. 환라가 그 모습을 보며 작게 웃음을 터트렸을 때였다. 밖에서 들리는 인기척에 양야가 귀를 쫑긋거렸다. 그가 몸을 일으키자마자 궁인의 목소리가 들렸다.

"전하. 대내상 권재화와 좌사정 이궐겸 들었사옵니다."

"들라 하라."

문이 열렸다. 들어와 인사를 올리려던 재화와 궐겸은 예상치도 못한 인물들이 있자 잠시 걸음을 멈추었다. 재화는 들어오는 것을 망설였으나 궐겸은 정위와 여란의 몰골을 보자마자 안으로 들어왔다.

그는 예부에서 고문이라도 당했느냐고 물으려다가 일단 환라에게 인사를 올렸다. 재화도 그제야 안으로 들어와 인사를 올렸다.

환라는 면포를 걷으며 두 사람에게 자리를 권해 주었다.

"안 그래도 두 사람을 불러 내가 나가고 난 뒤 무슨 말이 오갔는지 물을 생각이었다."

"그것이……."

궐겸이 말끝을 흐렸다. 탁자 위로 뾰족 솟은 여우 귀와 이따금 살랑거리는 까만 꼬리가 보인 탓이었다. 그러나 환라는 그가 여란과 정위 때문에 말을 아낀다고 생각했다.

"두 사람의 혐의는 누명이었다. 둘 다 내 사람들이니 거리끼지 말라."

재화는 그런 이유로 말을 꺼내지 않고 있었기에 적어도 한 명은 설득할 수 있었다.

"전하께옵서 나가시고 난 뒤에 태자비에 관한 이야기가 나왔습니다."

양야의 머리를 쓰다듬던 환라의 손길이 우뚝 멈췄다.

"태자의 위를 받으셨고 약관이 다 되어 가니 혼인을 올려야 한다고 말입니다. 그리고 폐하께서 윤허하셨사옵니다. 유력한 가문의 사내들이 명당에 오를 것이옵니다."

궐겸의 시선이 양야에게로 향했다. 환라의 시선 또한 양야에게 닿았다. 그러나 정작 양야는 눈을 감고 턱을 괸 채로 미동조차 하지 않고 있었다. 환라는 그의 얼굴을 유심히 바라보았으나 여우의 얼굴에서 표정을 읽기란 쉽지 않았다.

"생각해 보겠다."

"예, 전하. 긍정적으로 생각해 주시옵소서. 황후 폐하께서 아직 건재하시니, 혼인하지 않으시면 전하의 자리가 위태로울 수 있사옵니다."

궐겸은 환라의 품 안에 그녀의 연인이 없었다면 당장 저를 사용하시라고 말하였을 것이다. 태자비가 꼭 황후가 돼야 하는 것은 아니니 저를 비로 세우셨다가 양야를 황후로 맞이하시라고 말이다. 하지만 나름 우정을 쌓은 양야의 앞에서 뻔뻔하게 그런 말을 할 순 없었다.

궐겸이 안 되겠다는 듯 고개를 젓는 사이, 향옥이 차를 내려놓고 밖으로 나갔다. 재화는 궐겸에게서 시선을 떼어 내고 차를 들었다.

환라는 그의 움직임이 어딘지 모르게 부자연스러워 보인다고 생각했다.

"다쳤는가?"

그녀의 한마디에 모든 사람들의 눈이 재화에게로 쏠렸다. 재화가 목을 가다듬고 대답했다.

"실은 어젯밤 자객이 들었사옵니다."

어젯밤이라면 환라가 습격을 당한 날이었다. 환라는 잠시 궐겸을 보았다가 재화에게 걱정스러운 목소리로 물었다.

"많이 다친 것인가?"

"그저 팔을 조금 다쳤을 뿐이옵니다. 하온데, 전하를 따르는 다른 이들 역시 어젯밤 습격을 받았다고 하옵니다."

환라는 회의에서 봤던 이들을 떠올려 보았다. 다행히도 빈자리는 없었다. 목숨을 잃거나 움직이지 못할 정도로 심각하게 다친 이는 없다는 뜻이었다.

'애당초 죽일 생각이 없었던 것인가?'

돌이켜 보면 이상하긴 했다. 어제 침입한 자객은 총 다섯 명이었다. 그들이 한꺼번에 덤벼들었다면 환라는 속수무책으로 당했을 것이다. 그런데 처음에는 한 명만 내려와 환라를 위협했고, 나머지는 태감과 궐겸이 들어온 후에야 모습을 드러냈다.

하지만 죽일 생각이 없었다면 굳이 자객을 보낼 필요가 있었을까? 게다가 한 사람도 아니고 여러 사람에게 말이다. 그저 단순한 우연인가 하는 의심이 들 즈음 재화가 말을 이었다.

"물증은 없사오나 이 일을 벌인 건 황후 폐하가 아닐까 싶사옵니다."

환라를 포함해 하룻밤 사이에 여섯 명이나 공격을 받았다. 이렇게 대담한 짓을 벌일 사람은 영로밖에 없었기에 환라는 고개를 끄덕였다.

"자객의 신변을 확보한 이가 있는가?"

"모두 놓치거나 사살하였고, 붙잡힌 자객은 자결하였다고 들었습니다."

환라가 깊게 숨을 내쉬었다. 그녀는 습관처럼 여우의 털을 쓰다듬으며 고민에 빠졌다.

"어머니를 물러서게 할 방도를 찾아야 할 터인데."

환라가 한숨을 내쉬며 미간을 찌푸렸다. 그녀의 안색을 살피던 궐겸이 입을 열었다.

"근래에 산적들이 마을을 약탈하는 일이 잦아졌다고 하옵니다. 하나같이 보라색 연꽃 자수가 있는 손수건을 팔이나 머리에 두르고 있었다 들었사옵니다. 그것을 폐께 아뢰어 황후 폐하께옵서 국정에서 손을 떼시게 하는 게 어떨까 하옵니다."

환라가 의견을 묻는 듯한 눈으로 재화를 보았다. 하지만 재화의 반응은 회의적이었다.

"이미 몇몇 산적이 보라색 손수건을 완장처럼 차고 마차를 습격한 것을 아뢴 적이 있사옵니다. 하온데 폐하께서는 오히려 사실을 고한 사람을 내치셨습니다."

"군사에 관한 것도 말씀드렸는가?"

"예. 마찬가지였습니다. 직접 보지 않고는 믿지 못하시겠다 하시며 황후 폐하를 감싸셨사옵니다."

환라는 작게 숨을 내쉬었다.

황제가 듣는 자리에서 혼인을 입에 올린 건 이해할 수 있었다. 양야와 환라의 사이를 멀어지게 하려는 요량이었겠으나 태자 된 도리로 대를 잇는 건 당연한 일이었다.

하지만 영로는 더 나아가 여란과 정위는 목숨을 **빼앗으려** 했다. 환라를 지지하는 이들 역시 습격당했다. 게다가 영로를 등에 업은 산적은 이제 마을까지 약탈하며 무고한 백성을 해치고 있었다.

'어머니에게 압력을 가하는 것이 과연 효과가 있을 것인가?'

환라가 앞을 압박하면 영로는 뒤로 세력을 넓힐 것이다. 어떻게든 자금을 확보하고 군사를 길러 자리를 지키려 할 것이다. 어쩌면 반역이 일어날지도 모른다.

'그것 만큼은 막아야 한다.'

이미 회유와 압박을 해 보았으나 통하지 않았다. 그렇다면 할 수 있는 것은 정면으로 부딪치는 것뿐이었다. 그러나 영로가 스스로 물러나길 기다릴 순 없다. 백성과 신하들을 지키기 위해서라 폐위시킴이 옳았다.

그렇게 생각하는 것은 환라뿐만이 아니었다. 고민하던 재화가 강경한 어투로 말했다.

"전하. 황후 폐하를 물러나게 하셔야 합니다."

"알고 있다. 허나 폐위를 입에 올리려거든 황후 폐하께서 산적이 약탈한 물건을 받았다는 증거나 황후 폐하의 사병을 찾아야 한다."

"찾는다 한들 폐하께옵선 쉽게 믿지 않으실 것이옵니다."

환라는 잠시 고민하다가 쥐죽은 듯이 앉아 다과를 먹고 있는 정위를 보았다. 갑작스럽게 눈이 마주치자 정위가 재빨리 입을 움직여 씹던 것을 삼켰다.

"왜, 왜 저를 보시옵니까, 전하?"

"당정읍으로 간다는 물건들은 아직 출발하지 않았는가?"

"아, 예!"

가짜 뇌물 사건 때처럼 저에게 위험한 일을 시킬까 긴장하던 정위는 별것 아닌 질문에 환하게 웃으며 대답했다. 환라가 고개를 끄덕이고 재화와 궐겸을 보았다.

"내가 직접 나갔다 오겠다."

"너무 위험하옵니다, 전하."

재화가 만류했으나 환라는 고개를 저었다.

"내가 직접 보고 고해야 폐하께서도 믿으실 것이다. 말도 없이 오래도록 자리를 비울 수 없으니 폐하께는 중경 밖의 정세를 살펴보고 오겠다 아뢸 것이다."

이번엔 궐겸이 환라를 말렸다.

"궁에 있어도 전하의 목숨을 노리는 이들이옵니다. 밖으로 나가시면 더 위험해 지실 것이옵니다."

"게다가 당정읍은 갈파국과도 가깝습니다. 읍의 수령도 황후의 사람이고, 갈파왕과 개인적인 친분 또한 있다고 들어 심히 걱정되옵니다."

재화도 거들었으나 환라는 단호한 표정으로 고개를 저었다.

"산과 백성들만 둘러보고 올 것이니 수령과 마주칠 일은 없다. 또한 일국의 왕이 함부로 돌아다니진 않을 터. 만날 일은 없을 것이다."

그 말도 틀린 것은 아니었다. 궐겸은 마지못해 수긍하며 환라에게 물었다.

"그럼 황제 폐하께는 당정읍에 가시겠다고 하실 참이시옵니까?"

"그렇게 말하면 허락하지 않으실 것이다. 어찌 허락을 받아 냈다고 하더라고 황후 폐하께서 군사의 위치를 이동시킬 수도 있다. 그러니 행선지는 거짓으로 아뢰고 빈 마차만 보낼 생각이다."

"중경 근처에 부모님이 살고 계시옵니다. 괜찮으시다면 그쪽으로 빈 마차를 보내시옵소서. 부모님께는 제가 잘 설명해 두겠습니다."

궐겸의 말에 환라가 고개를 끄덕였다. 재화는 옆에서 궐겸의 얼굴을 빤히 보았다. 그는 여우의 등을 쓰다듬으며 수심에 잠긴 환라를 애끓는 눈으로 보고 있었다.

"흠……."

재화의 입에서 묘한 침음이 흘렀다. 그는 환라와 궐겸을 번갈아 보았다. 그러면서 태자비 후보에 오를 만한 사내들의 얼굴을 떠올렸다.

환라와 적대하고 있다고는 하나 영로는 환라의 어머니였다. 게다가 황제인 이백은 영로를 지나치게 신뢰하는 경향이 있었다. 환라가 적합한 이를 고르지 않으면 그녀는 결국 영로가 맺어 준 이와 혼인하게 될 것이다.

이왕 해야 할 혼인이라면 환라의 사람과 하는 것이 정치적으로 유리했다. 후사를 만들거나 국정을 논의할 때 조심할 필요가 없어지니 말이다.

'저만한 인물이 없는데…….'

태자가 좌사정을 비원궁에서 재울 정도로 각별하게 생각하는 것이야 이미 궁 안에 파다하게 소문이 나 있었다. 그러니 환라가 황제에게 좌사정을 태자비로 들이겠다고 한다면 아무도 의심하거나 반대하지 못할 것이다.

재화가 기회를 봐서 궐겸을 태자비로 들이자고 말하려던 차에 환라가 입을 열었다.

"그대의 부모님이 위험해질 수도 있다. 게다가 태자비를 들여야 한다는 말이 나오는 때에 그대의 사택에 머물면 두 분 폐하께서 오해하실 것이다."

"저는 괜찮습니다."

궐겸이 차마 환라를 바라보지 못하고 시선을 피했다. 재화는 이때다 싶어 입을 열었다.

"차라리 잘 되었습니다. 어차피 자리를 공고히 하기 위해선 태자비를 들여야 하옵니다. 전하께서 마음에 둔 이가 없다고 하시면 두 분 폐하께서 혼처를 결정하실 텐데, 낯선 사람보다는 좌사정이 낫지 않겠습니까?"

궐겸은 제 속내를 들킨 것 같아 볼이 달아올랐다. 따끔거리는 양심이 그의 시선을 양아에게로 이끌었다. 새까만 여우는 환라의 품 안에서 턱을 괸 채 호박색 눈동자를 빛내고 있었다.

저번만큼 흉흉한 기색은 아니었으나 역시나 심기가 불편해 보였다.

궐겸은 잠시 망설였다. 그러나 여우의 볼과 턱을 부드럽게 쓸어 주는 곱고 하얀 손을 보자 숨어 있던 투기가 울컥 치솟았다.

지금은 티조차 낼 수도 없는 감정이다. 그럴 만한 위치가 아니니 말이다. 그러나 태자비가 된다면, 적어도 투정 정도는 부릴 수 있게 되지 않을까? 아주 사소한 욕심이 삼켰던 말을 끄집어냈다.

"제 생각 또한 그렇사옵니다. 태자비가 반드시 황후가 되는 것은 아니니 누군가를 잠시 곁에 둬야 한다면 제가 곁에 있는 것이 편하지 않으시겠사옵니까."

양야는 궐겸을 빤히 보다가 고개를 돌렸다. 그러고는 환라의 무릎에서 뛰어 내려가 침대 위로 올라갔다. 환라는 당황한 눈으로 양야를 보다가 고개를 바로 했다.

"생각해 보겠다. 내일 정무 회의 때 말할 테니 대내상과 좌사정은 이만 물러가 봐도 좋다."

"예, 전하."

궐겸과 재화가 자리에서 일어나 인사를 올리고 떠났다. 그제야 여란이 몸에 힘을 풀며 크게 숨을 내쉬었다.

"뭐가 이리 복잡하고 어렵소? 나는 정치 같은 건 못 해 먹겠소. 근데 태자비면……, 형님, 혼인하는 것이오?"

"아직 모르겠다."

환라가 그녀를 등진 채 엎드려 있는 여우를 보며 복잡한 심경으로 말했다. 여란은 당연히 궐겸과 혼인해야 한다고 말하려다가 번뜩 머리를 스치는 생각에 허리를 곧추세웠다.

"잠깐! 형님이 태자고, 태자는 전에 공주였으니까……. 형님이 공주요?"

"여란 님 전하께 그게 무슨 말버릇입니까?"

정위가 여란의 옆구리를 팔꿈치로 쿡쿡 찔렀다. 그리고 입술을 움직이지 않으며 작게 속닥거렸다.

정위가 복화술까지 써 가며 핀잔을 주든 말든 여란은 머리를 부여잡았다. 궐겸에게 연심과 충심을 모두 지키라고 조언했던 일이 떠오른 탓이었다. 그녀는 하얗게 질린 얼굴로 벌떡 일어났다. 그리고 환라에게 손을 뻗었다. 옆에서 정위가 말리려 했으나 씨알도 먹히지 않았다.

여란은 파리를 쫓는 것보다 쉽게 정위를 떨쳐 내고 환라의 손을 붙잡았다.

"형님 나 어쩌오?"

"왜 그러는가?"

"내가 형님이 공주인 것도 모르고 이 공자에게 부마가 되라고 말했소! 충심만 지키려던 사람이 나 때문에 딴 길로 센 것이오. 어쩌오? 이 사실을 오라버니가 알면……. 난 정말 죽은 목숨이오!"

환라는 당황해 눈을 깜빡이며 고개를 돌렸다. 아니나 다를까 엎드려 있던 여우가 여란을 보며 귀를 쫑긋 세우고 있었다. 당사자가 바로 뒤에서 듣고 있는 것도 모른 채, 여란은 환라의 손등에 이마를 부딪치며 우는 소리를 냈다.

"비밀 좀 지켜 주시오! 응? 아니다! 오라버니가 알게 되면 내

편 좀 들어 주시오! 정말 형님과 오라버니의 사이를 의도적으로 갈라놓으려고 이 공자를 부추긴 게 아니오! 그냥 안쓰러워서…….”

환라는 여란에게 다가오는 여우를 보며 자신이 할 수 있는 최선의 대답을 해 주었다.

“나는 아무 말도 하지 않겠다.”

여란과 양야, 두 사람에게 하는 말이었다.

양야가 여란의 발밑에 도착했다. 여우가 자발적으로 다가오자 여란의 얼굴에 화색이 돌았다. 그녀는 언제 걱정했냐는 듯 활짝 웃으며 양야에게 손을 뻗었다.

“날 위로해 주러 온 거니?”

양야는 여란을 올려다보다가 발톱을 세워 그녀의 발등을 꾹 밟았다. 날카로운 발톱이 두툼한 가죽 신발을 파고들어 발등을 콕 찔렀다.

“앗, 따가!”

여란이 발을 빼며 어이가 없다는 표정으로 양야를 보았다.

“저번에는 코웃음을 치더니 오늘은 공격을……. 도대체 저 여우는 내게 왜 저러는 것이오? 여우야. 나한테 무슨 억하심정이라도 있느냐?”

환라는 웃음을 꾹 참으며 모르겠다는 듯 고개를 저었다. 침대로 올라가 눕는 여우를 보던 정위가 고개를 살랑살랑 내저었다.

“여란 님이 자꾸 고성으로 여우를 괴롭히니 그런 것 아닙니까?”

"뭐요?"

여란이 정위에게 달려들었다. 두 사람은 환라가 얼굴을 드러내고 있어서인지 이곳이 궁인지도 잊은 채 투닥거렸다. 아웅다웅하는 모습에 환라가 맑게 웃음을 터트렸다. 그 소리가 밖까지 흘러나왔다. 대화가 끝난 것으로 생각한 향옥이 제 앞에 서 있는 궁인을 쳐다보고 안에 고했다.

"전하. 폐하께서 옥춘을 보내셨사옵니다."

환라는 여란과 정위를 자리에 앉히고 면포를 뒤집어썼다.

"들라 하라."

안으로 들어온 궁인이 여란과 정위에게 눈길을 주었다가 손에 든 것을 환라에게 바치며 공손히 아뢰었다.

"전하. 황제 폐하께옵서 편찮은 건 괜찮아졌는지 여쭙고 오라 하셨사옵니다."

환라가 아프지 않다는 걸 아는 이백이 장난을 친 것이었지만 환라는 양심에 바늘이 박히는 것만 같았다.

"……쉬었더니 한결 나아졌다고 전해 드려라."

"예, 전하."

궁인이 인사를 올리고 방을 나갔다. 환라는 여란과 정위에게 옥춘을 하나씩 쥐여 주며 말했다.

"아침부터 고생이 많았다. 당정읍으로 가는 마차는 저번에 양야가 말했던 것처럼 준비해 두어라."

"예, 전하."

정위가 옥춘을 한입에 집어넣고 우물거리며 대답했다. 여물을 먹는 것 같은 모습에 환라가 미소를 지었다.

여란은 안쓰럽다는 눈으로 정위를 보다가 제 옥춘을 손에 쥐여
주고 환라에게 물었다.

"그럼 다음엔 밖에서 보는 것이오?"

"그렇다."

"좋소. 내가 책임지고 그때까지 대장군 마음을 꼭 돌려놓
겠소."

"그대만 믿겠다."

장난스러운 환라의 말에도 여란은 의지를 불태웠다. 환라가 흐
뭇한 표정으로 여란을 보고 있을 때, 정위가 별안간 목을 가다듬
었다. 그리고 양손을 포개어 이마에 겹쳤다. 당장에라도 절을 할
것 같은 모습에 여란이 정위의 뒷덜미를 덥석 붙잡았다.

"그럼 우리는 이만 가 보겠소."

환라가 고개를 끄덕이자 여란이 정위를 질질 끌고 나가며 손을
흔들었다. 환라는 체통을 생각해 잠시 망설였으나 이내 여란에게
손을 흔들어 주었다. 그리고 향옥에게 마차로 두 사람을 데려다주
라고 명령했다. 향옥이 공손히 고개를 숙이고 밖으로 나갔다.

그제야 방 안이 조용해졌다. 환라는 묘은에게 잠시 시선을 준
뒤 침상으로 다가가 양야의 옆에 앉았다. 윤기 나는 털을 부드럽
게 쓰다듬자 양야의 등이 움찔거렸다. 여우의 표정은 알아볼 수
없었으나 그의 분위기는 읽을 수 있었다.

환라는 제 연인을 위해 재화의 권유를 거절하기로 마음먹
었다.

"태자비는 들이지 않겠다."

양야가 고개를 돌렸다. 눈이 마주치자 환라가 면포를 벗고 양야를 품에 안아 가볍게 입을 맞췄다.

"홀로 있다가 황제가 된 후에 양야 그대를 황후로 맞이할 것이다."

양야는 마냥 기뻐할 수 없었다. 마음 같아서는 그렇게 해 달라고 말하고 싶었다. 인간들의 위협 정도는 막아 줄 자신이 있었다. 그러나 양야는 그 말을 입 밖으로 꺼내지 않았다. 제 자신감 하나로 환라를 위험에 빠트리고 싶진 않았다. 그녀의 위치가 위태로워지는 것 역시 원하지 않았다.

양야는 환라의 품에서 빠져나왔다. 고개를 들었으나 여우의 몸으로는 시선을 맞추는 것조차 쉽지 않았다.

그는 사람으로 변하며 저에게 뻗어지는 환라의 손을 잡아 누르고 그녀의 위를 점령했다. 마주친 눈동자에는 숨길 수 없는 투기가 햇불처럼 타오르고 있었다. 환라는 그 감정이 만족스럽고도 안타까워 양야의 볼을 쓸었다. 그 손길을 느끼며 양야가 눈을 감았다. 마치 촛불을 덮개로 닫은 것처럼, 투기는 흔적조차 남기지 않고 사라졌다.

"좌사정을 태자비로 들이십시오. 저는 공로조차 없는 평민이고 인간도 아니니 어차피 태자비가 될 순 없습니다."

"그러니 들이지 않겠다."

"들이셔야 위태롭지 않다고 하지 않습니까."

양야는 아무렇지 않다는 듯 웃었으나 환라의 표정은 여전히 좋지 않았다. 정치적인 이유로 정인 아닌 사람과 혼인하는 것쯤이야 황족에게는 흔한 일이었다. 지금 태자비를 맞이해 위치를 공고히 해야 황제가 된 후 양야를 궁에 들이기 수월할 것이다.

그렇게 생각하던 환라는 문득 의문이 들었다. 그와 함께하는 것은 환라에게 당연한 일이 되었다. 아무런 의심 없이 양야가 궁으로 들어올 것이라 여겼다. 그러나 다시 생각해 보면 자유분방하게 살았을 그에게 궁 안의 엄격한 규율은 족쇄나 마찬가지였다.

환라는 복잡한 얼굴로 손을 뻗었다. 비단결 같은 머리카락을 훑고 내려오는 손을 양야가 붙잡았다. 그리고 손목 안쪽 여린 살결에 입을 맞췄다.

"저는 전하가 언젠가 황제가 될 분이라는 걸 알고 있었습니다. 그 정도도 각오하지 않고 전하의 곁으로 왔겠습니까?"

웃음기 섞인 목소리가 귀를 간지럽혔다. 하지만 환라의 마음은 여전히 심란했다.

"그대는 궁에서 살고 싶은가?"

"환이 있는 곳이라면 어디든 상관없습니다."

"궁에는 지켜야 할 규율이 많다. 고단하고 외로울 수도 있다."

"그럼 저를 위해 황위를 포기하실 수 있으십니까? 백성과 신하를 두고 애정을 좇아 궁을 떠나실 수 있으십니까?"

환라는 냉큼 그럴 수 있다 답할 수 없었다. 유일한 계승권자로 태어나 제왕이 되도록 교육받았다. 황제가 되어 나라를 올바르게 이끄는 것은 거부할 수 없는 것, 천명이었다.

"그럴 수 없다."

진실을 말하면서도 환라의 눈에는 미안함이 깃들었다. 양야는 요요한 미소를 머금고 환라의 볼을 다정히 쓸었다.

"그런 표정 하지 마십시오. 일전에 전하를 위해 제가 해야할 일을 못 하는 건 싫다고 하셨지요. 저 역시 그렇습니다."

"내 생각도 변함이 없다. 만일 떠나고 싶어지면 언제든지 말하라."

"쫓아내셔도 가지 않을 겁니다."

"정치적인 이유 때문에라도 후궁을 더 들여야 할지 모른다. 그래도 괜찮겠는가?"

"전하의 마음이 제게 있다면 그딴 감투가 무슨 소용이 있겠습니까."

양야가 환라의 손에 깍지를 꼈다.

"그러니 해야 할 일을 하세요. 함께 있는 건 제가 하겠습니다."

눈앞에 붉은 손톱이 꽃잎처럼 아른거렸다. 양야는 인연의 실처럼 서로의 손에 감긴 붉은 색을 빤히 보다가 눈을 접어 웃었다.

"그래도 정 미안하시거든 차라리 확신을 주십시오."

환라는 자유로운 손을 양야의 목에 감아 끌어당겼다. 입술과 입술이 맞닿았다. 양야가 팔을 풀어 주자 환라가 그의 몸을 밀며 굴렸다. 그녀는 양야의 위로 올라와 여러 번 입을 맞추다가 양야의 눈을 보며 곱게 미소 지었다.

"이제 확신이 생겼는가?"

"글쎄요."

양야가 환라의 허리를 단단하게 휘어 감으며 장난스러운 미소를 입에 물었다.

"아직 부족한 것 같습니다."

두 사람의 몸이 다시 빈틈없이 맞붙어 뒤엉켰다. 푹신한 의자 위에서 꾸벅꾸벅 졸던 묘은이 바스락거리는 소리에 화들짝 놀라 고개를 들었다. 그녀는 괜히 제 털을 정리하고 헛기침을 했다. 그러나 천이 스치는 소리는 점점 더 커졌다. 묘은은 결국 창문을 열고 도망쳤다.

그녀가 한참 동안 궁을 돌아다니다가 다시 방으로 돌아왔을 때, 환라는 상소문을 읽고 있었고, 양야는 여우의 모습으로 환라의 손을 깨물며 장난을 치고 있었다. 묘은은 총총걸음으로 걸어 환라의 무릎 위로 올라왔다. 그러다 저를 쳐다보는 호박색 눈동자에 놀라 책상 위로 폴짝 뛰어올랐다. 환라가 민망하다는 듯 웃으며 물었다.

"배고프지 않은가?"

묘은이 제 앞발을 핥다가 새침하게 대답했다.

"나 오리가 먹고 싶어, 은인!"

"마침 저녁을 먹어야 할 시간이구나. 오리를 대령하라 말하겠다."

"응! 청둥오리로!"

양야가 앞발로 묘은이 이마를 콩 때렸다. 묘은은 투덜거리며 폴짝폴짝 뛰어 의자 위로 올라갔다.

저녁 식사를 마치고 환라는 다시 책상 앞에 앉았다. 그녀는 제 옆에 있는 양야의 머리와 등을 쓰다듬다가 멀리서 들리는 종소리에 몸을 일으켰다. 양야가 고개를 들어 환라를 보았다.

"아버지께 다녀오겠다."

무슨 말을 하기 위해 가는지는 뻔했다. 양야는 고개를 끄덕이고 앞발에 턱을 괴었다. 환라는 묘은의 머리를 쓰다듬어 준 뒤에 밖으로 나왔다.

교대 시간이 되었는지 향옥은 보이지 않고 칠각이 문 앞을 지키고 있었다. 환라는 걱정스러운 눈으로 칠각의 몸 상태를 살피다가 걸음을 옮겼다.

"며칠 더 쉬는 것이 좋겠다."

"아직 이 정도는 거뜬하옵니다, 전하."

"그래도 일은 여사에게 며칠간 위임하고 쉬어라. 명이다."

칠각은 고개를 숙이고 환라의 뒤를 따랐다. 환라는 틈틈이 걸음을 멈추어 칠각이 쉴 수 있도록 배려해 주었다. 칠각이 괜찮다고 거듭 말했으나 환라의 걸음은 평소보다 느리기만 했다. 칠각은 한동안 조용히 그녀의 뒤를 따르다가 공손하게 말을 올렸다.

"계속 늙은이 취급을 하시면 낙향해 농사나 짓겠사옵니다."

그제야 환라가 원래의 속도를 되찾았다.

그녀는 한참을 걸어 항룡궁으로 들어섰다. 그러자 정원 입구에 핀 꽃들이 눈에 띄었다. 붉은 꽃을 보자 양야의 입술이 떠올랐다.

'확신을 달라 하였지.'

환라의 입술이 둥글게 휘었다. 그녀는 잠시 걸음을 멈추고 꽃을 바라보다가 칠각에게 말했다.

"태감은 거처 마당에 무궁화를 가득 심어 두어라."

"알겠사옵니다, 전하."

환라는 궁 밖 거처에 생길 무궁화 밭을 상상하며 만족스럽게 웃었다. 그리고 꽃을 조금 더 보다가 이백의 방문 앞에 섰다.

환관이 안에 고하지도 않고 문을 열어 주었다.

"폐하께서 전하가 오면 바로 들여보내라 하셨사옵니다."

환라는 고개를 끄덕이며 안으로 들어갔다. 평소와 달리 이백은 책상에 앉아 있었다. 안타까울 정도로 마른 몸은 여전했으나 그의 얼굴은 전에 없을 정도로 혈색이 돌았다.

"환이 왔느냐?"

환라는 문이 닫히는 소리를 들으며 면포를 걷었다. 그녀의 얼굴에는 송구스러움과 미소가 혼재해 있었다. 이백이 인자하게 웃으며 손짓으로 환라를 불렀다.

"왜 그런 표정을 하고 섰는가?"

"아버지, 실은……."

환라의 말이 끝나기도 전에 이백이 크게 웃음을 터트렸다. 환라가 어색한 미소를 짓자 이백이 환라의 손을 잡아끌었다.

"왜 혼이 나는 아이처럼 서 있는가. 이리 와 앉아라."

환라가 이백의 손에 이끌려 그의 곁에 앉았다. 이백이 살가운 손길로 그녀의 머리를 쓰다듬었다.

"아프다는 게 핑계였다는 것쯤은 나도 안다. 그러니 그런 표정 짓지 말라. 이 아비의 마음이 다 불편하구나."

"알겠사옵니다, 폐하."

"아버지라 부르는 것이 더 듣기 좋다."

다 커서 어리광을 부린 것 같아 환라는 괜히 민망해졌다. 그녀가 어렴풋이 웃으며 고개를 살짝 숙이자 이백은 다 안다는 듯이 손등을 토닥이며 말을 돌려주었다.

"그래서 나는 왜 찾아온 것인가?"

"드릴 말씀이 있사옵니다."

"말해 보아라."

"도성 밖을 나가 보고 싶사옵니다."

화기애애하던 분위기가 순식간에 가라앉았다. 환라의 얼굴에서도 수줍은 기색이 가셨다. 고개를 들어 마주한 이백의 얼굴은 눈에 띄게 굳어 있었다. 환라는 이백이 당연히 반대할 것으로 생각했다. 애당초 환라가 몰래 궁을 빠져나간 것도 이백이 외출을 불허하였기 때문이니 합당한 생각이었다.

갈파왕이 왔을 때는 궁 안이 더 위험하다 판단하였기에 환라를 밖으로 내보냈으나 이번엔 그런 것도 아니었다. 하지만 환라는 꼭 나가야만 했다.

환라가 마음을 다잡고 이백을 설득하려고 하던 차였다. 이백이 한숨을 내쉬며 굳은 얼굴을 풀었다.

"그리 하라."

환라가 놀란 눈으로 이백을 바라봤다. 이백은 환라의 손을 다독였다.

"단 매를 데려가라."

"그리 하겠사옵니다, 폐하."

이백이 거칠어진 손으로 환라의 머리와 볼을 쓰다듬었다.

"내 딸이 언제 이리 다 컸을까. 이제 이 아비가 없어도 되겠구나."

"그런 말씀 마시옵소서."

"그래, 그래."

그는 오랜만에 부축을 받지 않고 자리에서 일어났다. 환라가 놀라 몸을 일으켰지만 이백은 괜찮다는 듯 손짓하고는 홀로 느리게 걸어 책상 앞에 앉았다. 평소보다 건강해 보이는 모습에 환라는 기쁘면서도 얼떨떨하였다.

그리고 이유 모를 불안이 계속 가슴께를 간질였다.

환라는 생경한 눈으로 제 아버지를 바라보며 그의 근처로 갔다.

"나가면 어디서 머물 것인가?"

"좌사성의 고향 집에서 머물 생각입니다."

"……대내상에게 조정에서 무슨 이야기가 나왔는지 전해 들었는가?"

"예."

"그 아이를 비로 맞이할 생각이로구나."

"그러하옵니다."

대답하는 와중에도 양야의 얼굴이 눈앞에 아른거렸다. 그의 미소와 손길이 떠오를 때마다 돌을 하나씩 삼키는 것처럼 숨이 막히고 뱃속이 무거워졌다.

이백은 환라에게 정인이 있다는 것은 알고 있었으나 차마 연정을 좇으라 말할 수 없었다.

"잘 생각하였다. 지금 네 정인을 궁에 들이는 것은 너나 네 정인에게나 독이 될 뿐이니. 후에 황제가 되거든, 그때 궁으로 들이거라."

"예, 폐하."

이백은 위로하듯 환라의 손등을 다독이고 서랍장에서 황금으로 된 함을 꺼냈다. 그 안에는 야명주를 물고 있는 황금용이 들어 있었다. 크기는 고작 손가락 두 마디 정도였으나 세공이 어찌나 섬세한지 마치 살아 있는 것처럼 보였다.

환라는 단번에 물건의 정체를 알아보았다. 그것은 대대로 황제에게 전해 내려오는 보물이었다. 갑자기 왜 가보를 꺼내는 건가 의아해하며 환라는 이백이 하는 양을 지켜보았다. 구부러진 용의 몸통에 비단 줄을 꿰어 매단 이백이 그것을 환라의 목에 걸어 주었다.

"문무대신들은 모두 황가의 보물을 알고 있으니, 밖에서 일이 생기거든 이것을 보여 주어라."

"하오나 이건 즉위를 해야 물려받을 수 있는 것이 아니옵니까?"

"어차피 환이 네가 아니면 황위를 물려받을 이는 없다. 그러니 가져가라. 그래야 도성 밖으로 나가는 걸 윤허할 것이다."

가볍게 말하긴 했으나 이백은 진심이었다. 환라는 웃으며 제 목에 걸린 황금을 매만졌다.

"망극하옵니다, 폐하."

이백이 고개를 끄덕이며 환라에게 이만 물러가 보라고 손짓했다. 환라는 인사를 올리고 몸을 돌렸다.

이백은 그녀의 뒷모습에서 눈을 떼지 못했다. 얼굴은 다른 이를 떠오르게 했으나 환라의 몸가짐은 영로를 꼭 닮아 있었다.

영로. 그 이름을 떠올리자 모든 새털처럼 가벼워졌던 마음에 별안간 무게감이 느껴졌다. 당장에라도 부인의 곁으로 갈 수 있을 것 같았던 몸이 다시 땅에 붙잡혔다. 영영 제 짐을 떨쳐 내지 못할 영로를 떠올리자 입술이 저절로 움직였다.

"환라야."

"예, 폐하."

환라가 공손히 대답하며 몸을 돌렸다. 이백은 면포로 가린 환라의 얼굴을 빤히 바라보다 힘겹게 미소 지었다.

"낙랑현에 황후를 위한 거처를 마련해 놓았다. 황후는 분명 내 말을 듣지 않을 테니 네가 설득해 주겠는가? 이제 모진 마음은 버리고 황후의 삶을 살라고 말이다."

"제 말을 들어주실지 모르겠사옵니다."

"때가 되면 분명 네 말을 거절할 수 없을 것이다. 그리 해 주겠는가?"

"예, 폐하."

공손히 대답하는 환라를 보며 이백이 쓰게 웃었다.

"그리고, 황후를 너무 미워하거나 원망하지 말아다오."

"어머니를 미워하거나 원망하지 않사옵니다."

사실이었다. 지금까지 벌어진 일들은 환라를 확실히 해치기 위해서라고 보기엔 어쩐지 석연치 않은 구석이 많았다. 진짜 죽이려 했다면 검사를 해도 발견되지 않는 독을 썼거나, 자객이 늦게 나타나지 않았을 것이다.

여란과 정위의 일 또한 그렇다. 진정 죽일 생각이었다면 그들을 암살했을 것이다. 꼭 암살이 아니더라도 아프다는 핑계로 환라가 조정을 나서려 할 때 무슨 짓을 해서라도 막았을 것이다.

환라는 단지 영로가 순종적이지 않은 딸을 못마땅하게 여겨 굴복시키려는 것으로 생각했다. 그 자리에서 물러나 잘못된 것을 바로잡고 황제로서 인정받으면 다시 예전처럼 엄하지만 다정한 어머니로 돌아갈 것이다.

그러니 원망도 미움도 없었다.

이백은 환라의 말간 얼굴을 보며 고개를 끄덕였다.

"그래도 문득 미운 마음이 들 때면 그이가 불쌍하고 가여운 사람이라는 것을 떠올려 주겠는가?"

"그리 하겠사옵니다."

어렵지 않은 부탁이었기에 환라는 망설임 없이 대답했다.

그제야 이백은 모든 짐을 내려놓은 사람처럼 홀가분한 미소를 지으며 환라에게 나가 보라 손짓했다. 환라는 다시 인사를 올리고 항룡궁을 빠져나왔다.

대문을 나서고 계단을 내려오는 동안 알 수 없는 불안이 한기처럼 가슴에 스몄다. 환라는 답지 않게 걸음을 멈추고 뒤를 돌아보았다.

그러나 항룡궁에는 세월의 흔적조차 느껴지지 않았다.

* * *

환라는 묘은을 품에 안고 한월각의 문을 열었다. 이른 아침이라 그런지 한월각에는 여란과 정위뿐이었다.

환라가 다가가려 하자 인기척을 느낀 여란이 손을 번쩍 들어 흔들었다. 하지만 정위는 인사하는 대신 여란의 손을 잡아 내리고 벌떡 일어나 뛰어왔다.

"전하! 아니고, 전하! 이렇게 누추한 곳엘 다 오시고……. 제가 안쪽으로 모시겠습니다. 아닙니다! 움직이지 마십시오. 이런 더러운 바닥을 밟게 할 순 없습니다. 제가 융단을 가져오겠습니다!"

환라는 좌사정이 된 궐겸을 놀렸던 것처럼 저를 놀리는 것으로 생각했다. 그러나 옆에서 한숨 소리가 들렸다. 고개를 돌리자 궐치 아프다는 표정으로 이마를 짚고 있었다.

이내 멀리서 낑낑거리는 소리가 들렸다. 그냥 놀리기 위해서 하는 말인 줄 알았건만, 안으로 뛰어 들어간 정위가 무거운 융단을 힘겹게 가져오고 있었다.

환라의 미소에 당혹스러움이 깃들자 궐겸이 작게 웃었다. 환라 쪽으로 고개를 숙인 그가 입를 가리고 속삭였다.

"저도 좌사정이 되었을 때 한동안 곤혹스러웠습니다."

할 말이 끝났음에도 궐겸은 여전히 환라의 곁에 바짝 붙어 다정한 눈빛을 보내고 있었다. 환라가 정위가 언제까지 저럴 것 같냐고 물으려던 때였다. 궐겸과 환라 사이로 양야의 손이 천천히 끼어들었다. 그는 환라의 어깨를 감싸 제 쪽으로 당기며 환라의 속을 들여다보기라도 한 듯 대답했다.

"란이에게 몇 대 맞고 나면 원래대로 돌아올 겁니다."

아나나 다를까, 이내 여란이 융단을 들고 나오는 정위의 팔뚝을 잡고 등을 퍽퍽 내리쳤다.

"악! 여란 님 아픕니다! 갑자기 왜 때리십니까?"

"창피해서 그렇소, 창피해서! 말로 할 때 당장 원래 자리에 두고 오시오!"

"이미 말로 안 하고 계시지……, 으악! 악! 아픕니다!"

정위는 무거운 융단 때문에 도망치지도 못하고 여란에게 등을 내주다가 다시 방으로 떠밀려 들어갔다. 환라는 그제야 웃음을 터트리며 계단을 올랐다.

2층에 있는 큰 탁자에 자리를 잡고 앉자, 한참 뒤에 여란이 올라왔다. 그녀의 손에 울상으로 등을 문지르려 애쓰는 정위의 목덜미가 붙들려 있었다. 여란은 반항하는 정위를 기어이 끌고 와 환라의 맞은편에 앉으며 물었다.

"그래서 우리는 뭘 하면 되오? 저번에 들어보니까 황후 폐하의 군사를 찾으러 가자고 했던 것 같은데, 맞소?"

"그렇다. 산적과 군대의 본거지를 찾을 것이다."

"산적이야 제 발로 찾아올 테니 그렇다 쳐도, 군사는 어떻게 찾습니까?"

정위가 환라와 양야, 궐겸을 보며 물었다. 환라는 잠시 고민하다가 품 안에 있는 묘은을 탁자 위에 올려놓았다.

"이 아이가 찾아줄 것이다."

묘은이 꼬리를 바짝 세우고 끝을 살랑였다. 그러자 여란이 귀여워 죽겠다는 표정으로 손을 뻗었다.

"이 작은 고양이가 군사를 찾는단 말이오?"

"나는 고양이 따위가 아니야! 삵이다, 인간아!"

묘은이 폴짝폴짝 뛰어가 여란의 손에 작고 말랑한 주먹을 날렸다. 갑자기 삵이 말을 하자 정위가 비명을 질렀다.

"악!"

여란은 처음 묘은이 삵으로 변하는 것을 봤을 때처럼 눈을 크게 뜨며 입을 떡 벌렸다.

두 사람의 반응이 어떻든 묘은은 네 발로 탁자를 딛고 서서 고개를 치켜들었다.

"게다가 나는 원래 호랑이 님 만큼이나 크단 말이야! 지금은 은인이 데리고 다니기 편하게 편의를 봐준 것뿐이야. 그렇죠, 양야 님?"

양야가 고개를 끄덕이자 묘은이 거 보라는 듯 으스대며 탁자 위를 뱅글뱅글 돌아다녔다.

"나는 사람보다 훨씬 잘 듣고 냄새를 잘 맡아. 그 무리들이 은인의 어머니가 만든 것을 가지고 있다며? 그러면 냄새로 찾아갈 수 있어!"

묘은은 자랑하듯 말을 마치고 환라의 품으로 돌아왔다. 양야는 묘은을 빤히 보다가 그녀의 목덜미를 잡아 다시 탁자 위로 올려놓았다. 묘은은 엉덩이가 차갑다고 투덜거리며 궐겸의 허벅지 위로 올라왔다.

그 모습을 멍하니 보고 있던 여란이 손가락으로 묘은을 가리켰다. 그리고 한참을 어리벙벙한 표정으로 있다가 간신히 입을 열었다.

"혹시, 그때 그 삵이요? 형님이 구해 주었던?"

"그렇다."

정위와 여란이 똑같은 표정으로 묘은을 보았다. 그러다 정위가 고개를 번쩍 들었다.

"좋습니다. 삵은 말을 하고, 친하게 지내던 분은 태자 전하이시고, 좌사정 나으리는 객주님과 연적이라는 것까지! 저는 다 이해하고 받아들였습니다. 혹시 제가 더 놀라야 하는 게 있다면, 한꺼번에 놀라고 싶으니 지금 말씀해 주십시오."

무료함을 견디지 못하고 곰방대에 약초를 채우고 있던 양야가 연기를 훅 내뿜으며 흘리듯 말했다.

"나는 여우다."

환라와 궐겸이 놀란 눈으로 양야를 바라보았다. 하지만 정위는 양야에게 싸늘한 눈빛을 보내느라 그들의 표정을 보지 못했다. 불손한 눈빛을 마주한 양야가 미소를 머금었다.

"정말이다."

"예. 그러시겠죠."

양야가 저를 놀리는 줄 안 정위는 대충 대답하며 고개를 홱 돌렸다.

"여란 님! 혹시 옆 나라의 공주……이실 리는 없겠군요."

"뭐요?"

여란이 뻗는 손을 가까스로 피해 낸 정위가 후다닥 도망치며 소리쳤다.

"저는 차를 내오겠습니다!"

그리고는 그대로 달려 계단 밑으로 사라졌다. 여란은 정위를 쫓아가려다 말고 자리에 털썩 앉았다. 계단 쪽을 보며 씩씩거리던 여란이 환라의 목소리에 고개를 돌렸다.

"산적의 본거지를 알아내는 것에는 다른 방법을 쓸 생각이다."

"어떤 방법 말이오?"

"간혹 부유한 집안의 자제를 데려가 돈을 요구하기도 한다 들었다."

"설마 직접 잡혀갈 생각이시오? 그냥 습격하는 놈 중 하나를 족쳐서 알아내면 되지 않소?"

여란이 뒷머리를 긁적이며 말하자 궐겸이 입을 열었다.

"의심되는 산적이 몇 번 잡혀 온 적이 있었는데 유대감이 대단한 것인지 절대 입을 열지 않았습니다."

"그래도 형님이 인질이 되는 건 너무 위험하오."

궐겸과 양야도 고개를 끄덕였다. 환라만이 고민하듯이 눈을 내리깔고 있었다.

차를 가지고 위로 올라오던 정위가 침묵을 눈치채고 고개를 기울였다.

"무슨 일 있었습니까?"

여란, 궐겸, 양야의 눈이 동시에 정위에게로 향했다. 정위가 탁자 위에 차를 내려놓고는 팔을 교차해 가슴을 가리며 뒤로 물러났다.

"왜 다들 그런 눈으로 저를 보십니까?"

정위의 몸을 훑어보던 여란이 이내 고개를 저었다.

"미끼가 허술하면 물고기가 물기도 전에 바늘에서 빠지기 마련이오. 차라리 내가 하겠소!"

"또, 또, 저에게 뭘 시키시려고요!"

"안 시키오! 내가 하겠소!"

양야와 궐겸이 서로를 마주 봤다. 그러고는 환라를 보았다. 환라의 눈이 정위와 여란을 오갔다. 그러다 이내 고개를 저었다.

"내가 하겠다."

"안됩니다."

"맞습니다. 위험하옵니다."

양야와 궐겸이 연이어 반대했다. 여란은 탁자를 쾅 내리치며 일어나 한쪽 팔을 번쩍 들었다.

"내가 하겠소!"

가만히 서 있던 정위가 자리에 앉았다. 그리고 다과로 가져온 율란을 입에 넣으며 여란을 따라 손을 번쩍 들었다.

"저는 무슨 말인지 모르겠습니다!"

"산적의 본거지를 알기 위해 인질로 잡혀갈 사람을 고르고 있었단다."

양야의 말에 정위가 슬그머니 손을 내렸다. 그리고는 아무것도 듣지 못한 사람처럼 태연하게 찻잔 다섯 개를 데웠다. 그러다 묘은을 힐끗 보고 찻잔 하나를 더 준비했다.

물론 묘은은 차 냄새를 킁킁 맡더니 풀냄새가 난다며 앞발로 찻잔을 때렸다. 환라가 그 모습을 보며 웃음을 터트렸다. 향기에 이끌리는 나비처럼 양야와 궐겸의 시선이 환라에게 모여들었다.

여란은 묘은이 거부한 찻잔을 끌어와 킁킁 냄새를 맡았고, 정위는 시무룩하게 어깨를 늘어트렸다.

한동안 어수선하던 주변은 여란이 술처럼 차를 벌컥 마시고 잔을 탕 내려놓자 한곳으로 모였다. 그녀는 환라를 똑바로 보며 재차 주장했다.

"내게 맡겨 주시오. 알다시피 내 어릴 적 꿈이……!"

"첩자라 하였다."

"첩자였었지."

"첩자라는 거 귀에 딱지가 앉게 들었습니다."

"첩자라 들었습니다."

여기저기서 정답이 쏟아져 나왔다. 여란은 할 말을 빼앗긴 채 입술을 삐죽이다가 정위의 찻잔을 뺏어 단숨에 들이켰다.

정위가 고개를 절레절레 흔들며 율란을 집어먹었다.

"이쯤 되면 그냥 한번 시켜 주십시오. 첩자로 나서겠다는 게 벌써 세 번째이지 않습니까. 이러다 첩자가 못 되어 죽은 귀신이 되겠습니다."

여란이 웬일로 옳은 소리를 다 한다는 듯한 눈으로 정위를 보다가 격렬하게 고개를 끄덕였다. 하지만 환라의 얼굴에는 여전히 고민하는 기색이 역력했다.

"만일 산적 무리를 놓친다면 란이 너는 혼자 빠져나와야 한다. 너무 위험하다."

그러자 정위가 입에 든 것을 삼키고 묘안을 내놓았다.

"그럼 두 분 다 인질이 되는 건 어떻습니까? 두 명이면 빠져나오기 더 쉬울 겁니다."

여란과 환라는 일리가 있다는 듯 고개를 끄덕였으나 궐겸과 양야는 탐탁지 않은 표정이었다.

졸지에 두 남자의 따가운 시선을 받게 된 정위는 은근슬쩍 여란의 뒤로 숨으려 했다. 물론 여란은 징그럽게 왜 그러냐는 눈으로 정위를 떨쳐 냈다. 덕분에 정위는 입술을 삐죽이며 제 자리로 돌아왔다. 그러자 궐겸이 헛기침을 하며 표정을 갈무리했다.

"여러 사람을 데려간 적은 없다고 하였습니다."

"약탈도 하였으니 굳이 많은 사람을 데려가서 돈을 받아 낼 필요가 없었겠죠. 아무래도 인원이 많으면 데려가기도 번거롭고 도망칠 가능성도 높아지니까요."

궐겸이 새삼스럽다는 눈으로 정위를 보았다. 여란이 옆에서 정위를 몰래 가리키며 입 모양으로 '잔머리는 잘 쓰오.'라고 말했다. 양야와 환라가 고개를 끄덕였다.

그러거나 말거나 정위는 제 매끈한 턱을 매만지다가 입을 열었다.

"잡히면 싸우십시오."

"그게 무슨 말인가?"

"산적과 주먹질이라도 하란 소리요?"

"아니요. 이렇게 하시란 뜻입니다."

정위가 의자를 바짝 당겨 앉으며 의미심장한 미소를 지었다.

* * *

단단한 손끝이 새하얀 살결을 꾹 눌렀다. 핏기가 사라졌다가 돌아올 때마다 영로의 몸에서 힘이 빠져나갔다. 그녀는 길게 숨을 내쉬며 능윤이 주무르기 편하게 고개를 늘어트렸다.

능윤이 늘어진 목선을 부드럽게 지압하며 물었다.

"폐하. 편안하시옵니까?"

영로는 아무런 대답도 하지 않았다. 하지만 능윤은 그것이 영로 나름의 칭찬이라는 것을 알고 있었다. 그렇기에 괜히 대답을 졸라 영로의 기분을 망치는 짓 따위는 하지 않았다. 하지만 그의 노력이 무색하게도, 눈치 없이 열린 창문이 고요하고 정적인 분위기를 깨트렸다.

능윤은 영로의 침의를 끌어 올려 주고 재빨리 옆에 있는 칼을 뽑아 날아오는 쇠붙이를 쳐냈다. 쩅한 소리를 내며 궤도를 이탈한 단도가 벽을 맞고 바닥에 굴러떨어졌다. 능윤은 영로를 보호하듯 서서 검은 옷의 사내를 마주했다.

긴장으로 인해 온 근육이 팽팽하게 당겨지듯 했다. 그러나 정작 영로는 흘러내리는 침의를 추스를 생각도 하지 않은 채 몸을 반쯤 일으키며 태평하게 말했다.

"인사가 과하군."

차가운 말에 남자가 복면을 끌어 내리며 다가왔다. 등불 아래로 그 얼굴이 드러났다.

지금쯤 옆 나라의 왕좌를 지키고 있어야 할 갈파왕 사혁이 영로의 앞에 있었다.

영로가 짜증을 감추지 못하며 이마를 짚자 사혁의 미소가 짙어졌다.

"아직도 옆에 끼고 계시기에 얼마나 쓸 만한 놈인지 확인해 보았을 뿐입니다."

"전하께서 신경 쓸 일은 아닌 것 같습니다."

능윤이 칼을 집어넣으며 웃는 낯으로 빈정거렸다. 두 사람 사이에 묘한 신경전이 벌어졌다. 지나치게 소모적이고 불필요한 짓이었다. 영로가 몸을 완전히 일으켜 세웠으나 두 남자는 여전히 잘 벼려진 시선을 서로에게 겨누고 있었다. 영로는 두 사람을 빤히 보다가 입을 열었다.

"윤아."

"예, 폐하."

"나가 있으렴."

능윤의 미간이 움찔거렸다. 사혁이 침입한 방 안에, 그것도 흐트러진 차림의 영로만 두고 나가야 하는 것이 마음에 들지 않았다. 그러나 그녀의 말을 거역할 수도 없었다. 능윤은 몸을 돌려 영로의 눈을 똑바로 바라보았다. 그리고 영로가 명을 거둬 주길 바라며 천천히 인사를 올렸다.

하지만 영로는 굳건했다. 그녀가 고개를 끄덕이자마자 능윤은 언제 그녀를 뚫어지게 보았냐는 듯 쌩하니 몸을 돌렸다.

영로는 능윤에게서 시선을 떼지 못하며 속으로 혀를 찼다. 마음을 풀어 주려면 시간이 꽤 걸리겠다고 생각하던 차에 사혁이 그녀의 턱을 잡아 제 쪽으로 당겼다. 시야에 사나운 미소가 가득 담겼다.

"외교차 들른 이를 이리 홀대하시다니."

그러거나 말거나 영로는 눈만 움직여 능윤의 모습을 보았다. 닫히는 문 사이로 능윤이 여사 최윤미에게 무언가를 지시하는 게 보였다. 두 장지문이 맞닿기 전 찰나의 순간, 짧은 틈 사이로 영로와 능윤의 눈동자가 마주쳤다.

사혁이 영로의 턱을 더 우악스럽게 잡아당겼다.

"아니면 거래 따위는 안중에도 없으신 겁니까?"

영로가 코웃음을 치며 사혁의 손을 떨쳐 냈다. 그녀는 태평하게 머리를 정돈하고 흘러내린 침의를 어깨 위로 끌어 올렸다.

"왕이 이토록 자리를 자주 비우는데도 갈파는 잘 굴러가는 모양이오."

"군사는 보냈는데 주신다는 것이 오지 않으니 직접 올 수밖에요."

"이다지도 참을성이 없어서야."

영로는 자리에서 일어나 침의 위에 평상복을 걸쳤다. 사혁이 영로의 침상에 앉아 시선으로 그녀의 몸짓을 좇았다.

"태자가 궁 밖으로 나갔다는 소문이 자자하던데, 내가 어찌 황후 폐하만 믿고 기다릴 수 있겠습니까?"

"그대의 뜻이 정 그렇다면 보여 주겠소."

영로는 한쪽 입꼬리만 끌어올린 묘한 얼굴로 사혁을 보다가 자리에서 일어났다. 문을 열자 윤미가 허리를 공손히 숙였다.

영로는 천천히 걸어 밖으로 나갔다. 구석진 정자에 다다라 윤미에게 눈짓하자 그녀가 환관과 궁인들을 시켜 암석으로 만들어진 의자를 밀어 냈다. 의자 밑으로 수상해 보이는 쇠문이 나타났다. 영로는 사혁에게 따라오라 눈짓하고 먼저 아래로 내려갔다.

싸늘한 계단에 발소리가 울렸다. 구석에 웅크려 있던 소해가 그 소리를 듣고 고개를 번쩍 들었다. 그녀는 기다시피 걸어 영로에게 다가왔다.

"어머니!"

뒤에서 들리던 사혁의 발소리가 뚝 끊겼다. 영로는 고아한 미소를 입에 물었다.

"태자. 혈색이 좋지 않습니다."

"어머니. 제발 저를 여기서 꺼내 주시옵소서. 제발. 한시도 버틸 수가 없사옵니다. 목소리가, 어디서 자꾸 이상한 목소리가 들리옵니다!"

"진정하세요, 태자. 여기는 태자 혼자뿐인데 어디서 목소리가 들린단 말입니까?"

"모르겠사옵니다. 어머니. 꺼내 주세요. 저를 지켜 주신다
고 하시지 않으셨사옵니까?"

"이 모든 게 태자를 지키기 위함입니다. 이 어미가 태자를
지키기 위해 마련한 곳이에요. 여기에 머물며 암살 위협을 당
한 적이 있습니까?"

소해가 혼란스러운 표정으로 눈을 굴렸다. 그러더니 이내
입꼬리를 양옆으로 죽 찢으며 웃었다.

"없사옵니다."

"그래요. 어미를 믿으셔야죠."

"네. 믿사옵니다. 믿사옵니다, 어머니."

갈파왕은 멀찍이 떨어져서 영로와 소해를 지켜보았다. 정신이
온전치 않아 보이긴 했으나 그녀가 걸치고 있는 옷은 분명 태자
의 것이었다. 황후를 어머니라고 부르는 것에도 거리낌이 없었다.
게다가 얼굴도 사혁이 면포를 벗겼을 때 봤던 인상과 일치했다.

내심 영로가 태자를 죽일 수 없어 밖으로 빼돌렸을 것이라 생
각하고 있던 사혁은 의문을 품지 않을 수 없었다.

"그럼 밖으로 나간 태자는 누굽니까?"

"때가 되면 바로 처리해야 하는데 언제든지 도망칠 수 있는 곳
에 둘 순 없지 않소? 그래서 이리로 데려왔는데 자리가 비더이다.
대타를 세워 두자니 황제 폐하께 들킬 것이 뻔해 위장한 태자를
내보냈을 뿐이오."

영로와 사혁의 말을 듣고 있던 소해가 고개를 번쩍 치켜들었다.

"맞습니다. 그 여인은 어머니께서 세운 가짜이옵니다! 저를 지키기 위해, 어머니께서……!"

"그래요, 태자. 알고 있다니 다행입니다. 이게 다 태자를 지키기 위한 일이에요. 좁은 곳에 있는 태자를 보니 이 어미도 마음이 아픕니다. 그래도 참을 수 있으시지요?"

"예, 어머니. 참겠사옵니다."

소해가 철장을 부여잡고 눈물을 흘렸다. 영로는 그녀의 손을 잡아 주었다. 내막을 모르고 보면 꽤 애틋한 모녀처럼 보였다.

더는 의심할 것도 없었다. 사혁은 두 사람을 조금 더 지켜보다가 미련 없이 몸을 돌렸다.

* * *

비원궁은 평소보다 분주했다.

태자의 공식적인 첫 외출이기에 칠각은 이것저것 챙기느라 정신이 없었다. 향옥 역시 환라의 곁에서 환복을 도우며 걱정스럽게 물었다.

"정말 다른 짐은 필요 없으시옵니까?"

"한월각에서 준비하였다 했으니 걱정할 것 없다."

"혹시 몰라 요깃거리와 노잣돈을 준비하였사옵니다."

"고맙다."

"위험한 일이 있거든 꼭 아랫것들에게 시키시고, 곧 태감이 매를 데리고 온다 하였으니 꼭 곁에 두고 다니시옵소서."

걱정하는 향옥에게 차마 납치당할 것이라고 말할 수 없었기에 환라는 그저 미소 지었다.

향옥은 걱정스럽게 한숨을 쉬며 환라의 옷깃을 정리해 주었다. 그러면서도 눈빛은 다정하기 그지없었다. 어머니보다 더 따뜻한 눈빛이었다. 환라가 마지못해 고개를 끄덕이자 향옥도 안도의 미소를 지었다. 그리고 환라의 손을 한번 꼭 잡아 주고는 밖으로 나갔다.

때마침 칠각이 안으로 들어왔다. 하지만 매는 한 마리뿐이었다. 환라에게 위험한 일이 생기면 궁으로 돌아가게 훈련된 매였다. 그녀는 자리에 앉으며 의아한 눈으로 매를 보았다.

"다른 매는 어디 있는가?"

"돌아오지 않았다고 하옵니다. 종종 훈련이 잘 된 매도 이탈을 하곤 하니 걱정하실 일은 아닌 듯하옵니다. 다만 아직 새로운 매가 훈련이 덜 되어 지금 데리고 나가시긴 무리일 듯하옵나이다."

그 말을 들은 양야가 어깨를 움찔 떨더니 환라의 무릎 위로 올라가 그녀를 올려다보았다. 동시에 후다닥 뛰어온 묘은이 양야의 옆을 비집고 들어왔다. 환라는 바르르 떠는 묘은의 등을 쓰다듬었다.

"왜 그러는가?"

"나? 내가 뭘?"

묘은이 떨리는 목소리로 대답하며 매를 힐끔거렸다. 환라가 가만히 미소 지었다.

"무서운가?"

"아, 아니! 매가 뭐가 무섭다고 그래! 은인, 나는 정괴라고!"

묘은이 버럭 언성을 높이자 매가 날개를 퍼덕이며 길게 울었다. 동시에 묘은이 "으악!" 소리를 지르며 앞발로 제 머리를 감쌌다. 환라가 웃음을 터트리며 묘은의 등을 토닥였다. 양야는 아니꼬운 얼굴로 코웃음을 쳤다. 그리고 묘은의 몸을 밀어 냈다.

맨날 나뒹굴던 묘은이지만 이번만큼은 환라의 옷자락을 붙잡고 매달렸다. 환라는 제 위에서 노는 두 짐승을 보며 미소 짓다가 칠각에게 말했다.

"매는 데려가지 않겠다."

"좋은 생각이야 은인!"

묘은이 고개를 들며 반색했다. 그리고 뭐라고 반박하려는 칠각의 말문을 미리 막았다.

"내가 다 할게! 매가 뭘 하는지 모르겠지만 내가 다 할게! 나 사냥도 잘해!"

환라가 웃으며 칠각 대신 대답했다.

"내가 위험할 때 지켜 주기만 하면 된다."

"알겠어! 나 싸움도 잘해! 호랑이 님보다 커질 수도 있다고!"

환라는 고개를 끄덕이며 칠각에게 매를 다시 가져가라고 손짓했다. 어차피 환라는 위험한 일이 생겼을 때 궁으로 돌아오는 매를 잘 데리고 다지니 않았기에 칠각은 그녀의 말을 따랐다.

준비를 마친 환라가 면포를 쓰고 마차에 올랐다. 도성을 나와 한참을 가자 한여각 분점이 나왔다. 거기서 점심을 먹은 뒤 마차를 바꿔 타기로 했기에 환라는 행렬을 멈췄다.

그녀는 극진한 대우를 받으며 안으로 들어갔다. 그리고 칠각의 시중을 받으며 옷을 갈아입었다. 양야는 태자복을 환라로 둔갑시켜 대신 마차에 오르게 했다. 그리고 도술을 사용해 환라의 목소리가 마차 안에서 들리는 것처럼 만들었다.

"출발하라."

환라의 명령이 떨어지자 마차가 다시 움직였다. 창문을 통해 태자 행렬이 사라지는 것을 보던 환라가 몸을 돌렸다. 눈이 마주치자 양야가 드물게 부자연스러운 미소를 지었다. 환라는 고개를 기울였다가 미소 띤 얼굴로 물었다.

"나에게 하고 싶은 말이라도 있는가?"

"무궁화 밭에 갔을 때 잠시 혼절하셨던 것, 기억하십니까?"

"기억한다."

"실은 뱀 때문이 아니라 백호선 님 때문이었사옵니다."

"백호선?"

묘은이 불쑥 찾아왔을 때도 들은 이름이었다. 환라는 의문을 품으며 양야에게 더 말해 보라는 눈빛을 보냈다. 눈이 마주치자 양야가 바로 말을 이었다.

"제가 태어나셨을 때부터 돌봐 주신 분입니다. 그런데 언제부터인가 저를 마음에 품고 그 마음을 강요하기 시작했습니다. 그래서 산을 나와 인계로 숨어들었는데……."

"너를 찾아온 것이구나."

"예. 성미가 불같은 분이시나 신선은 인간을 해치면 벌을 받습니다. 그래서 대신 매에게 화풀이한 듯합니다."

"매는 죽었는가?"

양야가 고개를 끄덕였다.

"미리 알리지 않아 죄송합니다."

환라는 마음이 착잡했다. 매가 죽은 것도 안타까웠으나 그보다 양야에게 더 마음이 쓰였다. 백호선이라는 자가 얼마나 고약하면 고통을 참으면서도 인계에 숨어 있었을까. 그리 생각하면 가슴이 저릿했다.

"양야 그대는 다치지 않았는가?"

"저는 괜찮습니다."

"그거면 되었다. 매의 시신을 거두어 땅에 묻어 주지 못한 것은 미안하고 안타까운 일이나 그대가 나에게 죄스러워할 필요는 없다."

환라가 양야를 안아 주며 다정히 말했다. 양야는 그녀의 몸을 감싸 안으며 고개를 끄덕였다. 환라는 그의 가슴에 머리를 기대며 얼굴도 모르는 연적을 떠올렸다.

태어날 때부터 돌보던 이를 마음에 품고 그것을 강요하였다니, 파렴치한이 따로 없었다. 궁으로 돌아가면 신선을 내쫓는 방법이라도 만들어 백호선이라는 자가 양야의 근처에 얼씬도 하지 못하게 만들어야겠다고 다짐하며, 환라는 양야의 허리를 더 꼭 끌어안았다.

그리고 마음고생 했을 양야의 등을 다독이며 체온을 나누어 주었다. 그사이 밖에 한월의 짐 마차가 도착했다.

두 사람은 여각을 나갔다. 호위에 섞여 있던 궐겸이 환라에게 인사를 올리고 마차 문을 열어 주었다. 안에는 이미 여란이 타고 있었다. 평소와 달리 귀족 아가씨 같은 차림새였다.

"형님하고 오라버니 오셨소?"

환라가 고개를 끄덕이고 마차에 올랐다. 양야가 그 옆에 앉았다. 마차가 출발했다. 마차는 평소보다 천천히, 위험한 산길을 골라 다녔다.

하지만 며칠이 지나도 산적은 보이지 않았다. 참다못한 여란이 버럭 소리를 질렀다.

"도대체 산적은 언제 나오는 것이오?"

엉덩이를 들썩이는 것이 당장에라도 뛰쳐나갈 것만 같은 모양새였다. 괜히 불안해진 환라가 슬그머니 여란의 손목을 잡았다. 여란은 문 대신 창을 벌컥 열었다. 뜨겁고 습한 공기가 마차 안으로 훅 끼쳐 들었다. 이제 막 산으로 들어온 것인데 맑고 강한 정기가 느껴졌다. 산 주인이 누구인지는 모르나 이토록 정기가 맑은 것으로 보아 요괴가 출입할 수 있을 것 같진 않았다.

게다가 산적들의 소굴은 눈에 잘 띄는 길가보다 산신과 가까운 깊은 산중에 있을 가능성이 컸다. 분명 산의 중심부와 더 가까울 것이다.

'요괴는 들어오기도 전에 산신의 손에 정화 당하든 쫓겨나든 할 테니, 환이 요괴에게 당할 걱정은 하지 않아도 되겠어.'

양야는 안도하며 여름 공기에 인상을 찌푸리는 환라에게

부채질을 해 주었다. 겸사겸사 도술로 더운 바람을 몰아냈다. 시원하고 쾌적해졌으나 여란은 여전히 답답한지 몸을 들썩거렸다. 움직일 때마다 등 뒤나 엉덩이 밑에 끼는 옷자락들을 양손으로 잡아 빼내며, 여란이 환라에게로 돌아앉았다.

"형님은 이렇게 거추장스러운 걸 어떻게 매일 걸치고 사시오?"

존경스러움이 묻어나는 눈빛이었다. 환라는 대수롭지 않다는 듯 웃으며 여란의 옷매무시를 가다듬어 주었다.

"날 때부터 입어서인지 불편하지 않다. 그러는 란이 너는 왜 사내 옷을 입고 다니는가?"

"처음에는 어머니 때문에 입고 다녔는데, 지금은 그냥 편해서 입고 다니오."

어머니라는 말에 환라가 고개를 기울이며 더 자세히 물으려던 차였다. 잘 가던 마차가 우뚝 멈춰 섰다. 동시에 여란의 눈동자가 심하게 반짝였다. 환라가 여란의 손을 꼭 잡으며 마차 밖을 내다봤다. 고개를 돌린 여란이 무기를 든 남자들을 발견했다. 여란이 들뜬 목소리를 애써 낮추며 말했다.

"산적이오!"

환라가 고개를 끄덕이고 여란과 떨어져 앉았다. 양야가 자연스레 환라의 어깨를 감쌌다. 밖에서는 산적의 목소리가 들렸다.

"있는 걸 모두 두고 가면 목숨만은 살려 주마!"

저 말은 거짓이 아니었다. 황후를 따르는 산적들은 대항하지 않는 자들의 목숨은 빼앗지 않았다.

그러나 호위까지 대동한 무리가 많은 재물을 두고 줄행랑을 친다면 이상하게 여길 것이 뻔했다. 그 때문에 양야는 미리 호위들에게 산적과 마주치면 적당히 반격하는 척하다가 한월각으로 돌아가라고 명령을 내려놓았다.

밖에서 호위대장으로 위장한 궐겸의 목소리가 들렸다.

"모두 마차를 지켜라! 귀한 분들이니 절대 다치게 해서는 안 된다!"

산적 두목의 귀에는 궐겸의 말이 마차 안에 귀한 분들이 있으니 데려가라고 소리치는 것처럼 들렸다. 물론 그런 의미였다.

궐겸은 산적 두목이 부하들에게 마차를 노리라고 손짓하는 것을 보고 뒤로 조금 물러났다. 순식간에 달려든 산적들이 무기를 휘둘렀다. 호위들은 맞서는 척하면서 자발적으로 밀려났다.

그 틈으로 산적 두목이 마차로 다가가 문을 벌컥 열어젖혔다. 환라의 시선이 산적 두목의 팔뚝에 닿았다.

'보라색 연꽃.'

환라가 산적 두목의 팔에 묶인 손수건을 보는 사이 두목의 눈동자는 여란과 환라 사이를 오갔다. 그는 일단 문 가까이에 있는 여란의 손목을 덥석 잡았다. 여란이 당황한 눈으로 환라와 양야를 보다가 어설프게 소리쳤다.

"이, 무, 무례한 놈! 이 손을 놓아라!"

"걱정하지 마쇼. 아가씨네 댁에서 돈만 두둑이 주면 풀어줄 테니까."

"아니 된다, 이놈! 싫다!"

여란이 책을 읽는 것처럼 소리쳤다. 다행스럽게도 두목은 여란이 놀라서 굳었다고 생각해 별다른 이상함을 느끼지 못했다. 그는 계속해서 여란을 끌고 나가려 했다.

여란이 반항하는 척하며 환라에게 눈짓했다. 어서 정위가 알려 준 대로 하라는 뜻이었다. 그러자 환라가 산적 두목의 손목을 덥석 잡았다. 산적 두목이 화들짝 놀라며 고개를 확 돌렸다.

"뭐요? 아가씨가 대신 끌려가고 싶어?"

"그렇다."

환라가 지나치게 침착한 목소리로 대답했다. 당황한 산적이 별 해괴한 것을 다 보겠다는 눈으로 환라를 훑었다. 환라는 잠시 굳어 있다가 정위의 말을 떠올렸다.

'몸값으로 경쟁하는 것처럼 싸우셔야 합니다. 그러다가 누구 몸값을 더 비싸게 쳐 주는지 알아야겠다고 하시면서, 협조할 테니 둘 다 데려가라고 하면 그렇게 할 겁니다. 돈을 손쉽게 두 배로 챙길수 있는데, 그걸 마다할 리 없습니다.'

분명 그렇게 말했다. 몸값으로 경쟁하라는 듯이 말하라고. 문제가 있다면 날 때부터 홀로 모든 것을 가지고 누렸던 환라는 단 한 번도 누구와 경쟁해 본 적이 없다는 것이었다. 그녀는 무슨 말을 해야 할지 몰라 망설이다가 남자가 제 손을 뿌리치고 여란을 데려가려 하자 다급하게 입을 열었다.

"내가 더 비싸다."

마차 안의 공기가 싸늘해졌다. 양야는 웃음을 참기 위해 완전히 돌아앉았고, 여란은 혹시라도 들킬까 봐 입을 꾹 다물며 산적 두목의 눈치를 보았다. 산적 두목의 미간이 찌푸려졌다. 환라는 더 할 말이 없어 보였다.

산적 두목이 의문을 품기도 전에 여란이 버럭 소리쳤다.

"이제 하다못해 몸값으로도 나를 이기려 드시, 오?!"

중간에 말을 살짝 더듬긴 했으나 이상할 정도는 아니었다. 여란은 만족하며 산적 두목의 손목을 잡았다.

"이보시오. 나를 데려가시오. 내가 저 형님보다 훨씬 귀한 사람이오."

"허언이다. 나를 데려가라."

산적 두목은 졸지에 환라와 여란에게 양 손목이 붙잡힌 채이도 저도 못 하는 상황이 되었다.

"이, 이 무슨, 왜 이래!"

산적 두목이 당황한 듯 두 사람의 손을 뿌리치려고 했다. 그러나 여란은 손목을 움켜쥔 손에 힘을 주며 목소리를 높였다.

"나를 데려가야 더 큰 돈을 벌 수 있소!"

"아니다. 나를 데려가야 한다."

"해보자 이거요? 누구 몸값이 더 비쌀지?"

"그렇다."

"그럼 우리 둘 다 데려가시오! 협조할 테니 데려가서 누구 몸값이 더 나가는지 확인해 주시오!"

여란이 당당하게 요구하자 산적 두목이 기가 찬다는 헛웃음을 터트렸다.

"허! 이런 돌은 자들을 보았나. 내 참 산적 생활 2년 만에 잡혀가겠다고 난리 치는 사람은 또 처음이네."

두목이 환라와 여란의 손을 동시에 떨쳐 냈다. 그러고는 조용히 앉아 있는 양야에게 물었다.

"거기 기생오라비는 할 말 없나?"

"저는 놓아주십시오."

"허, 참! 사내가 되어 가지고는!"

산적 두목이 고민하듯이 팔짱을 꼈다. 그리고 여란과 환라를 번갈아 보았다. 문밖에서 들리던 소란은 이미 잠잠해진 뒤였다. 이내 마차 안으로 다른 산적의 목소리가 불쑥 끼어들었다.

"두목! 다른 놈들은 다 도망갔고, 챙길 거는 우리 마차에 다 실었소! 거긴 아직 멀었소?"

"기다려 봐!"

산적 두목이 머리를 벅벅 긁다가 양야에게 빨리 가라는 듯 손짓했다. 양야는 환라에게 잠시 시선을 보낸 뒤 두목의 옆을 지나갔다.

그는 제게 겨눠진 날붙이 사이를 지나 나무 뒤로 들어가 여우로 변했다. 그리고 궐겸과 묘은의 냄새를 따라 몸을 움직였다. 등 뒤에서 두목의 목소리가 들렸다.

"좋아! 원하는 대로 해 주지! 약속대로 협조하고, 시끄럽게 싸우지도 마쇼! 우리는 돈을 받으면 반드시 풀어 주니까 조용히 잘 있으면 별 탈 없이 집에 갈 수 있을 거요."

환라는 내심 정위의 선견지명에 감탄하며 고개를 끄덕였다.

동시에 여란이 활짝 웃으며 제 무릎을 쳤다.

"좋소! 조용히, 사이좋은 자매처럼 있겠소!"

산적이 손짓으로 부하들을 불러 여란과 환라의 몸을 밧줄로 묶었다. 산적 두목은 두 사람을 보다가 그제야 생각이 났다는 듯 제 이마를 두드렸다.

"아이고. 하도 정신이 없어서 묻지도 못했네. 댁들은 어느 댁 규수들이오?"

"황······."

반사적으로 황가를 입에 올리려던 환라가 입을 다물었다. 두목이 환라가 반사적으로 뱉은 말을 따라 했다.

"황?"

여란의 눈빛이 흔들렸다. 환라는 순간 머릿속에 떠오르는 인물을 입에 올렸다.

"황제의 측근인 대내상 권재화 어른의 질녀들이다. 우리를 친딸처럼 아끼시니 돈은 요구하는 대로 줄 것이다."

"맞소! 형님과 나는 자매고, 대내상의 질녀들이오. 조실부모하여 대내상을 아버지처럼 따르고 있소!"

대내상이라는 말에 두목이 잠시 제 부하들을 보았다. 그러나 이내 상관없다는 듯 환라와 여란을 데려가게 했다. 환라는 대내상을 두려워하지 않는 모습을 보며 다시 한번 영로와 산적의 관계를 확신했다.

산적들이 환라와 여란의 머리에 두꺼운 주머니를 뒤집어씌웠다. 환라와 여란은 밖을 볼 수 없었기에 어디로 끌려가는지도 모른 채 앉아 있었다. 길은 마차가 겨우 들어갈 정도로 좁고 험준했다. 그마저도 오래 가지 않아 끊겼다. 마차를 나무들 사이에 숨긴 산적들이 환라와 여란에게 말했다.

"내리쇼. 지금부터는 걸어갈 테니."

두 사람을 감시하는 산적 말고는 저마다 짐을 들고 걸었다.

그들은 아주 깊은 산속으로 들어갔다. 그렇게 반 시진(1시간)이 지났을 즈음 환라와 여란은 절벽 밑에 다다랐다.

산적 두목이 환라와 여란의 머리에 씌웠던 천 주머니를 벗겨 주고 길게 휘파람을 불었다. 그러자 절벽 위에서 동아줄과 쇠사슬이 내려왔다. 산적들이 줄로 묶은 짐들을 쇠사슬에 걸고 그 위에 올라탔다. 그러자 짐이 절벽 위로 끌려 올라갔다.

여란이 환라 뒤에 바짝 붙어 그녀에게만 겨우 들릴 정도로 작게 속삭였다.

"아니, 저 위로 올라가면 오라버니와 이 공자는 어떻게 올라오오?"

환라가 대답하기도 전에 한 산적이 환라를 끌고 줄에 매달려 위로 올라갔다. 여란은 연신 뒤를 돌아보다가 다른 산적의 손에 이끌려 줄을 잡게 되었다.

위로 올라오자 40명 남짓한 사람이 사는 작은 마을이 보였다. 몸이 묶여 있지만 않다면 산적의 본거지라고는 상상하지 못할 정도로 평화로운 분위기였다.

"이 아가씨들은 잘 대접하라고!"

산적 두목이 여란과 환라를 떠넘기며 말했다.

옥에 갇힐 거라는 예상과 달리, 그들은 높지 않은 탑 꼭대기에 있는 방에 두 사람을 데려다 놓았다. 물론 감시하는 사람은 있었으나 열악한 환경은 아니었다. 여란은 어안이 벙벙해 환라를 바라보았다.

"우리가 제대로 온 것이 맞소?"

환라는 고개를 끄덕였다. 여란이 찜찜한 표정으로 창문을 열었다. 마을이 한눈에 내려다보였다. 멀리서 아이들이 뛰노는 것도 보였다. 옆으로 다가온 환라가 복잡한 심경으로 그 모습을 내려다보았다.

"평화롭고 선량해 보인다고 해서 약탈을 일삼은 죄가 사라지는 것은 아니다."

"나도 알고 있소."

여란이 시무룩하게 대답했다. 환라는 그녀의 어깨를 다독여 주다가 나무 그늘 밑에 숨어 있는 검은 여우와 삵을 발견했다. 하지만 궐겸은 보이지 않았다. 환라가 무언가 찾는 듯 두리번거리자 여란이 옆으로 다가왔다.

"응? 저건 형님이 길들인 여우와 삵 아니오? 근데 이 공자는 어디 있소?"

멀리서도 그 소리가 들렸는지 양야가 제 옆을 앞발로 톡 건드렸다. 그러자 양야가 걸어 둔 도술이 풀리며 궐겸의 모습이 드러났다. 환라는 놀란 표정으로 여란을 돌아보았다. 다행스럽게도 여란은 두리번거리느라 궐겸의 모습이 갑자기 나타나는 것을 보지 못한 듯했다.

"그러고 보니 오라버니도 안 보이네."

여란은 중얼거렸다. 환라는 고개를 기울였다. 저번에 정위에게 자신이 여우라고 말한 것도 그렇고, 여란이 보는 곳에서 도술을 사용하는 것도 그렇고. 이제 자신이 여우라는 것을 굳이 숨기지 않을 생각인가 싶었다. 환라는 저기 보이는 여우가 양야라고 말하려다가 입을 다물었다.

'그래도 직접 말하는 게 낫겠지.'

대신 여란의 어깨를 톡톡 두드렸다.

"여우 옆에 있다."

"어? 숨어 있다가 나왔나 보오. 그럼 뭐, 오라버니도 근처에 있겠네."

여란이 기지개를 켜듯 몸을 늘어트리며 탁자 앞에 앉았다. 환라는 여전히 창밖을 내다보고 있었다. 양야와 궐겸 앞으로 산적 몇 명이 지나갔다. 그러나 산적들은 마치 나무가 본 것처럼 대수롭지 않게 여기며 스쳐 지나갔다. 묘은은 항상 환라와 양야에게만 모습이 보이도록 도술을 쓰고 있었기에 환라는 그 광경이 낯설지 않았다.

'신비한 것들에 언제 이토록 익숙해진 것인지.'

환라가 새삼스러운 감정에 미소 짓는 사이 등 뒤에서 문 열리는 소리가 들렸다.

"어디 불편한 곳은 없소?"

말만 들으면 산적에게 끌려온 것이 아니라 여객에 잠깐 들린 것이라 착각할 정도였다. 여란이 어이가 없다는 듯 산적 두목을 보자 그가 뒤통수를 긁었다. 그리고 밖에 손짓했다. 이내 다른 산적이 제법 먹음직스러워 보이는 닭백숙을 가져왔다.

"괜히 식음 전폐할 생각은 하지 마쇼. 좋은 혈색으로 나가야 그 대내상인지 뭔지 하시는 분이 우리 마을을 소탕하지 않을 거 아니오."

여란이 슬그머니 젓가락으로 손을 뻗었다. 환라는 여란의 손등 위에 제 손을 겹쳐 가볍게 눌렀다. 그리고 산적 두목을 보았다.

그는 특별히 흉악하게 생기거나 선량하게 생긴 사람은 아니었다. 저잣거리에서도 흔히 볼 수 있는 인상의 중년 남성이었다.

"그대는 왜 산적이 되었는가?"

"참, 별걸 다……. 왜 산적이 되었겠소. 여기 사람들은 거의 다 나성 출신인데, 뭐 거기 사정은 들어 본 적 있을 테니 굳이 말하진 않겠소. 원래 가혹한 정치가 호랑이보다 무섭다고들 하지 않소."

그 말을 들은 여란이 고개를 끄덕였다.

"나성 일이야 잘 알지. 그 일을 모르는 사람이 어디 있겠소?"

여기 있었다. 환라는 나성에서 무슨 일이 벌어졌는지 몰랐다.

나성은 제국의 북쪽에 붙어 있는 현이었다. 위치는 알지만 나성현에 대해 상소가 올라온 적은 없었다. 혹은 황제나 황후가 즉각적으로 처리했기에 회의에서 말이 나오지 않았을 수도 있다.

도대체 무슨 일이 있었던 것일까? 환라가 말간 눈으로 산적 두목을 빤히 보았다. 그러자 그가 머리를 벅벅 긁으며 삿대질을 했다.

"거, 먹든지 말든지 그건 아가씨들이 알아서 하쇼. 어차피 기별을 넣고 돈을 받아 오려면 시간이 좀 걸릴 터이니. 안 먹으면 굶어 뒈지겠지 뭐."

그러면서 힐끗거리는 게 진짜 안 먹으면 어쩌나 걱정하는 눈치였다. 여란이 입술을 꾹 다물고 웃음을 참자 산적 두목이 몸을 홱 돌려 밖으로 나가 버렸다. 방에 여란과 둘만 남자 환라는 품에서 은침을 꺼냈다. 그리고 은침으로 닭의 가슴을 깊게 찔렀다. 여란은 환라가 기다리는 것을 보며 주린 배를 감싸 쥐었다.

"독살할 사람 같아 보이진 않았소."

빨리 먹고 싶다는 투정에 환라가 작게 웃었다.

"조심해서 나쁠 건 없지 않은가."

여란이 배를 문지르며 고개를 끄덕였다. 한참을 기다린 환라가 침을 빼내어 색을 확인했다. 짐작했던 대로 변색은 없었다.

환라가 은침을 작은 통에 넣자마자 여란은 젓가락을 들었다. 그녀는 커다란 다리 하나를 뚝 떼 내어 환라의 앞 접시에 먼저 올려 주었다. 그리고 입맛을 다시며 반대쪽 다리를 떼어 내 그대로 입에 물었다. 환라는 여란의 성의를 봐 몇 입 먹다가 젓가락을 내려놓으며 물었다.

"나성에서 무슨 일이 있었는지 아는가?"

"형님은 모르시오?"

환라가 웃는 듯 마는 듯한 표정으로 여란을 보았다. 나랏일을 하는 사람이 도성의 백성에게까지 소문난 중대한 일을 모르고 있다는 게 내심 민망하였다.

"듣지 못했다."

"나성 수령이 세금을 20종이나 만들어 백성들의 전 재산을 몰수해 가다시피 하였소. 농사는 잘 되는데 세금 때문에 먹을 것이 없어 굶어 죽는 이가 수두룩했다오."

여란이 입에 든 것을 꿀꺽 삼키고 말을 이었다.

"얼마나 죽은 사람이 많은지 시체를 쌓아 산을 만들고, 제집 아이와 옆집 아이를 바꿔 먹기까지 했다는 소문도 있었는데. 그건 소문이라 정확하진 않소."

끔찍한 말이었다. 환라가 인상을 찌푸렸으나 여란의 말은 끝나지 않았다.

"그뿐인 줄 아시오? 조금만 미색이 뛰어나다 싶으면 성별과 나이를 가리지 않고 데려가 범했다고 하더이다. 자진해서 몸을 내주는 이에게는 세금을 감면해 준다고 하면서 말이오."

"색노를 부린 것이나 다름없구나."

"내 말이 그 말이오! 근데 어쩌겠소. 절이 싫으면 중이 떠나야지. 그래서 나성 사람 대부분이 산으로 들어가 산적이 되었다고 들었소."

"그런 일이 조정에 어찌 올라오지 않은 것인가?"

"모르겠소. 나는 파 황후……, 아, 아니, 흠! 황후 폐하께서 처리하셨다고 들었소. 그래서 당연히 조정에서 말이 나온 줄 알았는데."

"어머니께서?"

환라가 미약하게 미간을 찌푸렸다.

'어머니는 도대체 어떤 분이란 말인가.'

혼란스러웠다. 악행을 저지르는 이들에게 가차 없는 모습을 보이는 한편 어떤 이의 악행은 눈을 감아 주거나 부추겼다. 자비와 무자비함이 혼재하나 일정한 양상이 있는 것도 아니었다. 어느 때는 정의롭고 또 어느 때는 부도덕하였다. 환라는 깊이 숨을 내쉬며 물었다.

"혹시 현령과 관련된 자들이 어찌 되었는지는 들었는가?"

"수령과 그를 적극적으로 도운 이들은 참수하고, 그동안 잘못 거둬들인 세금은 산적이 되지 않은 백성들에게 돌려줬다고 들었소."

황후가 한 일 중 유일하게 잘한 일이라고 말하려던 여란은 황후가 환라의 어머니임을 상기하고는 입을 꾹 다물었다. 그리고 고기를 야무지게 뜯어 먹으며 고민에 빠진 환라를 보았다. 그녀는 시선을 내리깐 채 음식에 손도 대지 않고 있었다. 혼자 먹어도 되는 건가 싶어 여란이 슬쩍 고기를 내려놓으려 할 때였다. 탁자 위로 작은 동물 하나가 폴짝 올라왔다.

"으악!"

여란이 깜짝 놀라 비명을 지르며 일어났다. 반사적으로 제 입을 막으며 문을 쳐다보았으나 문밖은 잠잠했다. 여란은 잠시 숨을 멈춘 채 문밖을 주시하다가 긴장을 풀며 미끄러지듯 자리에 앉았다.

"좀! 기척 좀 내고 나타나라, 요 고양이야."

"뭐? 고양이? 자꾸 그러면 내 송곳니 맛을 보게 해 줄 거야!"

묘은이 앙증맞은 송곳니를 드러내며 야옹거렸다. 여란은 웃음을 꾹 참으며 과장되게 몸을 움츠렸다.

"아이고, 무서워라."

누가 들어도 귀여워서 놀리는 어투였다. 그러나 묘은은 고개를 치켜들고 우쭐한 표정으로 환라에게 다가왔다. 그러다 홀린 고양이처럼 킁킁 냄새를 맡더니 환라의 접시를 보며 입맛을 다셨다.

"은인. 이 다리 안 먹을 거야?"

어린애 같은 질문에 환라가 작게 웃으며 묘은에게 고기를 밀어주었다. 묘은이 양발로 닭 다리를 잡고 앙 물었다.

행복한 얼굴로 오물오물 고기를 씹던 묘은이 뒤늦게 자신이 찾아온 이유를 떠올리고 고개를 번쩍 들었다.

"참! 양야 님하고 사정이가 증거를 찾으려면 시간이 좀 걸릴 것 같다고, 오늘은 여기서 자야 할 것 같다던데? 그리고 괜찮은지 보고 오랬어."

"사정이가 누구요?"

"홍여란아. 어떻게 친구 이름을 모를 수 있니? 성이 좌씨고 이름이 사정이인, 반듯하게 생긴 인간 있잖아!"

"혹시 이 공자 말이오?"

"걔는 이름이 왜 그렇게 많아? 삶 헷갈리게!"

묘은이 경쾌하게 말하며 환라의 손을 앞발로 톡톡 건드렸다. 그제야 환라가 생각에서 벗어나며 대답했다.

"알겠다. 별 탈 없이 잘 지내고 있다고 전하라."

"응!"

묘은은 금방 나갈 것처럼 탁자에서 뛰어내렸다. 그랬다가 다시 탁자 위로 올라와 자신이 한 입 베어 먹은 다리를 입에 물고 창문 밖으로 사라졌다. 여란이 그 모습을 멍하니 보며 중얼거렸다.

"사정, 사정? 좌씨인 사정……. 좌사정? 푸하하! 지금 저 고양이가 이 공자 이름을 좌사정으로 알고 있는 것이오?"

환라가 고개를 끄덕였다. 그러자 여란이 특유의 호탕한 웃음을 터트리며 탁자를 쾅쾅 내리쳤다. 그 소리에 놀란 산적이 문을 두드렸다. 놀란 여란이 입을 꾹 다물었다. 하지만 문득문득 튀어나오는 웃음은 막을 수 없었다.

"하도 웃었더니 배가 다 고프네."

여란은 긴 숨을 내뱉으며 다 식은 음식에 손을 뻗었다.

"형님도 드시겠소?"

환라는 고개를 저었다. 여란이 그릇을 깨끗하게 비우고 치워 놓자 한참 뒤에야 산적 한 명이 들어와 그릇을 가져갔다.

밤은 무르익고, 환라와 여란은 같은 침대에 누웠다.

오는 길이 퍽 고단했는지 여란은 머리를 기대자마자 잠이 들어 버렸다. 환라도 한참을 뒤척이다가 쏟아지는 졸음에 눈을 감았다. 의식이 점점 아득해졌다.

순간, 밖에서 들리는 이상한 소리가 환라의 얕은 잠을 깨웠다.

'이게 무슨 소리지?'

그녀는 졸린 눈을 느리게 깜빡이며 창밖을 내다보았다. 깊은 바다에 잠긴 것처럼 마을은 고요하고 어두웠다. 달빛은커녕 별빛조차 보이지 않아 시간을 가늠하기 어려웠다. 환라는 고개를 기울이며 불빛 하나 없이 적막하기만 한 마을을 내려다보았다.

'잘못 들은 것인가?'

그때였다. 멀리서 아주 작은 소리가 들려왔다. 점점 커지던 소리는 어느 순간 뚝 끊겼다.

하지만 환라는 알 수 있었다.

방금 들린 것은 환라를 깨운 그 소리였다. 그녀는 인상을 찌푸리며 창문 밖으로 몸을 뺐다. 한참 뒤에 다시 소리가 들렸다.

"으아, 으아아……. 으아아아앙……."

어린아이의 울음소리였다.

처음에는 잘못 들은 건가 싶었다. 그러나 몇 번을 다시 들어도 아이의 울음소리가 분명했다.

이상한 일이었다. 아이가 울면 아이를 달래든 혼을 내든, 무슨 소리가 들리기 마련이었다. 하지만 아이의 울음소리를 빼면 주변은 조용했다.

달도 뜨지 않은 밤에 들리는 아이의 울음소리는 사람의 불안감을 고조시키기 충분했다.

환라는 등골이 오싹했다. 어깨가 저절로 움츠러들었다. 불길함이 뒷덜미를 잡아당기는 듯했다. 그녀는 침대로 다가가 여란의 어깨를 흔들었다.

"란아. 일어나 보아라."

"으응……."

여란이 긍정인지 부정인지 모를 묘한 소리를 내며 몸을 뒤척였다. 이내 다시 코 고는 소리가 들렸다. 밖에서는 아이의 울음소리가 이어지고 있었다.

환라는 여란의 몸을 계속 흔들었다. 그러나 여란은 좀처럼 일어나지 않았다. 그 와중에도 울음소리는 더 커졌다. 아니, 커진다기보다는 가까워지는 느낌이었다.

환라는 마른침을 삼키며 창문을 노려보았다.

'무언가가 벽을 기어 올라오고 있다.'

순간 숲에서 마주쳤던 괴물이 떠올랐다. 새빨갛게 타오르던 눈과 형체 없이 흔들리는, 짐승 같은 몸이 곳곳에 도사리고 있는 것 같았다. 섬뜩한 기운이 볼을 스쳤다.

환라가 고개를 홱 돌렸다.

창밖으로 검은 아지랑이 같은 것이 일렁였다. 숲에서 봤던 놈과 비슷하거나 같은 괴물일 것이다. 그때는 양야가 구해 주었으나 지금은 곁에 없었다.

'심각한 일이면 양야가 왔을 터인데. 혹 그에게도 무슨 일이 생긴 것인가?'

불길한 예감이 개미처럼 온몸을 기어 다니는 듯했다.

환라는 공포심을 애써 떨쳐 내고 주먹을 말아 쥐었다. 양야가 무사한 것을 확인하기 위해서이든, 벽을 기어오르고 있는 사특한 소리의 주인과 맞닥뜨리지 않기 위해서든, 이 방을 나가야만 한다.

환라는 여란의 몸을 더 거세게 흔들며 드물게 언성을 높였다.

"란아. 여란아!"

"으음……. 왜 그러시오?"

여란이 잠에서 덜 깬 목소리로 물었다. 환라는 여란을 억지로 일으켜 세웠다. 어설프게 앉은 여란이 신발을 신었다. 그러자마자 환라가 여란의 손을 무작정 잡아끌었다.

"나가야 한다."

"갑자기 말이오?"

환라는 고개를 끄덕이고 방문에 귀를 가져다 댔다. 작게나마 코 고는 소리가 들렸다. 조심스럽게 문을 열자 코 고는 소리가 뚝 끊겼다. 환라는 저도 모르게 숨을 참고 고개를 돌렸다. 문 옆에 기대앉아 잠들어 있는 사내가 보였다. 발소리에 남자가 조금 뒤척였다.

여란이 환라의 손을 꼭 쥐었다. 환라는 마른침을 삼켰다. 울음 소리는 이제 등 뒤에서 들리고 있었다. 그녀는 방에서 나와 밖에 있는 걸쇠로 문을 잠갔다. 그리고 몸을 돌렸다. 남자의 잠이 깊어 지길 기다릴 시간은 없었다. 오히려 지금은 깨워야 할 때였다. 이 대로 두고 가면 남자 또한 질것이기 때문이었다. 환라가 남자에게 손을 뻗자 여란이 그 손을 덥석 잡아 세웠다. 그리고 목소리를 낮 춰 경악스러운 어조로 말했다.

"지금 뭐 하는 것이오?"

"이대로 두면 이자는 죽을 것이다."

"별안간 왜 죽는다는 것이오?"

환라는 고개를 돌렸다.

"으아앙······. 으앙······."

아이의 울음소리가 문을 긁었다. 문틈으로는 검은 연기가 미세하게 흘러나왔다. 몸에 닿지도 않았는데 지독한 한기가 느껴졌다. 한여름에는 느껴질 리 없는 한기였다.

"그대는 이 소리가 들리지 않는가?"

여란이 팔뚝을 문지르며 겁먹은 목소리로 중얼거렸다.

"무슨 소리가 들린다고 그러시오?"

"어린아이 울음소리가 진정 들리지 않느냔 말이다."

"형님, 왜 그러시오, 진짜! 무섭게! 형님이 그런 말을 하니까 괜히 소름이······."

덜컹, 덜컹. 문을 흔드는 소리가 여란의 말을 막았다. 일순 여란의 얼굴이 하얗게 질렸다. 그녀는 다짜고짜 잠들어 있는 남자의 멱살을 잡고 뺨을 내리쳤다. 곧 남자가 비명을 지르며 눈을 뜨고는 환라와 여란을 번갈아 보았다.

"당신들이 왜 밖에······!"

남자의 목소리가 문이 부서지는 소리에 묻혔다. 까드득, 까드득. 손톱으로 나무를 긁어 대는 소리였다. 곧이어 무언가가 문 안쪽을 쿵, 쿵, 치받았다. 남자와 여란이 동시에 비명을 질렀다.

"으아악!"

여란이 남자의 멱살과 환라의 손을 잡은 채로 내달렸다. 남자는 연신 무슨 일이냐고 소리 지르면서도 여란과 환라를 따라 달렸다. 환라는 점점 멀어지는 울음소리를 들으며 모퉁이를 돌았다. 그러자 남자가 근처에 있는 방문을 벌컥 열고 환라와 여란을 안으로 밀어 넣었다. 그리고 저까지 들어와 문을 닫았다.

적막한 방 안에 숨을 고르는 소리가 어지럽게 얽혔다. 남자는 머리를 털어 내며 환라와 여란에게 제대로 물었다.

"이게 도대체 무슨 일입니까?"

환라가 입을 열려 할 때였다.

멀리서 들리던 울음소리가 뚝 멈췄다. 환라는 말하려던 것도 잊은 채 방문에 귀를 가져다 댔다.

순간, 등 뒤에서 강한 한기가 느껴졌다.

가슴이 빠르게 뛰고 숨이 턱 막혔다. 환라는 얕게 숨을 헐떡이며 뒤를 돌아보았다.

남자가 허리를 숙인 채 무언가를 주워 들었다. 여란은 한기에 몸을 떨며 환라에게 다가갔다.

"저게 뭐요?"

환라는 고개를 저으며 눈을 가늘게 떴다.

남자가 뭔가에 홀린 사람처럼 초점 없는 눈으로 들어 올린 건, 제 허벅지만 한 두께와 길이의 대나무 통이었다.

불길한 직감이 척추뼈를 타고 흘렀다.

환라는 남자가 통을 열지 못하게 하려고 손을 뻗었다. 그러나 환라의 손이 남자의 손목에 닿자마자 뚜껑이 바닥으로 떨어졌다.

동시에 고기 썩은 냄새가 코를 찔렀다.

뼈와 살가죽만 남은 앙상한 손이 통 안에서 불쑥 튀어나와 환라의 팔을 덥석 붙잡았다.

* * *

궐겸은 여전히 나무 사이에 숨어 마을 안쪽을 바라보고 있었다. 작은 마을이지만 제법 돌아다니는 사람이 많았다. 몰래 마을을 살피기에 적합한 상황은 아니었다.

"사람이 많으니 밤이 되어야 움직일 수 있겠습니다."

"그때까지 기다릴 순 없습니다."

"하지만 지금 돌아다니면 들킬 수도 있습니다."

양야는 궐겸을 보며 짓궂어 보이는 미소를 지었다. 그리고 사람으로 변하며 그늘 밖으로 나갔다.

궐겸이 놀라 손을 뻗었지만 양야는 사람이 있는 곳으로 걸어갔다. 놀랍게도 사람들은 양야가 보이지 않는 것처럼 행동했다. 놀란 눈을 깜빡이던 궐겸은 뒤늦게 깨달았다.

'장 객주는 여우고 도술을 사용할 수 있었지.'

궐겸이 생각하는 사이 양야가 다가온 묘은을 짐짝처럼 들어 올리며 궐겸을 보았다. 눈이 마주치자 궐겸이 천천히 걸음을 옮겼다. 양야에게 그랬던 것처럼, 사람들은 궐겸이 보이지 않는다는 듯이 제 갈 길을 갔다. 긴장하고 있던 궐겸은 그제야 안도의 숨을 내쉬었다.

양야는 다시 앞을 향해 걸어갔다. 그의 옆구리에 끼어 달랑달랑 들려 가던 묘은이 앞발로 한 건물을 가리켰다.

"저쪽에서 커다란 인간의 냄새가 나옵니다!"

"여기 인간들은 대체로 커다랗단다."

"제일 커다란 인간이요! 마차에 들어와서 은인을 데려갔던 인간 말이옵니다."

양야는 그대로 묘은이 가리킨 곳으로 몸을 틀었다. 궐겸은 사람과 부딪치지 않게 조심하며 양야의 뒤를 따라갔다. 너무 쉬운 침입이라 궐겸은 저도 모르게 산적 두목 집의 대문을 열려고 했다. 그러자 옆에 있던 양야가 궐겸의 손목을 붙잡아 세웠다.

"문이 저절로 열리면 다른 사람들이 놀랍니다."

"그렇겠군요."

궐겸이 머쓱하게 웃으며 뒤로 물러났다. 양야가 열린 창이나 눈에 띄지 않는 빈방이 찾기 위해 주변을 둘러볼 때였다. 누군가 산적의 집에서 나왔다. 궐겸이 틈은 놓치지 않고 문을 잡았다. 그리고 양야의 소매를 잡아끌어 냉큼 안으로 들어갔다.

집이 작아서인지 어딜 가나 사람이 있었다. 양야와 궐겸은 부딪히지 않도록 조심하며 문이 열려 있는 곳으로 들어갔다.

산적 두목이 의자에 앉아 차를 술처럼 마시고 있었다. 양야는 구석에 자리를 잡은 뒤 묘은을 제 어깨 위에 걸쳐 놓으며 작게 숨을 내쉬었다.

"한참 걸리겠군."

궐겸이 양야의 목소리에 화들짝 놀라며 산적 두목을 보았다. 두목은 아무것도 듣지 못한 사람처럼 늘어지게 하품을 하며 코를 팠다. 궐겸이 말을 해도 되냐고 묻듯이 눈짓했다.

양야가 고개를 끄덕이자 궐겸이 입을 열었다.

"나가길 기다리다간 오늘 내에 증거를 찾지 못할 겁니다."

양야가 고개를 끄덕이고 있을 때, 두목이 창문을 열어 지나다니는 산적 한 명을 불렀다.

"잡아 온 아가씨들한테 닭 좀 잡아 드려라."

"예, 두목!"

그 말에 묘은이 귀를 쫑긋거렸다.

"닭?!"

통통 튀는 목소리에 궐겸이 작게 웃었다.

그사이 방 안으로 다른 사람이 들어왔다. 궐겸이 인기척이 들린 곳을 보았다. 갑옷으로 중무장을 한 여자였다. 팔뚝에는 보라색 연꽃을 수놓은 완장을 차고 있었다. 궐겸은 단번에 그 표식을 알아보았다.

"황후 폐하가 항상 지니고 계시는 손수건에 저 자수가 있는 것을 보았습니다."

"저자를 따라가면 환이 찾던 군사를 발견할 수 있겠습니다."

양야가 환라의 이름을 아무렇지 않게 부르는 것을 듣자 궐겸의 심장이 불현듯 주저앉았다. 하지만 지금은 투기나 불태우고 있을 때가 아니었다. 그는 입을 꾹 다물고 감정을 삼켰다.

그사이 두목은 갑옷을 입은 여자와 함께 방을 나갔다. 양야는 병사의 옷에 제 기운을 묻혀 놓고 어깨에 매달려 있는 묘은을 잡아 바닥에 내려놓았다. 그리고 제 몸에 남은 정기를 가늠하며 묘은에게 말했다.

"가서 전하가 잘 계시는지 보고 오고, 오늘 밤은 여기에서 보내야 할 것 같다는 말을 전해 드리렴."

"예, 금방 돌아오겠사옵니다!"

묘은이 폴짝폴짝 뛰어 창문을 넘어갔다. 궐겸은 곧바로 병사를 쫓아가려 했으나 양야의 손에 팔이 붙잡혔다.

"묘은이가 오기 전까지는 큰 도술을 쓸 수 없습니다."

"하지만 놓치면 찾는 데 오래 걸릴 것입니다."

"수를 써 놓았으니 걱정하지 마십시오. 그보다, 산적과 황후의 유착 관계를 증명할 것이나 찾아봅시다."

양야의 말에 궐겸이 고개를 끄덕였다. 두 사람은 두목의 방을 꼼꼼히 뒤졌다. 숨겨진 공간까지 살폈으나 황후의 것이라고 할 만한 건 나오지 않았다. 흔한 장부나 기록조차 없었다. 그들은 밖으로 나와 긴 의자에 나란히 앉아 고민했다.

그사이 묘은이 돌아왔다.

그녀는 닭 다리 하나를 입에 문 채 꼬리를 살랑이며 다가왔다. 그리고 궐겸의 무릎 위로 올라가 닭 다리를 내려놓았다.

"양야 님! 은인에게 말을 전하고 왔사옵니다!"

양야가 대답하기도 전에 묘은이 앙증맞은 송곳니로 닭 다리를 뜯어 먹었다.

"이것 보시옵소서! 맛난 닭도 주고 침대도 폭신해 보였사옵니다. 은인도 산적들이 잘 해 준다고 했사옵니다!"

묘은이 닭 다리를 야금야금 먹다가 번쩍 고개를 들었다.

"그러고 보니 사정이도 배가 고프겠구나! 이거라도 먹을래?"

묘은이 반쯤 남은 닭 다리를 내밀며 고개를 들었다. 궐겸이 웃는 듯 마는 듯한 얼굴로 고개를 저었다. 묘은은 되묻지 않고 바로 남은 고기를 먹어 치웠다. 궐겸은 닭에서 나온 국물로 얼룩져 가는 제 옷자락을 보다가 몸을 일으켰다.

양야가 도술을 사용해 궐겸의 옷에 묻은 얼룩을 지워 주고, 닭 뼈를 던져 버린 뒤 여우로 변했다.

"묘은아. 몸집을 크게 만들어 이 공자를 태우렴."

"예, 양야 님."

묘은이 말보다 크게 변한 뒤 궐겸의 앞에 엎드렸다.

"사정아. 내 위에 올라타!"

궐겸은 잠시 망설이다가 묘은의 등 위에 앉았다.

양야가 기다렸다는 듯 병사에게 묻혀 놓은 기운을 따라 움직였다. 볼을 스치는 바람이 따가울 정도로 빠른 속도였다.

그들은 순식간에 병사의 말을 따라잡았다. 양야는 기척을 지우고 병사와 거리를 좁혔다. 병사는 말을 바꿔 가며 두 시진 반(5시간)을 달리고 나서야 멈춰 섰다.

어디인지도 모를 깊은 산속이었다. 들어가는 길목에는 병사들이 지키고 서 있었다. 그러나 한 사람과 두 동물은 병사들 옆을 손쉽게 지나쳤다.

구불거리는 길을 한참 따라 올라가자 거대한 공터가 나왔다. 그곳에는 수천 명의 병사가 있었다. 보라색 연꽃 손수건을 팔뚝에 묶은 병사만 있는 건 아니었다. 갈파국의 갑옷을 입은 병사들도 상당했다.

"파 황후가, 갈파왕과……."

악명 높은 갈파왕과 영로가 손을 잡은 것이다. 능현이 움직일 수 있는 군사로 영로와 사혁 모두를 상대하는 건 역부족이었다. 뿐만 아니라 능현의 군사는 오래도록 전쟁을 하지 않았기에 갈파의 군사에 감히 비교할 수조차 없었다. 궐겸은 환라에게 닥칠 것들이 두려웠다.

하지만 그것보다 더 두려운 것이 있었다.

'어쩌면 전하를 지키지 못할 수도 있다. 잃을 수도 있어.'

궐겸의 손끝이 덜덜 떨렸다.

하지만 양야는 동요하지 않았다. 그는 환라를 도와줄 사병을 가지고 있었다. 또한 군사의 위치를 알아냈으니 기습을 하면 될 일이었다. 환라를 잃을 수도 있다는 생각 따위는 하지도 않았다. 그녀가 양야를 잃는 일은 있을 수 있으나 그 반대의 일은 있을 수 없다, 그렇게 단정 지었다.

양야는 사람으로 변해 굳어 있는 궐겸의 어깨에 손을 올렸다. 궐겸이 악몽에서 깨어난 사람처럼 몸을 크게 움찔거렸다. 양야가 몸을 돌려 묘은의 위에 올라탔다.

"위치를 알았으니 돌아갑시다."

하지만 궐겸은 고개를 저었다.

"군사는 주기적으로 위치를 바꿉니다. 그러니 누구 하나는 남아서 감시해야 합니다."

일리 있는 말이었다. 하지만 궐겸이 혼자 남으면 들킬 가능성이 높았다. 그러면 목숨을 잃을 것이다. 양야 또한 혼자 남으면 도술을 오래 쓰지 못하니 역시나 들킬 위험이 컸다. 묘은을 두고 가면 산적 마을로 돌아가는데 지나치게 오랜 시간이 걸릴 터였다.

양야가 그렇게 설명하자 궐겸은 하는 수 없이 걸음을 떼었다. 그러나 그의 얼굴에는 미련이 잔뜩 묻어 있었다. 양야는 조금 더 고민하다 품에서 곰방대를 꺼내 새로 둔갑시켰다.

새로 변한 곰방대가 퍼드덕 날아 나뭇가지 위에 앉았다.

"위치가 변하면 저 새가 와서 알려 줄 겁니다."

그제야 궐겸의 안색이 밝아졌다.

"감사합니다, 장 객주. 장 객주가 없었으면 아마 군사를 발견하지도, 쫓아오지도 못했을 겁니다. 덕분에 전하께서 크게 기뻐하실 겁니다."

다른 사람이 저런 말을 했으면 충신이라는 생각에 흡족하였을 것이다. 그러나 환라와 혼인할 사람이 저런 말을 하자 창자가 꼬이는 것 같았다. 양야는 질투심을 숨기지 못하고 입을 열었다.

"환의 일이니 당연히 도와야지요."

두 사람의 시선이 허공에서 맞부딪쳤다. 양야가 먼저 미소지으며 궐겸에게 제 앞자리를 내주었다. 궐겸 또한 투기가 치솟았으나 애써 억누르며 양야의 앞에 올라탔다. 묘은이 몸을 일으켜 출발하려 할 때였다.

양야가 말을 덧붙였다.

"그러니 이 공자가 감사할 일은 아닌 것 같습니다."

궐겸이 뒤돌아볼 틈도 없이 묘은이 달리기 시작했다. 그는 묘은의 털을 꽉 움켜잡았다.

묘은은 도술을 사용하며 반 시진(1시간) 만에 절벽 앞까지 도달했다. 바로 절벽을 오르려던 묘은이 걸음을 우뚝 멈췄다.

절벽을 타고 역한 냄새와 비명이 폭포수처럼 쏟아지고 있었다.

양야의 얼굴이 싸늘하게 굳었다. 그는 묘은이 말을 걸기도 전에 눈에 보이지 않을 정도로 빠르게 움직여 절벽 위로 올라갔다. 궐겸의 눈에는 마치 양야가 갑자기 사라진 것처럼 보였다.

"장 객주?"

궐겸이 두리번거리며 양야를 찾을 때였다. 묘은이 도약하기 위해 뒤로 물러났다.

"사정아 걱정하지 마. 양야 님은 은인이 걱정돼서 먼저 올라가신 거니까. 그것보다 크게 뛸 테니 꽉 잡아야 해!"

"예."

궐겸이 힘없는 목소리로 대답했다. 묘은이 순식간에 절벽 위로 도약했다.

그녀의 발이 절벽 위에 닿자 궐겸의 얼굴이 새파랗게 질렸다. 질투심도, 양야와 달리 아무런 도움도 되지 못한다는 무력감도 종적을 감췄다. 그런 것을 느낄 여유조차 없었다.

마을 안에 비명 같은 곡소리와 불길, 새까만 연기가 가득 차 있었던 탓이었다.

* * *

양야는 환라와 여란이 머물던 방의 창문을 넘어 들어왔다.

하지만 방 안에는 아무도 없었다.

오직 누구의 것인지 알아볼 수 없을 정도로 흐린 정기와 흉흉한 사기가 한데 뒤엉켜 기름때처럼 벽과 천장에 들러붙어 있었다.

방 안에서 무슨 일이 있었다.

아니, 환라에게 무슨 일이 있었다.

자신이 방심하고 자리를 비운 사이에 무언가가 환라를 노렸다는 것을 깨닫자 양야는 정신이 아찔했다.

'모든 게 내 탓이다. 산신이 있는 것에 안심해 환을 두고 멀리 나갔다 온 내 탓이야.'

하지만 지금은 자책이나 하면서 주저앉아 있을 때가 아니었다. 양야는 인상을 찌푸리며 문을 열었다. 환라의 기운을 따라가려 했으나 뇌동산의 기운은 사기에 가려 찾아낼 수 없었다. 그는 한참을 서성이다가 역한 냄새 속에서 환라의 향낭 냄새를 겨우 찾아냈다. 쌉싸름한 장미 향에 여란의 체취와 남자의 냄새, 고기 썩은 냄새 같은 것이 뒤섞여 있었다.

양야는 냄새를 따라 달렸다. 모퉁이를 돌자 가까운 방 문틈으로 사기가 흐르는 게 보였다. 양야는 지체하지 않고 문을 벌컥 열었다.

안에는 세 사람이 쓰러져 있었다. 하지만 양야의 눈에는 환라밖에 보이지 않았다.

그는 환라의 앞에 주저앉아 그녀를 끌어안았다. 환라의 몸이 힘없이 늘어졌다. 머릿속이 새하얗게 변했다. 아무런 생각도 떠오르지 않았다. 그가 할 수 있는 것이라고는 환라의 이름을 부르는 것뿐이었다.

"환. 눈 좀 떠 보십시오. 환. 환라. 제발, 눈 좀 떠 보십시오."

끌어안은 몸이 불덩이처럼 뜨거웠다. 얼굴에는 역병의 기운이 열꽃으로 피어 있었다. 정기는 역신의 기운에 눌려 제 기능을 하지 못했다.

양야는 당장 환라의 몸으로 제 기운을 쏟아 부었다. 맑고 시원한 정기에 열기가 서서히 가라앉았다. 하지만 환라의 몸이 완전히 식기도 전에 양야의 정기는 동이 나고 말았다. 그는 굳은 얼굴로 눈물을 흘리다가 진기를 끌어 올렸다. 진기가 빠져나가자 그 자리에 사특한 기운이 들어찼다. 양야의 동공이 세로로 쭉 찢어지고 눈동자는 황금색으로 변했다.

하지만 양야는 멈추지 않았다. 이내 양야의 입에서 붉은 선혈이 흘렀다. 반면에 환라의 열은 완전히 가라앉았다. 하지만 새까만 손목만큼은 원래대로 돌아오지 않았다.

양야의 시선이 새까만 손자국에 닿았다. 그가 다시 진기를 끌어올리려고 할 때였다.

"양야 님!"

묘은이 비명처럼 양야 부르며 나타났다. 그녀는 궐겸을 내려놓고 양야에게 뛰어갔다. 사기가 가득 찬 곳에서 진기를 쓰면 환라는 치유되겠지만 양야는 죽거나 요괴로 변할 것이다. 분노에 찬 상태로 요괴가 되면 마을 사람들은 물론 궐겸과 여란마저 죽일지도 모른다.

상상만 해도 끔찍한 일이었다.

'막아야 해!'

묘은이 다급하게 정기를 끌어올렸다. 그러나 이제 막 50년을 산 삵과 300년 묵은 여우의 기운은 하늘과 땅 차이였다.

양야가 손을 휘두르자 묘은은 비명을 지르며 날아가 벽에 부딪쳤다. 양야의 기운을 직격으로 맞은 탓에 묘은은 그대로 기절하고 말았다.

양야가 묘은을 공격하기 위해 환라에게서 손을 뗀 틈을 타 궐겸이 환라의 몸을 끌어당겼다.

환라의 몸이 맥없이 궐겸의 품에 안겼다. 순간, 샛노란 눈동자가 유리알처럼 굴러 궐겸에게로 향했다.

"그녀를 내놔."

등골이 오싹한 목소리에 궐겸은 숨이 턱 막혔다.

양야에게서 가끔 느꼈던, 태산을 마주하고 있는 듯한 경외감이 궐겸의 어깨를 짓눌렀다. 두려웠으나 궐겸은 물러나지 않았다. 그는 늘어진 환라를 보호하듯이 고쳐 안으며 소리쳤다.

"장 객주, 정신 차리십시오!"

하지만 양야는 아랑곳하지 않고 손을 뻗었다. 사기가 섞인 기운이 휘몰아치며 궐겸의 온몸을 할퀴었다. 궐겸은 환라를 빼앗기지 않기 위해 뒷걸음질 쳤다. 절박하고 두려운 마음에 너무 세게 끌어안은 탓인지 환라의 눈꺼풀이 파르르 떨렸다. 바싹 마른 입술이 벌어지고 작은 목소리가 흘러나왔다.

"양야야."

순간 날카로운 기운이 멎었다. 양야가 그 자리에서 무너져 내렸다. 그가 무릎을 꿇고 얼굴을 가리자 환라가 늘어진 손을 뻗었다.

"내, 여우."

양야가 환라의 손을 잡고 그녀의 손등에 이마를 댔다. 뜨거운 눈물이 흘러 번졌다. 손끝이 젖어 들자 환라가 양야의 얼굴을 쓰다듬었다.

"왜 그리 화가 났는가?"

대답하기 위해 입을 벌렸으나 목소리는 나오지 않았다. 환라를 지키지 못한 자신에 대한 분노가 여전히 목구멍에 걸려 있었다.

양야는 결국 아무 말도 하지 못한 채 눈물만 흘렸다. 눈물을 닦아 주던 환라의 손에서 점점 힘이 빠졌다. 놀란 양야가 고개를 들었다.

그러나 환라는 이미 기절한 상태였다. 양야는 그제야 정신을 차리고 주변을 둘러봤다. 그의 기운이 온 방을 헤집은 탓에 벽과 천장은 엉망이었다. 여란과 산적에게도 자잘한 상처가 나 있었다. 그는 거칠게 머리카락을 쓸어 넘기며 손을 뻗었다.

"전하는 제가 모시겠습니다. 이 공자는 다른 이들을 추슬러 주십시오."

그러나 궐겸은 마치 환라를 보호하려는 듯 몸을 틀며 뒤로 물러났다. 경계와 두려움이 섞인 눈동자가 양야를 응시했다.

"반대로 하는 것이 좋겠습니다, 장 객주. 제가 전하를 모실 테니 장 객주가 다른 이들을 추슬러 주십시오."

양야는 궐겸을 살폈다. 환라는 머리카락 한 올 다치지 않았으나 궐겸의 몸에는 생채기가 가득했다. 친동생 같던 여란은 쓰러진 채 방치되어 있었고, 묘은은 양야의 기운을 견디지 못해 기절한 지 오래였다. 이성을 잃고 날뛴 결과가 도처에 널브러져 있었다.

'그런데 어찌 감히 환을 품에 안을 수 있을까.'

양야는 차마 환라를 넘겨 달라고 말할 수 없었다. 그는 양 주먹을 말아 쥐며 몸을 돌렸다.

"전하를 부탁드립니다."

궐겸이 고개를 끄덕이고 방 밖으로 나갔다. 양야는 일단 묘은을 안아 들었다. 정기가 몸에 흘러들어 오자 짐승의 것처럼 변했던 눈동자도 곧 원래대로 돌아왔다. 사기를 완전히 정화하는 데에는 시간이 걸리겠지만 요괴가 될 정도는 아니었다.

그는 고열에 시달리는 여란에게 정기를 조금 넣어 준 뒤 제대로 눕혔다. 그리고 산적에게도 같은 처치를 해 주고 악취가 나는 곳으로 고개를 돌렸다.

그곳에는 썩은 음식이 든 대나무 통이 굴러다니고 있었다.

양야는 저 대나무 통의 정체를 알고 있었다. 사람을 죽여 염매(역병을 퍼트리기 위해 금지된 주술로 만들어 낸 요괴)로 만들 때 쓰이는 물건이었다.

염매와 마주한 사람은 역병에 걸리고, 기가 약하면 미치광이처럼 행동한다. 대나무 통을 열지만 않으면 역병은 퍼지지 않으나 이미 뚜껑을 활짝 열린 채였다.

'뚜껑이 닫혀 있어 산신이 눈치채지 못한 것인가?'

이마를 짚으며 몸을 돌렸다. 염매에게 직접 닿은 사람은 염매가 사라질 때까지 병이 낫지 않는다. 그러니 염매를 찾아 없애지 않으면 환라의 병은 재발할 것이다. 새까매진 팔목도 어지간한 방법으로는 완치하지 못할 테지만 치료제를 찾는 건 염매를 없앤 뒤에 할 일이다.

양야는 묘은을 짐짝처럼 들고 밖으로 나오며 인상을 찌푸렸다.

'도대체 누가 무슨 목적으로 염매를 푼 거지?'

염매를 만드는 방법은 알아내기 어려웠다. 알아낸다 하더라도 실행하는 이는 많지 않았다. 저지르는 이에게 상상하지 못할 정도로 거대한 업보가 쌓일뿐더러, 방법 또한 너무 잔혹했기에 저주하는 일을 업으로 삼는 이들조차 꺼릴 정도였다.

'환을 노린 것인가? 아니면 우연히 염매가 환의 방을 찾아간 것인가?'

정확한 것이 없으니 아무것도 단정 지을 수 없었다. 양야는 답답함을 느끼며 주변을 보았다.

매캐한 냄새, 역병의 기운이 뒤섞인 공기, 울부짖는 소리가 마을을 가득 채우고 있었다.

그러나 양야는 절규와 절망으로 가득 찬 곳에는 시선조차 주지 않았다. 그는 그대로 역병의 기운이 가장 강한 곳으로 달려갔다. 마을 외곽에 한 여자가 쓰러져 있는 게 보였다. 그녀의 등에는 아이의 모습을 한 시꺼먼 것이 매달려 있었다.

'저기 있군.'

양야가 기운을 쓰려고 하자 염매는 몸을 돌려 산 안쪽으로 냅다 달아났다.

그 뒤를 쫓아가려 할 때였다. 땅이 거세게 흔들리더니 위로 솟구쳐 염매의 앞길을 막았다. 그러고는 도망칠 새도 없이 염매의 몸을 움켜쥐듯이 감쌌다.

"허허허. 아비규환이로고."

양야는 바로 옆에서 들리는 목소리에 고개를 돌렸다. 옅은 갈색 머리의 남자가 노인처럼 웃으며 양야의 어깨에 손을 얹었다.

"저런. 몸이 말이 아니구먼. 음……. 이 기운은 뇌동산인가? 뇌동산의 사는 이가 나운산에는 어쩐 일인가?"

"일이 있어서 왔습니다. 말씀드리지 않고 침입해 송구스럽습니다."

"허허허. 아니네. 아니야."

갈색 머리의 남자가 손을 내젓고는 종이를 구기듯 빈손을 움직였다. 그러자 염매를 둘러싸고 있던 땅들이 강하게 수축했다가 바스스 흩어졌다.

악한 기운은 단숨에 정화되고 그 위로 아이의 영혼이 모습을 드러냈다. 눈을 뜬 아이가 크게 울음을 터트렸다. 영문도 모르고 죽었을 테니 서러울 만도 했다.

"쯧쯧. 가엾은 아이로고. 어디 보자……. 기운을 정화하려면 치료제를……."

산신이 아이를 어르고 달래며 중얼거렸다. 치료제라는 말이 화살처럼 날아와 박혔다. 양야는 다급하게 산신의 옷자락을 붙잡았다.

"어르신."

"허허허. 어르신이라니 자네랑 나랑 700살 차이밖에 안 나는 것 같은데……."

"치료제가 필요합니다."

"허허허."

"제발. 이렇게 부탁드리겠습니다."

양야가 무릎을 꿇고 바닥에 엎드리려 하자 땅이 불쑥 솟아 양야를 다시 일으켜 세웠다. 산신의 눈이 양야를 꼼꼼히 훑어보았다.

"흠……. 예록이가 인간에 대해 잘 아는데……. 상처가 많은 이라, 만나 주기나 할런지."

"무엇이든 하겠습니다. 환을 살릴 수만 있다면, 뭐든……."

"허어……. 위험한 생각이로고. 어찌한담."

산신이 매끈한 턱을 느릿하게 쓸었다. 여유롭고 느긋한 움직임에 양야는 속이 끓어 미칠 것 같았다.

환라가 다시 열병에 시달릴 것을 생각하니 눈앞에 있는 산신의 목을 비틀어서라도 해답을 얻고 싶었다. 흉포한 욕구가 샛노란 눈동자에 고스란히 드러났다. 그러자 양야에게로 검은 기운이 스멀 스멀 다가왔다.

산신은 손을 내저어 악한 기운을 쫓아내고 양야의 눈을 보았다. 세로로 찢어진 동공이 송곳처럼 날카로워 보였다.

"그 눈빛을 보아하니 말이 잘 통할 것 같구먼. 허허허. 위쪽으로 계속 올라가다 보면 만날 수 있을 걸세. 안 나타나면 이와가 보내서 왔다고 하게나."

"감사합니다, 상선."

양야가 절을 올리고 바로 사라지려 할 때였다. 뒤에서 산적 두목이 소리치는 것이 들렸다.

"병에 걸린 게 의심되는 자들은 모두 한곳에 모아!"

치료할 수 없으니 병이 더 퍼지기 전에 한꺼번에 불태울 심산인 게 분명했다. 이미 인간계에서 몇 차례의 역병을 겪은 양야는 그 사실을 쉽게 눈치챘다. 궐겸이 곁에 있긴 하나 환라와 여란도 위험해질 것이다. 그는 몸을 돌려 순식간에 산적 두목의 앞으로 다가갔다.

두목의 눈에는 미청년이 허공에서 나타난 것처럼 보였다. 그는 숨을 헉 들이마시며 뒷걸음질 쳤다. 그를 빤히 보던 양야가 보란 듯이 손을 휘둘렀다. 그러자 화마가 순식간에 멎었다.

두목이 입이 떡 벌어졌다.

"누, 누구십니까?"

"⋯⋯환자를 한곳에 모아 두어라. 내가 돌아올 때까지 단 한 명도 죽어선 아니 된다. 만약 이 말을 어기면 더 큰 화를 입게 될 것이다."

갑자기 훅 끼치는 위압감에 두목이 납작 엎드렸다.

"예, 예!"

양야는 두목을 뒤로하고 산 위로 올라갔다.

중턱을 넘어서자 새하얀 안개가 온 산을 뒤덮었다. 마치 구름 속에 들어온 듯한 기분이었다.

양야는 묘은을 안아 들고 제 기운을 퍼트렸다. 침입자가 있음을 느끼면 이와가 말한 예록이란 선인이 나타날 것으로 생각했다. 그의 예상대로 어디선가 발굽 소리가 들렸다. 양야는 주변을 두리번거리며 말했다.

"나운산의 산신께서 예록 님을 찾아가 보라 보내셨습니다."

그러자 발굽 소리가 앞으로 다가왔다. 양야가 고개를 들었다. 가라앉은 물건이 수면 위로 떠오르듯, 안개를 가르며 고아한 인상의 여인이 나타났다. 긴 치마가 땅에 끌릴 때마다 발굽 소리가 들렸다.

"이와가 보냈다고? 무슨 일로?"

양야는 예록의 사슴 같은 눈망울을 보며 대답했다.

"염매로 산적들 마을이 쑥대밭이 되었습니다. 치료제가 필요합니다."

"염매라……."

예록이 천천히 양야의 주변을 돌며 비음을 흘렸다. 양야는 초조한 마음에 몸을 틀어 가며 예록의 얼굴을 보았다.

"최대한 빨리 가야 합니다."

"너는 정괴로구나. 그것도 많이 더럽혀진, 산을 나온 지 오래

된 정괴야. 그런데 네가 왜 인간들 일에 끼어드느냐?"

"제 연인이 염매에게 당했습니다. 제발 치료할 방법을 알려 주십시오."

다른 소리만 늘어놓던 예록이 양야의 앞으로 훅 다가왔다. 그녀는 호박색으로 반짝이는 양야의 눈동자를 보다가 샐그러지게 웃었다.

"정괴에게는 역병이 끼치지 않지. 연인이 인간이로구나."

양야가 대답하기도 전에 예록이 뒤로 천천히 물러났다. 그러고는 별안간 제 치마를 걷어 올렸다. 그 밑으로 사슴 다리 한 쌍이 드러났다.

"날 보렴. 신선이든 정괴이든 인간과 맺은 연정은 이런 결말을 맞는단다. 둘 중 하나가 제 세계를 포기해야 비로소 행복해지지. 정괴가 인간이 되든 인간이 신선이 되든 말이다. 하지만 그것이 쉬운 일이겠니?"

비단 천이 사그락거리며 다리를 덮었다. 그제야 양야가 사슴 다리에서 시선을 떼어 냈다. 예록이 천천히 양야에게 다가와 커다란 눈을 치켜떴다.

"나는 자지도 못하고 먹지도 못한다. 요괴도 선인도 인간도 아니다. 머리와 심장은 수천 갈래로 쪼개지는 것 같고, 정염은 불길이 되어 몸을 태운다. 애욕을 갈구하지만 이 몸으로는 누구도 취할 수 없다. 죽어도, 죽지 않아도, 지옥이란다. 이게 인간을 사랑한 선인의 말로다."

"치료제가 필요합니다."

"이와가 너를 왜 나에게 보냈는지 알겠구나. 방법을 알려 주기 위해서야. 차라리 네 연인이 죽어 버리게 놓아두렴. 그 영혼이 하늘로 오르면 내가 몰래 빼돌려 주마. 그때 취하려무나. 그러면 너도 네 연인도 안전할 거란다."

양야의 눈동자가 흔들렸다. 그의 귓속으로 예록의 속살거림이 끊임없이 흘러 들어왔다.

"인세의 연은 덧없는 법. 허나 하늘에서 맺어진 연은 영원처럼 길단다. 네 연인이 진정 너를 사모한다면 고작 100년 빼앗긴 거로 토라지진 않을 터."

달콤한 제안이었다. 하지만 양야는 눈을 질끈 감았다.

"저는 제 연인의 그 어떤 것도 빼앗고 싶지 않습니다. 치료제가 어디 있는지 알려 주십시오. 부탁드리겠습니다."

"어리석은 것."

예록이 혀를 차고 서서히 안개 속으로 사라졌다. 당황한 양야가 예록을 붙잡기 위해 손을 뻗었다. 그러나 그의 손끝은 새하얀 안개만 할퀼 뿐이었다. 양야가 주먹을 말아 쥐며 다시 기운을 퍼트리려 할 때였다.

멀리서 흐릿한 목소리가 들렸다.

"거대한 새의 둥지에 만인혈석이 있더구나. 그 붉은 돌을 개어 물에 타 먹이면 네 연인이 수백 명이더라도 전부 말끔히 치료할 수 있을 것이다."

만인혈석. 만 가지의 병을 고칠 수 있는 명약이었다.

양야는 망설일 것 없이 여우로 변했다. 그리고 온 산을 뛰어다

넀다. 한참을 헤맨 그는 산꼭대기 부근에서 둥그런 물체를 발견했다. 사람만 한 크기의 알이었다.

양야는 그제야 자신이 암석으로 만든 새의 둥지에 와 있다는 것을 알아차렸다. 그는 묘은을 내려놓고 거대하게 변해 붉은 돌을 찾기 위해 돌아다녔다.

얼마 지나지 않아 알과 알 사이에서 검붉은 돌이 반짝이는 게 눈에 들어왔다.

'저 돌이 만인혈석이군.'

양야는 다시 사람으로 변했다. 손에 쥔 돌은 어린아이의 주먹만 했다. 그는 돌조각을 조금 떼어 내어 허리에 찬 주머니에 넣고 나머지는 품에 넣었다.

그때, 뒤에서 기척이 느껴졌다. 돌아보자 한쪽에 잘 내려놓은 묘은이 깨어나 늘어지게 기지개를 켜고 있었다.

입을 쩍 벌리고 하품하던 묘은은 뒤늦게 자신이 낯선 곳에 있다는 걸 깨달았다. 그녀는 몇 번 눈을 깜빡이다가 황급히 주변을 두리번거렸다. 그러다 양야를 발견하고는 눈이 튀어나올 것처럼 놀라며 뛰어왔다.

"양야 님! 이게, 이게 어찌 된 일이옵니까? 여긴 어디고, 양야 님의 기운은 또 왜……."

"쉿. 소란 떨지 말렴. 별것 아니니. 그것보다 당장 환에게 가서……."

순간 거대한 그림자가 해를 완전히 가렸다. 양야는 말을 멈추고 하늘을 보았다.

사람의 얼굴만 한 눈동자가 양야를 직시하고 있었다. 등골이 쭈뼛 서고 오금이 저렸다. 위험을 감지한 그가 재빨리 묘은의 몸을 낚아챘다.

그러나 미처 피하기도 전에, 날카롭고 거대한 발톱이 날아들어 양야를 할퀴었다.

〈다음 권으로〉

순수함은 없는 결혼

밀혜혜 지음

감정이 아닌 돈 때문에 한 결혼.
무엇도 로맨틱하다고 할 수 없는 시작이었다.
이제는 모든 문제가 해결됐으니 서로를 놓아줄 때였다.
그리고 그는…… 다른 사람을 사랑하고 있다.

"보내 줄게. 이제 그 사람한테 가."

* * *

"저희는."
"……"
"절대로 이혼할 일 없어요."
우형은 선혜를 흔들림 없이 봤다.
"다시 한번 말씀드릴게요."
"……"
"평생 제 아내로 사셔야 해요. 다른 선택지는 없어요."

동아

품 안에 든 독

멜랑꼴리 지음

춘국의 명망 높은 가문의 막내딸, '서가현'
어린 마음에 불을 지피는 소년, 노비 '운'을 만나 사랑에 빠진다.

운도 결국 가현을 사랑하게 되지만
둘은 신분의 차이를 극복하지 못할 것을 알고 있는데……

"도망가자, 운아. 너 말고는 누구도 싫다. 끔찍해."
"그래요. 가요, 도망."

그러나 두 사람은 끝내 붙잡히게 되고.
가현은 운을 살리기 위해 후궁으로 들어가지만
결국 운이 죽었다는 비보를 전해 듣고 만다.

죽지 못해 산 10년.
후궁인 가현은 전쟁의 패배로 대호국에 끌려가고
그곳의 전쟁 영웅 '흑운왕' 앞에 놓이게 되는데……

"운……?"
"저 같은 천것의 시중을 드는 것이 끔찍하겠으나, 어찌하겠습니까."

동아